약편

仙道 체험기

신선(神仙)되는 길이 보인다
경이적인 현상이 눈앞에 펼쳐진다!!
선도수련의 현장을 체험으로 파헤친 충격과 화제의 소설

글터

약편 선도체험기 17권을 내면서

약편 선도체험기 17권을 내면서

『약편 선도체험기』 17권은 『선도체험기』 77권부터 81권까지의 내용에서 선별하여 구성하였다. 시기적으로는 2004년 10월부터 2005년 9월 사이에 일어난 삼공 김태영 선생님의 선도 체험 이야기, 수련생과의 수행과 인생에 대한 대화, 이메일 문답 내용이다.

이번 17권에는 『선도체험기』 78권에 실린 북창 정렴 선생의 『용호비결』 번역 부분을 실었다. 80권에 실린 『소학』 번역의 경우 분량이 많아 싣지 못했는데, 삼공 선생님의 번역본 시리즈를 출판할 때 포함할 것이다.

특히 『선도체험기』 81권의 많은 분량을 차지하는 [이메일 문답]은 삼공 선생님과 『선도체험기』, 삼공선도에 대한 비판과 이에 대한 선생님의 답변 내용인데 공부가 되는 부분이 많다. 특히 삼공 선생님께서 현묘지도를 전수받으시고 13년이 경과한 후 제자에게 전수를 시키기 시작하심으로써 삼공선도가 현묘지도 수련을 하는 수행 체계로 정착되는 계기가 이번 권을 통해 밝혀진다.

수행하는 이유는 대자유인이 되고자 함이다. 분노에 사로잡히지 않고, 탐욕을 이기고, 성욕에서 벗어나고, 슬픔에서 자유롭고, 두려움에서 벗어나고, 사랑과 미움에서 자유롭고, 걱정 근심에서 자유롭고, 기쁨에 사로잡히지 않고, 중독에 끌려 다니지 않는다. 생명의 실체와 하나가 되어 무한과 영원을 누리며 날마다 좋은 날을 맞이한다. 『약편 선도체험기』

를 읽으면 이러한 대자유인이 되는 길이 보일 것이다.

　이번에도 지면 관계상 유익한 내용을 많이 누락하였으니 시간 여유가 있는 독자는 『선도체험기』를 읽기를 권한다. 마지막으로, 교열을 도와주는 후배 수행자 일연, 따지, 별빛자 님들께 고마운 마음을 표하고, 이번에도 책을 발행해 주시는 글터사 한신규 사장님에게도 감사의 인사를 드린다.

단기 4355년(2022년) 2월 10일
엮은이　조　광　배상

차 례

- 약편 선도체험기 17권을 내면서 _ 3

〈77권〉
- 팔자(八字)걸음 _ 8
- 대자유인(大自由人) _ 15
- 알즈너 체험기 _ 19

【이메일 문답】
- 얻은 것과 잃은 것 _ 34
- 늘 같이하는 성인들 _ 46
- 식탐에서 벗어나기 _ 52
- 무(無) _ 60
- 자기 자신에게로 걸어가기 _ 68
- 따스하게 보살펴야겠습니다 _ 73

〈78권〉
- 집 잘 짓는 비결 _ 78
- 용호비결(龍虎秘訣) _ 88

【이메일 문답】
- 아내의 조울증(躁鬱症) _ 106
- 성인의 대열 _ 114
- 구슬 같은 것이 느껴집니다 _ 117
- 정수리에 송곳으로 찌르는 느낌 _ 123
- 제가 만난 사이비 스승 _ 129
- 빙의령 천도 _ 137

〈79권〉

【이메일 문답】
- 저의 생각입니다 _ 140
- 부모미생전본래면목(父母未生前本來面目) _ 150
- 헌 집 털기 _ 159
- 자아성찰 활용 _ 169
- 기 수련의 지지부진 _ 176

〈80권〉
- 『소학』 번역을 마치면서 _ 185
- 나의 문학관 _ 187

【이메일 문답】
- 전생의 나의 모습 _ 189

〈81권〉
- 줄탁지기(啐啄之機) _ 191
- 현묘지도 12단계 수련 _ 196
- 범속자(凡俗者)와 구도자(求道者) _ 204

【이메일 문답 : 라즈니쉬 논쟁】
- 『선도체험기』… 어이가 없군요 _ 208
- 신랄하게 비판해 보려고 _ 216
- 라즈니쉬가 과연 사이비인가? _ 224
- 비판받을 건 받아야죠 _ 231
- 라즈니쉬에 대하여 _ 241
- 단학의 맥 _ 246
- 『선도체험기』에 실어도 좋습니다 _ 255

- 정체불명의 무뢰한 _ 263
- 문제가 많군요 _ 270
- 서울에 사는 30대 남성 _ 277
- 『선도체험기』에 대한 비평 _ 289
- 사이비틱한 헛소리 _ 301
- 수준 높은 초월적 도법 _ 308
- 순간적 열반의 체험 _ 312
- 기 수련, 운기조식 _ 319
- 뒷이야기 _ 325
- 라즈니쉬는 사이비였습니다 _ 332

⟨77권⟩

다음은 단기 4337(2004)년 10월 1일부터 단기 4338(2005)년 1월 31일 사이에 있었던 필자의 수련 과정과, 필자와 수련생들 사이에 오고 간 수련과 인생에 대한 대화 그리고 이메일 문답을 수록한 것이다.

팔자(八字)걸음

새벽 네 시 가까이 되면 잠자던 내 눈은 자동적으로 떠진다. 전날 등산을 하여 몸이 피곤하고 나른할 때도 마찬가지다. 몸은 나른한데도 누워 있기가 불편하다. 이런 때는 누워 있기보다 차라리 반가부좌하고 앉아 있는 것이 편하다.

옆에서 자고 있는 아내가 깰세라 소리 안 나게 가만히 일어나 앉는다. 2, 3분 동안 앉아 있노라면 속에서 알 수 없는 기운이 꿈틀대며 무조건 일어나 밖으로 나가기를 촉구하는 것 같다. 결국 몸을 일으키어 서재에 가서 옷을 갈아입고 밖으로 나오고 만다. 벌써 10여 년 동안 길들여진 아침 운동 습관에 이끌려 나는 걷기 시작한다.

집에서 나와 횡단보도 둘을 건너 2킬로나 되는 공원 주위 산책로로 접어들어 부지런히 걷기 시작했다. 아침 온도가 어제까지 섭씨 15도 안팎이었는데 갑자기 9도로 뚝 떨어지는 통에 허리께가 썰렁하고 손까지 시렸다.

그렇게 무더운 여름이었건만 세월의 흐름은 한 치의 어김도 없다. 이제 완연히 본격적인 가을이다. 하긴 토요일 일요일까지 낀, 긴 추석 연휴가 끝나고 벌써 10월 초순에 접어들었으니 그럴 만도 했다. 가로등만이 겨우 길을 비춰 주는 인적 없는 어두운 산책길을 부지런히 걸었다. 공원 주위를 반 바퀴쯤 돌고 있을 때였다.

"안녕하세요?" 하고 산책길에서 가끔 만나는 근육질의, 심한 팔자걸음을 걷는 60객의 남자가 뒤따라오며 말을 걸어왔다.

"네, 안녕하십니까?"

"영감님께서는 걸음이 상당히 빠르십니다. 저보다는 연상이신 것 같은데."

"금년에 연세가 어떻게 되시는 데요?"

내가 물었다.

"예순셋입니다. 영감님께서는 어떻게 되십니까?"

"난 이른셋입니다."

"그러세요? 저보다 꼭 십 년 연상이십니다. 그러신데도 저보다 걸음이 빠르십니다."

"뭘요. 오늘은 날씨가 갑자기 써늘해져서 걸음이 좀 빨라졌지만 어제까지만 해도 걸음이 느린 편이었습니다."

"공원 한 바퀴 도시는 데 아무래도 한 30분은 걸리시죠?"

"여름에는 그렇지만 가을, 겨울, 봄에는 20분 내지 25분밖에는 걸리지 않습니다."

"그러시군요."

그는 속으로 면구스러운 듯 이렇게 말하면서 더 말을 잇지 않았다. 그 대신 그는 나보다 자신은 10년이나 연하이면서도 나에게 걸음이 뒤처질 수 없다는 듯 부지런히 걸었다. 드디어 그가 서너 걸음 앞서게 되었다.
 그러나 나는 그때까지의 보조를 그대로 유지했다. 그랬는데도 그는 얼마 안 가서 조금씩 나보다 걸음이 뒤쳐지게 되었다. 어느덧 너덧 걸음 뒤떨어지게 되자 그는 이래서는 안 되겠다 싶었는지 다시 걸음을 재촉하여 겨우 나와 나란히 걷게 되었다.
 그의 보조는 들쭉날쭉이었고 나는 일정한 보조를 유지한 채 그와는 앞서거니 뒤서거니 하면서 어느덧 공원을 한 바퀴나 돌았다. 한 바퀴 도는 데 어제까지만 해도 30분이 걸렸었는데 오늘은 25분밖에 걸리지 않았다. 우리가 공원 주위를 두 바퀴를 돌고 났을 때였다. 걸음이 벅찬지 그가 약간 헉헉대면서 입을 열었다.
 "저는 평소엔 겨우 한 바퀴밖에 돌지 않았는데 오늘은 우연히 영감님을 만나 두 바퀴를 돌았습니다. 어떻게 그렇게 일정한 보조로 조금도 흐트러짐이 없이 빠르게 걸으시는지 무슨 비결이라도 있습니까?"
 "있죠. 있고말고요."
 "그게 뭡니까?"
 "걸음을 나처럼 양발을 11자 형으로 하고 걸어야 합니다. 그래야 앞축에서 추진력이 생기고 따라서 걸음도 빨라지게 됩니다. 그런데 댁의 걸음은 전형적인 노인 걸음인 팔(八)자걸음입니다. 그렇게 앞축이 양쪽으로 벌어진 팔자걸음은 기(氣)가 밖으로 빠져나가는 걸음입니다. 그렇게 걸으면 걸을수록 힘은 빠지고 느려질 수밖에 없게 되어 있습니다."
 "왜 그렇죠?"
 "팔자걸음은 발뒤꿈치 즉 종골(踵骨)을 안쪽으로 뒤틀어지게 합니다. 그렇게 되면 족궁(足弓)이 무너지고 그 영향으로 무릎뼈가 틀어지고 이 때문에 고관절(股關節)까지 비틀어지게 합니다. 고관절이 비틀어지면 척추가 앞뒤로 굽거나 좌우 측만(側彎)으로 S자 현상을 일으키게 되고 척추와 연결된 오장육부에도 해로운 영향을 끼치게 되어 있습니다.

결론적으로 말해서 팔자걸음은 노인의 걸음이요 힘 빠진 환자의 걸음입니다. 물론 세월 이길 장사는 없다고 하지만 팔자걸음은 노화를 촉진할 뿐입니다."

"무슨 대책이라도 있습니까?"

"있죠."

"그게 뭡니까?"

"나처럼 11자 걸음을 걷도록 지금부터라도 의식적으로 노력을 하면 됩니다. 물론 인간의 노력으로 노화를 막을 길은 없지만 그것을 어느 정도까지 지연시킬 수는 있습니다. 이제부터라도 한번 11자 걸음으로 걸어 보세요."

"듣고 보니 선생님 말씀이 백번 지당합니다만."

어느덧 나에 대한 호칭이 영감님에서 선생님으로 바뀌어 있었다.

"그런데요?" 하고 내가 묻자

"그렇게 11자 걸음으로 걸으면 당연히 건강도 좋아지고 걷는데 추진력도 생기고 피곤하지도 않을 것 같습니다. 그리고 건강에도 좋고요. 그런데 저는 아무래도 그렇게 걸을 자신이 없습니다."

"왜요?"

"평생을 팔자걸음을 걸어오다가 이제 늘그막에 새삼스레 11자 걸음을 걸을 수 있나요?"

"그럼 건강을 위해서라도 팔자걸음이 잘못이고 11자 걸음이 옳다는 것은 인정하십니까?"

오랜 습관

"물론 그걸 인정은 합니다만 오랜 습관을 하루아침에 바꿀 수는 없을 것 같습니다. 저는 어릴 때 할아버지와 아버지의 걸음걸이를 멋모르고 흉내내기 시작한 것이 그대로 습관으로 굳어졌습니다."

"그런 팔자걸음이 나쁘다는 것을 말해 준 사람도 없었습니까?"

"친구들로부터 팔자걸음이 건방지다는 소리는 들었어도 선생님처럼 따끔하게 알아듣도록 말해 주는 사람은 지금껏 없었습니다. 젊었을 때 그런 충고를 들었더라면 고쳐 보려고 했을지 모르겠지만 지금은 너무 늦은 것 같습니다."

"그것이 확실히 잘못이라는 것을 알았으면 오늘 이렇게 살다가 내일 죽는 한이 있어도 당연히 고쳐야 하지 않을까요? 인생은 금생만 있는 것은 아니니까요. 그런 습관을 내세까지 끌고 갈 필요가 있을까요? 과즉물탄개(過則勿憚改)하라고 하지 않았습니까?"

"과즉물탄개라니 그게 무슨 말씀입니까?"

"『논어(論語)』에 나오는 공자의 말인데 잘못을 저질렀으면 망설이지 말고 즉각 고치라는 뜻입니다. 내가 너무 주제넘은 말을 한 것 같지만 댁이 빠르게 걷는 방법을 묻기에 내가 알고 있는 지식과 비법을 전달했을 뿐입니다. 다른 오해는 하지 마시기 바랍니다."

"천만의 말씀이십니다. 선생님의 비법을 선뜻 받아들이지 못하는 미련하고 속 좁은 제가 오히려 송구스러울 뿐입니다."

하긴 한 사람의 60객의 인생관을 한 과객이 당장에 바꾸려 한다는 것도 무리가 아닐 수 없었다. 그러나 어쨌거나 이왕에 말을 꺼낸 김에 끝장을 보아야겠다는 오기 같은 것이 내 속에서 꿈틀거렸다.

"내가 잘 아는 사람 중에 마누라 손찌검하는 이가 있었습니다. 그는 그 고약한 버릇을 철없는 어린애였을 때 자기 아버지로부터 물려받았습니다. 그 친구의 아버지 역시, 그의 할머니를 이따금씩 구타하는 버릇을 자신의 아버지로부터 물려받은 것입니다. 아내 구타하는 버릇은 이처럼 삼대를 이어져 왔습니다.

그런데 근년 들어 여권(女權)이 신장되면서 두메산골 여성들도 남편으로부터 매맞고는 도저히 살 수 없는 사회가 되었습니다. 아이들 시집 장가 다 보내고 그 친구가 평생 해 온 공무원 생활을 마감하고 퇴직할 무렵 그의 아내는 돌연 선언했습니다.

'지금이 어느 세상인데 더이상 당신한테 매맞고는 살 수 없으니 이혼하자'고 했습니다. 그는 그때서야 아차 했습니다. 드디어 올 것이 왔다는 생각이 들었습니다. 그러나 그는 평생 길들여져 온 습관을 지금껏 아무 불편 없이 잘도 감내하여 온 아내가 하루아침에 갑자기 태도를 확 바꾸어 이렇게 나오다니 섭섭하기도 하고 괘씸하기도 했습니다.

그렇다고 해서 이제 와서 아내에게 사죄하고 그 버릇을 바꾼다는 것은 자존심이 허락하지 않는 일이었습니다. 그는 두말없이 이혼에 동의해 주었습니다. 법원의 판결에 따라 결혼생활 중에 취득한 재산의 반을 아내에게 나누어 주지 않을 수 없었습니다. 결국 그는 늘그막에 팔자에도 없는 홀아비 신세가 되었습니다.

그는 홀아비 생활의 불편을 속속들이 겪고 나서야 자신의 경솔을 뼈 아프게 뉘우쳤지만 새장가를 들 형편도 아니어서 어려움을 삭이는 수밖에 없었습니다. 아내가 이혼하자고 했을 때 아내 앞에 무릎 꿇고 솔직하게 자기 잘못을 참회하고 새 사람으로 거듭났더라면 좋았을 것을 하고 아무리 후회해 보았지만, 원님 지나간 뒤에 나발 불기요, 버스 지난 뒤에 손 쳐들기였습니다. 졸지에 이혼을 당한 그는 불과 이삼년 사이에 팍삭 늙어 버렸고 자리에 눕자마자 폐암이 악화되어 곧 이 세상을 하직하고 말았습니다."

여기까지 말했을 때 어느덧 공원을 세 바퀴째를 거의 다 돌았다. 그는 내내 내 말에 귀를 기울이고 있었다. 그가 내 말을 들으면서 속으로 무슨 생각을 했는지는 알 길이 없었다. 나는 그와 인사를 하고 헤어져 집으로 향했다. 팔자걸음이라는 잘못된 모방 습관으로 평생 발을 학대하여 기형이 된 것을 알았으면 지금이라도 늦지 않았으니 고쳐야 한다고 재차 말하고 싶었으나 그의 자존심을 고려하여 더이상 아무 말도 하지 않았다.

구도자가 수련을 하다가 한소식하고 보면 모든 것은 하나로 통하게 된다는 것을 알게 된다. 즉 일이관지(一以貫之)의 참뜻을 깨닫게 된다는 말이다. 그 친구도 그와 이혼한 그의 아내도 알고 보면 이신동체(異身同體)인데 그것도 모르고 그는 내내 아내를 학대하여 온 것이다. 결국 그는 자기 자신을 학대하여 온 것밖에는 되지 않았다.

그 인과응보로 그는 늘그막에 홀아비 신세가 되었다. 오늘 아침에 만난 그 60객 역시 무지와 잘못 길들여진 습관 때문에 심한 팔자걸음을 걷고 있다. 그러나 이러한 이치까지 그에게 까발리는 것은 아무래도 주제넘은 짓이고 사족(蛇足)처럼 생각되었다. 귀 있는 사람이라면 알아듣겠지 하고 자위할 수밖에 없었다. 공은 그에게 넘어갔으니 그가 알아서 할 일이다. 어쨌든 할 말은 다 했으니 내 속은 후련했다.

대자유인(大自由人)

우창석 씨가 말했다.
"선생님, 대자유인이란 어떤 사람을 말합니까?"
"진정한 의미의 자유인이란 분노가 치밀어 올라도 그 분노에 사로잡히지 않는 사람을 말합니다."
"다시 말해서 성냄을 자제할 수 있는 사람을 말씀하시는가요?"
"그렇습니다. 이 세상 사람들의 거의 대부분은 홧김에 평생 씻을 수 없는 큰 잘못을 저지르곤 합니다. 홧김에 욕을 하고 홧김에 폭행을 하는가 하면 홧김에 친구와 절교를 하고 홧김에 이혼을 단행하기도 하고, 화가 극에 달했을 때 살인도 자행합니다.
 단 한순간에 저지른 실수로 평생을 두고 후회합니다. 홧김에 잘못을 저지르는 사람은 분노의 노예에 지나지 않습니다. 이성(理性)의 주체가 되어야 할 사람이 분노의 노예가 된다는 것은 불행의 시작이요 파멸의 시작이기도 합니다. 따라서 성이 났을 때 성을 가라앉히고 다스릴 수 있는 사람이야말로 대자유인의 첫 번째 조건이라고 말할 수 있습니다."
"그럼 대자유인의 두 번째 조건은 무엇입니까?"
"대자유인의 두 번째 조건은 탐욕(貪慾)을 이길 수 있는 사람입니다. 돈이 많아서 맛있는 음식을 무엇이든지 마음대로 먹을 수 있다고 해서 진정한 자유인이 아닙니다. 그런 사람은 기껏해야 식도락에 사로잡힌 식도락(食道樂)의 노예일 뿐입니다.

아니면 이 여자 저 여자 여색을 마음대로 즐길 수 있다고 해서 대자유인일 수 있는 것도 아닙니다. 그런 사람은 기껏해야 엽색(獵色)의 노예요 성욕의 노예일 뿐이고, 색마(色魔)에 지나지 않습니다.

그렇다고 해서 정권욕을 성취하여 권력을 마음대로 휘두를 수 있는 최고의 권좌에 올랐다고 해서 대자유인이 되는 것도 아닙니다. 국민이 진정으로 원하는 경제 발전은 모른 체하고 평등 이념에 사로잡히어 헌법을 무시하고 나라를 도탄에 빠뜨렸다면 그런 사람은 한갓 별 볼 일 없는 이념의 노예에 지나지 않습니다. 탐욕, 식욕, 성욕, 이념에서 완전히 벗어난 사람이야말로 진정한 대자유인입니다."

"탐욕이란 사욕(私慾)을 말합니까?"

"물론입니다. 사욕뿐만 아니라 온갖 종류의 이기주의를 말합니다. 다시 말해서 개인의 욕심뿐만 아니라 가족을 위한 가족 이기주의, 집단을 위한 집단 이기주의, 정파(政派)의 세를 불리기 위한 정파 이기주의, 계급 이기주의, 국가 이기주의, 지역 이기주의 등 일체의 이기주의를 전체(全體)의 이익을 위하여 흔쾌히 내던질 수 있는 사람이야말로 진정한 의미의 대자유인이라고 말할 수 있습니다."

"전체란 무엇을 말합니까?"

"전체란 말 그대로 삼라만상을 포함한 대우주 전부를 말합니다. 동시에 그것은 우리들 각자의 존재의 실상이기도 합니다."

"각자의 존재의 실상이란 무엇입니까?"

"그것이야말로 우리들 생명의 본원이요 진리의 실체입니다."

"그러니까 진리를 위하여 온갖 이기심을 떠난 사람이 바로 대자유인이라는 말씀입니까?"

"그렇습니다. 짧게 말해서 자기 자신의 생명의 실상을 위해서 탐욕의 노예가 되는 것을 포기한 사람이 진정한 대자유인이라는 말입니다."

"그럼 대자유인의 세 번째 조건은 무엇입니까?"

"이성에 대한 애욕의 노예 상태에서 확실히 벗어난 사람을 말합니다. 아무리 자칭 깨달은 스승이라고 해도 이성(異性)에 대한 애욕에서 벗어나지 못한 사람은 진정한 의미의 대자유인이라고는 말할 수 없습니다.

결혼해서 아이들 낳고 멀쩡하게 잘살던 사람이 새 애인이 나타났다고 해서 평생 해로하기로 서약한 배우자에 대한 신뢰를 저버리고 이혼을 강행하고 새로 결혼을 한다면 그것이야말로 애욕의 포로에 지나지 않습니다. 더구나 자칭 각자(覺者)라는 사람이 자기 아내가 멀쩡하게 살아있는데도 자신의 여제자들을 성적으로 농락하는 엽색(獵色) 행위에 몰두한다면 그런 사람이야말로 가짜 각자요 사기꾼입니다."

"그렇군요. 그럼 대자유인의 네 번째 조건은 무엇입니까?"

"슬픔에서 자유로운 사람을 말합니다. 제아무리 사랑하는 사람이 죽었어도 그 일로 마음과 몸이 상하는 일이 없는 사람을 대자유인이라고 말할 수 있습니다. 슬픔으로 심신이 망가진다고 해서 변하는 것은 아무것도 없기 때문입니다."

"그럼 자유인의 다섯 번째 조건은 무엇입니까?"

"두려움에서 벗어난 사람을 말합니다. 생사를 초월해 있으므로 죽음에 대한 공포가 있을 수 없습니다. 그러니까 언제 어디서나 당당할 수 있습니다."

"여섯 번째는요?"

"사랑과 미움에서 자유로운 사람입니다."

"일곱 번째는요?"

"걱정 근심에서 자유로운 사람입니다."

"여덟 번째는요?"

"기쁨에 사로잡히지 않는 사람입니다. 다시 말해서 오욕칠정(五慾七情)에 흔들리지 않는 사람이야말로 진정한 대자유인입니다."

"아홉 번째는요?"

"주색, 도박, 마약 따위에 끌려다니지 않는 사람입니다."

"그렇게 하여 대자유인이 얻는 것은 무엇입니까?"

"무한(無限)과 영원(永遠)입니다."

"무한과 영원이 무엇인데요?"

"그게 바로 모든 생명의 실체입니다. 생명의 실체와 하나가 된 사람은 더이상 윤회 따위에 휘말리는 일은 없습니다. 그런 사람에게는 연년시호년(年年是好年)이요 일일시호일(日日是好日)입니다. 즉 해마다 좋은 해요 날마다 좋은 날입니다. 하화중생(下化衆生)하는 일 외에는 이 세상의 온갖 부귀영화가 한갓 휴지조각이요 허깨비에 지나지 않습니다."

알즈너 체험기

오늘로 알즈너를 착용한 지 183일째다. 어젯밤에 알즈너 코리아 우리 발 대리점 박경현 사장으로부터 알즈너 착용 체험수기를 공모하니 꼭 좀 응모해 달라는 간곡한 청탁을 받았다. 내가 알즈너를 착용한 지 6개월이 넘었으니 그동안에 체험한 얘기를 진솔하게 써 주면 알즈너에 관심이 있는 사람들에게 많은 도움이 될 것이라고 말했다. 나는 우선 생각해 보겠다고 말하고 전화를 놓았다.

전화를 끊은 뒤 나는 잠시 망설이지 않을 수 없었다. 1974년에 문단에 데뷔한 이래 30년 동안 집필생활을 해 오는 동안 나는 80년대 중반에 『다물』이라는 미래 소설로 독서계에 알려졌고, 그 후 90년 초부터 나오기 시작하여 지금 76권째 시판되고 있는 『선도체험기』라는 구도(求道) 소설과 『소설 한단고기』, 『소설 단군』 등의 역사물로 일부 독자에게 알려져 있을 뿐인 미미한 존재이다.

그러나 일단 출판물이라는 매스컴을 탄 이상 이 땅의 소설가라는 공인(公人)으로서 일종의 의료용 상품인 알즈너에 대한 체험수기를 쓴다면 독자들은 내가 알즈너 회사로부터 광고비나 듬뿍 받았다는 의심을 받을 수도 있다. 이러한 의심을 사면서까지 글을 써야 할지 말아야 할지 밤새도록 심사숙고한 끝에 나는 비록 광고비를 받았다는 의심을 사는 일이 있어도 일단 쓰기로 작정했다.

비록 내가 광고비를 받았다는 의혹을 삼으로써 문필가로서의 내 명예에 다소 손상이 간다고 해도 이것을 읽은 독자들 중에 혹 알즈너를 구입하는 사람들이 생긴다면 그들은 건강이라는 혜택을 받게 될 것이기 때문이다.

돈이나 명예를 잃는 것은 인생의 일부를 잃는 것이지만 건강을 잃는 것은 인생 전부를 잃는 것인데 그 건강을 찾아줄 수 있다면 이것이야말로 큰 공덕이 아닐 수 없을 것이다. 이런 생각을 하니 알즈너 체험수기를 써야겠다는 의욕이 일었다.

이 글을 쓰기 전에 먼저 해야 할 말이 있다. 나는 1979년부터 지금까지 25년간 일요일이면 등산을 빼놓지 않은 생활을 계속하여 왔다. 등산을 하되 맨손으로 암릉(岩陵)을 타는 방법을 선호하여 왔다. 그러다가 1990년 9월에 도봉산 끝바위에서 실족 추락하여 오른쪽 발뒤꿈치인 종골(踵骨)이 심하게 파쇄(破碎)되는 중상을 입었다.

입원하여 수술을 받았지만 하도 심하게 뼈가 으스러져서 원형을 회복하지 못하였다. 걷는 데는 별지장이 없고 그전처럼 등산도 할 수 있게 되었지만 내 오른발 뒤꿈치는 마치 찌그러진 낡은 구두 뒤축처럼 보기 흉하게 변형되었다. 그로 인해 외측(外側) 족궁(足弓)과 횡궁(橫弓)이 무너져 반 평발이 되었고 발가락은 뼈와 힘줄의 변형 때문인지 피가 제대로 통하지 않아 정상적인 왼쪽 발가락에 비해서 창백하고 왜소해졌다.

처음에 부상을 입고 입원했을 때 담당 의사가 정밀 진단을 해 보고는 고개를 좌우로 흔들었다. 제대로 걸을 수 있을지 미지수라는 것이었다. 그때 나는 어떻게 하든지 걷기만 할 수 있으면 더이상 바랄 것이 없다고 생각했다.

그러나 퇴원하여 걸을 수 있게 되자 마음이 달라졌다. 말 타면 견마

(牽馬) 잡히고 싶다고 욕심이란 한정이 없는 법이다. 어떻게 하면 이 부상당한 발이 그전처럼 원형을 되찾을 수 있을까 하고 늘 생각하게 되었다. 아무리 생각해 보고 알아보아도 현대 의학으로는 어찌해 볼 도리가 없었다.

중국의 어느 초능력자는 부상으로 변형된 신체의 어떠한 부위라도 그의 손만 닿으면 원형으로 되돌릴 수 있다는 외신 보도가 있었다. 물론 믿을 수 없고 사기성을 띤 경우가 대부분이지만 그게 만약에 사실이라면 나도 한번 찾아가 볼까 하는 생각을 해 보기까지 했다.

완치가 되지 않아서 그런지 겨울이면 항상 오른쪽 반쪽이 더 시렸다. 등산이나 조깅 같은 심한 운동을 하면 우반신(右半身)이 언제나 뻐근하였고 비나 눈이 오려면 으레 오른발과 다리가 시큰거렸다. 이렇게 흐른 세월이 어느덧 14년.

한편 나는 1986년부터 선도수련을 시작했고 그것이 상당한 성과를 거두었다. 수행 체험을 바탕으로 씌어진 『선도체험기』는 두 달에 한 권씩 계속 발행되었다. 퇴원을 하고 나서는 내 서재에서 『선도체험기』를 읽고 찾아오는 수련생들을 지도하게 되었다. 『선도체험기』 8, 9, 10권에 오행생식에 대한 내 글이 발표된 것이 계기가 되어 91년도부터는 오행생식원 대리점을 운영하기 시작했다.

등산 덕분에 만성 위장병이 나았고 선도수련으로 지병이었던 각종 신경통도 말끔히 치유되었다. 한때는 등산과 선도수련만 열심히 하면 부상당한 다리도 차츰 원형대로 회복되겠지 하는 소망을 가져 보았다. 그러나 그 소망만은 끝내 이루어지지 않았다.

그러던 차 금년(2004년) 5월 초순에 서두에 말한 박경현 사장이 찾아왔다. 그는 지금은 나이가 40이 내일모레지만 15년 전에는 ○○선원에서의 사범 생활을 그만두고 내 서재인 삼공재(三功齋)에서 침식을 나와 같이 하면서 열심히 수련을 하던 나의 제자였다. 『선도체험기』 초기에는 그를 모델로 한 인물이 자주 등장한다.

삼공재를 나간 후에는 오행생식원에서 교육을 받고는 훌륭한 말솜씨를 타고난 그답게 그곳 수련원 강사로서도 이름을 날렸었다. 불광불급(不狂不及)이라는 말이 있다. 미치지 않으면 성공할 수 없다는 뜻인데 그는 무엇에 한 번 미쳐 버리면 그 나름대로 끝장을 보고야 마는 지독한 근성을 가지고 있다. 오행생식원 강사를 하던 그는 오행생식원 대리점을 차리고 결혼도 하고 두 아들을 얻었다고 언젠가 찾아와서 말했었다.

그런 일이 있은 지 얼마 후에 그는 계룡산의 ○○ 수련원에 들어가 열심히 수련을 한다고 하면서 나보고도 같이 수련을 해 보자고 권했었다. 그러나 나는 이미 그 단체가 좀 이상한 방향으로 가고 있다는 것을 알고 있었으므로 거절했다. 아닌 게 아니라 그는 얼마 후에 그곳을 그만두었다는 소식이 들려 왔었는데 이번에 느닷없이 찾아온 것이다.

"선생님, 그간 안녕하셨습니까? 선생님께서는 항상 수련을 하고 계시니까 여전히 건강하시죠?"

"다행히 아직 건강에는 이상이 없습니다."

"요즘도 그전처럼 등산 계속하시죠?"

"박경현 씨는 요즘은 『선도체험기』를 읽지 않는 모양이군."

"죄송합니다. 35권까지는 읽었는데 그 후부터는 하도 바빠서 못 읽었습니다. 그런데 그걸 선생님께서는 어떻게 아셨습니까?"

"얘기를 들어 보면 곧 알게 되지. 박경현 씨가 『선도체험기』를 계속 읽었더라면 지금도 등산을 계속하느냐는 질문이 나올 수가 없었을 테니까."

"제가 실언을 했습니다."

"실언이 아니라 솔직한 자기 심정을 말한 거지. 그래 요즘은 무슨 일을 하고 있어요?"

"사실은 선생님께 제가 지금 하고 있는 일에 대하여 말씀드리려고 이렇게 찾아왔습니다."

"그게 무슨 일인데?"

"선생님께서도 아시다시피 저는 현대 의학이 해결하지 못하는 건강 문제를 해결하기 위해서 선도수련, 오행생식, 침, 뜸, 부항, 사혈 등등 온갖 대체의학에 깊숙이 빠져도 보았지만 끝내 해결하지 못했던 획기적인 건강법을 최근에 발견했습니다."

"그게 뭔데?"

"이거야말로 기상천외의 발상의 전환을 필요로 하는 새로운 건강법이라고 할까요? 그런 것입니다."

"서론이 길구만. 어디 핵심을 말해 보라고."

"네, 알겠습니다. 그게 바로 알즈너라는 것입니다."

"알즈너? 금시초문인데. 그게 뭐 하는 건데?"

발 교정기구(矯正器具)

"알즈너(Alznner)라는 일종의 발 교정기구(矯正器具)입니다."

"발 교정기구? 치아 교정기구라는 말은 들어 보았어도 발 교정기구란 말은 처음 들어 보는데."

"그러실 겁니다. 알즈너란 선생님처럼 발에 심한 부상을 당한 사람이

나 평발이나 까치발이나 좌우간 발이나 다리의 뼈가 잘못되었거나 그로 인해서 발생하는 고관절, 척추, 경골의 이상이나 구안와사와 같은 온갖 장애를 기가 막히게 고쳐 주는 획기적인 의료기구입니다."

"그야 정도가 가벼운 경우를 말하겠지. 나처럼 발에 부상을 당하여 종골(踵骨)이 파쇄(破碎)되어 심하게 변형된 경우는 해당되지 않을 껄?"

"아니, 결코 그렇지 않습니다. 선생님보다 몇 배 더 심한 골절상을 당한 사람은 말할 것도 없고 심지어 선천적인 꼽추도 알즈너를 신고 나서 굽었던 등뼈가 점점 펴지고 있는데요. 물론 태어나면서부터 굽었던 뼈가 펴지느라고 명현반응이 말할 수 없이 심하긴 해도 조금씩 조금씩 굽은 뼈가 펴지고 있는 것은 사실입니다. 제가 잘 알고 있는 여자분인데 선생님께서 확인해 보시고 싶으시다면 당장에라도 소개해 드리겠습니다."

"박경현 씨는 성격상 거짓말을 할 사람은 아니고 하여간 그게 사실이라면 그거 굉장한 거구만. 도대체 어떻게 생긴 건데? 지금 보여줄 수 있겠나?"

"있고말고요."

이렇게 말하자마자 그는 현관에 벗어 놓았던 자기 운동화에서 알즈너라는 것을 꺼내 왔다. 생긴 것은 꼭 신발 깔창 반토막만한 것이었다.

"이것을 운동화나 구두 뒤축에 깔창처럼 깔고 신으면 바로 그 순간부터 놀라운 변화가 일어납니다. 저도 이것을 착용한 지 20일째입니다만 정말 엄청난 변화를 체험하고 있습니다."

"어떤 변화를 체험했는데?"

"우선 운동 부족으로 나왔던 배가 들어가고 체중이 3킬로나 줄어들었습니다. 그리고 몸의 중심이 딱 잡히면서 굽었던 허리와 등이 곧바로 펴지고 있습니다. 그리고 다리에 힘이 실리면서 잃었던 활력을 되찾을 수 있었습니다.

몸이 이렇게 갑자기 변하다 보니까 명현반응으로 끙끙 앓는 일은 있습니다만 오행생식, 선도수련, 등산, 조깅, 침, 뜸, 부항, 사혈, 음양식 등으로 해결할 수 없었던 부분을 완전히 해결한 느낌입니다. 저만 그런 것이 아니고 실은 집사람은 저보다 더 엄청난 변화를 겪고 있습니다."

"왜? 애 엄마가 어디 아팠었나?"

"산후 조리가 잘못되어 항상 얼굴이 붓고 체중도 자꾸만 늘어나고 기운도 없고 백 미터 이상은 걸어가기를 싫어했었는데, 지금은 생기가 펄펄 납니다. 착용한 지 겨우 20일밖에 안 됐는데 얼굴에서 부기도 빠지고 체중도 5킬로나 줄었습니다.

지금은 한 시간 이상을 걸어도 끄떡도 없습니다. 물론 집사람도 저처럼 명현반응으로 고생을 하기는 하지만 몸이 좋아지는 걸 생각하면 그 정도는 얼마든지 참을 수 있다고 합니다."

"그럼 나처럼 발에 심한 부상을 당한 사람도 효과가 과연 있을까?"

"있고말고요. 선생님보다 더 심한 골절상을 당한 사람도 큰 효과를 보고 있습니다."

"그걸 어떻게 알아?"

"제가 알즈너 회사 딜러(dealer)가 아닙니까? 그래서 교육도 받고 실제로 체험한 사람들의 이야기를 많이 들어왔기 때문에 잘 알고 있습니다."

"알즈너라는 단어는 영어 같지는 않고 어디에서 유래된 거지?"

"알즈너는 원래 독일의 족부의사(足部醫師)가 발명한 것인데 그 발명자의 이름이 바로 알즈너였다고 합니다. 그 사람은 이것을 발명하고 나서 곧 사망했고 그의 아내가 미국에 이민을 가서 특허권을 얻어 미국인이 회사를 차렸다고 합니다. 해외 총판은 캐나다와 호주와 한국밖에는 없다고 합니다. 일본이나 중국이나 유럽에도 아직 총판이 없다고 합니다."

"그건 그렇고 도대체 그 깔창 반토막 같은 것이 어떻게 돼서 그런 치료 효과를 낼 수 있다는 건지 한 번 설명해 볼 수 있을까?"

"그럼 될수록 간단하게 그 원리를 말씀드리겠습니다. 인간은 원래 두 발로 걸을 수 있게 되면서부터 맨 처음에는 지금의 아프리카 원주민처럼 맨발로 땅 위를 걸어 다녔습니다. 그러다가 땅이 얼기 시작하면 발이 시리니까 짚이나 짐승 가죽 같은 것으로 만든 신을 만들어 신게 되었습니다. 신을 신으면서 자연히 발싸개, 버선, 양말 같은 것을 신게 되었습니다.

그리고 여자는 보통 신 외에도 성적인 매력을 돋보이게 하기 위하여 고안된 전족(纏足)이나 뒷굽이 4센티 이상 되는 하이힐을 신으면서부터는 발의 정상적인 발육이 억제되어 불구나 기형이 되든가 까치발과 같은, 발의 심각한 변형을 가져 왔습니다. 이러한 현상들이 건강을 악화시키고 만성 질병을 가져옴으로써 좌우 대칭이 무너지는 심각한 문제를 일으켰습니다."

"좌우 대칭이 무너지는 심각한 문제를 일으키다니?"

"원래 사람의 발은 좌우 대칭이 정확하여 균형이 잘 잡혀 있었는데 신과 양말을 신으면서 신 한쪽이 다른 쪽보다 많이 닳든가 양말이 한쪽으로 쏠리거나 밀리게 되면서부터 좌우 대칭이 무너지게 됩니다.

그렇게 되면 발뼈의 배열에 이상이 생기게 되고 그로 인하여 발과 다리의 관절에도 이상이 오고 그것은 고관절과 척추에도 영향을 끼치게 되어 마침내 고관절이 비틀어지고 척추가 휘어지는 척추측만증(側彎症)

이 옵니다. 그런가 하면 허리가 구부러지고 한쪽 어깨가 쳐지고 목이 뻣뻣하고 통증이 오는 수도 있습니다.

미국의 공중보건성 조사에 따르면 87퍼센트의 사람들이 발에 문제가 있는데, 대체로 젊었을 때부터 시작된 것이라고 합니다. 그러나 사람들은 일반적으로 다리, 어깨, 척추, 등, 목이나 그 관절 부위에 통증을 느낄 때에야 비로소 신경을 쓰게 되지만 그것이 발과 밀접한 관계가 있다는 것은 모르고 지내게 됩니다. 그렇다면 발은 도대체 어떠한 구조인지 아십니까?"

"계속 설명해 보라구."

"그러죠. 발은 보기보다는 대단히 복잡한 구조로 되어 있어서 우리 몸의 제2의 심장이라고도 합니다. 발이 편치 못하면 온몸이 편치 못합니다. 이러한 발은 26개의 뼈와 33개의 관절, 38개의 근육으로 구성되어 있습니다. 이러한 발은 몸무게를 지탱시켜 바른 자세를 유지하게 할 뿐만 아니라 운동할 때 지렛대 역할과 완충 작용을 합니다.

사람이 일평생 걷는 거리는 약 25만 킬로인데, 지구의 네 바퀴 반 정도 됩니다. 걸을 때는 체중의 3배, 뛸 때는 체중의 7배의 무게가 발에 실리게 됩니다. 이렇게 중요한 발에는 아치형으로 된 족궁(足弓)이 있어서 체중을 효율적으로 분산시켜줌으로써 몸을 보호하는 역할을 합니다.

사실상, 사람의 몸은 하나의 생물학체(生物學體)입니다. 온몸의 골격은 척추를 중심으로 하여 좌우 대칭으로 배열되고 마디마디 고리를 지어, 하나의 고리식 밀폐 계층을 이루고 있습니다. 어떠한 관절 하나라도 정상에서 이탈되면 다른 관절의 작용을 방해 또는 제지하게 됩니다.

즉 발뼈의 각 부위의 배열이 정확하지 않으면 결국은 발뒤꿈치가 비틀어지고 따라서 경골(다리뼈) 이탈로 다리의 근육 부하량이 증가하게 됩니다. 이러한 현상이 장기간 지속되면 전신 골격과 관절의 불균형을 초래하게 되어 무릎, 엉덩이, 골반, 척추 등의 부위에도 영향을 주게 되어 이러한 부위에 통증이 일어나게 됩니다.

그중에서도 골반이 틀어지게 되면 근육과 조직의 긴장을 가져와 만성적인 요통을 초래하게 됩니다. 그뿐 아니라 척추 주위에도 문제를 일으키어 신체의 충격 흡수 작용을 저하시키고 다리와 골반의 회복 능력을 감소시킴으로써 발뒤꿈치에서 받은 충격이 머리까지 전달되어 두통을 비롯한 각종 질환을 야기합니다.

따라서 발이 잘못되면 발과 무릎 관절을 포함한 온몸의 관절에 심각한 문제를 일으키게 됩니다. 발은 또한 혈액 순환에도 중요한 역할을 하므로 자연적으로 혈압 조절을 해 주기도 합니다.

빌딩으로 말하면 발은 기초와도 같습니다. 기초에서 1밀리 오차가 생기면 고층건물 최상층부에서는 1미터의 오차가 생길 수도 있습니다. 발뼈가 약간 어긋나면 그것이 몸 전체의 뼈와 관절에 순차적으로 영향을 주어 결과적으로 허리 디스크, 목 디스크, 요통, 좌골신경통을 가져옵니다. 척추측만증을 초래하는가 하면 척추와 연결된 오장육부에도 영향을 끼치게 되어 각종 성인병을 일으키게 됩니다.

알즈너는 바로 이러한 모든 질병을 확실히 치료해 줍니다. 그뿐만 아니라 평발, 발의 굳은 살, 티눈, 엄지발가락이 밖으로 휘어진 무지외반증, 발바닥이 아프거나 뒤꿈치가 갈라진 사람, 발이 차거나 열이 나는 병, O형, X형 다리, 휘어진 다리, 팔자걸음, 안짱걸음, 비만증, 다리가 잘 붓는 병, 성장이 늦거나 집중력이 떨어지는 학생, 장시간 서서 일하는 사람, 이유 없이 심한 두통이 일어나는 질환, 당뇨병, 고개가 한쪽으로 비딱한 사람, 손발이 저리거나 쥐가 나는 사람, 허리나 등이 굽은 사람, 코와 입이 중심선에서 벗어나거나 구안와사, 한쪽 어깨가 올라간 사람에게 알즈너는 반드시 효과가 있습니다. 특히 선생님처럼 발에 심한 부상을 당하여 수술을 하신 경우에도 탁월한 효과가 입증되고 있습니다."

"말은 약장수 찜쪄먹게 청산유수구만. 과연 그만한 효과가 있다면야 한 번 써 볼 만한데."

"그렇고말고요. 써 보시면 틀림없이 좋은 효과를 보실 겁니다."

"값은 얼마지?"

"30만원입니다."

"아니, 꼭 깔창 반토막만한 플라스틱 제품이 왜 그렇게 비싸지?"

"원료 값이야 몇 푼 안 되지만 공임이 많이 듭니다. 각 사람마다 족문(足紋)을 떠서 공장으로 넘어가면 여러 복잡한 공정을 거치게 되는데 그 공정(工程)이 여간 까다로운 것이 아니라고 합니다. 주문한 날로부터 보통 한 달이 되어야 제품이 나옵니다. (요즘은 공장이 증설되어 공기가 15일로 줄어들었다). 그 대신 이것은 한 번 구입하면 평생 쓸 수 있는 반영구적인 제품입니다."

"그렇긴 해도 우리 같은 서민에겐 30만 원은 적은 돈이 아니라고. 값을 좀 깎을 수는 없나?"

"가격은 전 세계적으로 250달러로 공통적입니다."

"서민에게는 값이 좀 비싸긴 한데. 모처럼 박경현 씨가 이렇게 찾아왔으니 그럼 어디 한 번 써 볼까?"

이렇게 되어 나는 큰맘 먹고 알즈너를 주문하게 되었다. 주문한 지 한 달여가 지난 뒤인 금년(2004년) 6월 1일부터 나는 알즈너를 착용하게 되었다. 운동화에 넣어 신고 하루에 평소대로 새벽에 두 시간씩 걸었다.

첫날부터 부상당한 발과 다리는 말할 것도 없고 온몸이 욱신거리고 으실으실 추우면서 몸살이 왔다. 명현반응은 수련 중에 숱하게 겪어 왔으므로 참을 수 있었다. 착용한 지 1주일이 넘으면서부터 눈에 띄게 변화가 일어나기 시작했다.

알즈너가 부상당한 오른발의 용천혈 부위를 받쳐 주어서 외측 족궁이 회복되기 시작했다. 족궁이 회복되면서 부상 이후 창백하고 왜소(矮小)하게 변형됐던 오른쪽 엄지발가락을 제외한 네 개의 발가락에 핏기가 돌면서 조금씩 조금씩 커지기 시작하더니 정상적인 왼쪽 발가락을 닮아가고 있었다.

수련에도 도움을 준다

보름이 지나면서부터는 청년 시절부터 활처럼 좌우 전후로 꾸부정했던 내 등과 허리가 곧게 펴지기 시작했다. 나는 등산을 25년간 하고 선도수련을 18년간 해 온 덕분에 내 몸에서 온갖 지병을 쫓아내는 데는 성공했다. 그러나 잘못된 체형을 완전히 고치는 데는 속수무책이었다.

그런데 알즈너가 그 문제를 해결한 것이다. 이제 와서 곰곰이 생각해 보니 그럴 수밖에 없었다. 아무리 등산을 하고 도인체조를 열심히 하고 단전호흡을 일상생활화 하여 대주천(大周天)과 수승화강(水昇火降)을 해도 변형된 발을 원형으로 회복시키는 데는 어쩔 수 없는 한계가 있었기 때문이었다. 그러나 알즈너가 그 한계를 확실하게 극복한 것이다.

알즈너가 그동안 70여 평생을 살아오면서 일그러지고 찌그러지고 잘

못 변형되었던 골격과 인대와 근육을 바로잡아 줌으로써 체형이 바로 서자 나는 전에 없이 몸의 중심을 확실하게 잡을 수 있게 되었다. 이것은 운기조식(運氣調息)에도 영향을 주어 수련에도 전에 없이 큰 진전을 가져다 주었다.

한 달이 지나면서부터는 낡은 구두 뒤축처럼 찌그러졌던 부상당한 오른발 뒤꿈치에도 서서히 변화가 오기 시작했다. 찌그러져서 납작했던 종골(踵骨)이 정상인 왼쪽 것처럼 원상을 회복하기 시작한 것이다.

뻣뻣했던 오른쪽 경골(脛骨)도 유연해지고 검푸르던 색깔에 정상적인 핏기가 돌기 시작했다. 그와 함께 심한 파쇄(破碎)로 뭉툭하게 변형된 뼈는 인위적으로는 회복되기 어려울 것이라고 예상했던 것이 빗나간 것이다. 이로서 알즈너는 변형된 뼈까지도 바로잡아 준다는 것을 알게 되었다.

그러나 원상회복의 속도가 너무나 느려서 알즈너 신은 지 6개월이 넘은 지금까지도 원상회복은 아주 조금씩 조금씩 회복되어 가고 있었다. 그래서 앞으로 얼마나 더 지나야 완전히 원형 회복이 될지는 모르지만 6개월이 지난 지금은 60퍼센트 정도는 회복이 되었다고 생각된다.

알즈너를 한 달 동안 체험하는 사이 그 효과를 분명히 알게 되면서 나는 삼공재(三功齋)를 찾는 수련생들에게도 그 얘기를 하게 되었다. 내 말을 들은 수련생들 중에서 지금까지 약 30명 정도가 알즈너를 착용하게 되었다.

알즈너 착용자 중에서 20대보다는 30대가, 30대보다는 4, 5십대가 더 뚜렷한 치료 효과를 거두고 있었다. 오래된 중고차가 고장이 잦은 것처럼 사람도 나이가 많을수록 발 뼈의 변형이 심하다는 것을 말해 주는 것이다.

다리의 관절염을 앓던 사람, 등과 어깨가 앞뒤로 굽거나 좌우로 휘었던 사람, 고개가 한쪽으로 삐딱하게 기울었던 사람, 이유 없이 심하게 두통을 앓던 사람, 입과 코가 한쪽으로 찌그러졌던 사람, 당뇨병을 앓던 사람이 모두 뚜렷한 치료 효과를 보게 되었다.

삼공재를 찾는 수련자들은 『선도체험기』를 읽고 있으므로 내가 하는 말을 믿고 좀 비싸긴 하지만 알즈너를 선뜻 받아들인다. 그러나 내가 매일 새벽 공원에서 만나는 사람들은 알즈너 체험담을 말하고 이용하기를 권하면 우선 가격에 놀라 마치 나를 사기꾼 대하듯 한다.

알즈너를 착용한 수련자들의 얘기를 들어 보면 수술을 하지 않은 사람들은 나처럼 심한 명현반응을 겪지 않았다. 대체로 2개월 정도 지나면 심한 명현반응에서는 벗어나는 것 같았다. 그러나 나는 그렇지 않았다.

거의 일주일에 3, 4일씩 주기적으로 찾아오는 명현반응은 시간이 흐를수록 수그러들기는커녕 더욱더 심해지는 것 같다. 명현(瞑眩)이라는 문자 그대로 눈앞이 캄캄하고 어지럽다. 심할 때는 시작한 후 거의 거르는 일이 없는 등산까지도 여러 번 포기해야 했다. 그러나 이것이 비정상 상태에서 정상 상태로의 원상회복 과정이라는 것을 생각하면 극복하지 못할 난관도 아니라는 신념으로 참아낸다.

지난 6개월간의 체험으로 미루어 앞으로 6개월 후면 아직 회복이 덜 된 나머지 40퍼센트도 꼭 회복될 것이라는 기대와 확신으로 지금도 몸살과 어지러운 증세와 싸우고 있다. 동시에 알즈너는 지금까지 원인불명으로 간주되었던, 발과 관련된 수많은 난치병을 고칠 수 있는, 지금까지 인류가 고안한 가장 획기적인 발명품이 아닌가 하는 생각을 하게 되었다.

더구나 선도 수행자들에게는 기공부에 큰 도움을 주는 의료기구라고 말할 수 있다. 알즈너를 착용함으로써 그동안 발병으로 인하여 틀어졌던 고관절과 굽었던 척추와 등뼈와 경골을 펴 줌으로써 막혔던 경혈(經穴)을 뚫어 주고 몸의 중심을 확실히 잡아 주는 역할을 다하기 때문이다.

【이메일 문답】

얻은 것과 잃은 것

삼공 선생님 전 상서

우선 그간에 있었던 일들에 대하여 말씀을 드리겠습니다.

지난 9월 1일 선생님께 메일을 올리고 2일부터 캐나다를 포함한 북미 대륙을 일주하면서 버섯 채집을 할 목적으로 집을 나섰습니다. 먼저 이곳에서 남쪽으로 향하여 뉴욕주, 펜실베니아주, 웨스트버지니아주를 거쳐 버지니아주에 도착하였습니다.

그곳에서 원하던 버섯을 채집하여 다시 테네시주, 알칸소주에 들러 버섯을 찾았으나 성과 없이 오클라호마주, 텍사스주, 뉴멕시코주, 아리조나주를 거쳐 캘리포니아주의 로스앤젤레스에 도착하였습니다.

로스앤젤레스에서는 코리아타운을 들러본 후 샌프란시스코에 도착하여, 일본에서 도착한 동료 일행을 만나 거대한 세코이아의 숲과 요세미티, 아이다호주, 와이오밍주 그리고 몬태나주 등 세 개의 주에 걸쳐서 자리잡고 있는 옐로우스톤 국립공원을 견학한 후 다시 워싱턴주로 넘어와 시애틀 근처에 있는, 최근(1980)에 화산이 폭발한 세인트헬렌스를 견학하였습니다.

그 후 일본에서 온 동료들은 돌아가고 저는 다시 캐나다의 브리티시컬럼비아주에 있는 밴쿠버에 도착하였습니다. 그리고 밴쿠버에서는 브리티시컬럼비아 대학에 근무하는 분을 잠깐 뵙고 차를 몰아 로키산맥 근처에서 잠을 청한 뒤, 다시 차를 몰아 로키산맥을 넘기 전에 그간 찾고 있던 버섯 한 점을 극적으로 채집할 수가 있었습니다.

다시 발을 재촉하여 거대한 로키산맥을 지나 알바타주, 사스카치완주, 마니타바주를 지나 온타리오주에 이르렀습니다. 그 후 당초 계획은 5대호의 위쪽을 거쳐 퀘벡주를 지나 미국 본토의 제일 북쪽에 위치한 메인주로 들어올 예정이었으나, 우선 로키산에서 채집한 버섯을 가지고 무사히 미국 국경을 넘는 것이 중요한 일이니 일단 미국으로 들어와 미네소타주, 위스콘신주, 인디아나주, 오하이오주, 펜실베니아주와 뉴욕주를 지나 무사히 제가 살고 있는 매사추세츠주에 도착하였습니다.

25일간의 장기간의 여행이었으며, 자동차로 달린 거리를 계산해 보니 1만 마일(약 16,000킬로)을 조금 넘었습니다. 그간에 가는 곳마다 느껴지는 기운들이며 바뀌는 풍경들에 대하여는 시간을 내어 정리하여 보려고 합니다.

중간에 동료들을 만나기 전까지는 1일 2식의 생식을 하며 평상시의 페이스를 유지하였으나, 그들과의 오랜만의 자리이기도 했고 또한 숙식을 그들과 같이해야 했으므로 그동안 형성되었던 리듬이 깨졌습니다.

특히 10일간 하루 세끼의 화식을 하던 패턴이 집에 도착하여 1주일 이상이 지났건만 아직도 정상적인 생식의 패턴을 찾지 못하고 방황하고 있습니다. 그러나 오늘부터는 정상 궤도로 돌리려고 하고 있으나 일단 깨어진 리듬을 다시 찾는 것이 얼마나 힘든 것인가에 대하여도 새삼 느끼고 있습니다.

또한 수련에 대하여 특이했던 것은 캐나다의 로키산맥을 지난 후에 일어난 일로써, 운전을 하면서 호흡을 하자 캐나다부터 미국의 캘리포니아까지 뻗쳐 있는 거대한 로키산의 기운이 백회를 통하여 쏟아져 들어오면서 로키산 기운이 통째로 제 중단전에 들어왔습니다.

그리고 제 백회 위에는 황금색의 도복 차림의 산신령이 보였습니다. 그러면서 느껴지는 수승화강(水昇火降)과 함께 하루에 15시간씩 운전을 하여도 별 피로감도 없이 무사히 돌아왔습니다. 집에 돌아온 후에도 로키산의 산신령은 여전히 백회 부위에서 감지되었으며, 일반적인 빙의로 인한 증상을 느끼지 않았기에 관심을 두지 않았습니다.

그리고 아직 생식에 대하여는 제자리를 찾지 못하고 방황의 연속이었으나 단전을 의식만하여도 미약하나마 금방 수승화강이 이루어지고 있습니다. 『선도체험기』 44권에서 선생님께서 따님의 결혼식에 참석하시기 위해 프랑스를 방문하시어, 결혼식장에서 겪으신 빙의령에 대한 대목을 읽고 있습니다. 그럼 혹시 지금 로키산맥의 산신령이 그러한 종류의 빙의령이 아닌가 하는 생각이 들었습니다.

아무튼 큰 부작용을 일으키지 않는 빙의령이라 해도 필요 이상으로 같이할 필요가 없다는 생각이 들었습니다. 그래서 그 다음날 조깅을 하면서 천도를 시키려고 빙의령에 의식을 두고 달렸습니다.

그러자 얼마 후에 기가 단전으로부터 백회까지 뻗치면서 뻐근하게 빠져나가는데, 그때의 느낌은 오래 묵은 소나무의 뿌리가 송두리째 뽑혀나가는 것 같았습니다. 그러면서 산신령이 빙그레 미소를 지으면서 황금색의 도복을 흰색으로 갈아입고 사라지는 것이었습니다.

지금까지 여러 번 빙의령을 천도하였으나 이번처럼 묵직하게 손기(損氣)당하기는 처음입니다. 아무튼 그간의 후반부의 여행에서는 로키산맥의 기를 취하면서 별 피로감도 없이 마칠 수 있었으나 그 대신 산신령에게 빙의되는 주고받음이 이루어진 것이 아닌가 하는 생각이 듭니다.

그러니 우리 주위에서 이루어지는 모든 일에는 설사 본인이 현재 느끼지는 못할지라도 이 법칙이 곧 순리가 아닌지요? 즉 지금 제 주위에서 일어나는 일에 대하여는 항시 그의 반대되는 상황도 같이 작용한다는 생각이 옳은 것이 아닌지요? 그러하기에 늘 관하고 준비를 하여야 하는 것이 아닌지요?

아무튼 이번의 장기간의 여행을 하면서 미국 대륙을 부분적이기는 하나 직접 눈으로 확인할 수 있었고, 앞으로의 연구에 중요한 버섯을 채집하여 얻은 점도 있었지만, 그동안 이루어진 리듬에 균형을 잃은 채 아직 회복 못 하고 고전을 하고 있으니, 이는 여행의 마이너스적인 면이라고 말씀을 드릴 수 있습니다.

그러나 아직도 제 자신을 조절 못 하고 있으니 언제나 깨달음이 올까요? 일체유심조(一切唯心造)이거늘 부끄러울 따름입니다. 다시 내일부터 3~4일간 채집을 가기로 하였습니다. 눈이 오기 전에 해야 할 일이기도 하고, 이곳 생활도 6개월밖에 남지 않았으니 일에 매듭을 지어야 하기도 합니다. 그리고 또 메일을 올리도록 하겠습니다. 그럼 선생님과 사모님 두 분 모두 몸 건강히 안녕히 계십시오.

케임브리지에서
제자 차주영 올림

【필자의 회답】

장거리 채집 여행을 무사히 마치게 되어 다행입니다. 대자연과 인간은 항상 상부상조(相扶相助)하면서 살아가고 있습니다. 로키산맥의 좋은 기운을 취할 수 있었던 대신에 그곳의 해묵은 산신령을 천도한 것도 그러한 관계라고 보면 될 것입니다. 이 세상에 아니, 이 우주 안에 공짜는 결코 없다는 것을 알아야 할 것입니다.

구도자에게 일단 들어온 빙의령은 처음에 어떠한 색깔을 띠었던 간에 천도되어 나갈 때는 하얀 모습으로 탈바꿈되어 나가게 되어 있습니다. 이때 빙의령을 천도시키는 주체인 구도자는 그들 구천(九天)을 떠돌던 영가(靈駕)들에게는 일종의 세탁기 역할을 한다고 해도 과언이 아닙니다.

빙의되어 있는 동안 갖가지 잘못으로 오염되었던 업장(業障)들이 벗겨지고 해소되고 의식이 완전히 바뀌어 새로운 존재로 거듭나게 되는 것입니다. 하화중생(下化衆生)이라고 생각하면 될 것입니다. 영가들도 갈 길을 모르고 헤매는 중생이니까요. 그러한 과정을 거치는 동안 차주영 씨의 수련도 차츰 진척이 될 것입니다.

마음공부, 기공부, 몸공부를 잊지 말고 꾸준히 끈질기게 계속하여 밀고 나가는 동안 잠시 잃었던 리듬도 곧 회복될 것입니다. 계속 정진(精進)이 있기 바랍니다.

잃어버린 리듬

삼공 선생님 전 상서

아직도 여행과 방문객의 안내로 말미암아 뒤틀어진 균형을 찾지 못하고 있습니다. 그로 인하여 선생님에 대한 답신을 차일피일 미루다가 이제야 올리게 되었습니다.

그리고 보내 주신『선도체험기』76권은 어제 고맙게 받아 보았으며, 다 읽고서야 잠에 들 수 있었습니다. 그러나 선생님의 가르치심에 대한 열정에 어떻게 보답을 드려야 할런지요? 잘 가다가 머뭇거리고 또 가다가 제자리에 맴도는 것이 저의 현주소이니, 아직도 수련에 대한 확신이 서 있지 않기 때문인 듯합니다.

어제는『선도체험기』76권에 실려 있는 저의 글을 읽으면서, 살아가는 목적이 그리고 어떻게 살아가야 하는 지에 대하여 이미 여러 번 선생님으로부터 가르침을 받았건만, 아직도 그 이전의 틀에서 벗어나지 못하고 있으니 큰일인 것 같습니다. 그러나 한 가지의 희망은 발전을 위한 퇴보가 되었으면 하는 마음입니다. 아울러 그간의 일들에 대하여 말씀을 드려 볼까 합니다.

우선 방문객 대하기에 대하여 말씀을 드리겠습니다. 불과 2개월 전부터 저는 세 부류의 사람들을 접하게 되였습니다. 즉 가능한 한 신세를 지지 않으려는 사람, 적당히 구색만은 갖추는 사람, 그리고 아예 신세만 지려는 사람들로 쉽게 구분할 수 있었습니다.

첫 번째 예는 저의 직장 동료 세분의 경우입니다만, 캘리포니아주의 샌프란시스코에서 몬태나주의 옐로우스톤을 거쳐 워싱턴주의 시애틀까지 제 차로 안내를 하였습니다. 가솔린 및 저의 경비 일체를 부담하여 주고, 가능한 한 저에게 베풀려고 하였던 분들입니다.

그리고 두 번째 경우입니다만, 여행에서 돌아온 후 두 주가 지난 뒤에 찾아오신 분으로, 제가 와카야마 근무 시 그 지역 어느 연구소의 소장님으로 계셨던 분으로, 친목회 비슷한 모임으로 자주 어울렸던 분이기도 합니다. 이곳은 호텔 값이 보통이 일박에 150불이니 제 방도 괜찮다고 하시기에, 제 방을 내주었습니다.

그런데 선물에 대한 이야기입니다만, 넥타이와 티셔츠를 내놓으시는 거였습니다. 그러면서 넥타이는 하는지 모르겠다는 말을 덧붙이면서 말입니다. 그런데 제가 늘 한복을 입고 있는 것을 이미 알고 있기도 하고 또한, 문제는 포장된 선물을 보니 저를 위해 이번에 준비를 한 것이 아니라는 감이 들었습니다.

그러니 저에 대한 그분의 기준이 감지되기도 하고 흔히 말하는 구두쇠임에는 틀림이 없다는 생각이 들었습니다. 그러나 이곳에서 자동차로 9시간 정도 소요되는 나이아가라 폭포를 보고 싶다는 주문을 이곳에 도착하기 전에 미리 받아 놓은 상태이니 주말을 이용하여 안내하였습니다.

역시 자동차 기름값이며 제 몫의 호텔비며 식사 값은 제가 지불을 하였습니다. 그러나 이분이 돈이 없어서가 아니라는 생각이 드니 그 이후의 일정에 대하여는 오히려 부담이 될 것 같아, 가능한 한 버스며 전차 타는 법이며 장소를 알려 주는 정도로 편의를 제공하는 선에서 마무리를 하였습니다.

그리고 그분이 돌아간 이틀 후에는 몬태나 주립대에 있을 때 잘 따르던 일본인 대학원생에 대한 이야기입니다만, 이곳 보스톤에 볼일이 있다기에 만나서 가까운 한식 레스토랑에 들러 점심을 내고, 저녁도 한식과

곁들여 술도 한잔하자고 하는 것이었습니다.

　물론 그쪽은 학생이기도 하고 이쪽도 그리 쪼들리지 않을 뿐 아니라, 출세하면 갚는다고 하니 몬태나에서 하였던 것처럼 당연히 제가 지불을 하였습니다. 그런데 그가 한국식품점에 들르고 싶다고 하여 데리고 가니, 이것저것 고르면서 그곳의 신세진 사람들에게 준다면서 과자 부스러기라도 사는 것을 보니 지금 내가 이 학생에게 과도하게 베푸는 것이 아닌가 하는 생각이 들었습니다.

　물론 이 세 그룹을 대하면서 각각 상황은 다르지만 마음의 동요는 없었다는 점을 느끼면서, 그리고 일상생활을 하면서 만나는 사람들에 대하여 심지어는 도를 넘는 선의도 역으로는 상대에게 부담이 될 수 있다는 생각이 들었습니다.

　그리고 일본에는 친목회와 비슷한 작은 모임도 있으나 결국은 그러한 테두리에서 벗어나야 하는 것이 아닌가 하는 생각이 듭니다. 즉 미워하는 사람도 그리고 사랑하는 사람도 두지 말고 그날그날 오는 사람 막지 말고 가는 사람 잡지 말라는 말 그대로인 것이 아닌지요?

　이번 일을 겪으면서 사람과의 만남에 대하여, 수련한다고 마음이 도리어 쫀쫀하고 좁아진 것이 아닌가 하는 느낌도 없지 않으나, 냉철하게 그때그때의 상황이 판단 가능했던 점들이 수련의 결실이 아닌가 합니다. 아무튼 제 시간과 돈도 들었지만, 그분들이 자기 돈 들여가며 이곳까지 와서 저를 공부시킨 것이 아닌가 하는 생각을 하니 감사할 따름입니다.

　그런데 문제는 화식이 이어지는 바람에 작아졌던 위가 늘어나 위 확장증(?)에 걸린 듯합니다. 아침은 생식을 하나 저녁때가 되면 면이고 밥이 먹고 싶은 충동에 번번이 실패를 하고, 먹는 양도 제가 생각해도 놀랄 정도입니다. 그러나 곧 복귀가 될 것 같습니다.

그리고 늘 생각하고 있는 것이 큰 성취는 못 하더라도 정직하게 살면서 지금 하는 일에서 재미를 느끼는 것입니다만, 73권을 읽으면서 "바르게 사는 것이 나보다 남을 위하는 것"이라는 글귀가 제 것이 된 듯합니다. 지금까지는 정직하게 산다는 것은 남에게 최소한의 피해를 주지 않는 것이라고 생각하였는데, 이를 실행하려니 뚜렷한 기준점을 찾지 못하고 있었습니다.

아무튼 앞으로도 선생님께 메일을 올리는 즐거움을 늘 갖고 싶은 마음뿐입니다. 부탁드리기 송구스럽습니다만, 앞으로도 끊임없는 가르침을 부탁드리면서 그만 줄일까 합니다. 그럼 선생님과 사모님 두 분 모두 안녕히 계십시오.

케임브리지에서
제자 차주영 올림

【필자의 회답】

오래간만에 메일을 받았습니다. 일전에 성재모 선생이 찾아와 미국에 있는 내 제자 잘 있는지 모르겠다면서 요즘은 전화도 없고 메일도 보내주지 않아 궁금하기 짝이 없다고 하기에 며칠 후에 『선도체험기』 76권이 출간되었기에 보냈더니 무척 반가워했습니다.

얼마 전에 독자가 한 사람 찾아와서 『선도체험기』가 지금까지 무려

76권이나 출간이 되었는데 도대체 이 책이 시종일관 독자에게 주장하는 가장 중요한 핵심이 무엇인지 모르겠다고 하기에 그동안 내가 입이 닳도록 해 온 말을 되뇌어 주었습니다.

그러나 같은 말을 수백 번 아니 수천 번 되풀이했는데도 이상할 정도로 따분하거나 지루하지 않았습니다. 따분하고 지루하기는커녕 도리어 그 말을 하는 동안 내 속에서는 알 수 없이 힘이 솟구쳐 오르는 것이었습니다.

수행자에게 있어서 이 세상에서 무엇이 되느냐 하는 것은 중요한 일이 아닙니다. 그것은 한말로 출세나 부귀영화와 관련이 있는 세속적인 것에 지나지 않기 때문입니다. 이런 것은 세상 떠날 때 아까워도 고스란히 놓고 가야 하기 때문입니다.

그러나 어떻게 살아야 하느냐 하는 문제는 그렇지 않습니다. 남에게 유익한 일을 했느냐 아니면 폐해를 끼쳤냐 하는 것은 그야말로 생사대사(生死大事)에 속하는 중대 사항입니다. 인간은 숙명적으로 남들과 어울려 살게 되어 있습니다.

우리가 금생(今生)에 이 세상에 태어난 것도 알고 보면 수없이 되풀이되어 온 우리의 억겁의 전생에 남들과의 관계가 원만치 못하였기 때문입니다. 남들에게 피해를 끼친 업장(業障)의 대가로 그 업장을 해소하기 위해서 이 세상에 태어난 것입니다. 『선도체험기』는 한말로 어떻게 하면 이 업장을 해소할 수 있는가를 나 자신의 체험을 통하여 독자들에게 알리기 위해서 썼다고 말할 수 있습니다. 이를 위해 나는 세 단계를 설정했습니다.

제1단계 : 최소한 남에게 유익한 일은 못 할망정 피해는 주지 말자.

거래형(去來型) 인간이 되자 그겁니다. 그러기 위해서는 남과의 거래를 분명히 해야 합니다. 가는 말이 고와야 오는 말이 곱습니다. 남의 것을 얻기 위해서는 내 것을 먼저 주자. 주고받는 것, Give and take를 분명히 하자는 것입니다. 이것만 충실히 지켜도 이 세상에서는 더이상의 업장은 쌓지 않을 것입니다.

그러나 이것만 가지고는 안 됩니다. 왜냐하면 그렇게 하면 금생에는 더이상의 업장은 쌓지 않겠지만 이미 쌓아온 과거생의 업장은 하나도 해소할 수 없기 때문입니다. 그래서 제2단계 작업이 필요합니다.

제2단계 : 이웃과 분쟁이 발생했을 때 나보다 상대의 처지를 먼저 생각하자. 역지사지(易地思之)하자 그겁니다. 그러나 이 단계만 가지고는 겨우 자기 앞가림만 할 수 있을 뿐 그 이상의 진전은 있을 수 없습니다. 하근기(下根器)를 벗어나 겨우 중근기(中根器) 정도의 인간이 될 수 있을 뿐입니다. 이것만으로는 큰 깨달음은 얻을 수 없습니다. 그래서 다음 단계가 필요한 것입니다.

제3단계 : 남을 위해 주는 것이 결국은 나 자신을 위하는 것이다. 여인방편자기방편(與人方便自己方便)입니다. "남이 너에게 해 주기를 바라는 것을 네가 먼저 남에게 먼저 해 주라"고 예수는 제자들에게 가르쳤습니다. 남을 도와주되 오른손이 하는 것을 왼손이 모르게 하라고도 말했습니다.

물론 이기적인 인간으로 태어난 우리가 이런 일을 하는 것은 결코 쉬운 일이 아닙니다. 그러나 이 일을 일상생활화 하게 되면 이 우주 내의 모든 존재는 결국은 한 뿌리에서 나온 것이라는 것을 깨닫게 됩니다. 원래 너와 내가 따로 없었는데 이기심 때문에 너와 나로 갈라지게 되었다는 것을 깨닫게 될 것입니다.

여인방편자기방편을 일상생활화 할 수 있는 사람은 누구나 상근기(上根器)에 도달할 수 있습니다. 상근기가 된다는 것은 대각(大覺)을 얻을 소질이 있다는 얘기입니다. 이번 메일을 읽어 보니 차주영 씨는 나의 가르침을 일상생활에서 차질 없이 실행해 나가고 있는 것 같아서 마음이 든든했습니다. 하긴 우리의 일상생활 그 자체가 바로 수행의 연속이니까요.

또 이번 메일을 읽어 보니 처음으로 차주영 씨가 나에게 메일을 처음 보냈을 때보다는 몰라보게 문장력이 향상된 것을 느낄 수 있었습니다. 군더더기가 없고 세련되고 깔끔한 글을 읽으니 기뻤습니다. 원래의 메일 문장과 책으로 출판되어 나왔을 때의 달라진 점들을 학자답게 꼼꼼히 비교하여 챙겨서 시정한 결과가 아닌가 생각합니다.

처음에는 어법과 문법에 맞지 않는 대목이 있었고 한 문장 안에 같은 단어가 반복되었었는데 지금은 그런 것이 거의 다 없어져 문장이 지루하지 않고 생동감이 있습니다. 그러나 아직 완벽한 것은 아니니 더욱 분발하시기 바랍니다. 하여튼 축하할 일입니다.

늘 같이하는 성인들

삼공 선생님 전 상서

선생님께서는 가르침을 베푸시는 입장에서 말씀을 하셨지만, 가르침을 받는 입장에서도 보면 좋은 말은 수없이 들어도 들을 때마다 생동감이 일고 그리고 마음이 순화됨을 느낍니다.

사실은 이 세상에 나온 이유가 전생의 업을 소멸시키기 위함인 줄은 이미 여러 번 가르침을 통하여 알고 있으면서도, 수시로 망각한 채 좀 편히 그리고 가진 것이 쥐뿔도 없으면서 남에게 으시대고, 더 나아가서는 도리어 업을 더 쌓는 결과를 빚는 것이 현실인 까닭에 더욱 그렇습니다.

그러나 『육조단경』에서의 가르침에서처럼, 깨달은 사람과 그렇지 않은 사람과의 차이는 단지 이생으로 윤회의 굴레에서 벗어나느냐 아니면 업을 소멸시키지 못하여 다람쥐 쳇바퀴 돌듯 맴도느냐이듯이, 즉 오늘 하루하루를 살아가면서 업을 해소하는 삶이 잘사는 삶이요 도리어 업을 쌓는 삶이 못사는 삶이 아닌지요?

그러니 흔히들 잘사니 못사니 하는 것은 금전적인 척도에서 오는 것이 아니라 업장이 해소되느냐, 쌓여지느냐에 따라 결정되는 것이 본래의 뜻이 아닌지요? 그러니 모든 중생, 그들이 의식하고 있든 아니면 그렇지 않든 간에 그리고 잘 닦든 못 닦든 간에 그들 스스로는 이미 도를 닦고 있다고 함이 옳은 것이 아닌지요? 그렇다면 결국은 선생님께서 가르쳐 주신 세 단계 중에서 세 번째 단계를 터득함으로 해서 잘사는 삶으로 귀

약편 선도체험기 17권

결되는 것이 아닌지요?

 이야기가 바뀌어, 어제 아침에 잠에서 깨어나자 갑자기 선생님의 단전과 제 단전이 끊을래야 끊을 수 없는 큰 파이프로 연결되어 있는 것이 감지되었습니다. 그리고 연구실에 나가 선생님으로부터의 메일을 읽고 외출을 하여 거리를 거니는데, 제 백회 부근에 예수님이며 부처님 그리고 마하트마 간디와 공자 등 성인들이 모여서 서로 환담을 나누는 화면이 감지되며, 그들과 저와의 벽이 한층 더 엷어지면서 제가 부탁하면 상담에도 응하여 줄 것 같은 느낌이 들었습니다.

 그런데 그 성인들 사이에 제가 그간 천도를 시킨 아인슈타인 박사나 헤밍웨이 등과 같은 분들도 같이 있는 모습이 보였습니다. 그러니 천도가 된 것이 틀림이 없고 또한 이와 같이 옛 성인들과 언제나 리얼타임으로 시공을 초월한 만남을 가질 수 있다는 확신도 생기는 것 같습니다.

 그런데 문제는 한 2~3개월 전부터 제 백회 부위에서 율곡 이이 선생이 보이곤 했습니다. 제가 몸에는 그리 큰 변화가 없었기에 빙의보다는 보호령으로 잠시 들린 것이 아닌가 하는 생각에 큰 관심을 두지 않았으나, 성인들의 테두리 밖에서 성인들을 바라보고 있는 화면이 보였습니다. 그러니 악연이 아닐지라도 저에게 빙의된 것으로 판단되고 또한 천도를 시키면 성인들과 함께 할 수 있을 것 같은 생각이 듭니다만, 제 생각이 맞는지요?

 그리고 현재의 숙제는, 그간 깨어진 균형을 하루라도 빨리 찾아야 할 텐데 의지력이 약해진 것 같으니 한편으로는 염려스럽습니다. 마지막으로 바쁘신데도 불구하시고 늘 가르쳐주심에 다시 한 번 더 깊은 감사를 드리며, 또 메일을 올리도록 하겠습니다. 그럼 선생님과 사모님 두 분 모두 안녕히 계십시오.

케임브리지에서
제자 차주영 올림

추신: 글에 대한 선생님의 칭찬 대단히 감사합니다. 앞으로는 맞춤법 및 문법에도 주의를 기울이겠습니다.

【필자의 회답】

구도심(求道心)을 품은 모든 수행자들의 인생의 목표는 지난 생의 일체의 업장에서 벗어나 상구보리(上求菩提)하고 하화중생(下化衆生)하는 동안 거짓 나에서 벗어나 참나를 실현하는 것임을 잠시라도 잊어서는 안 될 것입니다. 그러기 위해서 우리는 세 가지 공부를 꾸준히 진행하는 것입니다.

빙의는 반드시 악연으로 인해서만 오는 것은 아닙니다. 고승(高僧)에게 제자들이 모여들 듯 공부가 많이 된 수행의 고수(高手)에게는 그동안 인연을 못 만나 구천을 떠돌던 영급(靈級) 높은 길 잃은 영혼들도 천도되기 위해서 도움을 청하여 모여들게 되어 있습니다.

자기에게 찾아오는 영혼들의 수준을 보면 자신의 수행이 지금 어느 경지에 도달했는지 알 수 있습니다. 그런 의미에서 차주영 씨는 긍지를 가져도 좋겠지만 역시 자중해야 함을 잊어서는 안 될 것입니다. 으시대고 잘난 척하는 사람 쳐놓고 굴러떨어지지 않은 경우를 못 보았으니까요.

느슨해진 나날

삼공 선생님 전 상서

늘 몸공부와 마음공부에는 시행착오의 연속입니다만, 기감만은 그런대로 있는 것 같아 그나마 다행입니다. 지난 토요일에는 백회가 묵직함을 느끼면서 산행을 나섰습니다. 산길을 걸으면서, 이미 낙엽이 되어 버린 참나무며 너도밤나무 잎들의 감촉들을 즐겼다고나 할까요? 특히 단풍이 진 후의 숲은 내부 속속들이 엿볼 수 있어 나름대로의 매력이 느껴지고 또한 군데군데 자리잡은 스토로브 잣나무의 상록의 청초함이 돋보이는 지금만의 모습들도 즐길 수가 있었습니다.

그리고 최근에 소홀히 하고 있는 수련과 앞으로의 일들을 생각하면서 걷는데 갑자기 율곡 선생이 영안으로 보이기에 천도를 시켜야겠다는 의식을 두었습니다. 그런 얼마 후에 백회의 뻐근함이 빠져나가는 감이 느껴지기에 영안으로 보니, 율곡 선생께서 하얀 베적삼으로 갈아입으시고 "고맙네" 하면서 떠나시는 것이었습니다. 비록 그날의 산행은 두 시간 남짓의 짧은 시간이었지만, 자연도 즐길 수 있었고 빙의령의 천도도 시킨 그리고 찾고 있던 버섯도 1점 채집하는 등 일거삼득(?)이라고 할까요?

어제는 오전에 연구실에 나가 밀린 일들을 하고, 『선도체험기』 53권째를 읽고 집으로 돌아와 세탁 등을 하면서, 모국에 있는 동생에게 전화를 하니 두 살배기 조카가 천식이라고 하면서 병원에 다닌다고 하더군요.

전화를 끊고 어린애에게 천식은 그리 흔하지 않은 것으로 생각이 드는데, 제 백회가 뻐근해 오는 통증이 느껴지면서 한 분은 백발의 노파 그리고 그와 겹쳐진 외할아버지의 모습이 영안에 들어오는 것이었습니다.

그런데 외할아버지는 생전에 천식을 장기간 앓았던 분이니 제 조카에게 빙의되어 저에게 옮겨온 것으로 판단을 하였습니다. 아무튼 인연이 있어 저에게 옮겨왔으니 천도를 시킬 목적으로 오늘은 연구실 의자에 앉아 수련에 들었습니다. 얼마 후에 외할아버지는 천도가 되었는데, 같이 옮겨온 노파의 빙의령은 아직 떠나지 않은 듯합니다. 내일 다시 천도를 시켜야 할 것 같습니다.

그런데 요즘의 생활은 수련에 있어서나 주어진 일에 대하여도 의욕이 없어진 듯한 느낌이 드니 큰일입니다. 불과 5개월 남짓한 이곳 생활이 저에게는 둘도 없는 중요한 시간인데도 대충대충 하루를 보내고 있으니 말입니다. 아무튼 조만간에 무슨 결단을 내려야 할 갈림길에 온 듯합니다. 그리고 끝마무리를 잘 지어야 할 터인데 하는 마음뿐입니다.

늘 변함없이 지도 편달하여 주심에 다시 한 번 더 깊은 감사를 드리며, 글을 맺을까 합니다. 그럼 선생님과 사모님 두 분 모두 안녕히 계십시오.

케임브리지에서
제자 차주영 올림

【필자의 회답】

이제 차주영 씨에게 빙의령 천도는 일상생활의 한 부분이 되었습니다. 지금까지 상구보리했으니 이후로는 마땅히 하화중생할 때가 된 것입니다. 남을 돕는 일이 나를 돕는 일입니다. 마음이 이쯤 넓어지면 다소 힘이 들고 괴로워도 마음은 즐거움을 맛보게 될 것입니다. 마음에 이러한 의식을 늘 걸고 있으면 빙의령을 천도해야겠다고 특별히 생각을 하지 않아도 일단 들어온 그들은 자동적으로 천도가 되게 되어 있습니다.

결단을 내려야 할 갈림길에 처했을 때는 바로 그 갈림길 자체에 초점을 맞추어 관을 해야 할 것입니다. 만족할 만한 해답이 나올 때까지 끊임없이 관을 멈추는 일이 있어서는 안 될 것입니다.

약편 선도체험기 17권

식탐에서 벗어나기

　삼공 선생님 전 상서
　어제 있었던 일들에 대하여 말씀을 드리겠습니다. 어제는 일요일이기에 집에서 보낼 예정이었으나, 몸에서 한기를 느끼고 있으니 집에 가만히 있는 것보다 산책이라도 하는 것이 나을 것 같았습니다. 차를 40여분 몰아 바닷가에 조성된 하이킹코스를 걸었습니다. 그러나 힘이 달리는 느낌이 들어 40여 분 만에 끝내고 돌아왔습니다.
　그 후 여전히 추위를 느끼면서 걸은 탓인지 피곤이 밀려오기에 침대에 누워 잠을 청하였습니다. 이불을 두 겹으로 덮었는데도 여전히 한기를 느끼니 자는 둥 마는 둥으로 깨어났습니다. 그러나 이번에는 엎친 데 덮친 격으로 두통이 심하게 이는 것이었습니다.
　이것이 고비이거니 하고 참아 보려고 호흡에 들려고 하였으나 등도 바로 세워지지 않고 더욱이 집중이 안 되니 수련도 할 수가 없었습니다. 시계를 보니 8시에 가까워지고, 이런 상태가 계속된다면 내일이 월요일인데 출근에 지장을 초래할 것 같은 생각이 들었습니다.
　그렇다면 대책을 강구해야 하지만 해결하는 가장 확실한 방법은 안 먹어서 일어난 일이니 먹는 것 아니면 꾹 참고 넘기는 것 두 가지 방법 중 양자택일을 하여야 했습니다. 그리하여 얻은 결론이 이번 단식이 단식 자체만이 주된 목적이 아니니 먹고서라도 내일 출근할 수 있는 쪽으로 정하였습니다.

그런데 문제는 근 9일간을 먹지 않고 있다가 갑자기 음식물을 섭취하는 일에는 위험이 따른다고 하니 천천히 위의 반응을 살펴 가며 먹어 보기로 하였습니다. 처음에는 고추장을 더운물에 풀어서 한 컵을 천천히 마셨습니다. 그 후 별 무리가 없기에 이번에는 사과 한 개를 잘게 썰어서 여러 번 씹어서 먹어 보았습니다. 그래도 아무 이상이 없기에 또 하나를 먹어 보았습니다.

그러나 그동안 위가 비어 있었던지라 속된 말로 표현하자면 간에 기별도 안 간다고나 할까요? 그래서 차를 몰아 가까운 슈퍼에 들러 빵과 초밥을 사서 초밥은 전부 그리고 빵은 조금 남기고 모두 먹었습니다. 아마도 2인분 정도는 될 것 같습니다. 그런데도 위에서의 거부반응이 오는 것이 아니라 서서히 졸음이 밀려오는 것이었습니다.

그리하여 취침에 들어 오랜만에 푹 잠을 잔 느낌으로 잠에서 깨어났습니다. 그런데 문제는 오늘부터 단식을 그만해야 하는 것이었습니다. 그러나 이번 갑자기 시작된 단식에는 선생님께서도 말씀하셨듯이 어떤 섭리가 작용하는 것이 아닌가 하는 생각에 일단은 아침을 먹지 않기로 하고 걸어서 출근을 하였습니다.

걸으면서 이번의 단식의 의미는 무엇일까? 하고 관을 하였습니다. 그래서 결론에 도달한 것이 누구나 알고 있는 일이지만 우리가 먹기 위해서 사는 것이 아니라 살기 위해서 먹는다는 것을 실체험시키기 위함이 아닌가 하는 생각이 들었습니다. 그러니 9일간의 공복 후에도 별 무리가 없었던 것이 아닌가 하는 생각이 들었습니다.

그렇다면 결국은 살아가는 데 있어서는 음식물은 몸에서 필요로 할 때 그때그때 조금씩만 섭취하여도 되는 것이 아닌가? 그렇다면 테레사

수녀님이 단지 빵 한 조각으로 지낼 수 있었던 것과 상통하는 것이 아닌가 하는 점입니다. 그리하여 저에게 있어 먹는 것에서부터 자유롭도록 이번 기회에 가르치기 위한 섭리인지도 모른다는 생각이 들었습니다.

그러므로 현재의 결론은 21일까지 해 가면서 좀더 변화되는 상황을 보는 것이 나을 것 같은 생각이 들었습니다. 오늘부터 다시 물만 마시기로 하였으나, 머리도 맑아지고 하루를 알차게 보낸 것 같습니다.

또한 퇴근길에는 마치 백회가 하늘과 통해 하나가 된 듯한 감을 느꼈습니다. 그러나 요즘에는 일어나는 모든 일에 긍정적으로만 생각하는 것이 아닌가 하는 점입니다. 물론 부정보다야 긍정이 낫다는 것은 당연한 일이지만 도를 넘는 것이 아닌지요? 더불어 아직 위에서의 이상 징조는 없으나 혹사시키고 있는 것이 아닌지요?

어쨌든 그날그날 주어지는 상황에 대해 면밀히 관찰하여 대처하려고 생각하고 있습니다. 그리고 어떻게 보면 겁 없이 행하는 것 같기도 하나, 의문점이 생기면 즉시 선생님으로부터 답을 얻을 수 있어 가능한 것이 아닌가 생각합니다.

늘 가르쳐주시고 염려하여 주심에 다시 한 번 더 깊은 감사를 드리며 오늘은 이만 맺겠습니다. 그럼 선생님과 사모님 두 분 모두 안녕히 계십시오.

케임브리지에서
제자 차주영 올림

【필자의 회답】

9일간 단식 끝에 초밥과 빵 2인분을 한꺼번에 먹은 것은 대단히 위험한 일이었습니다. 늘 먹던 생식을 반 숟갈 정도 씹어 먹었어야 되었을 텐데. 왜 하필이면 빵과 초밥을 2인분이나 한꺼번에 폭식(暴食)을 해야 했는지 의문입니다.

단식은 왜 하는가?

첫 번째로 단식은 기계로 말하면 일종의 분해소제와 같다고 보면 됩니다. 이번 단식은 차주영 씨가 태어난 후 42년간 음식 섭취로 오장육부에 끼었던 묵은 때를 말끔히 청소하는 계기가 된 것입니다. 대체로 새까만 숙변이 나오는 것은 이 때문입니다. 그러나 생식을 하는 사람은 소식을 하므로 보통 사람의 숙변과는 다릅니다. 생식을 일일이식(一日二食) 하는 것 자체가 일종의 단식이기 때문입니다.

두 번째로 단식을 함으로써 사람은 일주일 동안 먹지 않으면 굶어 죽는다는 통념을 깨버릴 수 있습니다. 휴가를 맡아 계획적으로 단식을 할 경우 사람은 21일 또는 한 달씩 안 먹고도 살 수 있다는 자신감을 갖게 함으로써 불의에 닥치는 어떠한 난관도 극복할 수 있다는 능력이 있음을 스스로 확인할 수 있게 됩니다.

세 번째로 구도자에게는 단식은 심신이 정화되어 그동안 보지 못했던 영적인 현상을 체험할 수 있습니다.

앞으로 어떠한 일이 있어도 이번과 같은 폭식은 하지 말아야 합니다. 다른 사람들의 단식 체험기를 참고하기 바랍니다. 이번에 무사히 넘어간 것은 천우신조입니다. 다음에도 무사하리라는 보장은 없습니다.

복식(復食)을 할 때는 늘 먹던 생식을 한끼에 반 숟갈 또는 한 숟갈을 조금씩 나누어 오래 씹어서 삼켜야 합니다. 상태를 보아가면서 점차적으로 양을 늘려나가야 합니다.

단식 15일째

삼공 선생님 전 상서

보내 주신 메일은 고맙게 받아보았습니다. 지난 9일째 되는 날의 폭식 후 월요일부터는 다시 아무 일 없었던 것처럼 한주일이 시작되었습니다. 그런데 화요일은 비가 오는 관계로 버스로 출근을 하려고 정류장에서 기다리는데 백회가 시원한 감이 들면서 무의식적으로 영안에 육환장을 든 백발의 보호령이 저를 지키고 있는 형상이 보였습니다.

아무래도 안심이 안 되시니 다시 나타나셨다고 생각을 하니 좀 미안한 감이 들면서 모든 행동에 신중을 기해야 하겠다는 생각이 들었습니다. 아무튼 그렇게 시작된 일주일은 수요일까지는 기분도 좋았고 몸 상태도 전혀 굶고 있다는 것이 믿어지지 않을 정도로 가벼웠습니다. 또한 머리는 항시 맑은 상태가 지속되더니 목요일 오후부터 서서히 기력이 떨어져 2주일째 되는 어제가 고비인 듯했습니다.

특히 계단을 오르내릴 때 부담과 가끔씩 밀려오는 식탐들로 고전하고 있습니다. 생강차며 커피 그리고 청량음료들과 함께 이번 단식의 계기가 되었던 피자며 햄버거와 같은 인스턴트식품들이 환장할 정도로 먹고 싶습니다. 그럴 때마다 관을 하여 없애버리고 있습니다만 한 가지 의문이 있습니다.
 즉 그 식탐 중에는 생식이 왜 빠져 있는지 의문입니다. 다시 말해서 우선적으로 생식이 먼저 그리워져야 그간 생식을 해 온 보람도 있는 것이 아닌지요? 그렇다면 지금까지의 생식을 먹는 방법에 문제가 있었던 것이 아닌가 하는 생각이 듭니다. 즉 철저한 생식 위주의 식생활이 몸에서는 아직 정착이 안 된 것 같습니다.
 사회생활을 한다는 구실로 화식들을 대하는 기회가 잦다 보니 결국 생식은 주식이 아니라 보조식품의 구실밖에는 못 하였던 것이 아닌가 하는 생각이 듭니다. 그러니 겉으로는 생식을 하고 있다고 거리낌없이 말해 왔던 일들이 부끄러워집니다. 무엇을 하든 간에 완벽하게 함으로써 보람도 있고 또한 의미도 있는 것이 아닌지요?
 아무튼 이런저런 핑계로 적당히 타협하여 가는 모습에 한편으로는 안쓰러운 생각도 듭니다. 이번 생은 이렇게 그럭저럭 보내게 되려는지요? 이것이 이번 생의 소임인가 하는 의문도 듭니다. 아무튼 중간에 한끼를 깨트린 단식이지만 일단 21일까지는 가 보려고 합니다.
 오늘로서 다시 일주일이 시작이 되었으니 참고 진행시키려고 하고 있습니다만 언제 또 한 고비가 밀려올까요? 그리고 이번 단식이 끝나면 무엇을 얼마나 얻게 될지도 한편으로는 관심사이기도 합니다.
 오늘은 토요일입니다만 방에서 한기를 느끼며 웅크리고 있는 것보다 평상시처럼 일을 하는 편이 나을 듯싶어 연구실에서 메일을 쓰고 있습니다. 아무튼 이번 기회에 구도생활에 대하여 돌이켜보고 확신을 얻었으면 하는 마음뿐 입니다. 그럼 선생님과 사모님 두 분 모두 안녕히 계십시오.

케임브리지에서
제자 차주영 올림

【필자의 회답】

생강차는 몸에 좋은 음료지만 콜라 같은 청량음료나 피자나 햄버거 같은 인스턴트식품은 건강에 별로 좋지 않은 것으로 학계에서도 속속 밝혀지고 있습니다. 그러나 그러한 음식들은 맛이 있습니다. 식품업자들은 될수록 많은 매상을 올리기 위해서 소비자의 건강보다는 맛을 추구하는 데 더 많은 투자를 합니다. 맛을 내기 위해서는 화학조미료도 물론 이용됩니다. 이러한 식품들은 흔히 비만을 가져옵니다.

그러나 생식은 어떻습니까? 가열(加熱)하지 않았으므로 살아 있는 영양소를 그대로 먹을 수 있어서 건강에는 더없이 좋지만 맛은 없습니다. 모든 식품은 익혀야 맛이 있습니다. 그러나 맛이 있는 대신에 영양가는 줄어들지만 바로 그 맛 때문에 과식(過食)을 하게 됩니다. 과식은 비만, 당뇨병, 심장병, 고혈압을 비롯한 만병의 원인이 됩니다.

구도자나 수련자는 이러한 폐단을 알기 때문에 과감하게 생식을 택합니다. 생식을 택하는 것은 이성(理性)을 가진 현재의식(顯在意識)의 작용입니다. 그러나 우리의 잠재의식(潛在意識)은 맛을 잊지 못합니다. 잠재의식은 본능적 욕구의 조종을 받게 되어 있습니다. 우리가 깨어 있을 때는 현재의식에 의해 살아가지만 현재의식이 휴식하는 수면(睡眠) 중에는 잠재의식이 활발하게 움직입니다. 그것이 꿈입니다. 꿈은 깨어 있을 때 이루지 못한 본능적 욕구의 발현입니다.

　단식이 장기간 계속되어 현재의식이 희미해졌을 때 잠재의식이 발동되므로 그 맛 때문에 본능적으로 좋아했던 청량음료와 인스턴트식품들이 못 견디게 그리워진 것입니다. 이때 일어나는 것이 현재의식과 잠재의식, 이성과 본능과의 대결이라고도 말할 수 있습니다.

　본능적인 식욕을 이기는 수련이 바로 단식이라고 말할 수 있습니다. 단식 9일째 되는 날 갑자기 폭식(暴食)을 한 것은 의지력이 본능적 욕구에 일시 손을 들었기 때문이었습니다. 다시는 그런 일이 되풀이되지 말아야 할 것입니다.

　단식의 효용성에 너무 집착하지 않은 것이 좋습니다. 15일간 단식을 할 수 있었던 사실 자체가 새로운 경험이요 경이(驚異)가 아닌가요? 이것만으로도 자신감을 가질 이유가 될 것입니다. 남들이 흔히 못 넘은 한계를 넘었으니까요. 부디 21일 단식도 무사히 끝내기 바랍니다.

무(無)

삼공 선생님 전 상서

오늘로서 단식 19일째를 보내고 있어 21일까지는 이틀을 남겨 놓았습니다. 기본적으로는 3~4일에 한 번씩 찾아오는 고비를 넘기면 평상시와 같이 일하는 데는 지장이 없으며 특히 머리가 늘 맑으니 차분하게 일에는 능률이 오르는 것 같습니다.

몸의 변화에 대하여 말씀드리겠습니다. 9일째 저녁의 폭식 후 다음날 아침에 숙변이 아닌 일반 변을 본 후에는 지금껏 숙변은 없습니다. 그렇다고 하복부에 불편도 일지 않으니 별문제는 없을듯합니다. 그런데 한 10여일 전부터 목구멍에서 작은 핏덩어리가 나오고, 3~4일 전쯤에는 오장육부가 쏴하는 감이 들기도 하였습니다. 물론 입도 입술도 허물을 벗고 있으니 아마도 이번 기회에 내장 내부의 세포들 모두가 재생하는 것 같습니다.

그리고 특별히 발열이라든가 하는 염증 증세가 일지 않으니 마음을 쓰지 않고 있습니다. 체중은 단식 전 키 175에 65kg에서 55kg으로 10kg이 감소되었고 체온은 35.5도 정도로 평시보다는 1도 낮으니 늘 으스스합니다. 물론 모국의 온돌방이 그리워집니다.

다음은 수련의 경과에 대하여 말씀을 드리겠습니다. 우선 기에 대하여는 다른 분들처럼 역동적으로 기가 쏟아져 들어온다든가 하는 것이 아니고 늘 정적으로 작게 백회로 유통이 되는 듯합니다.

그리고 어제는 연구실 의자에 앉아 잠시 수련에 들었습니다. 깊은 선정에 들지는 않은 상태이나 상단전에서 산천초목의 수채화가 뜨면서 자그만한 희열감이 일려고 하였습니다. 도중에 멈추기는 했으나 오늘 실험 준비를 하면서 어제의 화면은 무엇을 의미하는 것일까 하고 관을 하는데 무엇인가 보일 듯한 예감이 들었습니다.

그리하여 잠시 하던 일을 멈추고 의자에 앉아 호흡에 들자 얼마 후 그 산천초목의 화면이 중단전에 뜨는 것이었습니다. 그러면서 눈부신 광채가 떠오르니 초목들이 광채에 상쇄되어 아무것도 안 보였습니다. 그러자 직감적으로 아, 이것이 무(無)이고 공(空)이로구나 하는 감이 뇌리를 스쳤습니다. 그 후에는 모든 중생들이며 기타 생물들이 광채에 빨려들어 모두 상쇄되어 버리는 것입니다. 그러면서 만물이 무이고 공이라는 것이 이것이 아닌가 하는 느낌이 들었습니다.

즉 누가 저에게 좋은 사람, 나쁜 사람이 무엇이냐 하고 물으면 서슴없이 "무(無)요"라고 답이 나올 것 같고, 당장 목에 칼이 들어온다 해도 "무요"라고 말하면서 동요됨이 없을 듯합니다. 왜냐하면 모든 것은 무 즉 하나의 광채인 진리에 귀속되어 상쇄되어 없어지고 만법귀일(萬法歸一) 하기 때문입니다. 그러니 불생불멸이요 색즉시공이라는 수많은 말들이 더이상 필요 없는 것이 아닌지요?

이제야 조금은 부동심에 가까이 다가선 기분입니다. 이것이 제가 수련을 한 목적이기도 하니 자그마한 수확은 얻은 듯합니다. 마지막 부분의 표현이 좀 어색한 감도 없지 않으나 일단은 수련에 있어 한 발짝 한 발짝 실상에 다가서는 것 같습니다.

오늘은 연말 파티가 있는 날입니다. 사무관 할머니께서 스쳐지날 때마다 잊지 말고 참석하라고 신신당부하시기에 얼굴만 비추고 자리에 돌아와 선생님께 메일을 올리고 있습니다. 그러나 오늘이 또 고비가 될 것 같습니다. 일찍 돌아가 쉬려고 합니다.

이 모든 것들이 선생님의 세심한 가르침의 결과라고 생각합니다. 두 손 모아 깊은 감사의 마음을 전하고 싶습니다. 앞으로도 끊임없는 지도와 편달을 부탁드리며 오늘은 이만 줄일까 합니다. 그럼 선생님과 사모님 두 분 모두 안녕히 계십시오.

케임브리지에서
제자 차주영 올림

【필자의 회답】

점차 자성(自性)의 근처에 다가가고 있는 것은 사실이나 아직은 이것이다 하고 안심할 단계는 아닙니다. 좀더 파고 들어가야 할 것입니다. 그리고 부동심은 실생활에서 부딪히는 난관들에서 실감하는 것이 보다 더 정확합니다. 이제 그런 기회는 얼마든지 있을 것입니다. 이틀 뒤에 21일 단식을 끝낸 뒤에 다시 메일 보내기 바랍니다.

맞절하기

삼공 선생님 전 상서

선생님으로부터의 각별한 배려 끝에 지난 금요일 무사히 21일(?) 단식을 끝냈습니다. 복식 첫날인 어제의 아침은 두 봉의 생식과 과일로 조심스럽게 식사를 하였습니다. 그리고 평시라면 산행을 하는 토요일입니다만 무리할 필요 없이 연구실에 나가 실험을 하고 『선도체험기』를 읽으면서 보냈습니다. 그리고 오후에는 그간 밀렸던 쇼핑도 했습니다.

그런데 이번 단식 중에 특이한 것은 한 일주일 전부터 갑자기 안경이 거추장스러워지는 것이었습니다. 그래서 그 후로는 안경을 벗어 놓고 생활해 왔습니다. 그렇다고 실제로 안경이 필요 없을 정도로 시력이 회복된 것은 아니나 종전보다는 좋아진 듯한 기분이 들며 어제의 쇼핑 시 안경을 쓰지 않고도 운전하는 데 전혀 위기감을 느끼지 않았습니다.

그리고 현재의 안경을 쓰면 현기증이 일기도 하니 아무튼 새로 만들어야 할 것 같습니다. 그러나 혹시 노안이 느닷없이 찾아온 것이 아닌가 하는 의구심도 일고 있습니다. 그러나 재미있는 것은 제 양 눈의 검은 눈동자 안에 신명(神明)이 각각 시력 교정 작업을 하는 것이 지금도 계속 보입니다. 아무튼 지켜보기로 하였습니다.

그리고 오늘 아침부터는 본격적인 삼공 공부에 들기로 하였습니다. 이런저런 이유로 차일피일 미루다 보면 느슨해지는 것을 수없이 겪어온 터라 일찍 일어나 조깅을 하였습니다. 평상시엔 한 바퀴 도는 데 25분 걸렸으나 오늘은 35분이 소요되어, 걷는 것보다 못한 속도였으나 리듬만을 찾을 목적으로 천천히 다리를 옮겨 놓았습니다.

그러면서 단전으로 늘 호흡을 하는데 지도령도 보이고 같이 달렸습니다. 그러면서 양 눈에서 작업하는 신명이 보이기에 지도령에게 언제까지 교정 작업이 끝날 것 같으냐고 물으니 뭐 한 달은 족히 걸릴 것입니다 하는 것이었습니다. 그러니 안경을 만드는 일은 일단은 서두를 필요가 없는 것이 아닌가 하는 생각을 하였습니다.

그리고 계속해서 제가 지금 어디까지 온 것이며, 며칠 전에 겪었던 무(無)는 무엇을 의미하는 것일까? 생각하면서 달렸습니다. 그러자 제가 이곳으로 온 뒤 두 번째로 오른 산은 뉴햄프셔주에 위치하며 이곳 뉴잉글랜드 지역에서는 명산으로 알려진 화이트마운틴인데 그 산이 화면으로 잡혔습니다. 그리고 제가 마지막 정상을 남겨 두고 잠시 휴식을 취하는 모습이 보였습니다.

대부분의 산행에 있어서 실제의 정상은 산행 입구에서는 보이지 않습니다. 그래서 오르기 전에 정상이라고 생각했던 곳에 도착해 보면 아연 실색할 정도로 험준한 광경이 눈앞에 나타나곤 합니다. 지금 쉬고 있는 곳부터는 식생(植生) 한계선이니 그 산이야말로 그늘도 없이 진정한 자신과 싸우며 인내하며 올라가야 하는 마지막 코스입니다.

결국은 아무것도 없는 무(無)의 정상에 도달하는 것이라는 생각이 번득 들었습니다. 사실 그때 그 산의 마지막의 정상이 얼마나 길고 힘이 들었던지 지금도 눈에 선합니다. 아무튼 지난번의 무(無)가 지금까지의 수행 과정에서 마지막의 정상임에는 틀림이 없으며 눈에 보이니 안 오를 수가 없는 상황이기도 합니다. 그리고 화면은 다시 제가 어느 정도 휴식을 취한 후 다시 일어나 오르기 시작하는 것이었습니다.

그런데 제 보호령께서 같이 오르는데 두 바퀴의 조깅이 거의 끝날 무렵에는 정상 저쪽에서 예수며 부처와 같은 많은 성인들과 그리고 선생님도 그들과 흐뭇해하시며 응원을 보내는 것이었습니다. 그런데 그분들의 차림새가 하얀 도복이 아니라 평시의 가지각색 등산복들을 입고 있는 것을 보니 실제로는 저의 자성이 보호령이 되어 저와 같이 오르고 있는데 성인들이 저를 끌고 밀어주는 것이라는 결론을 내렸습니다. 그리하여 정상에 오르는 순간이 자성만이 남는 참나로 탄생되는 순간이 되는 것이 아닌지요?

그리고 아침부터는 평상시와 거의 같은 생식, 과일, 김치 등을 먹고 마지막 남은 『선도체험기』 75, 76권을 끝내기로 하였습니다. 생각보다는 쉽게 읽혔고 드디어 올 1월에 부쳐 주신 『선도체험기』 한 질을 모두를 재삼 살펴보았습니다. 그리고 저녁을 먹고 오랜만에 목욕을 하고 그간에 보살펴 주신 선생님을 비롯한 천지신명과 『선도체험기』에 감사하는 마음으로 103배를 하였습니다.

그런데 제가 절을 시작하자 하얀 도복의 천지신명들이 저를 향해 내내 맞절을 하는 것이었습니다. 그렇게 편안한 마음으로 103배를 마치고 반가부좌를 하고 수련에 들자 천지신명들도 저를 향해 앉은 채 선정에 드는 것이었습니다. 이루 헤아릴 수 없어 끝이 안 보이는 신명들과 저는 그저 편안한 마음으로 선정에 들었습니다.

그 후 얼마 뒤에 푸른 도복의 신명들이 분주하게 움직이는 것으로 봐서 아마도 오늘이 저에 대한 심사의 날이 아닌가 하는 직감이 드는 것과 동시에 제 앞의 신명들이 저를 가운데에 두고 삥 둘러앉는 것이었습니다. 그러자 저를 가운데에 두고 삥 둘러 두레 장작불을 놓고는 무사들이 칼춤을 추면서 제 목에 칼을 대는 등 위협하는 것 같았습니다.

그렇지만 저는 두려움의 기색도 일체 없이 조용히 선정에 들자 이 관문은 일단 통과한 듯, 그 후에는 큰 횃불을 밝히며 저는 본 적이 없는 험준한 산지로 안내를 하는 것이었습니다. 그리하여 도착한 산기슭에는 금빛 찬란한 그렇지만 조그마한 산신각과 같은 건물 앞에 도착을 하니 황금의 관을 쓰신 분이 저를 맞이하였습니다. 그러나 그분이 무언가를 말하신 것 같은데 이해를 하지 못하였습니다. 그러나 밖으로 나와 그 건물을 보니 그야말로 그 형상이 無자 모양이었습니다.

그리하여 화면이 끝났습니다만, 아마도 지난번의 무가 풀어야 할 숙제임을 재삼 공부를 시킨 화면이 아닌지요? 아무튼 이제부터는 최선을 다해 볼 생각입니다. 앞으로도 끊임없는 지도와 편달을 부탁드리며 이만 줄일까 합니다. 그럼 선생님과 사모님 두 분 모두 안녕히 계십시오.

케임브리지에서
제자 차주영 올림

【필자의 회답】

정황으로 보아 눈이 좋아질 수도 있으므로 한 달쯤 기다려 보는 것이 좋겠습니다. 그리고 수련 중에 떠오르는 화면들에 대해서는 너무 민감해 하지 않은 것이 좋습니다. 그 화면들은 참나로 인도하는 상징물은 될 수 있어도 참나 그 자체는 아닙니다. 참나가 달이라고 할 때 그 화면들은 그 달을 가리키는 손가락은 될 수 있을지언정 달 자체는 아니라는 말입니다.

깨달음은 수련자 자신이 우주와의 합일의 순간에 경험하는 내부 생명의 폭발과도 같은 것입니다. 그래서 옛 선배들은 그 깨달음의 순간을 확철대오(廓徹大悟)라고 했습니다. 구도자가 깨달음을 얻지 않으면 바깥 세상을 보지 않겠다는 굳은 의지로 밥이 들어오는 구멍 하나만 남겨 놓고 사방을 전부 진흙으로 막아 놓고 몇 년 동안 용맹정진하다가 큰 깨달음을 얻는 순간 그 흙벽을 박차고 큰소리로 외치며 흙벽을 부숴 버리고 밖으로 뛰쳐나온다고 해서 그런 이름을 붙인 것입니다.

오랜 시간을 두고 저수지에 흘러 들어온 물이 마침내 만수(滿水)가 되어 제방 밖으로 흘러넘치는 순간이기도 합니다. 무한(無限)과 영원(永遠)이 바로 나 자신과 합쳐지고 생로병사의 윤회의 굴레에서 영원히 벗어나는 순간이기도 합니다. 그 순간을 향해서 우리는 지금도 가고 또 가고 있습니다. 그러나 초조해 할 필요는 조금도 없습니다. 우리가 이 길을 가는 한 그것은 반드시 오게 되어 있으니까요.

자기 자신에게로 걸어가기

　삼공 선생님께.
　선생님, 안녕하셨습니까? 상주 이미혜입니다. 요즘은 하루에 사계절이 다 있는 듯합니다. 새벽 5시에 일어나 싸한 냉기를 맡으며 달리기할 땐 겨울 같고요(손 시려요 벌써) 오전엔 따스한 햇살이 창가로 들어와 봄처럼 환합니다.
　그러다 점심을 먹을 때면 약간 땀이 나기도 하다가 오후 늦게 퇴근 때 스산한 바람에 낙엽이 횡하니 불면 영락없는 가을입니다. 그걸 통해 오묘한 자연의 섭리를 다시 생각해 봅니다.
　의식은 단전에, 마음은 자성에 두고 수련에 박차를 가하라고 하신 지난번 말씀을 따라 자성에 대해 많이 생각해 보았습니다. 아직은 뭐든 분명한 건 없지만 제 자신에게로 부지런히 걸어가고 있습니다. 양이 쌓이고 쌓이면 질적으로 변화가 올 거라고 믿습니다. 한눈팔지 않고 마음을 모아 힘찬 걸음을 내딛겠습니다.
　요즘은 백회에서 기운이 떠날 때가 거의 없습니다. 그러다가『선도체험기』어떤 부분을 읽을 땐 단전이 겁날 정도로 뜨거운 적도 있었습니다. 또 가끔은 정좌할 때 환한 빛이 느껴질 때도 있네요. 모두가 고마운 일들입니다.
　그럼 내일 찾아뵙도록 하겠습니다. 안녕히 계십시오.

2004년 10월 16일 토요일
상주에서 이미혜 올립니다

【필자의 회답】

  제행무상(諸行無常), 제법무아(諸法無我)의 이치를 깨닫게 되면 그다음 단계로 열반적정(涅槃寂靜)의 경지를 터득하게 되어 있습니다. 도승들은 간화선(看話禪) 즉 화두를 통해 이 경지에 접근하고 있지만 선도는 기공부와 마음공부, 몸공부를 통하여 이를 성취하려 하고 있습니다. 마음공부와 몸공부만은 다른 종교에서도 시행되고 있지만 운기조식(運氣調息) 즉 기공부만은 선도의 전유물입니다. 단전호흡을 통하여 연정화기(煉精化氣), 연기화신(煉氣化神), 연신환허(煉神還虛)의 경지에 도달하면 그것이 곧 대각(大覺)이요 구경각(究竟覺)입니다. 길이 다를 뿐 자성(自性)이라는 고지에 도달하는 데는 이론이 있을 수 없습니다.
  적정(寂靜)에 들면 적광(寂光)을 곧 감지하게 되어 있습니다. 정좌할 때 느껴지는 환한 빛은 적광의 전조일 수도 있습니다. 적광이야말로 자성의 빛입니다. 궁수(弓手)가 수련의 연륜이 계속 쌓이면 백보 밖의 이 한 마리가 황소만큼 커져서 마침내 홍반(紅斑)을 꿰뚫듯이 자성을 꿰뚫어야 할 것입니다.
  지금과 같이 수승화강이 아무런 이상 없이 지속될 수 있다면 미구에 좋은 소식이 있을 것입니다. 삼공재를 찾는 수련생들 중에는 몇 안 되는 케이스입니다. 수련에 진전이나 변화가 있을 때마다 지체 없이 알려 주시기 바랍니다. 수련의 고삐를 늦추지 말아야 할 것입니다.

죽음 앞에서 담담하기

삼공 선생님께.

선생님 안녕하셨습니까? 상주 이미혜입니다. 부족하기 그지없는 저에게 늘 따스한 격려 잊지 않고 보내 주셔서 감사합니다. 선생님 당부처럼 수련에 고삐를 늦추지 않도록 하겠습니다. 처음 그 마음처럼 말입니다.

선생님, 제가 지난번에 말씀드린 그 선배한테서 전화가 한 번 더 왔습니다. 근데 이번에는 지난번과는 달리 그 목소리가 여전히 힘은 없었지만 급해 보이지 않고 왠지 편안해 보였습니다. 웬일인가 했더니 본인이 스스로 생명이 얼마 안 남은 것 같다면서 떠나기 전에 얼굴 한 번 봤음 하더군요.

그 말을 듣는 순간, 처음 전화 왔을 때 목소리에서 얼핏 생명의 불꽃이 다해가는구나 하는 생각이 들었던 기억이 났습니다. 역시 7, 8년 전엔가 위암에 걸려 위를 다 들어냈을 때 섭생에 신경을 썼어야 했는데 그 후로 아마도 몸 관리가 제대로 안 된 듯합니다.

목소리에 하도 힘이 없어서 어찌된 일인지도 자세히는 못 들었지만 아마 대장암이 상당히 진행이 되어 더이상 어찌지를 못하나 봅니다. 그래서 수술 후에도 퇴원하지 못하고 계속 병원에 있으면서 그다음 항암치료는 고사하고 한 석 달째 거의 먹지 못해서 링거로만 버티는 모양입니다. 그러니까 10월 초에 전화가 처음 왔을 때 다른 것을 도저히 못 받아들이니까 생식이라도 해 볼까 하는 심정으로 저한테 연락을 한 모양입니다. 하지만 그것도 몸에서 안 받아 주니까 아마도 스스로 왜 그런지 의문을 가지다가 그런 답을 얻은 모양입니다. 역시 병원에 모든 것을 의존하지 말았어야 했는데...

그런데 그 전화를 받으면서 선배가 그렇게 생각했다면 미련 없이 가도록 정리를 잘하시라고, 어차피 누구나 때가 되면 다 옷 갈아입는 거니까 여한 없도록 하라는 말이 저도 모르게 나왔습니다. 너무도 담담하게...

그랬더니 그 선배가 저보고 넌 잘살고 있었구나 그러더군요. 사실 그 선배는 대학 때부터 또래들과 달리 마음공부를 열심히 하는 것 같아 보였는데 어찌하여 몸이 그 지경이 되도록 몰랐을까 싶어 화가 잠시 나기도 했습니다.

모든 병의 근원은 마음인데 어찌된 일이냐며 호통까지 치니까 가만히 듣고만 있더군요. 한편 생각하니 불쌍하기도 하였고 또 한편 바꾸어 생각하니 어차피 그 몸으론 이 생을 온전히 살기 힘들다면 더 미련 두지 말고 차분히 재출발을 하는 게 나은 만큼 오히려 행복한 사람일 수도 있다는 그런 생각까지 들었습니다.

그런데 선배가 죽기 전에 저하고 얘기를 좀 하고 싶다고 합니다. 제가 무슨 도움이 되겠습니까마는 신랑한테 잘 얘기를 하고 오늘 대구에 내려갔다 올까 합니다. 선생님, 참 죽음은 먼 듯하여도 가까이 있음을 실감합니다. 이번 일을 통해 저도 어떤 모습으로 죽음을 맞이할까 하는 생각을 해 봤습니다. 제 죽음 앞에서도 저렇게 담담할 수 있으면 좋으련만 아직도 공부가 부족하기에 확신할 수가 없네요. 그러면 갔다 와서 또 연락드리겠습니다. 안녕히 계십시오.

2004년 깊어 가는 가을 10월 23일 토요일
상주에서 이미혜 올립니다

【필자의 회답】

  죽음 앞에 그 정도로 담담하다면 그녀의 마음은 이미 죽음을 체념했거나 초월하고 있는 것 같습니다. 우리가 흔히 죽음이라고 하는 것은 현상계(現象界) 내에서의 얘기지 현상계를 벗어나면 죽음 같은 것은 없음을 강조하여 죽음 앞에 더욱 의연할 수 있게 도와주시기 바랍니다. 죽음은 언제나 가아(假我) 속에 있는 것이지 진아(眞我) 속에는 죽음 같은 것은 없기 때문입니다.
  그분이 마음공부를 통하여 불생불멸(不生不滅), 부증불감(不增不減), 불구부정(不垢不淨)의 이치를 깨달았다면 그 이상 다행이 없을 것이고 만약 아직 그 경지에 아직 도달하지 못했다면 생사일여(生死一如)의 이치를 알아듣게 말씀해 주시는 것이 좋을 것입니다.

따스하게 보살펴야겠습니다

삼공 선생님께.

선생님, 그날 무시무시하다는 야차 빙의령을 천도시켜 주시고 또 바쁘신 와중에 답장까지 주셔서 감사합니다. 보내 주신 메일을 읽으면서 많이 부끄러웠습니다. 평소에 어떤 낱말을 골라 쓸 때 신중했어야 했는데 무심결에 상투적으로 쓰다가 큰 것을 놓칠 뻔했습니다.

선생님의 따끔한 지적에 다시 한 번 감사드립니다. 어떤 연유이건 제게 찾아올 만해서 모여든 그들인데 싸움이라는 낱말은 분명 잘못된 것입니다. 비록 때론 힘이 들고 괴롭기도 했지만 왜 그들이 이러는가에 대해 좀더 진지하게 고민을 했더라면 그런 말을 쓰지 않았을 거라고 생각합니다.

그래서 이번 기회를 통해 빙의령에 대한 생각들을 다시 한 번 정리해 보고 편견을 바꿉니다. 감히 빙의령들을 가르친다는 것은 아직 과분한 말이고 그냥 제 힘껏 그들을 살펴보겠습니다. 지금 제가 맡은 우리 아이들에게 하는 것처럼 지금 제자리에서 최선을 다하겠습니다. 사실은 빙의령과의 싸움이라기보다는 제 자신과의 싸움이었습니다.

그리고 가끔씩 울적하던 가을이 올해는 한참을 지나도 그렇게 세월이 자꾸 흘러가도 제겐 그것들이 다 무덤덤하게 느껴지는 것이 오욕칠정에서 한 단계 벗어났다는 뜻이라니 다행입니다.

너무 변화가 없이 덤덤해서 이거 혹시 감정이 메마른 것이 아닌가 하고 잠시 우려까지 했었는데 기우였군요. 심지어 전에 말하던 그 선배가 결국엔 이승의 삶을 마감했다는 말을 듣고서도 참으로 감정에 변화가 없어서 제 자신도 좀 놀랐습니다.

때 되어서 잘 갔구나! 이제 새로운 옷으로 갈아입고 새 출발을 하겠구나 하는 생각이 들었습니다. 죽기 얼마 전까지도 엄청난 고통을 겪었다고 들었는데 마지막엔 스스로 죽음을 맞을 준비를 하고서 편안하게 눈을 감았다고 하더군요.

잘은 모르겠지만 저한테 한참 머물렀다가 이젠 훌훌 털고 떠난 듯합니다. 이 모두가 삼공 공부 덕분입니다. 감사합니다. 그럼 안녕히 계십시오.

2004년 11월 23일 화요일 이른 새벽에
상주에서 이미혜 올립니다.

【필자의 회답】

보내온 메일을 읽어 보니 문득 선도수련을 하기 전의 나의 지난날이 떠올랐습니다. 나는 소년 시절부터 소설가가 되는 것이 꿈이었습니다. 철들면서부터 단편소설을 써서 여기저기 응모를 했습니다. 그러나 번번이 낙방이었습니다.

군대를 갔다 오고 대학을 나오고 취직을 하고 결혼을 하고 나서도 나는 정식으로 문단에 데뷔하지 못했습니다. 응모한 작품이 최종심을 통과

하지 못했기 때문이었습니다. 번번이 낙방을 하면서도 나는 좌절하지 않고 특별한 사유가 없는 한 소설 응모를 끈질기게 계속했습니다. 그 결과 작심한 지 근 30년 만인 42세가 되어서야 늦깎이로 마침내 소설가가 되는 데 성공했습니다.

당선작인 "산놀이"란 단편이 《한국문학》 1974년 3월호에 게재되었을 때는 마치 천하를 얻은 듯 의기양양했습니다. 그로부터 4년 후에 단편집도 간행되고 정력적인 작품 활동을 전개하였습니다. 그러나 가을철만 되면 뭐라고 꼭 집어 말할 수 없는 가슴을 에이는 듯하는 우수와 고독감이 엄습하곤 했습니다.

나만 그런 것이 아니고 대부분의 문인들이 다 그런 것 같았습니다. 그래서 그들은 해마다 늦가을부터 연말까지 계속되는 각종 문인들의 집회에 모여 술을 마시면서 글 쓰는 동안에 느끼는 애환이 서린 온갖 잡담을 다 늘어놓는 것으로 서로 위안을 삼는 것 같았습니다. 그러나 이것도 여러 해 되풀이되니까 맨날 그 소리가 그 소리여서 별로 마음의 위안이 되지도 못했습니다. 이런 모임들은 가슴 저미는 우수(憂愁)와 고독감을 달래기에는 역부족이었습니다.

이 무렵부터 나는 선도를 알게 되었고 수련이라는 것을 직접 해 보기 시작했습니다. 1986년에 시작한 수련이 5년쯤 계속되면서 나는 드디어 나의 내부 중심에서 어렴풋이나마 영원(永遠)과 무한(無限)을 보기 시작했습니다. 그때부터 그 까닭 모를 우수와 고독감은 햇볕에 드러난 안개처럼 사라지기 시작했습니다.

그렇게도 열심이던 내가 문인들의 모임에 참석하지 않게 되자 문우들은 무슨 일인가 하고 전화를 하는가 하면 직접 집으로 찾아오기도 했습니다. 그들은 한결같이 그전처럼 자주 어울리자고 간청을 하다시피 했습니다.

그러나 나는 그들의 청을 들어 주고 싶지가 않았습니다. 그전 같으면 문명을 날리는 문단 선후배들과 어울려 술잔을 기울이면서 환담을 나누는 것 자체가 영광스러워서 긍지까지 느낄 지경이었는데 이제는 잘 마시지도 못하는 술잔을 억지로 비우면서 담배 연기 자욱한 속에서 앉아 있는 것 자체가 고역이었습니다.

문우들과는 자연 멀어지기 시작했습니다. 자주 만나지 않으면 자연 멀어지게 마련입니다. 그들과 어울릴 시간이 있으면 도심(道心)이 있는 사람과 도담(道談)을 나누는 것이 훨씬 마음이 가볍고 편안했습니다. 그렇다고 그들과 만나지 못하면 쓸쓸하냐 하면 그렇지도 않았습니다. 절친했던 벗이 유명을 달리해도 그때뿐 그전처럼 애절한 슬픔을 느끼는 것도 아닙니다.

하루 종일 혼자 앉아 있어도 외롭거나 쓸쓸하지 않았습니다. 그때부터 나는 희구우애노탐염(喜懼憂哀怒貪厭)에 시달리는 일은 적어도 없게 되었습니다. 억울하고 화가 치미는 일이 있어도 그때뿐 그것이 파동처럼 지나고 나면 그뿐이었습니다. 그전처럼 두고두고 마음을 괴롭히고 그로 인해서 마음에 상처를 입는 일도 없어지게 되었습니다.

내 마음이 무한과 영원을 본 이상 이 우주 안에서 두려울 것도 시샘할 것도 부러울 것도 없어졌습니다. 공포심에 떨 일도 없습니다. 생사일여(生死一如)인데 무엇을 새삼스레 두려워하고 무서워할 일이 있겠습니까?

요즘 MBC에서 저녁 8시 20분에 방영되는 "왕꽃 선녀님"이라는 연속극을 보면 무병에 걸린 주인공 초원이 내림굿을 끝내 거부하면서도 신의 보복이 두려워 애인을 찾아 전전긍긍하는 애절한 장면들이 계속되고 있습니다.

 그것이 실제로 있었던 일을 소재로 삼은 극이라면 그 주인공이 살아날 유일하고 확실한 길은 자기 마음속에서 이 영원과 무한을 찾아내는 길이 될 것입니다. 영원과 무한을 품은 마음 이것이 바로 도심(道心)입니다. 하긴 초원이 도심을 품었다면 오욕칠정에서 한 치도 벗어나지 못한 저급신령(低級神靈) 따위가 감히 접근이나 할 수 있었겠습니까만은.

 삼공재 식구들의 수련이 조금씩 조금씩 향상되어 나가는 것을 보는 것 이상의 즐거움을 나는 다시 찾아보기 어렵습니다.

〈78권〉

다음은 단기 4338(2005)년 1월 1일부터 단기 4338(2005)년 3월 31일 사이에 있었던 필자의 수련 과정과, 필자와 수련생들 간에 오고간 수련과 인생에 대한 대화 그리고 이메일 문답을 수록한 것이다.

집 잘 짓는 비결

이웃 동네에 사는, 중소기업을 경영하는 50대 중년의 황영수 씨가 말했다.

"선생님께서 새로 입주하신 6층의 주상복합건물은 제가 보기에는 이 일대에서는 가장 돋보입니다."

"어떤 면에서 그렇게 돋보인다고 그러십니까?"

"제가 오늘 올라오면서 안팎을 유심히 살펴보았는데요. 여느 건물보다는 깔끔하고 단단하게 빠진 수려한 모습이 한눈에 확 들어옵니다. 설계자와 시공자가 혼연일체가 되어 유달리 정성을 들인 것을 금방 알아볼 수 있습니다.

더구나 주위의 다른 건물들이 모두가 흰색 아니면 회색 계통인데 이 건물은 새까만 돌로 되어서 유난히 돋보입니다. 색채의 조화를 얻었다고 할까요? 공사에 참여한 사람들이 유달리 장인 정신을 유감없이 발휘한 느낌이 듭니다. 가마에서 막 뽑아낸 명품 도자기를 보는 느낌입니다."

"듣던 중 정곡을 찌른 호평 같아서 기분이 좋습니다. 시공한 사람들도 그 말을 들으면 매우 기뻐할 것입니다. 시공회사 간부들도 건설업을 20여 년 해 오지만 이 건물처럼 온갖 정성과 노력을 쏟아부은 적은 없었다고 합니다.

오직 걸작품을 한 번 만들어 보겠다는 일념으로 노임은 물론이고 온갖 자재도 아낌없이 쓴 데다가 공사 도중에 자재값이 30프로나 오르고, 건물 북쪽과 서쪽 이면엔 원래 벽돌을 쓰기로 했었는데 도중에 미관을 살리기 위해 검은 돌로 바꾸고, 주변의 새 건물과의 조화를 위해 설계보다 건물 높이를 90센티나 높이는 바람에 이익은커녕 약간의 적자를 보았다고 합니다.

그래도 시공자들은 자기들의 장인 정신을 유감없이 구현할 수 있었고 더구나 건축주가 흡족해하니까 오히려 기뻐하는 표정이었습니다. 그것을 증명이라도 하듯 요 근처에서 새로 건물을 짓는 건축주들은 가끔 기술자들을 대동하고 나타나 우리집을 견학시키면서 자기네 건물 시공의 모델로 삼고 있습니다."

"평당 시공비가 얼마나 들었습니까?"

"290만원에 계약을 했는데 시공자들 말로는 막상 짓다가 보니까 350만원짜리가 되었다고 합니다."

"어떻게 하시다가 그렇게 좋은 업자를 만나셨습니까?"

"이 동네에서는 우리가 제일 늦게 재건축 공사를 했습니다. 그 때문에 그동안 여러 업자들을 만날 수 있었는데 그중에서 한 사람을 선택한 거죠."

"언제부터 이곳에 사셨는데요?"

"1983년 9월에 이곳에 있던, 76년에 준공된 이층 주택과 상가로 된 복합건물에 이사를 왔으니까 벌써 22년이 됩니다. 주변의 다른 집들은 벌써 10여 년 전부터 기존 이층 건물들을 헐고 4, 5층으로 새로 건물을 짓기 시작했지만 우리는 건축비가 만만치 않아서 새로 집 지을 엄두를 못 내고 있었습니다.

더구나 집 지은 사람들의 얘기를 들어 보면 업자들에게 사기를 당하는 일이 많아서 위험하다는 소리를 귀에 못이 박히게 들어왔으므로 집 지을 의욕을 잃고 있었습니다. 땅을 저당 잡히고 은행 융자를 얻어 건물을 지어 놓고 임대가 제때에 되지 않으면 은행 이자가 눈덩이처럼 불어나는 바람에 땅과 집이 몽땅 날아가는 일이 비일비재했습니다.

그렇지 않으면 건물 다 지은 다음에 건축업자가 임대 보증금을 받아 건축비로 충당하는 일도 있었지만, 이것 역시 제때에 임대가 나가지 않고 이자만 계속 늘어나면 건물이 공매에 넘겨지는 일이 적지 않았습니다. 이래저래 겁이 나서 망설이고 있었습니다. 어떻게 하든지 우리 힘으로 건축비를 마련하기 전에는 집 지을 생각을 못 하고 있었습니다.

그러는 사이에 어느덧 우리집 주위에는 하나둘씩 새 건물이 들어서기 시작했습니다. 나중에는 주위의 4, 5층 빌딩에 가려서 우리집만 초라하기 짝이 없는 구식 2층집 신세가 되었습니다. 마침내 우리도 집을 새로 짓든가 아니면 팔아 버리고 이사를 해야 할 처지가 되었습니다.

위험 부담 때문에 한때는 아예 팔아 버리고 이사를 갈 생각을 한 일도 있었습니다. 그리하여 여기저기 이사 갈 곳을 알아보았지만 지금 사는 곳보다 훨씬 못한 곳인데도 여기보다 땅값이 훨씬 더 비쌌습니다. 이사할 엄두를 못 내고 있다가 남들이 집 짓는 것을 보아 온 우리도 집을 지어 볼까 하는 생각을 하게 되었습니다.

재건축 건물들에 에워싸인 우리는 자연히 시공업자와 현장 소장들과 대화를 나누는 기회를 많이 갖게 되었습니다. 그 시공자들 중에서 착실하고 성실해 보이고 유난히 붙임성이 있는 한 업자와 자주 이야기를 나누다 보니 그의 설득으로 우리도 모르는 사이에 새 건물을 지을 결심을 굳히게 되었습니다."

"그래서 그렇게 좋은 업자를 만나시게 되었군요."

"우리가 건축할 의사가 있다는 것을 간파한 그는 자기 회사와 유대를 맺고 있는 설계사를 소개하여 새로 지을 건물의 모형과 설계도를 만들어 오고 서로 의견을 나누고 하는 사이에 어느덧 신뢰가 쌓이게 되었습니다.

집 지을 생각을 하고 나니까 어떻게 하면 튼튼하고 실용적이고 보기 좋은 건물을 지을 수 있을까 하는 데 관심이 집중되어 남들의 집 짓는 과정을 유심히 관찰하게 되었습니다. 비록 성실한 업자를 선택한다고 해도 계약서대로 공사 대금이 제때에 지급되지 않으면 업자는 이미 시작한 일을 마냥 질질 끌고만 있을 수 없으니 어떻게 하든지 빨리 끝내려고 이잣돈이라도 쓰든가 아니면 외상으로 자재를 구입하여 공사를 진행시키지 않을 수 없습니다.

건축주는 이러한 시공업자의 약점을 이용하여 건축대금을 마냥 질질 끌고 제때에 지급해 주지 않습니다. 시공자는 이잣돈을 얻어 쓰니 좋은 자재를 충분히 쓸 수 없습니다. 외상으로 얻어 쓸 경우 역시 맞돈 줄 때와는 달리 좋은 자재를 골라서 쓸 수 없습니다. 이러는 가운데 시공자는 조금이라도 이문을 남겨야 하니 자재 공급이 부실해지고 인부들의 노임 역시 제때에 지급되지 않으니 부실 공사가 될 수밖에 없습니다.

또 이런 경우도 있습니다. 설계를 마쳐 놓고도 건축주가 안심이 안 되어 공사 도중에 시공자에게 일일이 간섭을 하여 재시공을 하게 하는가 하면 하청업자 선정을 시공자에게 일임하지 않고 자기가 아는 업자를 이 사람 저 사람 끌어들여 하자가 발생할 때 서로 책임을 미루는 통에 시공자가 혼란을 일으켜 일관성 있게 작업을 할 수 없게 만들어 부실 공사가 되는 수도 있었습니다.

심지어 어떤 건축주는 6억 원이나 되는 건축비 대신에 겨우 4억 원을 내놓고 이것을 가지고 알아서 지어 달라고 하기도 합니다. 시공자는 일거리가 중단되는 것을 막기 위해서 울며 겨자 먹기로 일을 맡아 삼풍백화점이나 성수대교처럼 무너지지나 않게 날림으로 지어 주기도 합니다. 제대로 지은 건물이 백 년을 간다면 이런 것은 50년밖에는 안 간다고 합니다. 돈 안 들이고 무성의한 건축주가 좋은 건물을 바란다는 것은 풀씨를 심어 놓고 벼가 나오기를 바라는 것과 다름이 없습니다.

어떤 현장 소장은 이렇게 말했습니다.

'깔끔하고 단단한 집을 빼내는 비결이 무엇인지 아십니까?'

'무엇인데요?'

'일단 계약을 했으면 시공자를 신임하고 계약대로 시공비를 제때에 지급하는 일입니다. 그래야 회사 임원들과 인부들이 신이 나서 좋은 자재 구입하여 정성 들여 일하게 되고 그래야 좋은 집이 빠져 나오게 됩니다.'

상호신뢰가 핵심

　요컨대 건축주와 시공자 사이의 불신이 부실 공사를 낳는 원인이라는 것을 알게 되었습니다. 그래서 우리는 계약 때에 시공자에게 시공비는 어떻게 하든지 약속 날짜에 지급할 것이고, 우리는 건축에 대한 전문 지식이 없어서 공사 일체를 일임할 터이니 우리 쪽 요구 사항을 꼭 들어 달라고 말했습니다.

　요구 사항이 무엇이냐고 하기에 첫째 비가 새지 않게 해 주고, 둘째 전기, 상하수도, 가스 같은 기본 시설을 좋은 자재를 써서 완벽하게 시공해 주고, 셋째 주택 부분은 따뜻하고 단단하고 편리하게 시공해 달라고 했습니다. 기존 건물을 사들여 20년 동안 사는 동안 비가 새고 상하수도 고장과 추위 때문에 하도 고생을 많이 해 왔기 때문에 이런 조건을 내세운 것입니다.

　우리는 일단 그들을 신임을 한 이상 모든 것을 공사 끝날 때까지 맡겨 버리기로 작정했습니다. 그들은 우리의 요구 조건을 흔쾌히 수락하고 자기네를 믿고 모든 것을 맡겨 준 것을 고마워했습니다. 이렇게 하여 공사가 시작되었습니다. 일단 공사가 시작되자마자 주위에서는 우리보고 이구동성으로 절대로 시공자에게 돈을 미리 주지 말라고 신신당부를 했습니다. 그들은 자신들의 경험을 토대로 그런 말을 하겠지만 우리의 생각은 달랐습니다.

　도대체 건축주가 시공자에게 일을 맡겨 놓고 시공비를 제때에 주지 않으면 어떻게 공사를 원만히 할 수 있겠습니까? 그런데 그들은 공사비를 제때에 주면 시공자는 그 돈을 다른 급한 데 돌려쓰므로 공사가 도리어 더 지연된다는 것이었습니다. 돈을 주지 말아야 어떻게 하든지 돈을 받기 위해서 공사를 앞당긴다는 것이었습니다.

그럴 수도 있을 것입니다. 그러나 모든 시공자가 다 그렇지는 않을 것입니다. 그래서 우리는 계약 시에 우리가 내어 주는 시공비는 절대로 다른 곳에 전용하지 않는다는 조건을 내걸었고 그들은 그렇게 하기로 약속했습니다.

결국 우리가 내린 결론은 건축주와 시공자 사이의 관례화 된 상호불신이 부실 공사를 낳은 원인이라는 것을 알아냈습니다. 그리고 건축주의 과도한 간섭 역시 혼란을 야기하여 부실 공사를 초래하는 주범 중의 하나라는 것을 알아냈습니다.

이를 시정할 수 있는 길은 상호불신을 해소하고 턴키(turn key) 방식으로 기초 공사에서 인테리어 공사에 이르기까지 일체를 시공자에게 맡기는 것이었습니다. 그 대신 그들로 하여금 장인 정신을 충분히 발휘하여 후세에 남을 좋은 작품을 만들게 하는 것이었습니다. 시공자는 우리가 자기네를 이렇게 믿어 주는 것을 고마워했습니다. 드디어 공사는 시작되었습니다."

"선생님은 사업가도 아니신데 적지 않은 건축비를 장만하시느라 고생이 많았겠습니다."

"물론 나는 돈 버는 재주와는 거리가 먼 사람입니다. 군인생활 13년, 신문 기자생활 23년, 도합 36년 동안 조직에 예속된 생활을 해 왔을 뿐이었으니까요. 그 대신 다행히도 처복은 있었던지 치부(致富) 능력이 있는 아내 덕분에 돈고생을 안 했습니다."

"그럼 사모님께서 사업 수완이 있으신 모양이시죠?"

"그렇지는 않습니다. 아내는 미국인 회사에서 결혼 전부터 정년까지 무려 40여 년을 일했습니다. 생활비로 쓰고 남은 맞벌이한 돈은 아내가 관리하여 알뜰하게 아끼고 절약한 덕분에 장만한 돈으로 지금의 집터에 있던 건물을 22년 전에 사들였고, 그때로부터 모은 돈을 건축비로 충당했습니다.

그 때문에 우리 집의 냉장고, 텔레비전 같은 가전제품은 지금도 20년 이상 된 낡은 것들입니다. 아내의 축재 능력이 아니라면 이 건물은 지을 엄두도 낼 수 없었을 것입니다. 그래도 일단 공사를 시작하고 보니 계약 외의 돈이 자꾸만 들어가 끝내 은행 융자를 얻지 않을 수 없었습니다."

"혹시 공사 도중에 민원은 없었습니까?"

"왜 없었겠습니까? 지난 10년 동안 건축법이 바뀌는 바람에 주변 건물들은 4층 아니면 5층인데 우리 집만 유달리 6층이라 주변에서 말이 많았습니다."

"왜요?"

"우리 건물이 한두 층 자기네 것보다 높으니까 주택인 5, 6층에서 자기네가 내려다보여서 사생활이 침해된다는 것이었습니다. 그러나 시공자가 다 원만히 수습했습니다."

"공사 도중에 애로사항은 없었습니까?"

"딱 한 번 있었습니다. 골조 공사 중 철근 공사를 맡은 하청 업체에서 시공사가 지불한 노임을 다른 데다 전용하는 바람에 인부들이 일을 하지 않아서 10일간 공사가 중단된 일이 있었습니다. 그 일을 빼고는 별 사고 없이 무사히 끝냈습니다. 나는 건축에 대하여 아는 것도 없었지만 일체 간섭을 하지 않고 모든 것을 시공자에게 일임했습니다. 심지어 건물 색깔을 의논해 왔을 때도 설계자가 알아서 하라고 맡겨 버렸습니다. 아무래도 건축을 전공한 설계자가 나보다 나을 것이라고 생각했기 때문입니다."

"그러니까 설계사는 마음껏 자기 기량을 충분히 발휘할 수 있었겠군요."

"그렇습니다. 설계사, 시공자, 담당 이사의 노고는 말할 것도 없고 하청 업체의 인부들의 수고, 특히 특전사 대위 출신의 대단히 까다롭고 섬세하고 꼼꼼한 현장 소장의 열의와 노력이 한데 어울려서 이렇게 깔끔하고 매끈한 작품을 만들어내는 데 이바지했다고 봅니다."

"요컨대 건축주와 시공자 사이의 상호신뢰가 좋은 작품들을 만들어낸 원인이 되었군요. 5, 6층은 주택이고 1층은 상가, 2, 3, 4층은 사무실 용입니까?"

"그렇습니다."

"임대된 것은 있습니까?"

"아직 없습니다. 워낙 불황이 심해서 그런지 준공된 지 한 달이 넘었건만 보러 오는 고객은 많지만 막상 계약을 하겠다는 사람은 아직 없습니다."

"참고로 시공사 전화번호 좀 알려 주시겠습니까?"

"그럽시다."

나는 시공사의 전화번호를 알려 주었다.

"그렇지 않아도 인근에 사는 건축주 한 사람이 우리집 짓는 것을 여러 번에 걸쳐 유심히 살펴보고 나서 믿음이 갔던지 벌써 계약을 하고 지금 한창 골조 공사가 진행 중입니다. 주변에는 벌써 공사 착실히 잘한다는 입소문이 번져서 다른 한 군데서도 공사를 따내어 이미 기초 공사에 들어갔다고 합니다."

"불신과 부실이 판치는 살벌하기만 한 것으로 소문난 건설업계에는 분명 낭보가 아닐 수 없군요."

"그렇습니다. 바르고 착실하고 신용 있는 사람은 지옥에서도 환영을 받게 되어 있으니까요."

"어떻게 하면 그렇게 바르고 착실하고 신용 있는 업자를 만날 수 있을까요?"

"나는 유유상종(類類相從)이란 사자성어(四字成語)를 믿습니다. 아무래도 사람들은 끼리끼리 모이게 되어 있습니다. 착실한 사람은 착실한 사람들끼리, 사기꾼은 사기꾼들끼리 만나게 되어 있습니다."

"그래도 착실한 사람이 사기꾼에게 당하는 일이 흔하지 않습니까?"

"그건 사기꾼이 던지는 그럴듯한 미끼를 있는 그대로 보지 못하는 욕심 때문입니다."

"결국은 상대가 착실하기를 바라기 전에 자기 자신이 먼저 착실해져야 한다는 말씀이군요."

"바로 내가 하고 싶은 말입니다."

용호비결(龍虎秘訣)

선도수련에서 마음, 몸, 기의 세 가지 공부 중 기공부에 대한 비교적 구체적인 수련 지침서로서 4백여 년 전부터 우리나라에 전해 내려오는 책이 있는데, 이름하여 『용호비결(龍虎秘訣)』이라고 한다. 이씨조선 시대인 1506년에 태어나 1549년에 타계한 북창(北窓) 정렴(鄭𥖝) 선생이 쓴 책이다. 임진왜란이 일어나기 반세기 전에 있었던 일이다.

이 책은 작고한 봉우 권태훈 옹 등에 의해 이미 소개된 바 있지만 현대화된 우리말다운 우리말로 제대로 옮겨진 책이 나오기를 바라는 다수 독자들의 소망에 따라 이번에 이 책을 내 나름의 우리말로 옮겨 보기로 했다.

내가 보기에 『용호비결』은 우리나라 상고 시대의 선도 문화와는 직접적인 관련은 없는 것 같다. 『삼일신고(三一神誥)』에 나오는 "신(神)은 재무상일위(在無上一位)하사 유대덕대혜대력(有大德大慧大力)하시고 생천(生天)하시고 주무수세계(主無數世界)하시고 조신신물(造牲牲物)하사 섬진무루(纖塵無漏)하시고 소소영령(昭昭靈靈)하시어 불감명량(不敢名量)이나 성기원도(聲氣願禱)면 절친현(絶親見)이니 자성구자(自性求子)하라 강재이뇌(降在爾腦)니라"든가 "중(衆)은 선악청탁후박(善惡淸濁厚薄)이 상잡(相雜)하여 종경도임주(從境途任走)하여 타생장소병몰(墮生長消病沒)의 고(苦)하고 철(哲)은 지감(止感) 조식(調息) 금촉(禁觸)하여 일의화행(一意化行) 반망즉진(返妄卽眞) 발대신기(發大神機)하나니 성통공완(性通功完)이 시(是)니라"와 같은 한국 선도의 뿌리에 해당되는 세 가지 공부에 근거를 둔 우리 고유의 정통적인 운기조식(運氣調息) 수련법 같지는 않다는 말이다.

그러나 중국식 수련법과는 다소 차이가 있는 점으로 미루어 보아 몽골의 고려 침입 이후 맥이 끊어진 후 사찰이나 민간에 의탁하여 전해 내려오던 우리의 전통적인 선도의 조식 수련법에 중국에서 수입된 도교적 요인이 혼합된 것으로 보인다.

그것은 노자의 『도덕경』에 나오는 현빈(玄牝)과 같은 용어나 『참동계(參同契)』, 『황정경(黃庭經)』 같은 중국 도가의 책 이름이 나오는 것으로도 알 수 있다. 그러나 중국 도교의 원천도 배달국 14대 치우천황 때 자부선인(紫府仙人)에 의해 서토(西土)의 황제헌원(黃帝軒轅)에게 전수된 것을 감안하면 그 뿌리는 우리에게서 뻗어나간 것이다. 어쨌든 이 책은 조식 수련에 대한 4백여 년의 전통을 가진 우리의 귀중한 자산임에 틀림이 없다.

이 책의 저자인 북창 선생은 중종 25년 사마시(司馬試)에 합격한 이래 여러 관직에 봉직했으나 포천 현감(縣監)을 마지막으로 관직을 그만두고 양주 괘라리에 은거하면서 선도 수행으로 여생을 보냈다고 한다. 그는 석가와 같은 깨달음의 경지에 이르렀고 행동거지는 노자를 닮았다고 전해 온다.

비록 그가 1만 권의 서책을 읽었다고 하지만 『용호비결』 내용으로 보아 『천부경(天符經)』, 『삼일신고(三一神誥)』, 『참전계경(參佺戒經)』을 접하지 못하여 단군조선 시대의 선도의 맥을 잇지 못한 것은 아쉽기 짝이 없는 일이다. 어쨌거나 그렇다고 해도 『용호비결』의 고전적(古典的)인

가치는 변하지 않는다.

　이 책의 가장 큰 장점은 운기조식(運氣調息)을 통하여 깨달음에 이르는, 세상에서 흔히들 말하는 무척 어려운 과정을 가장 쉽고 명쾌하고 간명하게 설명해 놓은 점이다. 조식 수련을 단지 무병장수가 아니면 신통력(神通力)이나 초능력(超能力)을 터득하는 방법쯤으로 아는 세속적이고 저급한 차원이 아니라 인간이 자기 존재의 실상을 깨닫는 방편으로 삼았다는 점에서 이 책을 높이 평가하지 않을 수 없다.

　현빈일규(玄牝一竅)가 그것을 단적으로 말해 주고 있다. 글자 그대로 옮겨 보면 현빈일규(玄牝一竅)란 "검은 암컷의 한 개의 구멍"이 된다. 검은 암컷이란 무엇인가? 노자가 말한 검은 암컷이란 시간과 공간이 지배하는 현상계의 뿌리를 말한다. 다시 말해서 인과와 생사가 지배하는 현상계에서 진리가 지배하는 무한과 영원의 절대세계로 통하는 한 개의 구멍을 뚫었다는 말이다.

　이 구멍이 바로 운기조식을 통하여 백회가 열리는 것을 말한다. 즉 견성(見性)을 하여 구도자가 자기 존재의 실상을 포착했다는 뜻이다. 『용호비결』이 노린 점이 무엇인가 하는 것을 단적으로 말해 주고 있다.

　이 책은 북창 선생 자신이 직접 쓴 문장과 그의 후학들이 써 넣은 것으로 보이는 주석(註釋)으로 구성되어 있다. 이 책에서는 [ ]로 주석을 구분하였다.

용호비결 본문 해석

서두(書頭)

　단(丹)을 수행하는 방법은 지극히 간단하고도 쉬운 것이건만 그것에 관한 책으로 말하면 그 무게는 소나 말이 끌고 가기에 땀을 흘릴 만하고 그 부피는 집안을 가득 채울 정도로 엄청나다. 그리고 그 책들 속에 표현된 말이 어리둥절한 만큼 애매모호(曖昧模糊)하여 이해하기 어려울 뿐더러 그것을 배워 보려는 사람들이 어떻게 손을 대야할지 구체적인 방법을 알 수 없어 장생법(長生法)을 터득하려다가 도리어 사고를 당하여 요절(夭折)하는 일이 많았다.
　『참동계(參同契)』라는 한 편의 책은 실제로 단학(丹學)의 시조라고 할 만한 책이지만, 이 책 역시 천지의 이치를 괘(卦)와 효(爻)에 비유하여 설명했으므로 처음 배우는 사람은 그 뜻을 이해하는 경우가 거의 없었다.
　이를 감안하여 이제 난해한 것을 빼 버리고 단학에 입문하려는 사람에게 간결하고도 쉽게 이해할 수 있도록 몇 개의 장(章)으로 나누어 기술하고자 한다. 진정 깨달음을 얻게 하기 위해서는 단 한마디 말로도 충분한 것이다. 무릇 단학 수련의 시초에 할 일은 오직 폐기(閉氣)가 있을 뿐이다.
　[이것이 이른바 한마디의 비결이라는 것인데, 지극히 간단하고 쉬운 방법이다. 그런데도 옛 사람들은 이것을 숨기고 세상에 내놓으려 하지 않았고, 쉬운 말로 표현하려고도 하지 않았다. 그러므로 사람들은 처음에 어떻게 시작해야 할지 알 수 없었다. 조식(調息)하는 가운데 단(丹)을

수행하는 방법을 알지 못하여 외부의 금석(金石)에서 단(丹)을 구했으므로 장생(長生)을 성취하려다가 도리어 사고로 죽는 일이 많았으니 애석한 일이 아닐 수 없다.]

필자주(筆者註) :
『참동계(參同契)』: 근년 들어 우리나라에서도 번역되어 발간된 책이다. 후한(後漢) 때 위백양(魏伯陽)이 지은 중국 도가의 경전인데 하도 난해하고 심오하여 자칫 해석을 잘못하여 수행을 망치는 사례가 많았다.
폐기(閉氣) : 우리가 흔히 말하는 축기(畜氣) 또는 축기(築氣)를 말한다. 복기(伏氣), 누기(累氣)라고 말한다.
금석(金石) : 갖가지 광물을 조제하여 만든 단약(丹藥) 또는 금단(金丹)을 말하는데 수련을 하지 않고도 신선이 되려고 이것을 복용하다가 중독되어 죽는 경우가 많았다.

폐기(축기)를 하려는 사람은 먼저 마음을 조용히 가라앉히고 다리를 포개어 단정하게 앉는다. [불경에서 말하는 소위 금강좌(金鋼坐)이다.]
눈썹을 발처럼 드리워 내려다보되 눈은 콧등을 향하고 코는 배꼽 언저리를 향한다. [공부의 핵심은 오로지 여기에 있다. 이때 등뼈는 수레바퀴 모양이 된다.]
들이쉬는 숨은 끊어지지 않고 면면(綿綿)이 이어지고 내쉬는 숨은 있는지 없는지 모르게 미미(微微)하게 쉰다. 이때 정신과 기운은 항상 배꼽에서 한 치 세 푼 아래에 있는 단전에 머물게 한다.
[견디기 어려울 정도로 숨을 참아 기를 밖으로 내보내지 않을 것까지

는 없다. 다만 의식으로 기를 아래로 내려보내되, 소변볼 때처럼 지긋이 힘을 주면 된다. 요컨대 숨을 내쉴 때 더 많은 기운이 쌓인다는 말이다.

마음을 고요히 가라앉히고 머리를 숙여 아래를 보되 눈은 콧등을 바라보고 코는 배꼽 언저리를 향한다. 그렇게 되면 기는 아래로 내려갈 수밖에 없게 된다. 폐기(축기)의 초기에는 가슴이 꽉 막히는 것 같고 아랫배를 무엇이 찌르는 것 같은 통증이 일어나기도 한다. 그런가 하면 천둥소리를 내면서 배 속에서 무엇이 무너져 내리는 것 같기도 하지만 모두가 좋은 징후이다.

몸 위쪽에 떠 있던 풍사(風邪) 즉 사기(邪氣)는 정기(正氣)의 압박을 받게 되면 몸 밖으로 빠져나가게 된다. 이처럼 사기가 다 빠져나가면 기는 스스로 안정을 찾게 되고 병은 저절로 물러나게 된다.

이것이 조식 수행의 첫 번째 징후로서 폐기(축기)가 되는 사람은 누구나 몸으로 느낄 수 있다. 평소 가슴앓이와 배앓이를 하는 사람이 정성을 다하여 이 수련을 하면 반드시 뚜렷한 효험을 보게 될 것이다.]

염념불망의수단전(念念不忘意守丹田) 수행을 함으로써 공부가 마치 벼가 익듯이 성과를 거두어 이른바 현빈일규(玄牝一竅)를 얻게 되면 백규(百竅)가 통하게 된다. [태식(胎息)은 현빈일규를 얻은 후에 이루어지는데, 이것을 얻는 것이 선도수련의 주요 목표의 하나이다.]

필자주 :

금강좌(金鋼坐) : 결가부좌(結跏趺坐)를 말한다. 그러나 초보자는 반드시 결가부좌를 고집할 필요는 없다. 더구나 한국인은 다리가 짧아서 다리가 긴 인도인과는 달리 결과부좌가 적합지 않다. 반가부좌나 평좌(양반다리)라도 폐기(축기)만 제대로 하면 된다.

등뼈는 수레바퀴 모양 : 주석에 얽매일 필요는 없다. 등뼈는 되도록 쭉 펴는 것이 기혈 유통에 유리하다.

현빈일규(玄牝一竅) : 우리가 지금 살고 있는 시공(時空)이 지배하는 현상계인 태극의 세계에서 진리 또는 공(空), 무(無), 무극(無極), 태허(太虛)를 터득할 수 있는 하나의 구멍이 열린다는 뜻인데, 여기서는 운기조식(運氣調息)으로 백회(百會)가 열리는 것을 말한다.

현빈일규를 얻음으로써 태식을 하고 태식을 함으로써 주천화후(周天火候)가 이루어진다. 주천화후가 이루어짐으로써 결태(結胎)가 된다. 그러니까 현빈일규를 얻음으로써 이 모든 것(태식, 주천화후, 결태)이 시작된다. 혹자는 이 수련을 보잘것없는 외도(外道)의 잔재주라 하여 배척하지만 애석하기 짝이 없는 일이다.

겉모습이 바뀌는 변신술(變身術)을 쓰거나 몸이 공중에 뜨는 비상술(飛翔術)을 말할 처지는 못 되지만 이 수련으로 신묘한 기운을 배양하는 일은 천 가지 약방문이나 백 가지 약도 도저히 따를 수 없다. 한 달 동안만 이 공부를 열심히 한다면 백 가지 병이 사라질 것이니 어찌 정성을 다하여 수행을 하지 않을 것인가.

필자주 :
현빈일규(玄牝一竅)가 있기 전, 즉 백회가 열리기 전에 기운을 느끼면서 하는 조식을 폐기(축기)라 하고, 백회가 열린 후에 하는 보다 안정된

조식을 태식(胎息)이라고 하며, 태식을 한 후에 일어나는 운기조식(運氣調息)을 주천화후(周天火候)라고 하는데 대주천을 말한다. 주천화후가 이루어진 후에 수행자의 몸안에 영체(靈體)가 생겨나서 자라게 되는데 이것을 결태(結胎)라고 한다.

풍사(風邪)의 침입으로 인한 질환이 혈맥 속으로 스며들어 몰래 몸속을 돌아다니건만 이것이 사람을 잡는 흉기임을 모르고 방치해 두었다가 그 상태가 오래되면 경맥(經脈)으로 옮아가 고황(膏肓) 속에 파고든 뒤에는 이미 치료의 시기를 놓치게 된다. [의사는 병이 난 후에 병을 치료하지만 도가(道家)는 병이 나기 전에 병을 다스린다.]

정기(正氣)와 사기(邪氣)는 얼음과 숯처럼 서로 어울리지 못한다. 정기(正氣)가 머무르면 사기(邪氣)는 저절로 달아나므로 모든 경맥(經脈)이 자연히 유통이 되고 삼궁(三宮) 즉 상중하 단전의 기운이 자연스럽게 오르내리게 되니 어찌 질병이 발붙일 여유가 있겠는가?

좀더 부지런히 운기조식(運氣調息)을 한다면 틀림없이 수명이 연장되고 깨달음을 얻어 생사를 초월하는 성과를 거둘 수 있을 것이다. 그러나 비록 수행에 실패하여 그러한 성과를 거두지 못한다고 해도 최소한 건강만은 챙길 수 있을 것이다.

사랑은 서로 살기를 바라는 것이다. 내가 이 책을 여러 군자(君子)들에게 내보내는 것도 사랑의 도(道)를 실천하기 위해서다. 독자 여러분께서 이 책을 보고 나의 외람됨을 용서해 준다면 그보다 큰 다행이 없을 것이다.

필자주 :

고황(膏肓) : 고(膏)는 가슴 밑의 작은 비계, 황(肓)은 가슴 위의 얇은 막. 심장을 뜻하기도 함. 병이 이곳까지 침입하면 낫기 어렵다고 한다.

삼가 생각해 본다. 옛사람이 말하기를 순리(順理)로 살면 평범한 사람이 되고 역리(逆理)로 살면 신선(神仙)이 된다고 했다. 무극(無極)인 하나가 음양(陰陽)인 둘을 낳고, 둘이 넷인 사상(四象)을 낳고, 넷이 팔괘(八卦)를 낳고 그것이 육십사(六十四) 괘(卦)가 되어 만사가 이루어지게 되는 것은 인도(人道)이다. [순리로 밀고 가는 공부를 말한다.]

다리를 포개고 단정하게 앉아서 눈썹을 발처럼 내리깔고 눈을 감아 어지럽고 번거로운 만 가지 일을 하나로 귀착(歸着)시켜 태극의 경지로 돌아가는 것이 선도이다. [역리(逆理)로 밀고 가는 공부를 말한다.]

『참동계(參同契)』에 이른바 "의지(意志)를 버리고 허무로 돌아가게 하여 항상 무념(無念)의 상태가 된다"라는 말이 있다. [무(無)란 태극의 본체이다.]

수행자가 스스로 체험하면서 앞으로 나아가는 데 있어서 마음이 종횡으로 흔들리지 않는 것이 선도 수행의 첫 번째 의미이다. 다만 공부하려는 뜻을 일찍이 세우는 것이 무엇보다도 중요하다. 나이 들어 몸이 쇠약해진 뒤에는 백배의 공을 들인다 해도 선도의 높은 경지에 오르기는 어렵다.

폐기(閉氣)

[혹자는 복기(伏氣) 또는 누기(累氣)라고도 한다. 『황정경(黃庭經)』에 "신선도사(神仙道士)라 해도 신통한 술법이 있는 것이 아니다. 정(精)과 기(氣)를 쌓아 나가는 것이 참된 수행의 길이다"라고 나와 있는 것은 바로 이것을 말한 것이다.]

필자주 :
『황정경(黃庭經)』 : 위(魏), 진(晉) 시대의 도가의 경전.

폐기(閉氣, 즉 축기)란 눈을 깃발로 삼아 기의 오르내림과 전후좌우의 움직임을 뜻대로 하는 것을 말한다.
[기를 오르게 하려면 위를 보고, 기를 내리게 하려면 아래를 본다. 오른쪽 눈을 감고 왼쪽 눈을 뜬 채 위를 보면 왼쪽 기가 돌아서 올라오고, 왼쪽 눈을 감고 오는쪽 눈을 뜬 채 위를 보면 오른쪽 기가 돌아서 올라온다. 기를 내리는 데는 몸 앞쪽의 임맥(任脈)을 이용하고, 기를 위로 올리는 데는 몸 뒤쪽의 독맥(督脈)을 쓴다.
신(神, 즉 정신 또는 마음)이 가면 기도 가고, 신이 머물면 기도 머문다. 신이 가는 곳에 기가 따라가지 않는 곳이 없다. 군대에서 군을 지휘할 때 깃발을 사용하여 군대를 움직이는 것과 같이 눈으로 명령을 내리지 못할 것이 없다. 위를 보려고 할 때는 꼭 눈을 뜨지 않고도 눈동자만을 굴려 위를 보아도 된다.]

필자주 :

심기혈정(心氣血精)이란 말은 누구나 잘 알 것이다. 마음이 가는 곳에 기도 따라가고, 기가 가는 곳에 피도 가고, 피가 가는 곳에 정도 따라간다. 그와 마찬가지로 정신과 눈동자가 가는 곳에 기도 따라가는 이치를 설명하고 있다.

모든 기는 임맥에서는 아래서 위로 흐르고 독맥에서는 위에서 아래로 흐른다. 이것이 자연적인 기의 흐름이고 순리(順理)다. 그러나 소주천 수련을 할 때만은 임맥에서는 기를 위에서 아래고 흐르게 하고 독맥에서는 아래서 위로 흐르게 한다. 선도의 역리(逆理)다. 혼란이 없기 바란다.

그런데 세상 사람들은 모두가 몸 위쪽은 기가 성(盛)하고 아래쪽은 약하므로 질병에 걸렸을 때는 상기(上氣)가 되어 수승화강(水昇火降)이 제대로 이루어지지 않는다. 그러므로 위에 있는 기가 아래로 내려가 중궁(中宮)인 중단전에 머물러 있도록 힘써야 한다. 그렇게 함으로써 비장과 위장이 서로 호응하여 혈액순환이 잘되게 해야 한다.

[이것은 세상 사람들만 그렇게 해야 된다는 것이 아니라 단을 수행하는 요령 역시 중단전에 기가 머물게 해야 한다는 것을 말한다.]

혈액순환이 잘되게 하여 임맥과 독맥이 모두 잘 유통하게 되면 수명이 연장되고 깨달음을 얻어 생사를 초월하게 되니 어찌 이 공부를 안 할 수 있단 말인가? 그러므로 단을 수행하는 첫 번째 요령은 폐기(축기)이다.

다리를 포개고 앉아 손을 무릎 위에 단정히 올려놓고 얼굴을 온화하게 하여 화색이 돌게 하고, 눈은 발을 드리운 듯 아래로 내려깔고 반드시 정신과 기운이 배꼽 아래 단전에 늘 머물러 있게 하면, 몸 위쪽의 사기는 구름이 걷히고 안개가 잦아들 듯 밑으로 흘러내려 가슴과 배 쪽으로 내려간다. [처음에는 배에 가득 찼다가 그다음에는 배가 아프다.]

이러한 과정을 거친 뒤에는 몸이 편안해지고 땀이 촉촉이 내배어 일신의 모든 맥이 두루 잘 유통된다. 마음은 텅 빈 것 같고 눈앞에는 백설이 분분하고 내 몸의 형체가 있는 것 같기도 하고 없는 것 같기도 하여 고요하고 아득하고 황홀하기 짝이 없는 경지에 이르게 된다.

그리하여 자기 자신은 태극이 음양으로 나뉘어지기 이전의 기묘한 느낌을 갖게 된다. 이것이 이른바 참된 수련의 경지이며 진정한 수행자의 길이다. 이 이외의 것은 모두가 사설(邪說)이요 망령된 짓거리에 지나지 않는다.

태식(胎息)

[복기(伏氣, 축기) 중에 결태(結胎)가 되고 기식(氣息)은 태중(胎中)에 이루어진다. 사람은 기가 몸안에 들어와 유통되면 살게 되고 신이 몸에서 떠나면 죽는다. 오래 살려면 신과 기가 같이 머물게 해야 한다. 신이 가면 기도 따라가고 신이 머물면 기도 따라 머문다. 이것을 부지런히 닦는 것이 진정한 수행의 길이라고 경(經)에는 나와 있다.]

폐기가 점점 더 성숙해져서 신과 기가 더욱더 안정된 뒤에 이 기를 차츰 밀어내면 배아래 털 난 곳 경계에까지 이르게 된다. 이때 기가 숨쉬고 있는 곳에서 나가려고 하는 부위를 세심하게 살피면서 한 호흡 두 호흡이 그 안에 항상 머물러 있게 한다. [이것이 이른바 현빈일규(玄牝一

竅)인데, 단을 수행하는 방법은 오직 이곳에 있다.]

필자주 :
후학(後學)들이 써넣은 것으로 보이는 위 주석 내용은 사실과 다르다. 다 알다시피 현빈일규는 대주천이 되어 백회가 열리는 것이다. 그런데 여기서는 기가 겨우 배 아래 털 난 곳 경계까지 내려간 것을 현빈일규라고 했으니 너무 성급하다. 현빈일규까지 가 보지도 못한 후학이 잘못 알고 쓴 것이 틀림없다.

호흡이 입과 코 사이에서 떠나지 않게 한다. [입과 코 사이에 늘 한 치 여유의 기가 머물러 있게 한다.] 이것이 소위 모태 안에 있을 때의 호흡이다. 이른바 귀근복명(歸根復命) 즉 생명이 뿌리로 돌아가는 길이다.

필자주 :
여기서 운기조식(運氣調息) 수행의 목적이 바로 귀근복명에 있음을 밝히고 있다. 모태 안에서의 호흡으로 되돌아가는 과정을 통하여 생명이 그 뿌리로 되돌아가는 것을 말한다. 여기서 한 걸음 더 나아가 이 수행으로 우리는 자성(自性) 즉 참나로 돌아가는 것을 말한다. 다시 말해서 수행의 궁극적 목적이 성통공완(性通功完), 견성해탈(見性解脫)에 있음을 천명하고 있다.

[이것을 반본환원(返本還源) 즉 근본으로 되돌아간다고도 한다. 사람이 모태 안에 있을 때는 입과 코로 숨을 쉬지 않는다. 탯줄이 어머니의

임맥과 통하고 임맥은 폐와 통할 뿐이다. 폐는 코와 통하여 어머니가 숨을 내쉬면 태아도 함께 숨을 내쉬고 어머니가 숨을 들이쉬면 태아도 동시에 들이쉰다.

태아가 모태를 나와 탯줄이 끊어진 뒤에 입과 코로 호흡을 하면서부터 모태에서 지니고 있던 영양분은 바닥이 나고 진기(眞氣)가 녹아 없어지니 병이 나면 요절하는 수도 있다. 우리가 만약 귀근복명(歸根復命)하는 법을 터득하여 계속 정진(精進)하면 음식을 먹지 않고도 신선이 되어 하늘에 오를 수 있다. 모든 것이 귀근복명(歸根復命)법을 실천하는 데 달려 있다.

옛 사람의 시(詩)에 다음과 같은 것이 있다.

"집이 허물어지면 고치기 어렵지 않고,
약이 떨어지면 다시 재배하기 어렵지 않건만
귀근복명법은 일단 알기만 하면
금은보화를 산처럼 쌓아놓은 것과 같다네."

그러므로 태식을 할 수 있게 된 뒤라야 그 기운이 부드러워지고 온화해지며, 온화해진 뒤라야 안정을 찾게 되고 호흡을 하지 않는 것 같은 조식(調息)을 하게 된다. 경(經)에 이르기를 기가 안정되면 호흡이 없어진다고 했다. 옛날에 갈선옹(葛仙翁)이라는 신선은 한여름에 깊은 연못에 들어가 열흘 만에 나왔다고 하니 바로 폐기로서 태식을 했기 때문이다.

주천화후(周天火候)

[화(火)에는 안과 밖, 느리고 빠름이 있다. 수련 초기에는 누구나 기(氣)와 혈(血)이 다 같이 허(虛)하므로 폐기(축기)를 시작한 지 오래지 않아 배꼽과 배 사이에 화후(火候, 따뜻한 기운, 운기)가 일어나기 쉽다.
기가 한동안 흩어지지 않으면 반드시 따뜻한 기운이 그 사이에서 나오게 된다. 바로 이때에 기혈이 차츰 충실해지고 화기(火氣)가 뒤늦게 따라오게 된다. 또한 화에는 문무진퇴(文武進退)의 법이 있으니 잘 살펴서 수행하지 않으면 안 된다.]

필자주 :

수행자가 조식수행(調息修行)을 시작한 후에 단전에 따뜻한 기운을 느끼게 되는데 이것을 여기서는 화(火)로 표현했다. 이것을 양기(陽氣)라고도 한다. 주천화후(周天火候)는 대주천을 성취한 후의 삼합진공과 같은 운기조식(運氣調息)을 말한다. 무식(武息)은 거칠게 하는 조식이고 문식(文息)은 부드럽게 하는 조식이다. 문무진퇴(文武進退)란 무식과 문식의 조화를 말한다.

주천화후란 따뜻한 기운이 온몸을 순환하는 것을 말할 뿐이다. 신과 기가 배꼽과 배 사이에 항상 머물러 있을 때 의식으로 기를 운용할 수 있게 되면 [이때에 부드러움과 강함, 굵음과 가늠, 앞으로 나아감과 뒤로 물러남의 법이 있으니 아주 조심해서 잘 살펴 가면서 수행하지 않으면 안 된다. 심신을 안정시킨 뒤에 법대로 운기(運氣)하게 되면 방광이 불

같이 뜨거워지고, 좌우 두 개의 신장이 끓는 물에 삶는 것처럼 달구어져서 허리 아래가 여느 때와 달리 시원해진다. 이때 만약에 운기를 가볍게 조절하지 못하면 열기가 온몸에 퍼져 오히려 화상을 입게 된다.]

따듯한 기운이 미미한 상태에서 점점 뚜렷해지고 아래서 위로 올라가는 것이 [열기가 이르는 곳이 점차 환하게 열리면서 위로 올라간다.] 마치 꽃봉오리가 차츰차츰 피어나는 것과 같이 된다. 이른바 연못에서 연꽃이 피어나는 것과 같다고 할 수 있다. [신수화지(神水華池)란 입정(入定) 상태를 말하는 것으로서 마음을 완전히 텅 비워 고요하고 돈독하게 유지할 때 쓰는 말인데, 바로 이러한 상태가 무엇보다도 중요하다.]

이러한 상태를 오래 유지하면서 열기가 차츰 왕성해져서 [이것이 소위 꽃봉오리는 차츰 피어나고 감로(甘露)는 점점 무르익어 간다고 하는 것이다. 이때 수기(水氣)가 위로 거슬러 올라가 달콤한 침이 입안에 고여 예천(醴泉) 즉 단 샘이 만들어지는데 소위 옥장금액(玉漿金液)이라고 하는 것이다.] 배 속이 크게 열려 텅 빈 것처럼 되면 순식간에 열기가 온몸에 두루 퍼지게 되는데 이것을 주천화후(周天火候)라고 한다. 법대로 운기할 수만 있다면 참을 수 없는 지경에까지 이르지는 않을 것이다.

배꼽 아래 한 치 세 푼 되는 곳을 하단전(下丹田)이라고 한다. 상단전(上丹田)[이환궁(泥丸宮, 즉 백회)과 함께 메아리처럼 서로 호응하면 옥로(玉爐)[단전의 다른 이름]의 불은 따뜻하고 정상(頂上, 백회)[이환에 붉은 노을이 뜨게 된다.

상하단전이 서로 물을 대듯 고리처럼 끊임없이 이어져서 이 불 기운을 따뜻하게 북돋우어 잃지 아니 하여 [하루 내내 쉬지 않고 운기(運氣)해야 하며 수행하지 않으면 운기가 되지 않는다. 밤낮 하루처럼 수행하여 열 달이 되면 태(胎)가 이루어진다.] 청명한 기가 위로 올라와 니환궁(泥丸宮, 백회)에서 응결된 것이 선가에서 말하는 현주(玄珠)요 불가에서 말하는 사리(舍利)다.

여기에는 필연적인 이치가 있다. 도를 이루느냐 못 이루느냐 하는 것은 어디까지나 수행자의 정성에 달려 있다. 다만 젊을 때 일찍 성취하는 것이 무엇보다도 중요하다. 늙으면 자제력, 인내력, 지구력이 떨어지기 때문이다.

듣건대 화(火)로 약을 다리며 단(丹)으로 도를 이룬다는 말이 있다. 이것은 신(神)으로 기(氣)를 제어하고 기를 형체에 머물게 하여 서로 떨어지지 않게 하자는 것에 지나지 않는다. 술수(術數)는 만나기 쉬우나 도(道)는 만나기 어렵다.

비록 도를 만났다고 해도 전심전력을 기울이지 않으면 천만 사람이 배운다고 해도 결국 성취하는 사람은 한두 사람에 불과하다. 그러니까 무릇 배우는 사람에게는 정성이 무엇보다도 중요하다.

또 시(詩)에 다음과 같은 것이 있다.

"정기(正氣)가 늘 몸속에 충만하면
한가한 곳에서 초연하게 지낸들
거리낄 것이 무엇인가."

달마 대사(達磨大師)도 태식법을 터득했으므로 9년 면벽(面壁)하고 마음을 관할 수 있었다.

『황정경(黃庭經)』이 다음과 같이 말했다.

"사람들은 오곡의 정(精)으로 배를 불리지만
나는 이 음양의 기운으로 포식하네."

이 두 시귀(詩句)를 보건대 벽곡(辟穀, 단식)은 오로지 태식에서 연유된 것을 알 수 있다. 벽곡을 하고 음양의 기운을 포식할 수 있다면 땅의 문은 닫히고 하늘의 문은 열릴 것이니 어찌 평지에서 신선이 되어 하늘에 오르지 못할 것인가?

앞에 나온 세 조목(폐기, 태식, 주천화후)은 비록 각각 이름을 붙이기는 했지만, 오늘 한 조목을 실천하고 내일 또 한 조목을 실행하는 것이 아니다. 이 공부는 오로지 폐기(축기)하는 가운데 이루어진다는 것을 똑똑히 알아야 한다.

공부에는 깊고 얕음이 있고 등급에는 높고 낮음이 있고 비록 변신술에 하늘을 나는 비상술(飛翔術)이 있다고 해도 모두가 이 세 가지에서 벗어나는 것이 아니다. 성패는 오직 배우는 사람의 정성에 달려 있다.

【이메일 문답】

아내의 조울증(躁鬱症)

선생님 안녕하세요?

98년도에 몇 번 삼공재를 방문한 적이 있는 올해 41세이며 경기도 화성에 사는 오재득이라고 합니다. 그 당시는 선생님이 일주일에 한 번씩 방문 허락하였으나 피치 못할 사정으로 중도하차하는 결과를 초래하였습니다.

그래도 마음은 항상 삼공재에 가 있어 그 뒤로도 『선도체험기』를 꾸준히 읽어 현재까지 나온 책은 모두 보게 됐습니다. 그때 중단 없이 계속 삼공수련을 하였더라면 지금쯤은 어느 정도 수련이 향상되었을 텐데 하는 아쉬움뿐입니다.

오늘 이렇게 서신을 띄우게 된 것은 첫째 삼공수련을 충실히 이행하고, 둘째 집안 문제를 상담하고자 함입니다. 집안 문제란 제 아내의 정신적 증상에 관한 것입니다. 제가 올해로 결혼 15년째이며 딸 둘을 두고 있습니다.

결혼 당시는 큰 문제없이 지내 왔으나 큰 아이를 낳고 나서부터 정신적 안정을 찾지 못하여 잦은 이사를 다니게 되었고 우울증과 의심, 노이로제 망상, 집착의 나날이었습니다. 한 번은 큰아이가 돌도 되기 전에 죽는다고 강물에 뛰어들었다 다행히 지나가는 사람의 눈에 발견되어 구조되는 사연도 있었습니다.

이러한 증상들은 갈수록 심해졌습니다. 정신과 약도 타다 먹고 해 보았으나 큰 효험은 없었습니다. 몸만 처지고 기운만 없게 된다고 본인이 더이상 복용하지 않았습니다. 계속된 이사(열 번 정도)를 하다 보면 나아지겠지 하고 가 보면 또 그렇고 전과 다름없이 그런 생활이 연속돼 이것이 저뿐만 아니라 아이들에게까지 연결돼 심각해져 가고 있습니다.

요즘은 더 심해져 제가 집 밖에 나가려 해도 아내의 허락을 얻어야 하고, 책을 읽고 소리를 내고 전화를 하고 사람 만나는 것, 주변 사람과 얘기하는 것, 심지어 책장 넘기는 것 모두 나 때문에 일어난다고 생각하며, 허락이 없으면 어떠한 행동도 못 하게 합니다.

할 수 있는 일이라곤 숨 쉬는 것, 출근하는 것 빼고는 아무것도 없습니다. 아침에 눈을 뜸과 동시에 시작하여 저녁 잠잘 때까지 이러한 일은 끝이 없습니다. 얼마 전에도 주변 사람들에게 피해를 줘서 또 이사를 해야 하지 않을까 합니다.

날마다 아내 기분 맞추려고 노력은 하고 있으나 잘되질 않고 마음 한 구석에는 '꼭' 해결해야 할 문제로 계속 남아 있어 직장생활도 원만하질 못하며 제 가슴 속엔 수심이 가득합니다. 다른 사람들은 왜 그러냐고 합니다. 그렇다고 이런 얘기를 누구와도 터놓고 얘기할 수 없어 저 혼자만 속을 태우고 있습니다.

저 또한 많은 사람들이 있는 곳에 가면 갑자기 머리가 아파 옵니다. 그러면 먹었던 것 다 토하고 하여 제 가방과 책상에는 두통약이 떨어질 날이 없습니다. 사실 선친께서도 이런 증상으로 살다 가셨습니다. 그것이 안사람과 저에게 전이된 것인지요?

현재의 생활을 보면 과거를 알 수 있다고 책에서 보았습니다. 제가 살아 있는 동안 이 업장을 모두 갚아야 한다는 마음에는 변함이 없습니다. 한때는 모든 것을 끊고 세상을 등지고 싶은 마음도 있었으나 내가 없어지면 나로 인한 이 굴레가 아이들에게까지 넘어가면 어쩌나 하니 눈앞이 캄캄했습니다.

그러니 저 한 사람이라도 수련을 하면 아내의 고통을 덜어 줄 수 있지 않을까 생각해 보았으며 지금까지 버틸 수 있는 것은 오직 『선도체험기』 덕분이라 해도 과언이 아닙니다. 오늘도 퇴근 후 대문 앞에 서서 생각합니다. 아무리 뭐라 해도 참자 또 참자. 이 글도 직장에서 씁니다. 이런 때 저는 어떻게 처신해야 할까요? 부족한 저의 글을 끝까지 읽어 주셔서 감사합니다.

2004. 12. 17
오재득 올림

【필자의 회답】

아무래도 부인의 조울증은 하루아침에 나을 병은 아닌 것 같습니다. 만약에 부인 자신이 어떻게 하든지 고쳐 보겠다는 의지를 가지고 오재득 씨처럼 『선도체험기』에라도 의존한다면 나도 어느 정도 도움을 줄 수 있을 것 같은데 얘기를 듣고 보니 그럴 사정은 아닌 것 같아 안타깝습니다. 그렇다면 이제 남은 것은 오재득 씨가 어떻게 마음을 먹느냐에 모든 것은 달려 있습니다. 가환(家患)이 일어났을 때 그것을 잘 극복하느냐 못 하느냐 하는 것은 전적으로 가장의 마음먹기에 달려 있다는 얘기입니다.

다시 말해서 현실적이고 객관적인 환경을 자기 마음에 맞게 뜯어고치는 것이 불가능할 때는 주저 없이 자신의 마음을 그 환경에 맞추어 나가야 합니다. 누구나 자기가 처한 환경과 조건은 자기 마음대로 바꿀 수 없지만 자기 마음만은 자기 마음대로 바꿀 수 있기 때문입니다.

부인이 모든 것을 남편인 오재득 씨 탓으로 돌리고 일거수일투족을 시시콜콜 간섭하듯이 오재득 씨도 아내의 질병으로 인한 가환(家患)을 아내의 탓으로만 돌린다면 아내에 대한 원망만 분기탱천(憤氣撐天)하여 하루도 마음 편할 날이 없을 것이며 그야말로 자살이라도 하여 이 어려움을 모면하고 싶을 것입니다.

그러나 다행히도 오재득 씨는 『선도체험기』를 읽어 지금의 난관을 전생의 업보로 알고 어떻게 하든지 금생에 풀어 보려고 하는 것은 그야말로 잘한 일입니다. 그러나 아직은 인과응보에 대한 확고한 믿음이 자리잡은 것은 아니어서 마음이 흔들리고 있어서 그것이 문제입니다.

이럴 때는 모든 것을 내 탓으로 돌려야 합니다. 오재득 씨는 그래야 한다는 것은 알고는 있지만 아직은 인과응보에 대한 믿음이 약하여 구역질과 두통을 느끼고 있고 가슴에 수심이 가득차 있어서 직장 일도 제대로 못 하고 있다는 것을 알아야 할 것입니다.

이런 때 진정한 수행자는 자기에게 닥친 어떠한 역경이든지 일체 다 자기 탓으로 돌립니다. 모든 것을 다 받아들이고 관용하고 마음을 활짝 엽니다. 그러므로 항상 긍정적이고 적극적이고 주도적이 될 수 있습니다.

똑같은 일이라도 하기 싫은 것을 억지로 마지못해서 하면 일의 능률도 오르지 않고 만사가 다 귀찮아집니다. 그러나 이것은 내가 마땅히 해야 할 일을 하는 것이라고 생각하는 사람은 항상 어떠한 어려움 앞에서도 낙관적이고 진취적인 역량을 발휘할 수 있습니다. 그러므로 하기 싫은 일을 억지로 하는 사람과는 달리 일의 능률도 오르고 보람도 느끼게 되어 있습니다.

병든 아내를 원망하지 않고 만사를 이런 긍정적인 태도와 자세로 임하는 사람을 보고 우리는 흔히 바르고 착하고 지혜롭다고 말합니다. 모든 일을 내 탓으로 돌리고 긍정적으로 살아가는 사람은 하늘과 사람 즉 천인(天人)이 다 같이 도와주게 되어 있습니다. 장차 하늘이 크게 쓸 인재는 단련을 시키기 위해서 남들이 감당할 수 없는 시련을 안겨 주고 어떻게 해결해 나가는가를 주시한다는 것을 알아야 할 것입니다.

그리고 한 가지 명심해야 할 것은 어떠한 난관도 늘 똑같은 강도(强度)와 중압감(重壓感)으로 감당할 사람에게 영속적으로 부담을 주지는 않는다는 사실입니다. 이 세상에 시간이 흐르면서 변하지 않는 것은 아무것도 없다는 것을 깊이 명심해야 할 것입니다.

자살하는 사람의 심리를 가만히 살펴보면 바로 자살 순간의 고통이 영원히 계속되는 것으로 착각을 하고 있다는 것입니다. 그러나 사실은 그 고비만 넘기고 나면 능히 견딜 수도 있는 것인데도 그 고비를 못 넘기고 성급하게 자살을 택한 것을 알 수 있습니다.

자살자는 탈옥수와도 같습니다. 인간 세상에서는 탈옥수가 간혹 잡히지 않은 수도 있지만 천망(天網)에는 걸리지 않는 것이 없습니다. 콩 심은 데 콩 나고 팥 심은 데 팥 나게 되어 있습니다. 씨는 심은 대로 거두게 되어 있다는 말입니다.

그래서 천망회회소이불루(天網恢恢疎而不漏)라고 노자는 말했습니다. 하늘의 그물은 크게 성긴 것 같지만 물샐틈없이 엄격하다는 뜻입니다. 한때의 괴로움을 죽음으로 피하려다가 현생보다 더 가혹한 윤회의 고통을 받게 되는 것입니다. 그러니까 알고 보면 자살처럼 어리석은 짓은 없습니다.

감당하기 힘든 어려움 닥칠 때마다 그 앞에서 좌절하지 않고 씩씩하고 의연하게 뚫고 나가야 할 것입니다. 쥐구멍에도 볕들 날이 있다고 그렇게 세월이 흐르다가 보면 반드시 오재득 씨에게 유리한 일이 닥쳐올 때도 반드시 있을 것입니다.

어떠한 고난도 연속적으로 변함없이 계속되는 일은 없기 때문입니다. 오르막이 있으면 틀림없이 내리막이 있게 되어 있습니다. 그리고 고진감래(苦盡甘來)라는 말도 있지 않습니까? 고통스러운 일이 지나고 나면 좋은 일도 찾아온다는 말입니다.

가능하면 일주일에 한 번씩 삼공재에 찾아와서 수련을 하시기 바랍니다. 수행이 계속 축적되다가 보면 마음이 넓어져 흐르는 물처럼 유연해질 수 있게 될 것입니다. 그리하여 온 우주를 포용할 수 있게 되면 그보다 더한 전화위복(轉禍爲福)이 어디에 있겠습니까? 자신을 위해서 그리고 두 따님과 부인을 위해서라도 부디 힘내시기 바랍니다.

용기 주셔서 고맙습니다

이렇게 용기를 주시니 뭐라 감사해야 할지 모르겠습니다. 한때는 현실을 회피할 목적으로 죽음을 결심한 적도 있었습니다만, 지금은 아닙니다. 두 딸과 아내 때문에 더더욱 아닙니다. 저번 방문 시 선생님 말씀이 생각납니다.

"오재득 씨가 정신 차리지 않으면 아이들은 고아가 되고 부인은 노숙자가 되지 말란 법이 어디 있습니까?"라고 하신 말이 두고두고 생각났습니다. 그렇습니다. 제가 아니면 누가 가족을 부양하고 보살피겠습니까? 모두가 제 의무요 업보인 것을 말입니다.

모든 것이 마음먹기에 달려 있다는 말처럼 묵묵히 걸어가겠습니다. 그러다 보면 언젠가는 아내의 병도 낫고 저의 마음도 활짝 열리겠지요. 다시 한번 용기 주심에 감사드립니다. 보내 주신 글 두고두고 가슴에 새기겠습니다. 다음 달 20일쯤 찾아뵐 것 같습니다.

오재득 올림

【필자의 회답】

내 충고를 그렇게 좋게 새겨 주니 오직 고맙고 보람을 느낄 뿐입니다. 오재득 씨가 다음에 삼공재를 찾아올 때는 그전보다 확실히 밝아진 얼굴을 대하기를 바랍니다. 그리하여 좋은 남편 좋은 아버지일 뿐만 아니라 직장에서도 존경받는 유능한 일꾼이 되기 바랍니다.

성인의 대열

삼공 선생님 전 상서

늘 가르쳐 주심에 깊은 감사를 드립니다. 그리고 새해에 복 많이 받으십시오. 오늘 아침 조깅 시에 일어난 일들에 대하여 간단히 말씀을 드릴까 합니다. 두 바퀴쯤 돌 무렵 보호령께서 보이시더니 저에게 이제는 성인의 대열에 드셨습니다 하면서 제 몸과 일체가 되었습니다.

그래서 아무리 보호령이지만 저에게 아주 눌러앉으려는 것이 아닌가 하는 위기감이 일기에 할일을 다했으면 떠나시는 것이 어떠하실런지요? 그리고 구경각은 그렇게 오는 것이 아닙니다. 법등명과 자등명으로 천천히 가겠습니다. 그러니 떠나십시오 하면서 천도를 시키려고 하자 제 백회에서는 움찔움찔하면서 기가 빠져나가는 것이 감지되면서 저에게 씌워졌던 보호령이 위쪽으로 서서히 걷히면서 하얀 도복 차림으로 천도가 되었습니다.

그 후에 청와대 상공에 박 대통령 내외분이 보이시고 따님께서 주인이 되어 집무하는 모습이 보이며 이것을 하늘이 관장하고 있다는 텔레파시가 전달이 되어 왔습니다. 그리고 또한 가까운 시일 내에 지금의 정권에 큰 변화가 일 것이라는 텔레파시와 아마도 신년에는 나라 전체에 또 한 번 큰 변화가 일어 박 대통령께서 나라 재건을 하셨듯이 이번에는 따님에게 큰 일을 맡기시려는 하늘의 섭리가 아닌가 하는 감이 일었습니다.

이런 일련의 변화의 원인은 민심이 곧 천심이건만 현 정권은 민심을 외면한 채 민심에 상반되는 일들만 저지르고 있으니 이에 대한 하늘의 심판이 아닌가 하는 텔레파시가 느껴졌습니다. 아무튼 오늘의 일은 하늘이 관장을 하고 있는 듯이 느껴졌으며, 혹시 이것이 천기누설이라는 것인가 하는 의문도 일었습니다.

그러면서 텔레파시로 "따님을 도와주십시오" 하는 감도 느꼈습니다. 아무튼 예사롭지 않은 일 같기도 하고 해서 우선 선생님께 메일을 올리고 있습니다. 그럼 선생님과 사모님 두 분 모두 안녕히 계십시오.

케임브리지에서
제자 차주영 올림

【필자의 회답】

차주영 씨를 시험하려는 빙의령을 보호령으로 착각하셨군요. 좌우간 그 빙의령의 농간에 흔들리지 않고 천도를 시킨 것은 잘한 일입니다. 그런 일은 앞으로도 수없이 있을 것입니다.

시국에 대한 화면도 역시 믿을 것이 못 됩니다. 혹 그것이 예시적인 것이라 해도 현혹되지 말아야 합니다. 구도자는 시국의 추이 따위에 일희일비(一喜一悲)할 필요가 없기 때문입니다. 점쟁이 같은 초능력자가 되라는 유혹일 수도 있습니다. 구도자가 점쟁이가 된다면 얼마나 큰 웃음거리이겠습니까?

어쨌든 간에 수련 중에 나타나는 일체의 화면들은 말변지사(末邊之事) 즉 하찮은 짓거리요 일고의 가치도 없는 것으로 치부해야 할 것입니다.

구슬 같은 것이 느껴집니다

　안녕하세요? 선생님. 인터넷 주소가 변경되었다는 메일을 작년에 받았는데 미적미적하다가 이제야 인사를 드립니다.
　새해 복 많이 받으십시오. 저는 현재 『선도체험기』 76권을 천천히 읽어 보고 있습니다. 하나 궁금한 것이 있어 질문 올립니다. 과연 제가 느끼고 있는 이것이 그냥 허상인가 아닌가? 과연 이것이 무엇일까 하는 것입니다.
　제가 현재 느끼고 있는 부위는 안면 이마, 뒷목 대추 부위, 머리 위, 아랫배 등입니다. 단전호흡을 하고 있지 않아도 가만히 양반다리를 하거나 잠자려고 누워 있으면 뭉클뭉클한 것이 몸속에서 등줄기와 앞가슴 중앙을 따라 움직입니다.
　그런데 이상한 것은 뭉클뭉클한 것(어떨 때는 구슬 모양처럼 느껴지기도 합니다)이 엉덩이 쪽에서 등줄기를 따라 빠른 속도로 올라오기도 하고 어떤 경우에는 내려가기도 합니다. 기운이라는 것이 이렇게 빠르게 움직일 수 있는 것인지 아무래도 이상합니다.
　그리고 앞머리 이마에서는 마치 구멍이 난 것처럼 느껴지기도 합니다. 이렇게 확인을 해 보고 싶은 것은 전에 『선도체험기』에서 어느 수련자가 자신은 소주천, 대주천을 하고 있다며 선생님께 점검을 받으러 왔다가 기문이 열리지 않았다는 얘기를 듣고 너무나 실망하여 돌아간 대목을 읽었기 때문입니다.

제가 느끼는 것이 무엇인지 알고 싶습니다. 요즘 추위가 맹위를 떨치고 있습니다. 건강하시길 기원합니다. 선생님 안녕히 계십시오.

4338(2005)년 1월 10일 월요일
성용성 올림

【필자의 회답】

메일에 쓰여 있는 것이 사실이라면 질문자는 지금 기문이 열리고 축기가 완성되어 소주천을 하고 있는 것이 됩니다. 정식으로 조식 수련을 한 일이 없는데도 이런 일이 일어날 수 있을까 하고 의문을 품어볼 수도 있습니다.

전생에 이미 소주천까지의 수련이 되었던 사람이라면 금생에 수련을 할 수 있는 일정한 환경 예컨대『선도체험기』시리즈를 읽는 것과 같은 여건만 조성되어도 전생에 수련했던 수준까지는 자기도 모르게 단숨에 도달할 수도 있습니다.

뭉클뭉클한 것은 기운이 묵처럼 응집된 것이고, 구슬 같은 것은 묵처럼 응집되었던 기운이 한 단계 더 응고되어 고체로 바뀌어 구슬과 같은 소약(小藥)이 형성된 것입니다.

그것이 전부 다 사실이라면 수련자로서는 대단히 축하받을 일이지만 그 진상 여부는 나로서도 장담할 수 없습니다. 백문이불여일견(百聞而不如一見)이라고 백 번 듣는 것이 한 번 보고 느끼는 것만 못하기 때문입니다.

상상임신의 경우처럼 기 수련에서도 환상을 현실로 착각하는 수도 있기 때문입니다. 그래서 직접 만나 보지 않고는 단안을 내릴 수가 없습니다. 질문자가 혹시 삼공재에 다녀간 일이 있나 하고 아무리 지난 15년 쌓인 카드를 아무리 뒤져 보아도 눈에 띄지 않았습니다.

전생에 아무리 공부가 많이 되었던 사람이라도 금생에 공부를 계속하여 전생 수준을 뛰어넘지 못하면 그 전부가 다 무효가 되는 수가 있습니다. 그러니 부디 수련에 정성과 열의를 기울여야 할 것입니다. 나는 그런 분들을 도와드릴 것입니다.

『선도체험기』독자들 중에는 수련을 할 수 있는 여건이 조성되었는데도 공부하는 데 드는 시간과 노력과 비용이 아까워서 선뜻 나서지 못하고 미적미적하다가 아까운 기회를 놓쳐 버리는 경우를 많이 보았습니다.

수련을 해야겠다는 마음의 준비가 되어 있지 않으면 수십 생, 아니 수백 생에 한 번 올까 말까 한 기회가 닥쳐와도 그냥 흘려버리게 됩니다. 대단히 아까운 일이 아닐 수 없습니다. 그런 일이 없기 바랍니다.

단전에 온기가 없다

선생님 안녕하세요. 메일을 받고 소주천이라는 것에 대해서는 많이 놀랐습니다. 수련자들의 얘기를 읽어 보면 항상 온기를 느끼고 있다고 씌어 있는데 제 단전에서는 따스한 것을 느낄 수가 없습니다. 그래서 조금 이상합니다.

하지만 이번에는 전과 달리 몸에 변화가 있었습니다. 전에는 목 뒤 대추 부분에서는 관을 통과할 때 꽉 껴서 앞으로 잘 나가지 못하는 느낌이 었는데 지금은 솜사탕이 입안에서 살살 녹듯이 뒷목, 어깨 부위가 많이 부드러워졌습니다. 전체적으로 몸이 편안합니다. 아무래도 선생님의 보이지 않는 손이 작용한 것 같습니다. 고맙습니다.

잊어버리고 질문하지 못한 것이 하나 있습니다. 여전히 머릿속에서 씨이 하는 소리가 들립니다. 『선도체험기』를 읽었지만 저로서는 이명(耳鳴)인지 아닌지 아직도 구별을 못하고 있습니다. 머릿속에서 씨이 하는 소리가 나지만 귀에는 전혀 이상이 없습니다. 잘 들립니다.

그리고 이렇게 묻기만 하고 선생님을 찾아뵙지 못해 죄송합니다. 이번 답장에서 선생님이 무엇을 전달하려는지 잘 알고 있습니다. 하루빨리 제힘으로 일어선 다음에 찾아뵙도록 하겠습니다. 아쉽게 한두 달로 끝나는 그런 수련이 되지 않도록 하기 위해서 입니다. 선생님 안녕히 계십시오. 건강하시길 기원합니다.

4338(2005)년 1월 12일
성용성 올림

【필자의 회답】

배꼽에서 자신의 집게손가락 두 마디 반 되는 곳에서 다시 안쪽으로 집게손가락 두 마디 반 되는 곳에 달걀만한 단전이 있다고 생각하고 그곳에 의식을 집중하고 깊고 길고 가늘고 고른 심장세균(深長細均) 호흡을 하는 것을 조식(調息) 또는 단전호흡이라고 합니다.

단전에 따뜻한 느낌이 없다면 단전에 계속 의식을 집중하고 숨을 깊고 길고 가늘고 고르게 쉬면서 꾸준히 단전호흡을 하지 않았기 때문입니다. 걸어가든지 멈추어 서 있든지, 앉든지 누워 있든지, 말을 하든지 침묵을 지키든지, 움직이든지 조용하게 명상을 하고 있든지, 책을 읽든지 운전을 하든지, 누구와 대화를 나누든지 마음은 항상 단전에 가 있어야 합니다. 단전을 의식하지 않은 호흡은 복식호흡이라고는 할 수 있어도 단전호흡은 아닙니다.

이처럼 단전에서 마음이 떠나지 않아야 단전이 달아오르게 되어 있습니다. 단전에 의식을 집중한다는 것은 햇볕 아래서 확대경을 종이 위에 대고 빛의 초점을 맞추는 것과 같습니다. 초점이 맞으면 그곳이 까맣게 변하고 연기가 서서히 피어오르면서 타들어 가기 시작하면 그곳에서 열이 나게 되어 있습니다. 이처럼 단전에서 의식이 떠나지 않으면 단전이 따뜻하게 달아오르게 되어 있습니다.

위에 말한 대로 기초부터 수련을 다시 시작해야 합니다. 단전이 따뜻하게 달아오르지 않으면 모든 것이 헛것이니 이 점을 특히 명심해야 합니다. 금생에 정성을 다해 수련을 하지 않으면 전생의 수련 성과도 빛을 내지 못하고 하나의 환상으로 끝난다는 것을 늘 잊지 말아야 할 것입니다. 귀에서 나는 씨이 하는 소리는 혈류(血流)의 소리일 수도 있으니 통증이 없으면 신경을 쓰지 않는 것이 좋습니다. 시간이 흐르면 자연 해결될 것입니다.

행주좌와어묵동정(行住坐臥語默動靜) 염념불망의수단전(念念不忘意

守丹田)해야 한다는 것을 잠시도 잊지 말아야 합니다. 단전이 따뜻해질 때까지 잠시도 멈추지 말아야 합니다. 정성만 있으면 돈 들이지 않고도 노력만으로 누구나 할 수 있는 일입니다. 선도수련을 위한 기초적인 관문이니 꼭 통과해야 할 것입니다.

정수리에 송곳으로 찌르는 느낌

  안녕하세요. 선생님, 부산에 사는 양지현입니다. 설은 잘 보내셨는지요? 1월에 삼공재에 다녀와서 보호령을 확인하고 큰 도인이 되길 바란다는 메일을 받고 저는 한 사흘 동안 마음이 어지러웠습니다. 교만도 생기고 내가 감히 큰 도인이 될 수 있을까 하는 두려움도 생겼기 때문입니다.
  그러나 그것도 삼사일 정도 심란하다가 그 후에는 심상해졌습니다. 교만은 나와 남을 구분하기 때문에 생기는 것이고, 있지도 않은 일로 두려워하는 것도 우스운 일이라고 제 자신을 이해시키니까 제 마음도 편안해졌습니다.
  요즘은 아들 때문에 하지 못한다고 생각했었던 운동을 열심히 해야 되겠다고 결심하고 가까운 학교 운동장에서 달리기를 시작했습니다. 이상하게도 달리기를 해서 몸을 푼 뒤 요가 학원에 가서 명상을 하기를 이틀째, 정수리에 송곳으로 찌르는 듯한 느낌이 왔습니다.
  그리고 다음부터는 누군가가 정수리를 지팡이 끝으로 누르고 있는 듯 계속 압박감이 오는 것이었습니다. 이러다가 백회가 열리는 것은 아닐까 하는 약간의 기대감을 가지고 있었지만, 저번 주에 아버지가 몸이 안 좋으셔서 안마를 해 드렸습니다. 그러다 보니 이혼한 딸과 외손주를 거둬 주신 아버지께 괜히 미안한 생각도 들고 감사한 마음도 들어 능력이라도 되면 아버지의 빙의령(만약 있다면)을 내가 천도시켰으면 좋겠다 하는 생각을 했습니다.

그러나 구도자가 되기로 결심하면 생각도 마음대로 하면 안 되는 것일까요? 안마가 끝나고 나니 가슴이 꽉 막히고 어깨가 무겁고 척추와 옆구리가 결리는 것이었습니다. 이것이 바로 빙의라는 것인가... 중단이 막힌다는 것이 바로 이런 느낌이구나 하는 것이 생생하게 느껴지는 것이었습니다.

이럴 때는 당황해야 하는 것이 정상이지만 별수가 없으니 걱정도 되지가 않았습니다. 아이를 재우려고 이불을 펴고 누워서 한 시간 정도 『선도체험기』를 읽으며 단전호흡을 한 뒤 눈을 감고 무심히 중단을 의식하였습니다. 그랬더니 환상일지도 모르지만 어떤 여자아이의 모습이 떠오르는 것이었습니다. 자세히 살펴보려 해도 굴절된 듯 일그러져 보였지만 예쁘지는 않고 대충 이런 느낌이었습니다.

저 아이가 빙의된 것일까 하는 생각만 하고 무심히 중단을 계속 의식했더니 10분도 채 안 되어 중단에서 백회 쪽으로 솜사탕처럼 부드러운 것이 쑤욱 하고 빠져나갔습니다. 그 즉시 답답하던 가슴도 풀리는 것이었습니다.

그러나 다음날 자고 일어나도 어제보다는 확실히 나아졌지만 가슴은 체한 듯 약간 답답하고 백회 부분에 오던 자극이 없어져 버린 것이었습니다. 심지어 음식도 소화가 잘 안되고 식욕도 일지가 않았습니다. 이렇게 메일을 쓰는 이틀 뒤인 지금은 괜찮아져서 다시 백회 쪽에도 자극이 오기 시작하고 가슴도 답답하지 않습니다.

그런데 선생님은 제가 백회가 열리려 하고 빙의령을 천도하는 정도의 경지에 이르렀다고 생각하시는지요? 저는 이것이 제 마음대로 꾸며서 생각하는 것은 아닌지 의심이 갑니다. 왜냐하면 제가 오래 수련한 것도 아니고 아이를 키우기 때문에 열렬히 수련에 집중할 수도 없어서 책만 조금 열심히 봤는데도 이렇게 모든 것이 쉽게 진척될 리가 없을 거라 생각됩니다.

오늘은 어쩐 일로 아들도 오래 낮잠을 잤네요. 선생님께 메일 드리라고 효도했나 봅니다. 이제 애를 보아야겠습니다. 그럼 선생님 안녕히 계세요.

부산에서 양지현 올림

【필자의 회답】

정수리를 송곳으로 찌르는 느낌이 온 것은 분명히 백회가 열리려는 징후입니다. 백회가 열린다는 것은 북창(北窓) 정렴(鄭石+廉) 선생이 쓴 『용호비결(龍虎秘訣)』에 따르면, 운기조식(運氣調息) 수련이 태허(太虛)와 삼태극(三太極)의 경계에 있는 문인 현빈일규(玄牝一竅)에 도달했음을 의미합니다.

다시 말해서 색즉시공(色卽是空) 공즉시색(空卽是色)의 경지에 도달했음을 말합니다. 여기서 태허는 공(空)이고 삼태극(三太極)은 색(色)을 말합니다. 이 문을 북창 선생은 현빈일규(玄牝一竅)라고 했고, 불교에서는 이 경지에 도달한 구도승을 보고 초견성(初見性)을 했다고 합니다. 진리를 깨닫기 시작한 초입에 접어들었다는 뜻입니다.

그러나 양지현 씨는 아직 백회가 열려 현빈일규를 이룬 것은 아닙니다. 수련이 지금대로 계속 나아가면 오래지 않아 백회에 시원한 물줄기 같은 것이 쏟아져 들어오는 느낌을 경험하게 될 것입니다. 백회가 열리는 것은 바로 그때입니다.

그리고 빙의령 천도 능력을 갖게 되는 것은 반드시 백회가 열린 후에만 가능한 것은 아닙니다. 양지현 씨는 이미 빙의령을 천도할 수 있는 일종의 초능력을 갖게 되었습니다. 아버님의 빙의령을 천도한 것까지는 용납이 되지만 그러한 능력을 갖게 되었다고 해서 아무의 빙의령이나 천도해 주면 큰 불행을 당할 수도 있으니 조심하시기 바랍니다.

수련 중에 얻게 되는 이러한 초능력은 수련 이외의 목적으로 이용하면 돌이킬 수 없는 화가 미친다는 얘기는 『선도체험기』에서 누누이 읽어서 잘 기억하리라고 생각합니다. 만약에 주변 사람들에게 이런 이야기를 하면 정신병자 취급을 당할 수도 있으니 입조심해야 합니다. 초능력을 말변지사(末邊之事)로 알고 자중자애(自重自愛)하시기 바랍니다.

내면의 소리

안녕하세요, 선생님.

선생님의 답장 기쁘고 감사하게 잘 받았습니다. 염려해 주신 말씀 명심, 또 명심하겠습니다. 솔직히 말씀드리면 이번 1월에 선생님을 찾아뵈었을 때 제 보호령 이야기, 큰 도인이 되기를 바란다는 메일을 받았을 때 선생님도 저도 이상한 정신병에 걸린 것은 아닌가 조금은 의심했었습니다. 보통 사람이었던 저에게 그런 굉장한 말들은 판단을 흐리게 했으니까요.

　이번에 빙의령을 천도한 일도 물리적인 증거가 남는 일이 아니라서 제가 착각한 것은 아닌지 다시 한 번 되돌아보곤 합니다. 그러나 박석규 님의 메일로 인해서 망설였던 생식을 하면서 좋아진 건강, 한 번의 계기로 마음이 확 달라졌던 일, 선생님에게서 느꼈던 강한 기운 등의 결정적 증거가 있기에 거짓이 아니다라고 속으로 다짐합니다. (물론 이 길을 가지 않으면 안 된다는 내면의 소리를 거부할 수 없기 때문이기도 합니다.)

　그리고 다른 초능력이 생겼더라면 달랐을지도 모르지만, 빙의령 천도는 육체적으로 불쾌한 체험이었기에 남용하고 싶은 생각이 전혀 안 듭니다. 이번 체험으로 제가 느낀 점은 『선도체험기』에도 몇 번 나왔었지만 기가 강해지고 수련의 경지가 높아질수록, 이런저런 감정을 강아지가 뛰어놀 듯 내버려두어서는 안 되겠다는 것입니다. 아버지를 생각하는 마음은 진심이었지만 그것이 금방 실현되리라곤 생각도 못 했기 때문입니다.

　나중에 제가 어느 정도 수련의 경지에 도달했을 때 쓸데없는 동정이나 미움 등, 생각 한 번의 잘못으로 천기를 거스르거나 타인이 피해를 입지나 않을까 하는 우려를 미리 해 봅니다. (떡 줄 사람은 생각도 않는데 김칫국부터 마시듯 너무 이른 우려라서 민망하기도 합니다.)

　그럼 선생님 오늘은 이만 메일 줄이겠습니다. 다른 드리고 싶은 말씀이 있지만 내일 다시 메일 드리겠습니다. 그럼 안녕히 계세요. 사모님에게도 안부 전해 주세요.

　추신 : 삼공재에 방문했을 때 선생님께서 수련이 향상되어 품격이 높아지면 보호령도 바뀐다고 하셨는데 제 보호령이 11월과는 달리 1월에

방문했을 때 바뀌어 있었다는 말씀이신지요? 어쩐지 그런 느낌으로 말씀하신 듯했습니다.

【필자의 회답】

지금 양지현 씨가 해야 할 일은 전보다 열심히 운기조식(運氣調息)하여 축기를 하는 일입니다. 축기는 수행의 밑천을 늘리는 것과도 같습니다. 선도수련은 축기로 시작해서 축기로 끝난다고 해도 과언이 아닙니다.
그것이 선도 수행자로서 실력을 기르는 길입니다. 그러자면 행주좌와 어묵동정(行住坐臥語默動靜) 염념불망의수단전(念念不忘意守丹田)해야 합니다. 이제 얼마 안 있어 백회가 열린 뒤에는 지금 양지현 씨가 궁금해하는 모든 것들이 스스로 풀리게 될 것입니다.
보호령이 교체가 되었는지도 누구에게 묻지 않고도 혼자서 알게 될 것입니다. 알고 싶은 사항을 의식에 걸고 정신을 집중하면 곧 화면으로 뜨게 될 것입니다. 그때까지 운기조식과 축기에 전념해야 합니다. 그러니 가능하면 외출을 삼가고 당분간은 수련에만 전념하기 바랍니다. 지금은 수련에 전력투구할 때임을 잊지 마시기 바랍니다.

제가 만난 사이비 스승

안녕하세요. 선생님.

어제 드린 메일은 저에 관한 이야기였습니다. 오늘은 최근 제가 만났던 사이비 스승(?)에 관한 이야기를 할까 합니다.

76권에 제가 보낸 메일이 실려서 얼굴이 화끈거렸지만, 오늘 드리는 메일은 저처럼 수련이 안 된 사람들은 꼭 알아야 된다고 생각하기에 졸필이더라도 『선도체험기』에 실어 주셨으면 합니다. 저는 지난 1월에 친구의 소개로 어떤 영적 단체의 소모임에 가게 되었습니다. (그 단체를 가명으로 '영소모'라고 하겠습니다.)

제 생활이 다람쥐 쳇바퀴 돌리듯 집구석에서 애만 키우다 보니 그 친구는 기분전환이라도 하라고 자신이 가 보았던 영소모를 소개시켜 주었습니다. 거기에는 기공부가 어느 정도 된 사람들도 인정하는 스승이면서도 도반을 자처하는 김형일(가명)이란 사람이 있는데 자신이 여러 영적 모임에서 만나 본 그 누구보다도 괜찮은 사람이었다고 하는 것이었습니다.

우선 저는 김형일과 다른 사람들이 공동 운영하는 인터넷 모임 영소모에 가입하고 둘러본 다음 괜찮은 거 같아서 정기모임에 참가하였습니다. 김형일 씨는 기라는 것에 대해 잘 분별하지 못하는 저에게도 약간은 느낄 만큼 기운이 있는 것 같았고, 그가 하는 말들은 대부분 옳은 말이었기에 그러려니 하고 넘어갔습니다.

그는 영안이 열려 있어서 기적으로 상대방의 고민이 무엇인지 알아내고 전생에 어땠기에 지금 이러니 잘 생각해 보라고 하거나 성격이 이러니 이렇게 고쳐 보라는 등의 조언을 해 주면서 그를 중심으로 한 모임이 운영되었습니다.

그러나 저는 『선도체험기』를 60권이나 읽었고 저도 전에 말씀드렸던 계기로 마음이 조금 커진 터라 그 사람이 하는 말 중에서 찬성할 수 없었던 부분도 많았습니다. 따지고 싶은 마음도 있었지만 처음 온 사람이 이러쿵저러쿵하면 보기가 안 좋을 것 같아 그냥 그 모임을 흘러가며 즐겼습니다.

집에 돌아가서 생각해 본 결과, 김형일의 지금 능력으로 이렇게 사람들이 모였는데 좀더 공부가 되면 이 모임에 오는 사람들이 발전할 수 있겠구나 싶었고 자신에게 도움만 된다면 책들을 읽는 듯해서 저는 『선도체험기』를 선물하였습니다. (전에 선생님이 제가 샀던 『선도체험기』에 사인하시면서 여자냐 남자냐 물었던 그 사람입니다.)

그 후 며칠 전 인터넷 영소모에 접속한 저는 놀라운 소식을 접하게 되었습니다. 김형일이란 사람이 자신에게 도움받으러 온 많은 여자들에게 에너지를 준다는 명목으로 성관계를 맺어 온 것이 폭로되었던 것이었습니다. 그 사람이 깨달았다면서 왜 저와 다른 의견을 가졌었는지 결국 알게 되었고 저를 영소모에 소개시켜준 친구도 자신과 만났던 시기에는 그런 사람이 아니었다면서 상당히 충격을 받은 모양이었습니다.

사람들은 보통 사이비 교주라고 하면 『선도체험기』 앞부분에 나오는 큰 조직 내에서의 금전적, 성적 비리라고 생각하지만 이번 일로 저는 금전적인 관계가 없는 사람들이 모여 만든 작은 모임에서도 사이비는 존재할 수 있음을 알게 되었습니다.
 그래서 저 같은 뭘 모르는 사람들은 모르는 게 죄라서 깜빡 속을 수도 있다는 것을 알리고 싶어 이렇게 메일 드립니다. 드디어 아들이 제가 메일 쓰는 게 마음에 안 드는지 방해를 하기 시작했습니다. 다음 메일에는 제가 그 김형일이란 사람에게 어떤 특징이 있었는지 그리고 제가 느낀 점을 쓸까 합니다. 그럼 선생님 안녕히 계세요.

양지현 올림

【필자의 회답】

 김형일이란 사람의 정체를 그렇게 신속하게 알게 된 것은 참으로 다행한 일입니다. 동서고금을 막론하고 이 세상의 모든 구도자에게 가장 넘기 어려운 관문이 바로 색과 돈의 유혹입니다. 가짜인가 진짜인가를 알아보는 척도 역시 바로 이 두 가지입니다.
 물론 조직을 동원해서 이 두 가지를 성취하는 사이비가 대부분이지만 아무런 조직 없이도 김형일처럼 은밀히 색욕이나 재욕을 채우려는 자들이 얼마든지 있습니다. 그런 자의 유혹에 넘어가는 어리석은 사람들이 있는 한 그런 불상사는 없어지지 않을 것입니다. 좋은 체험이라 생각하고 가일층 수련에 박차를 가해 주기 바랍니다.

접신된 점쟁이

안녕하세요, 선생님.
 아들이 제가 컴퓨터에 집중하는 걸 싫어하고, 동생이 동영상 강의를 듣느라 메일 쓰기가 늦어졌습니다. 일단은 제가 만났던 김형일이란 사람에 대해 느낀 점을 쓰겠습니다.

1. 외모가 멀쩡함 - 미남은 아니지만 못생긴 것도 아닌 평범한 느낌이라 별다른 거부감을 못 느낌.
2. 옳은 말을 하기는 함 - 그가 말하는 의견은 사람들에게 독특한 관점을 제시하기도 했고 모임의 회원들 중에는 어떤 말에 감동받았다는 사람도 있음.
3. 초능력 남발 - 묻기도 전에 점쟁이처럼 사람 마음속의 고민을 알아맞추고 어느 정도 해결책도 제시함.
4. 생각의 스케일이 너무 커져서 일상적 도덕을 무시함 - 결혼한 뒤 마음이 안 맞으면 쉽게 헤어져도 된다거나, 문제가 많던 모 단체의 사이비 스승도 (나쁘다고 인정을 하는 듯하나) 사주가 그러면 여자가 꼬이는 법이라고 두둔함.
5. 식성이 유치함 - 가령 삶은 계란을 먹는다면 노른자는 버리고 흰자만 먹는 그런 비슷한 광경을 목격함.
6. 특정 여자 회원에게 내놓고 관심을 보임 - 자기는 이미 경지를 넘어서 여자와의 성관계를 떠났다고 했기 때문에 그를 아는 사람들은 유치한 행동들을 평범하고 친근한 사람으로 보이기 위한 시도라고 생각한 듯함.

7. 친구의 이야기를 들어 보면 자신이 만날 당시에는 순수했던 듯함. 후에 욕심이 싹텄는지도 모른다고 함.

결론 : 사이비 단체의 스승에게 속아 놓고서도 또 김형일에게 속은 사람이 많은 걸 보면 사이비 스승은 구별하기 힘든 일일지도 모릅니다. 또한 요즘 사람들은 성관계를 이용한 기 수련이 있는 것으로 잘못 아는 사람들이 많기 때문에 속았던 것도 같습니다. 그러나 생각해 보면 속은 여자들도 참 어리석은 것 같습니다. 자신의 고민 속에 허우적거리면서 그것을 누군가가 대신 해결해 주길 바라는 마음 때문에 사이비 스승에게 의지하여 이런 일을 당한 건지도 모르겠습니다.

생각해 보면 저도 이혼을 하고 난 뒤,『선도체험기』를 읽으면서 내 자신이 어리석음을 깨달았습니다. 사이비 스승에게 속은 여자들도 지금은 그 사람을 죽이고 싶을 정도로 미워하겠지만 그 아픔을 딛고 성숙한 사람으로 거듭났으면 좋겠습니다. 그렇다면 나름대로 김형일도 인생의 스승은 스승이겠지요. 이상입니다.

그리고 선생님의 메일을 받은 뒤 분발하여 좀더 열심히 축기를 하기 위해 노력하고 있습니다. 그런데 문제는 아버지께 안마를 해 드린 뒤에 정수리에 느꼈던 느낌들이 되돌아오지 않는다는 겁니다. 우선은 열심히 축기에 전념하겠습니다. 늘 이렇게 마감하게 되어 죄송하지만 애가 못 참고 울기 시작했습니다. 이만 줄이겠습니다. 안녕히 계세요.

양지현 올림

【필자의 회답】

메일을 읽어 보니 김형일이라는 사람은 접신된 무당임에 틀림이 없습니다. 고객들이 그에게 쏠리는 것은 속마음을 알아맞추기 때문입니다. 대부분의 사이비 교주들이 이러한 초능력을 갖고 있습니다.

그들이 대담하게 엽색행위(獵色行爲)를 하는 것도 바로 그에게 접신된 저급령의 작용 때문입니다. 그런 사람을 어떻게 인생의 스승이라고 말할 수 있겠습니까? 엄격한 의미에서 사기꾼이죠. 사기꾼은 꼬리가 길면 쇠고랑을 차게 되는데 이것을 보고 사기꾼 인생의 종말을 배울 수 있다면 그는 오직 반면교사(反面敎師)요 타산지석(他山之石)일 뿐입니다.

아버님에게 안마를 해 드렸을 때 너무 많은 손기(損氣)가 된 것 같습니다. 그래서 대주천이 정착될 때까지는 안마를 하든가 하여 기를 지나치게 쓰는 일이 있어서는 안 될 것입니다. 『천부경』과 『삼일신고』를 암송하면서 축기에 전념하시기 바랍니다.

전생의 자기 모습

안녕하세요. 선생님.

선생님이 말씀하신 대로 저도 김형일이 접신된 것 같다는 생각이 듭니다. 제가 접신된 것 같다고 앞에서 쓰지 못한 이유는 제가 직접 확인하지 못했기 때문입니다. 그리고 타인의 고민을 알아내서 해결책을 말하는 것도 한계를 두어서 충고 정도로 이야기하기 때문에 사람들은 그런 가보다 해 버립니다. (『선도체험기』 13권 정도에 나오는 강승복이란 사람에게 선생님이 전생에 이래서 아픈 거라고 하는 식으로 말했습니다.)

그리고 인생의 스승이라고 한 것은 약간 비꼬는 표현이었습니다. 문장에 좀 맞지 않는 표현이었나 봅니다. 후후. 김형일의 이야기는 대충 이것으로 마칠까 합니다. 『선도체험기』에 자주 사이비 교주에 대해 나왔기 때문에 같은 이야기를 반복할 필요는 없다고 생각합니다.

최근 저의 이야기를 선생님께 말씀드리겠습니다. 밤에 아들을 재우고 같이 누워서 단전호흡을 하고 있자면 가끔 사람들의 모습이 떠오릅니다. 어젯밤에도 서양 남자가 보였습니다. 아버지께 안마를 해 드린 뒤에 여자아이 말고도 다음 날이던가... 얼굴이 납작한 동양 여자가 찡그리고 있는 모습도 보았고, 생각해 보면 그런 영상을 보고 나면 다음날은 몸 상태가 좀 좋아지는 느낌이 있습니다.

제가 그런 영상이 빙의령일지도 모른다고 생각하기 때문에 몸이 좋아진다고 착각하는 것은 아닌지 모르겠습니다. 저는 왜 무의식에 가까운 그 순간에 낯선 사람들의 얼굴이 보이는지 궁금합니다. 그럼 저는 열심히 『천부경』과 『삼일신고』를 외우겠습니다. 다음에 어머니가 아버지 안마 좀 해 드리라고 하시면 어떻게 해야 할까요? 좀 고민입니다. 선생님 안녕히 계세요.

양지현 올림

【필자의 회답】

　수련 중에 나타나는 인물들은 대체로 전생의 자기 모습이거나 자기와 밀접한 관련이 있는 사람인 수가 많습니다. 정확히 누군가를 알고 싶으면 방법이 없는 것도 아닙니다. 그 인물을 의식에 고정시키고 누구인가 하고 자문(自問)합니다. 금방 해답이 나오지 않아도 해답이 나올 때까지 꾸준히 묻습니다. 중도 포기만 하지 않으면 해답은 반드시 떠오르게 될 것입니다.

　어머니가 아버지에게 안마를 하라고 하시면 마땅히 해야 합니다. 심청이는 아버지 심봉사의 눈을 뜨게 하려고 공양미 삼백 석에 팔려 인당수에 몸까지 던졌는데 안마 좀 해 드리는 것이 대수겠습니까?

　효도하는 사람은 인신(人神)도 도와주게 되어 있습니다. 손기(損氣)가 좀 되어도 곧 회복이 될 것이니 주저할 필요는 없습니다. 그러나 부모 이외의 사람에게 함부로 자신의 초능력을 구사하는 것은 사도(邪道)로 빠질 우려가 있습니다. 그러니 꼭 수련에만 이용해야 합니다.

빙의령 천도

안녕하십니까? 선생님.

선생님의 저서를 탐독하고 있는 애독자입니다. 77권이 발간되어서 열심히 탐독하였습니다. 그런데 이메일 난에 보면 차주영이란 가명으로 선생님과 메일을 통해 수련을 하시는 분이 보낸 내용에 궁금증이 있어 문의 드립니다.

거기에 보면 수련 중에 아인슈타인 박사를 전에 천도하는 장면이 있는데 후에 부처님과 예수님과 같이 자기를(차주영) 바라보고 계시는 장면이 영안으로 보인다는 내용인데, 부처님과 예수님과 같이 있다면 그분의(아인슈타인과 미국에서 천도한 영들) 의식 수준은 부처님과 같은 수준에 이른 분이신데 어떻게 빙의령으로 남아 있게 되었는지요?

천도되는 모든 영들이 성인들과 함께 할 수 있는지요? 인간이 죽으면 모두 빙의령이라는 상태로 남아 있게 되는지 궁금합니다. 아니면 속세에 이루지 못한 한이나 어떤 욕심이 남아 있는 사람이 빙의령으로 있게 되는지요? 『선도체험기』를 보면 다들 열심히 생활하시고 수련도 잘하시는 것 같아 부럽습니다.

저도 나름대로 깨달음의 끈을 놓지 않고 정진하겠습니다. 『선도체험기』를 2번 완독했어도 수련도 하지 않고 게으르고 미련해서 미처 체험하지 못한 공부가 많습니다. 몸과 마음과 기로써 체득해야 하는데 말입니다. 가내 두루 평안하시고 건강하세요.

전주에서 선생님의 애독자로부터

【필자의 회답】

얼마 전까지도 빙의령이었던 존재가 천도된 지 얼마 되지도 않았는데 어떻게 부처님, 예수님과 함께 있을 수 있는가 하고 의문을 품어볼 수도 있을 것입니다. 그러나 그것은 시공에 묶여 사는 현상계의 우리 인간이 생각할 수 있는 수준의 사고방식입니다.

천도가 된다든가 깨달음을 얻은 순간 모든 존재는 성인의 수준에 오를 수 있다는 것을 알아야 할 것입니다. 그래서 석가모니는 일찍이 일체중생실유불성(一切衆生悉有佛性)이라고 했습니다. 모든 중생은 누구나 다 불성을 가지고 있다는 말입니다.

예수도 "하늘 나라는 너희 안에 있느니라"(누가복음 17:21)하고 분명히 말했습니다. 하늘나라 즉 진리의 세계에는 인간계에서 준수되는 서열 같은 것은 존재하지 않습니다. 그래서 예수도 "먼저 된 자로서 나중이 되고 나중 된 자로서 먼저 된 자가 많으리라"(마태복음 19:30)고 말했습니다.

일체유심조(一切唯心造)입니다. 즉 모든 것은 마음먹기에 달려 있습니다. 내가 만약 지금이라도 석가나 예수와 같은 마음으로 인생을 산다면 그 순간부터 그들과 동일한 반열에 오른 성인이 될 수 있는 것입니다. 그러나 그러다가도 다음 순간 마음을 잘못 먹어 도둑과 가까워져 도둑질을 하면 그는 어떻게 되겠습니까? 그때부터 그는 보잘것없는 도둑으로 전락하고 말 것입니다. 근묵자묵(近墨者墨)이요 근주자적(近朱者赤)입니다. 검은 것을 가까이한 자는 검게 될 것이고 붉은 것을 가까이한 자는 붉어질 것입니다.

그래서 중용(中庸)에는 "도야자 불가수유리야 가리비도(道也者 不可須臾離也 可離非道)"라고 나와 있습니다. 구도자는 잠시도 진리와 떨어져서는 안 된다. 떨어지면 도가 아니라는 뜻입니다. 요컨대 우리는 마음먹기에 따라 한순간에 성인(聖人)도 될 수 있고 악인(惡人)도 될 수 있다는 말입니다. 이러한 관점에서 본다면 차주영 씨의 말에 전연 의심을 일으킬 이유가 없을 것입니다.

그리고 인간이 죽으면 누구나 빙의령이 되는가 하고 물었는데 그렇지 않습니다. 이 세상에 사는 동안 특별히 원한을 많이 품거나 하고 싶은 일이 있어서 유달리 집착이 심했던 사람들만이 빙의령이 되어 중천을 떠돌게 됩니다. 그러므로 이 세상을 하직할 때는 가능한 한 오욕칠정(五慾七情)에서 벗어나 마음을 완전히 비우고 가벼워진 심정으로 마음에서 일체를 다 툭툭 털어 버리고 떠나야 합니다. 그런 사람은 빙의령이 될 필요가 없을 것입니다.

〈79권〉

다음은 단기 4338(2005)년 4월 1일부터 단기 4338(2005)년 6월 30일 사이에 있었던 필자의 수련 과정과, 필자와 수련생들 간에 오고간 수련과 인생에 대한 대화 그리고 필자와 독자 사이의 이메일 문답을 수록한 것이다.

【이메일 문답】

저의 생각입니다

어떻게든 올바름을 지향하고 바른 선도를 닦으시려는 김태영 선생님께 먼저 존경과 감사의 말씀을 드립니다. 제 생각에는 삼공 선생님은 신령한 어떤 세계... 선계라고 해도 좋고 하늘나라라고 해도 좋습니다. 그러한 세계(내면에 있는 것이지요)에 접속되어 계신 것 같습니다.

에너지가 연결되어 계신 것이죠. 그렇게 연결되어 있는 것이므로 끝없이 수많은 주제에 대해서 말씀을 하실 수 있는 것이라고 봅니다. 그러므로 삼공 선생님은 신령한 도인이라고 하실 수도 있고 선인이라고 할 수도 있다고 봅니다.

물론 이러한 주위의 말에 전혀 영향받지 않고 더욱 겸허하게 끝없이 겸손한 구도자의 길을 걸으실 분이 삼공 선생님이라고 생각합니다. 『선도체험기』를 읽으며 (현재 17권까지 읽었습니다) 많은 부분 공감을 하고 옳다고 여기고 있는데 잘못된 부분도 눈에 띄고 다소 아쉽다고 여겨지는 부분도 있었습니다.

잘못된 부분은 다음과 같은데, 불교에서 말하는 비상비비상처는 궁극적인 경지가 아니라 석가가 과거 스승들에게서 배운 경지의 하나로, 석가가 스스로 해탈의 경지가 아니라고 여겨서 버리고 떠난 경지인데 이를 열반의 경지로 서술한 부분, 그리고 영국속담 Out of sight, Out of mind를 거꾸로 Out of mind, Out of sight로 서술한 부분 등입니다.

그리고 선도가 세계의 모든 종교 즉 기독교, 불교, 유교 등의 뿌리라는 것도 사실 잘 납득이 가지는 않았습니다. 그렇게 주장할 수는 있겠지만 어차피 정확한 고증이 사실상 불가능하니 주장으로써만 남아 있을 뿐 객관적으로 확인할 수는 없다고 봅니다.

그리고 근본적으로 『선도체험기』에서 말하는 깨달음의 경지에 대해서 저의 생각을 말씀드리고자 합니다. 『선도체험기』에서는 삼공 선생님의 여러 체험에 대해서 언급되고 있는데, 예를 들어서 황홀한 정신의 상태라든가 몸이 미세한 입자로 분해되는 체험이라든가, 상중하 단전의 황홀한 빛 체험이라든가 하는 것 말입니다. 그런데 이를 두고 주위의 사람들은 그것이 해탈의 자리라느니 성통공완에 거의 다다른 것이라느니 한결로 묘사되어 있는데 저의 견해에 따르면 그러한 말들은 그리 옳은 것으로 보이지 않는다는 것입니다.

근본적으로 어떠한 체험도 깨달음은 아니라고 봅니다. 사람들은 흔히 화려하고 황홀한 체험에 끌리는 경향이 있습니다. 빛 체험이라든지 신선, 선인과 만나는 체험이라든지 특이하고 오묘한 의식의 체험이라든지 황홀한 체험이라든지 하는 것들 말입니다.

그러나 저의 견해에 따르면 일체의 형상은 모두 욕심과 집착의 산물입니다. 그러므로 그것은 모두 버려야 할 것으로 생각됩니다. 수행을 하면서 얻어지는 어떠한 체험도 모두 다 버려야 한다고 생각합니다. 그렇지 않고 빛 체험 등을 깨달음이라고 착각하고 그것에 머물면 더이상의 발전은 없는 것입니다. 아니 오히려 잘못된 길로 빠질 우려가 큰 것입니다.

저는 구선회에 다니면서 많은 체험을 했고 그것에 집착하고 바랬으나 근본적으로 그것은 대부분 악령의 장난이었다는 것을 알았습니다. 그리고 형상, 체험이 나타나기를 바랬던 저의 욕심이 그런 악령의 영향을 불러들인 것이라는 것을 깨달았습니다. 그리하여 저는 어떠한 형상에 대한 욕심도 가져서는 안 된다는 것을 알았습니다.

그런데 근본적으로 인간이 생각하고 상상하고 느끼는 모든 것은 다 형상입니다. 모든 것이 다 욕심의 산물이라고 생각합니다. 그러므로 저는 인간이 생각하고 상상하고 느끼는 어떠한 관념이나 이미지로도 깨달음을 말할 수는 없다고 생각합니다. 깨달음이라는 것이 있다면 그 너머에 있는 것입니다. 인간의 어떠한 상상, 생각으로도 그것을 말할 수는 없습니다.

그러므로 인간은 모든 것을 다 버려야 합니다. 모든 상상, 생각, 이미지를 다 버리고 순수하게 수행에 몰입해야 합니다. 그리고 수행 과정에서 나타나는 어떠한 것도 모두 버려야 합니다. 저는 이것이 지감, 금촉의 참된 의미라고 생각합니다.

어떠한 대상도 모두 끊어 버리고 순수하게 비워진 상태로 있는 것 그것이 금촉이요 지감이 아닐까 합니다. 주색잡기, 담배 등 육체적 대상을 끊는 것은 어떻게 보면 기초적인 것입니다. 그것보다 더 어렵고 미묘한 것은 마음에서 바라는 심적인 대상들 - 이미지, 관념 등 - 에 대한 욕심을 버리는 것입니다.

수행자가 바라는 가장 큰 심적 대상은 깨달음입니다. 바로 이 깨달음에 대한 갈망을 가지고 악령들이 장난을 치는 경우가 많은 것입니다. 수행자들은 깨달음에 대한 어떤 이미지나 관념을 자기 나름대로 가지고 있는 경우가 많은데, 이것이 수행에 커다란 장애물이 됩니다.

이러한 수행자는 수행을 하다가 빛 체험을 하거나 황홀한 체험을 하는 등 자기의 관념, 이미지에 부합되는 체험이 나타나면 그것을 깨달음이라고 생각합니다. 그리고 자기가 득도했다고 여깁니다. 이것이 모든 사이비의 근원이라고 봅니다.

『선도체험기』에 보면 한, 공, 진아, 하느님, 도 등에 대한 이야기가 수없이 나옵니다. 여기서 제가 드리고 싶은 말씀은 언어화된 모든 것은 대상이요 형상이라는 것입니다. 한, 공, 진아, 하느님, 도 그런 것이 허무맹랑한 소리라는 것이 아닙니다. 그것을 어떤 이름으로 부르건 언어화하면 곧바로 형상이 되는 것입니다. 그리하여 자신도 모르게 형상에 대한 집착을 가지게 되는 것입니다.

『선도체험기』에 보면 '진아의 장엄 화려한 모습이 나타날 것입니다...'라는 구절이 있습니다. 이 구절이야말로 깨달음에 대한 형상적 집착이 무엇인지 잘 나타내주는 것이라고 봅니다. 그 구절에서 나타나는 것은 저자는 진아를 '장엄 화려한 그 무엇'으로 보고 있다는 겁니다. 여기서 장엄 화려하다는 표현에서 알 수 있는 것은 두말할 것 없이 형상에 대한 집착입니다. 욕심인 것입니다. 장엄 화려하다는 것은 일종의 형상이고 이미지입니다. 거기에 집착을 하고 묶여 있는 것입니다.

그러나 실제로 수행 중 아무리 장엄 화려한 체험을 한다고 해도 모두 그것들은 버려야 합니다. 그것은 마군(魔軍)의 장난일 가능성이 농후한 것입니다. 실제 깨달음은 그런 것이 아닙니다. 사실 이러한 이야기를 제가 처음 하는 것은 아닙니다. 노자의 유명한 구절 '도가도 비상도' 그리고 에크하르트 등 여러 성자가 깨달음은 모든 관념, 이미지, 심상, 표상으로 알 수 없는 것임을 말했습니다.

다소 길어지는 것 같은데 이만 줄이고 이제까지는 제 견해를 말씀드렸습니다. 구선회에서 4년 반 있다가 탈퇴하고 그동안 여러 일들을 겪으면서 저 나름대로 깨친 것을 말씀드린 것입니다. 그러나 저는 스스로 깨달음을 완전히 체험했다고 생각지는 않으며 저 역시 구도의 과정에 있는 구도자입니다. 그 과정에서 삼공 선생님께 보탬이 되지 않을까 저의 소견을 말씀드린 것입니다.

『선도체험기』는 계속 읽어나갈 것이며 앞으로도 계속 자문을 구하려 합니다. 이번처럼 제 생각을 말씀드리는 경우도 간혹 있기는 할 것이나 많지는 않을 것입니다. 제가 부족한 점이 많기 때문에 자문을 많이 구하게 될 것 같습니다. 그럼 이만 줄이겠습니다. 항상 건강하시고 평안하십시오.

궁금생 올림

【필자의 회답】

너무 성급하십니다. 『선도체험기』 17권이라면 지금까지 나온 78권의 5분의 1 정도밖에 안 되는데 벌써 다 읽은 것처럼 비평의 칼날을 들이대는 것은 너무 성급합니다. 좀더 인내력을 발휘하여 끝까지 읽고 나서 그동안 벼려온 예리한 칼로 마음껏 난도질을 해도 늦지 않습니다.

『선도체험기』가 많은 구도자에게 읽히는 것은 수련 중에 체험한 시행착오를 숨김없이 적나라하게 드러내 놓았기 때문입니다. 그리고 그러한 시행착오들이 어떻게 극복이 되고 조금씩 조금씩 보다 높은 경지로 발돋움해 나가는지를 생생하게 그려냈기 때문입니다.

비비상처가 궁극적인 경지가 아니라는 것과 형상 있는 일체의 것은 몽환포영로전(夢幻泡影露電)이라는 것은 삼공선도의 기초인데, 그것을 문제 삼다니 무슨 착각을 하고 있는 것 같습니다. 마치 번데기 앞에서 주름잡는 것 같습니다.

부디 수련 과정상의 시행착오와 오류들을 마지막 결론이라고 착각하지 말기 바랍니다. 그리고 그것들이 어떻게 하나하나 극복되고 지양되어 나가는지를 꾸준히 지켜보아야 할 것입니다. 구도자가 수련에 성공하고 못 하는 것은 바로 이 인내력과 지구력에 달려 있다는 것을 명심하기 바랍니다.

주제넘은 짓을 한 게 아닌가?

말씀 잘 알겠습니다. 솔직히 메일을 드리고 나서 무척 떨렸습니다. 제가 주제넘은 짓을 한 게 아닌가 하는 생각도 들었고 무례를 범한 게 아닌가 하는 생각도 들었습니다. 사실 누구든 자신이나 자신의 경지, 자신의 창작품 등에 대해 예리한 비평의 예봉을 들이대는 것은 일차적으로 곤혹스러운 체험이 되리라고 생각합니다.

그 점을 저도 십분 이해하기에 메일을 드리고 나서도 저 자신 상당히 긴장하지 않을 수 없었고 삼공 선생님이 어떻게 나오실까도 긴장이 되었습니다. 저 자신이 여러모로 부족하고 수양이 필요한데도 삼공 선생님께 주제넘은 짓을 한 게 아닌가 하는 생각도 있었습니다. 그럼에도 불구하고 그런 편지를 드린 것은 나름대로 제 생각이 도움이 되지 않을까 하는 충심에서 우러나온 것이라는 양해의 말씀을 드립니다.

또한 삼공 선생님이 『선도체험기』에서 언급하신 사제관(師弟觀)에서 스승과 제자 간의 관계는 일방통행식의 관계가 아니라 제자가 스승에게도 도움을 줄 수 있는 상호통행식의 상호 보완적 관계라는 기술을 보고 삼공 선생님께서 제 생각을 이해하실 것이라는 생각이 들었던 것입니다.

물론 선생님의 답장의 취지는 비평을 하지 말라는 것이 아니라 다 읽은 다음에 비평을 하라는 것입니다. 그 점을 잘 알겠습니다. 계속 읽어 나가도록 하겠으며 다 읽은 다음에 제 생각을 나름대로 정리해서 말씀 드리도록 하겠습니다.

사실 저는 『선도체험기』에서 많은 것을 배우고 있는 중입니다. 많은 도움이 되고 있으며 배움을 얻고 있습니다. 다만 아쉬운 점도 느끼는 바인데 일단 인내를 가지고 끝까지 보도록 하겠습니다. 사실 삼공 선생님 정도의 명성이나 수련 경지로 봐서는 도장을 차리고 조직을 만들 수도 있는데 그것을 마다하시고 겸허하게 평범한 일반인의 입장에서 모든 사람의 이메일을 일일이 받아 보시고 상담에 응하시니 감사하기 그지없습니다.

저 같은 어린 학생의 메일도 받아 친절히 일일이 자문에 응해 주시니 감사드립니다. 삼공 선생님이 1932년생이라고 하셨는데 상당한 고령이십니다. 『선도체험기』의 어떤 구절에서 머지않아 지상을 떠날 것이라고 언급하신 구절이 기억이 납니다. 제 입장에서는 좀더 오래 사셔서 많은 도움과 가르침을 주시길 원하는 마음입니다.

그동안 저는 많은 변화가 있었습니다. 많은 깨달음이 있었고 또 많은 체험이 있었습니다. 요 며칠 동안에 일어난 일입니다. 몸속에서는 계속해서 내부의 에너지가 각성되었습니다. 저는 어떤 방편도 수행하지 않았습니다. 그러나 에너지는 계속해서 각성이 되더군요. 그리고 요새 마음공부를 좀 했습니다. 모든 것을 버리는 마음공부를 하면서 오로지 구도에만 전념하기로 작정하였습니다. 모든 욕심을 버리는 마음 자세를 가졌습니다. 그러다 보니 마음이 점차로 평온해지더군요.

점점 해답이 나올 것 같기도 합니다. 요가냐 단학이냐의 의문은 어느 정도 풀렸습니다. 요컨대 요가나 단학이나 둘 다 방편에 불과하다는 것이었습니다. 그것은 일종의 수단이고 방편이지 그것 자체가 도는 아닙니다. 물론 좋은 방편을 사용하는 것도 중요합니다. 그러나 방편에 집착하는 것은 정도가 아니라고 생각합니다. 방편을 수행하느냐는 사실 부차적인 문제이고 중요한 것은 마음 자세를 바로 하는 것이라고 봅니다.

어떤 것에도 집착하지 않고 무애자재한 마음이 되려고 합니다. 그리고 한 가지 말씀드릴 것은 저를 괴롭히던 악령이 최근 누그러진 것 같다는 것입니다. 제가 감지할 수가 있는데 일시적이나마 저를 포기했던 것 같고 공격도 누그러졌습니다. 자신의 마음공부가 향상되면서 빙의령이 자발적으로 떠나도록 하는 것이 가장 효과적인 것이라는 것을 실감했습니다. 타인에 의한 제령이나 퇴마는 별로 바람직하지 않은 것이라는 것도 알았습니다.

감사드리며 또 편지 드리겠습니다. 항상 평안하시고 건강하십시오.

궁금생 올림

【필자의 회답】

순수한 구도자였을 때는 바르고 착실하고 성실하고 지혜롭던 사람도 한 조직의 지도자가 되면 마치 두 얼굴의 사나이처럼 생판 딴사람이 되는 것을 나는 수없이 목격해 왔습니다. 그것은 조직의 생리가 그 구도자의 성품을 바꾸어 버리기 때문입니다. 바뀌되 거의가 다 좋지 않은 쪽으로 사이비 스승이나 교주가 되어 버립니다.

순진하던 사람이 사기꾼이 되고 조폭이 되고 도둑놈 심보를 갖게 되는 것을 나는 수없이 보아 왔고 지금도 보고 있습니다. 그래서 석가도 예수도 소크라테스도 노자도 장자도 공자도 맹자도 톨스토이도 다석 선생도 비록 제자들은 가르쳤을망정 원래 어떤 조직체를 운영한 일은 없었습니다. 그런 종류의 어떠한 조직체도 운명적으로 종교 조직이 되게 되어 있습니다.

　그렇게 되면 그 조직 자체를 유지 발전시키기 위해서 예외 없이 기복 신앙(祈福信仰)에 의존하게 되어 미신으로 타락하게 되어 있습니다. 그래서 소위 고급 종교라는 불교나 기독교도 기복 신앙과 미신적 요소를 안고 있는 것입니다. 그리곤 정치와 야합하면 반드시 타락하게 되어 있습니다. 이것이 그동안 있어 온 수많은 제의(提議)에도 불구하고 내가 조직체를 갖지 않은 이유입니다.

　읽는 동안에도 발간될『선도체험기』도합 80여 권을 다 읽으려면 사흘에 한 권을 읽는다 해도 8개월은 걸립니다. 그동안 독자는 새로 담근 김치와 술이 익는 것과 같은 숙성 과정을 거치게 되어 있습니다. 읽는 동안에 독자는 자신도 모르게 마음공부, 몸공부, 기공부를 하게 될 것입니다.

　그리하여 다 읽고 난 뒤에는 읽기 전과는 확실히 달라진 자신을 발견하게 되리라고 확신합니다. 그동안에 이루 말할 수 없는 변화를 겪게 될 것입니다. 이처럼『선도체험기』를 읽는 것 자체가 수련이 된다는 것을 잊지 말아야 할 것입니다. 부디 끝까지 분발하기 바랍니다.

부모미생전본래면목(父母未生前本來面目)

삼공 선생님 전 상서

늘 변함없이 가르쳐 주심에 깊은 감사를 드립니다. 그리고 보내 주신 메일은 고맙게 잘 받아 보았습니다. 아직 이곳에서는 연구실 정리도 못하고 어수선한 상황입니다. 남의 일이니 주위에서의 협조가 없으므로 당분간은 그냥 기다릴 수밖에 없는 듯싶습니다. 또한 제 자신도 아직 미국에 있는 건지 일본에 있는 건지 국적불명인 상태이고요.

그리고 요즘은 모국의 동사무소에 해당하는 구역소 등에 들려 그간 밀려 있던 민원 업무 등을 보기도 하며, 오늘은 미국으로 건너가기 전 학생에게 빌려주었던 자동차를 돌려받아 명의 변경을 위해 육운국(陸運局)에 다녀왔습니다.

그런데 육운국의 창구에 관계 서류를 제출하고 수속을 기다리는 동안 책을 보고 있노라니 문득 부모미생전본래면목이 떠오르는 것이었습니다. 즉 어디서 와서 어디로 갈 것인가에 대한 대답인 것이지요. 무(無)라는, 보이지는 않지만 무엇으로도 변할 수 있는 무한한 존재인 저의 자성, 처음에는 미미한 생명체에서 미생물로 그리고 수억만 년간의 진화를 통한 인간으로 되기까지 쌓여 온 업연(業緣)들, 그 후에도 다시 인간에서 인간으로의 쳇바퀴 돌 듯하며 더욱 두터워진 그것들의 산물이 바로 저의 현주소라는 생각이 들었습니다.

그러니 현생에 태어난 목적은 이 업장을 소멸시켜 한 생명으로 태어나기 전의 상태로 귀의하는 즉, 제가 2년 만에 복귀를 하였듯이, 수억만 년 전에 두고 떠났던 곳으로의 원대복귀라는 생각이 듭니다. 그를 위해 우선 무겁게 짊어지고 있는 짐을 내려놓아야 되고 비로소 본래의 모습이며 무의 상태인 자성으로 돌아가는 것이 아닌지요?

그리고 수련을 통하여 이러한 위치에 있음을 깨닫게 되고 이러한 것이 진리임을 확신하게 됨으로써 자신 있게 행동으로 옮길 수 있는 것이 아닌가 합니다. 그의 일환으로써라도 하루하루를 보내면서 우선 빚은 못 갚더라도 더이상은 빚지지 말자는 자세로 시작하는 것이 당연하지만, 이것 자체도 수행하기란 그리 쉬운 일이 아님을 늘 느끼고 있습니다.

즉 모든 사람들이 조금 전에 언급한 진리를 알고 있고 깨우치려고 하면 문제가 없으나 대부분의 중생들은 그저 적당히 자타를 속여 가며 어떠한 가면을 쓰고 그날그날을 연명하고 있으니 변화를 기대하기란 마치 오뉴월에 쇠불알 떨어지기를 기다리는 것과 다름이 없는 듯합니다.

이처럼 주위에서는 변할 생각을 못 하고 있으니 그러한 틈에서 같이 살면서 업연을 벗어 버리기 위해서는 우선 제가 변할 수밖에 없는 것이 아닌지요? 즉 이것이 역지사지의 다른 표현이 아닌지요? 물론 저의 업연의 산물임에는 두말할 것도 없습니다만...

그리고 우리가 살아가면서 진정으로 경쟁해야 할 상대는 주위 사람들이 아니라 자아를 덮어 버리려는 게으름이며 기회주의자며 거짓말쟁이인 가아(假我)가 아닌지요? 그렇게 철저하게 자기 자신과의 싸움에서 승리를 함으로써 진정한 즐거움과 더불어 평화로움이 오는 것이 아닌가 하는 생각이 듭니다.

그렇게 함으로써 금생에서 목표 달성의 종지부를 찍을 수 있을 것이라는 생각이 듭니다. 지금도 케임브리지에서 체험한 모든 삼라만상이 강한 빛에 의해 소멸되어 가는 화면이 선합니다. 즉 그 빛의 강한 에너지와 일치가 되어 가아가 완전히 소멸이 되었을 때가 부모미생전본래면목이 아닌지요?

아무튼 오늘은 어제보다 단전도 달아오르고 다시 기지개를 켜는 듯합니다. 그러나 서두르지 않고 우선 세 가지 공부에 충실하면서 제가 처한 모습에 대한 세심한 관을 수행해 볼까 합니다.

마지막으로 선생님께서도 말씀하셨듯이 수행이라는 것은 떠날 때까지 행하는 것으로 생각하고 있으며, 또한 깨닫기 전과 이후에 있어서의 수행의 파급의 효과의 차이는 말로 표현할 수 없을 정도라는 생각이 드니 부지런히 먼저 상구보리에 박차를 가하는 길이 바르다는 생각이 듭니다. 그럼 앞으로도 끊임없는 가르침을 부탁을 드리며, 이만 맺을까 합니다. 선생님과 사모님 두 분 모두 안녕히 계십시오.

삿포로에서
제자 차주영 올림

【필자의 회답】

지금과 같은 자아성찰이 계속 쌓여 간다면 미구에 자기 존재의 실상에 도달하여 그 실체를 체감하게 될 것입니다. 그 방향으로 계속 용맹정진하기 바랍니다. 가까운 장래에 반드시 부동심(不動心)이 확실히 자기

중심에 자리잡게 될 것입니다.

이신동체(異身同體)

삼공 선생님 전 상서

늘 가르쳐 주심에 깊은 감사를 드립니다. 선생님과 사모님께서는 늘 편안하시리라 생각합니다. 그리고 보내 주신 메일은 고맙게 받아 보았습니다.

요즘 이곳은 중간에 2일만 휴가를 내면 10일간의 연휴를 즐길 수 있는 황금의 주간(golden week)입니다. 오늘은 그 중간에 끼어 있는 금요일로서 아침에 출근을 하여 『선도체험기』 77권을 다시 한 번 더 정독을 하였습니다.

물론 늘 의식은 행주좌와어묵동정(行住坐臥語默動靜) 염념불망의수단전(念念不忘意守丹田)하되 『선도체험기』 읽기 등과 같은 일련의 수련 활동은 일과시간 외에 틈을 내어 하는 것을 기본으로 삼고 있으나, 아직 집의 가재도구며 연구실의 책들도 정리도 못 하고 상부로부터의 결정을 기다리고 있는 터라 시간을 낼 수가 있었습니다. 그리고 현재 제가 처한 입장에 대하여 간단히 말씀을 드리자면 다음과 같습니다.

벌써 직장에 복귀를 한 지는 3주일이 다 되어 가지만, 저에 대한 확실한 근무처가 결정이 나지 않은 상태입니다. 즉 조만간 다시 지방 연구팀으로 옮기게 될 수도 있기 때문입니다. 자초지종을 말씀을 드리자면, 처음 복귀를 하여 출근을 하니 우선 잠시 본부인 이곳에 있다가 금년 안으로 지방으로 발령을 내려고 한다는 것이고 그에 대하여는 기본적으로 저도 동의하는 면이니 우선 그렇게 한다고 하였습니다.

그러나 저를 위해 방을 한 칸 마련하여 준 것도 아니고 대학원생들이 쓰는 방의 한 구석을 내주면서 말입니다. 그런데 또 한 가지의 문제점은 확실치 않은 "잠시"라는 시간이 몇 개월을 두고 말을 하는 것인지였습니다.

사실 지금까지 객지생활을 하면서 이루 헤아릴 수 없이 이사를 하였건만 짐 싸고 푸는 일은 보통 일이 아니며, 가능한 한 횟수를 줄이고 싶은 마음은 삼척동자도 다 아는 사실이니, 2~3개월 있다가 다시 이사를 할 거라면 차라리 지금 하는 것이 여러 가지 면에서 빨리 안정을 찾을 수 있으니 말입니다.

또한 이렇게 어설프게 대하는 것이 저에 대한 성의 없는 처사임에는 틀림이 없으나, 제가 할 수 있는 일이 아니니 그냥 잠시 짐을 풀고 또 이사를 하라고 하면 시키는 대로 그때 다시 짐을 싸는 방법도 없는 것은 아닙니다.

그러나 생각을 해 보니 위에서 하는 처사가 상식에서도 벗어나는 일 같고, 또한 직장에서 저를 대신해서 저의 의견을 대변할 수 있는 분도 없고 하여 직접 만나 결판을 짓기로 하였습니다. 그리하여 지난주에 인사권을 가지고 있는 분과 상의를 하여 제 뜻을 전달하였습니다. 우선 기본적으로는 지방으로 옮기는 시기에 대하여는 위에서 하라는 대로 따르는 것을 원칙으로 한다. 그러나 2~3개월 후에 다시 이사를 하라고 하면 1년에 몇 번씩 짐을 싸야 하고, 이 일 또한 보통 일이 아니고 그로 인해 하던 일이 중단이 되는 이유들을 들어 두 가지 안을 제시를 하였습니다.

첫 번째 안에 대하여는 당장 옮기든가 아니면 1년을 이곳에서 보내며 여러 가지 연구 여건들을 준비한 후에 내년 4월부로 이동하는 안을 제시를 하였습니다. 그러면서 지방에는 당장 이동을 하더라도 실험 기자재가 없으니 미리 연구 여건을 마련한 후에 가능하면 내년 4월에 이동할 수 있으면 여러 가지로 도움이 될 것 같다고 하였습니다. 그랬더니 다른 분들과 상의를 하여 이번 연휴가 끝나는 다음주 중으로 답을 주겠다고 하니 현재로서는 그냥 기다리고 있는 상태입니다.

그리고 당장이든 내년이든 옮겨야 할 곳의 구성원들을 보면 마치 제가 아무런 무기도 없이 적진에 뛰어드는 형상이라고까지 귀띔을 하는 분도 있고, 저 또한 본업 외의 사소한 일에 휘말릴 위험성도 느끼는 곳입니다.

사실 군대생활을 경험한 사람은 모두 다 아는 사실이지만 이빨 빠진 고참은 지나가는 개라도 업신여긴다는 말도 있듯이, 특히 기술직이며 산림 노동자들과 같이 생활하는 저의 직장의 특수한 조직 내에서는 제 밥그릇 찾아먹기도 그리 간단한 것만은 아니지요. 아마도 올 일 년은 그를 위해 에너지를 소모해야 할 것 같습니다.

그러니 어떤 상황에 봉착을 하더라도 끄떡없는 부동심을 가지는 것이 무엇보다도 중요한 일이고, 연구 면에서도 좋은 결과를 내는 것이 최선의 길이기도 합니다. 아무튼 사회생활을 하는 사람이라면 누구나 가질 만한 문제들이니 이에 대해 특히 스트레스를 받지는 않지만, 현재 직장에서 저에게 해 주는 대우에 대하여는 상식선을 조금 벗어난 것으로 판단이 드니 그냥 기다리기보다는 제 의견을 피력하는 것이 정당하다는 생각을 해 봅니다.

이런 일련의 일들이 아직도 제 주위에서 끊임없이 일어나는 것은 아직도 제가 금생에 풀고 갈 숙제들이 많고 이는 저의 과거 생에 대한 결과이니 당연한 것으로 받아들이기로 하였습니다.

그러면서 오늘 책을 읽는 동안 이신동체(異身同體)가 떠오르는 것이었습니다. 즉 삼라만상이 내가 아닌 것이 없으며, 즉 일상생활 자체가 직장의 구성원 개개인들과 이해관계를 맺고 있지만 그들 또한 저의 분신이라는 것을 느꼈습니다. 그러니 그들과 지지고 볶고 싸워 봐야 그 대상이 실제로는 타인이 아닌 제 자신과 동일체들이니 이기고 지고 해도 의미가 없다는 생각입니다. 결국 싸움의 동기가 부여되질 않는다는 것입니다.

그러나 이 진리가 내 것이 된 것이 아니라 눈앞에 보이고 잡힐 것만 같은데 아직 시간과 노력이 좀 필요할 것 같습니다. 그리고 케임브리지에서의 단식 이후 언젠가부터 늘 영안에 뜨는 것은 제 몸은 이미 지구의 형성층을 벗어나 우주선 모양 우주를 부유하면서 부처님의 형상으로 가부좌를 하는 천상천하 유아독존인 모습입니다. 그러나 그 부처님의 마음은 아직 지구에 두고 온 무엇인가가 있어 미련을 버리지 못하고 있는 느낌입니다. 즉 마음공부가 부족하다는 뜻이지요.

하나 모든 것은 때가 있는 법이니 이번 기회에 마음마저 지구를 벗어나게 하여야 할 것 같은 예감이 듭니다. 내일부터는 주말이니 이틀 동안 집에서 용맹정진해 볼 생각입니다. 그 확철대오를 맛보고 싶습니다. 그럼 또 메일을 올릴 것을 약속을 드리며, 끊임없는 지도와 편달을 부탁드리겠습니다. 선생님과 사모님 두 분 모두 안녕히 계십시오.

삿포로에서
제자 차주영 올림

【필자의 회답】

어차피 직업을 가지고 인생을 살아가야 할 우리 수행자들은 생활환경과 근무 여건이 바뀔 때의 마음가짐이 항상 중요합니다. 무명(無明)을 벗지 못한 대부분의 사람들이 바뀌어진 환경에 쉽사리 적응을 하지 못하여 심한 스트레스를 받습니다. 그 때문에 우울증에 걸리기도 하고 심하면 자살을 하는 수도 있습니다.

그 원인은 자기 마음에 맞게 환경을 바꿀 수 없는 데 대한 좌절감 때문입니다. 그러나 슬기로운 사람들은 변화된 환경을 자기 마음에 맞게 바꾸기는 어렵지만 자기 마음만은 자기 뜻대로 새로 바뀐 여건에 뜯어 맞출 수 있다는 것을 수많은 체험을 통하여 터득하고 있습니다.

여건은 자기 마음대로 바꿀 수 없지만 자기 마음만은 여건에 알맞게 바꿀 수 있기 때문입니다. 무명중생이 되느냐 부처가 되느냐의 분기점이 바로 여기에 있다고 할 수 있습니다. 마음이 바뀌면 몸도 그 마음이 원하는 대로 바뀔 수 있는 것이 변화의 법칙입니다. 지구의 역사를 살펴보아도 항상 변화되는 지구 환경에 제때에 적응한 생물들은 살아남고 그렇지 못한 생물들은 도태당하게 됩니다.

개인도 회사도 국가도 마찬가지입니다. 특히 구도자는 필요에 따라 언제든지 마음을 바꿀 수 있는 준비가 되어 있어야 할 것입니다. 그래야 육도사생(六道四生)을 오로지 자기 마음대로 할 수 있습니다.

자기 마음을 뜻대로 바꿀 수 있는 사람이야말로 이 우주내의 삼라만상을 자기 것으로 만들 수 있습니다. 따라서 우주 내의 모든 것을 내 것으로 만들 수도 있습니다. 그럴 수 있는 사람이 바로 우아일체(宇我一

體)를 성취한 사람이라고 말할 수 있습니다. 우주는 본래 나 자신이기 때문에 이런 일이 가능합니다.

다시 말해서 이 우주 안의 그 무엇에도 나 자신은 구애받지 않는 존재입니다. 진정한 마음의 평화와 안정은 이때 비로소 성취되는 것입니다. 연년시호년(年年是好年)이오 일일시호일(日日是好日)입니다. 부동심과 평상심 역시 이때에 성취됩니다. 모든 존재의 실체인 자성(自性)이 점점 가시거리 안에 다가오고 있으니 그것을 확실히 손안에 거머쥐기 위해서 가일층 분발하기 바랍니다.

헌 집 털기

삼공 선생님 전 상서

늘 변함없는 가르치심에 깊은 감사를 드립니다. 보내 주신 메일은 고맙게 받아 보았습니다. 어제는 지난번의 메일에서 말씀을 드린 것처럼 주말인 이틀간을 이용하여 수련에 박차를 가해 보려고 아침에 조깅을 하고 생식으로 평시처럼 시작을 하였습니다.

집안 청소를 하고 몸과 마음에 찌든 때까지도 벗겨내기 위해 온천으로 차를 몰았습니다. 거리상으로는 자동차로 약 40분 거리이며, 유학 가기 전부터 늘 찾던 곳이기도 합니다. 탕에 들어가 단전호흡을 하면서 아직 지구상에 머물러 있고 속세에 물들어 버린 마음을 의식하면서 그러나 이제는 떨쳐 버려야 할 것 같은 예감과 함께 백회에서 심한 통증이 감지되었습니다.

다시 한 번 백회가 열리려는 징조 같기도 하기에 건물 안보다는 노천탕에 나가 수련을 하는 것이 나을 듯싶어 자리를 옮겨, 반신욕 상태로 심하게 통증이 오는 백회에 의식을 집중하였습니다. 한참의 시간이 흐르고 단전에서 무언가 불끈 치솟는데 마치 절구공이 같은 큰 철퇴가 단전을 떠나 백회 위로 치닫더니 마치 헌 집의 벽을 털어 내듯 통증이 뭉쳐 있던 백회의 벽을 확 털어 내는 것이었습니다.

그러니 앓던 이를 뽑아낸 뒤 맛볼 수 있는 시원함처럼 백회가 완전히 없어져 우주와 그냥 연결이 되어짐과 함께 머리 속과 밖에서는 신명들이

끌과 망치를 가지고 제 몸 구석구석을 털어 내는 것이었습니다. 아 드디어 가아를 털어 내는 작업이 시작되었구나. 그러나 이런 상태로 온천에 있는 것보다는 얼른 집에 돌아가 조용히 지켜보는 것이 나을 듯싶어 마지막으로 사우나를 마치고 정성껏 몸의 때를 벗기고 집으로 돌아왔습니다.

그런데 사우나에 들었을 때 갑자기 단전에 용광로와 같은 불덩이가 만들어지더니 그 용광로 안에 저의 현재의 모습(가아)을 넣어 쇳물처럼 녹여 버리는 것이었습니다. 그런데 좀처럼 녹아 없어지지 않으니 넣어 녹이고 넣어 녹이고 또 넣어 녹이는 과정이 끝없이 반복되는 것이었습니다. 이 작업은 집으로 돌아오는 자동차 안에서도 계속되는 것이었습니다.

집에 도착하여 오늘의 일련의 일들을 정리하기 위해 호흡 수련에 들었습니다. 그러자 잠시 후 제 전생들의 모습들이 마치 영화 필름처럼 연속적으로 스치면서 유체이탈이 되어 모국 상공으로 가 경상도 지방이며 서울 청와대 상공에 들리자 박 대표의 모습이 보이고, 후에 삼공재로 향했습니다.

그때의 삼공재에는 성재모 선생님을 비롯한 대여섯 분의 도반들께서 수련을 하시는 모습이 보였으며, 저는 삼공 선생님께 고맙다는 인사를 하니 반갑게 맞이하여 주셨습니다. 그리고 인사를 마치고 원주에 있는 제 집에 들리니 어머님과 누님 그리고 동생들이 텃밭에서 나물을 뜯고 있어, 모두들 감사합니다라고 인사를 하면서 유체이탈은 끝나고 선정은 계속되었습니다. 아마도 시간대로는 오후 2~3시 사이로 생각을 합니다.

계속해서 선정은 이어져 갔고 제 직장의 동료들의 모습들이 하나하나 떠오르는데, 그들을 맞이하는데 사랑스러움도 함께 느껴지는 것이었습니다. 그러면서 제 중단전에서는 그간 뭉쳐져 있던 응어리들이 풀리기 시작하더니 마침내 시원함이 밀려오는 것이었습니다. 그와 동시에 이미 지구를 떠나 부처님이 되어 버린 저의 진아의 모습이 보이고 마음마저도 진정한 부처님과 일체가 된 듯한 느낌을 받았습니다.

그러면서 주위를 보니 선녀들이며 사신들 그리고 그간의 지도령들이 부산하게 움직이는 모습들이 어렴풋이 보이고 멀리에는 세 분의 단군 할아버지와 그리고 그 주위에는 여러분의 성인분들이 있는 감을 받았습니다. 또한 큰 통돼지 등을 올린 상을 준비하는 것 같으니 조만간 큰 제가 있으려나 하는 생각이 들면서 수련을 마쳤습니다.

수련을 마치고 나니 졸음이 밀려오는 듯하여 이불을 펴고 잠시 눈을 붙이고 난 후 저녁을 들고, TV를 보면서 직장에 대한 일들과 기타 사생활들에 대해 정리를 하면서 느껴지는 제 마음이 이제는 달라진 듯 그리고 변화가 온 듯한 감이 들었습니다. 즉 조금 전의 일련의 수련 과정이 저의 가아를 죽이는 과정이었으며, 드디어 진아를 찾은 것이 아닌가 하는 마음이 들었습니다.

그리고 오늘 아침에 눈을 뜨니 예수님이며 부처님이며 그리고 선생님들과 대화를 나누는 저의 모습이 보였습니다. 그리고 이런 성인분들과 하나도 거리낌 없이 대화를 나눌 수 있으며, 언제든지 그들과 같이할 수 있는 저의 모습을 발견하였습니다.

조깅을 마치고 생식과 세탁을 하고 메일을 확인할 겸 지금은 연구실에 앉아 있으나 오늘도 집에 돌아가 저의 모습을 정리하려고 합니다. 비록 아직 깨달음의 큰 충격에서 오는 확철대오는 아니지만, 그러나 느리지만 서서히 다가오고 있음이 느껴지며, 또한 확실히 마음이 바뀐 것에는 의문의 여지가 없는 듯합니다.

아무튼 선생님께서 말씀하셨듯이 어떤 환경에도 자유자재로 적응이 가능한 자성이 한 발짝 다가온 것이 아닌지요? 하지만 예단은 금물이니 늘 세 가지 공부를 꾸준히 하는 것으로 하루하루를 보내려고 하고 있습니다. 그럼 선생님과 사모님 두 분 모두 안녕히 계십시오.

삿포로에서
제자 차주영 올림

【필자의 회답】

큰 깨달음은 결코 화면으로 오지 않습니다. 화면이 자꾸만 뜨는 것은 잠재의식 속에 화면에 대한 미련이 남아 있기 때문입니다. 그러한 미련까지도 완전히 털어 버려야 합니다. 부디 철저한 살불살조(殺佛殺祖) 정신으로 밀고 나가시기 바랍니다.

화면을 졸업하고 나면 그때 비로소 자기도 모르는 사이에 마음에 큰 변화가 일어난 것을 뒤늦게 깨닫는 때가 있을 것입니다. 뚜벅뚜벅 지치지 않고 정상을 향해 오르다 보면 자기도 모르는 사이에 정상에 어느덧 올라와 있는 자신을 깨닫는 때가 있을 것입니다.

화면이 아니라 심신 전체가 어느새 바뀌어져 있는 것을 새롭게 발견하게 될 것입니다. 유체이탈을 자주 하면 손기가 많이 되므로 자제해야 합니다. 졸음이 오는 것은 그 때문입니다. 화면에 집착하는 한 오욕칠정에서 벗어난 진아(眞我)에 도달하는 것은 늦어지게 될 것입니다.

모든 것을 버릴 수 있어야

삼공 선생님 전 상서

늘 가르쳐 주심에 깊은 감사를 드립니다. 보내 주신 메일은 고맙게 받아 보았습니다. 그리고 이틀 전에 생식도 무사히 도착되었습니다. 다시 한 번 더 여러 가지로 베풀어 주심에 고마운 마음을 전하고 싶습니다.

그리고 수련에 대한 저의 현주소는 선생님께서 언급하여 주신 점과 일치합니다. 아직도 속세에 미련을 떨치지 못하고 있으며, 가능하면 조금이라도 편히 지낼 수 있는 방법을 모색하고 있는 상태라고 말씀을 드리는 것이 정확할 것입니다.

물론 현재의 모든 것을 버리고 배산임수(背山臨水)의 진을 치고 오로지 구도자의 길만을 가 보고 싶은 마음으로 혼란스러운 상태이기도 합니다. 그리고 현재의 지위와 그에 따른 수입 또한 보잘것없으나, 아무런 대책도 없이 일부터 저지르기에는 시기적으로도 이미 늦은 것 같으니 지금 상태로 묵묵히 가던 길을 가는 수밖에는 별 뾰족한 수가 없음을 알면서도 말입니다.

아마도 지금 직장에서의 부정적인 일들도 오버랩되니 스트레스는 느끼지 않는다고 하면서도 마음에 큰 부담이 되는 듯합니다. 그러나 저의 심경을 토로하자면, 현재의 가진 것을 잃더라도 어디 한구석에서 제가 하고 싶은 연구와 수련에만 몰두할 수 있는 곳이라면 어느 곳이라도 갈 것 같습니다. 물론 제가 찾고 있는 곳은 제가 빨리 구경각에 도달하면 어떠한 곳이든지 그러한 곳이 된다는 것도 알면서 말입니다. 그러니 일종의 푸념인 것이지요.

또 하나는 삶의 가치관의 문제에 봉착해 있다는 사실입니다. 며칠 전 저를 아끼는 한 분께서 저녁을 같이하자고 하시더군요. 그분께서는 제가 처해 있는 상태를 잘 알고 계시는 분이고 이런저런 이야기를 나누다 선물 이야기를 하시면서 같은 직장 동료 모두에게 하였냐고 하시더군요.

아직 짐도 도착이 되질 않아 못 하였다고 하면서 또한 짐 속에 들어 있는 선물의 숫자도 모두에게 주는 것들이 아니라고 하니, 하다못해 연필 한 자루라도 모두에게 하는 것이 낫다고 하시더군요. 그러면서 일본에 10년 이상을 살면서 아직도 일본 사람을 모르느냐고 하시더군요. 즉 물건 값보다는 자기들을 잊지 않고 있다는 마음만은 보여야 한다고 가르쳐 주시더군요. 물론 이런 면에서는 모국의 정서와도 별반 다른 것이 없는데 제가 마음을 쓰지 못했다는 것입니다.

좀더 정확히 말씀을 드리자면 마음을 못 쓴 것이 아니라 2년간 유학과 수련 생활을 하면서 주위 사람들에 대한 가치관이 변했다고 하는 것이 맞는 것 같습니다. 그래서 앞으로는 가능한 한 연말 카드며 여러 가지 경우에 있어서의 형식에 가까운 인사치레 등은 줄이는 것이 당장은 오해와 불이익이 올지라도 업을 소멸시키는 면에서는 바람직한 것이 아닌가 하는 생각에서였습니다.

즉 현생에 저처럼 일본이며 미국을 정처 없이 떠돌면서 많은 사람들과 부닥치는 것은 누구보다도 전생에 많은 사람들과의 관계가 원만치 못했기 때문이고, 또한 중생들은 자주 대하면 대할수록 업을 짓는 일이 많으니 그렇게 판단을 하였던 것입니다. 한편으로는 오래 전에 모국을 떠나 일본에서 그리고 서양 습성에서 생활하다 보니 마치 무국적자 즉 무정란(無精卵)이 되어 버린 감도 듭니다. 한마디로 말씀을 드리자면 여러 가지들이 뒤죽박죽이 되어 있는 저의 모습입니다.

하지만 이번의 귀중한 충고를 들으면서 물론 저의 생각이 틀리지 않더라도 로마에 가면 로마의 법을 지켜야 하는 것이 당연한 것이 아닌가 하는 생각입니다. 아마도 미국에 있는 지인에게 선물을 부탁해야 할 것 같습니다. 그러니 2년간의 고민이 다시 원점으로 돌아온 것 같고 나이 40을 넘기면서도 인생을 헛산 것이 아닌가 하는 섭섭함도 있으나, 아무에게서나 들을 수 없는 중요한 가르침을 주신 분에게 감사할 따름입니다.

그리고 마지막으로 저의 개인적인 일이기는 합니다만 수련에 직접적인 문제이기도 하여 적어봅니다. 한마디로 말씀을 드리자면 앞으로도 혼자 지내면서 구경각에 도달할 수 있느냐? 남들과 같은 생활을 하면서도 그럴 수 있느냐?입니다. 즉 제가 속해 있는 한 가정의 구성원들의 의견을 어떻게 소화하여야 할 것인가?입니다.

물론 누나며 동생들이며 어머님으로 구성된 가정이라고 하는 것은 엄밀히 생각해 보면 서로 다른 남남이 업이라는 사슬에 서로 얽혀진 한 사회의 작은 단위지만 서로 밀접한 이해관계로 얽혀 있는 물리적으로 끊을 수 없는 한 틀이 아닌지요? 그러니 그 틀에서 함께 호흡하면서 제 욕심만 채우는 것이 아닌가? 즉 가족의 한 구성원이면서 그들이 원하는 것에 무관심할 수가 있는가? 하는 문제입니다.

한편으로는 배수의 진을 치지 않고 무명중생들과 같이 호흡하면서 구도생활을 하기로 하였으면 굳이 피할 필요가 없는 것이 아닌가 합니다. 그것을 극복할 수 있음으로 해서 얻어지는 것이 더욱더 값어치가 있는 것이 아닌가? 반문도 해 봅니다. 아무튼 조만간에 저의 마음을 정리하여 가족들에게도 상의를 드려야 할 문제이기도 합니다.

현재로서는 여러 가지 일들이 뒤섞여 있는 상태입니다만, 결국 제 스스로 풀고 넘어야 할 숙제들이고 이를 넘지 못하고는 한 발짝도 진리라고 하는 목표를 향해 나아갈 수가 없는 것은 두말할 여지도 없습니다. 결과적으로 하루를 산다는 것이 그리 간단한 것이 아니고 수련 또한 바람을 타고 순항하는 듯하다가 전복이 되고 좀 가다가 넘어지고 하는 과정의 연속이라고 말씀을 드리는 것이 정확할 것 같습니다.

오늘은 그동안 쌓여 있던 푸념들만 늘어놓은 것 같습니다. 다시 마음에 안정을 찾으면 메일을 올리겠습니다. 그럼 선생님과 사모님 두 분 모두 안녕히 계십시오.

삿포로에서
제자 차주영 올림

【필자의 회답】

직장 동료 전부에게 선물을 했느냐고 충고를 받은 차주영 씨의 처지를 이해할 것 같습니다. 두 개의 신문사에서 23년간 직장생활을 한 경험이 있는 내 의견도 충고하신 분과 마찬가지입니다. 세속에서 생활하는 한 세속의 풍속을 당연히 따라야 합니다. 속물들이라고 생각되어도 현실은 현실대로 인정해야 할 것입니다.

해외에 출장 갔다가 돌아온 동료들이 어떻게 했는가를 돌이켜보면 잘 알게 될 것입니다. 비록 자그마한 선물이라도 받은 경험이 있을 것입니다. 역지사지입니다. 그것을 관례에 따라 차주영 씨도 하면 됩니다. 그것도 직장에 돌아온 즉시 해야 합니다. 왜냐하면 직장 동료들은 자기도 그렇게 했으니까 차주영 씨도 으레 그렇게 할 것이라고 기대했을 것이기 때문입니다.

그런데 그 기대가 어그러지면 섭섭한 생각을 갖게 될 것이고 이 때문에 뜻밖에도 소외를 당하거나 왕따를 당할 수도 있을 것입니다. 가족에 대해서도 마찬가지입니다. 혈연으로 맺어진 사이라고 해서 제때에 해야 할 선물을 소홀히 하면 아무리 부모형제라도 역시 섭섭한 생각을 갖게 될 것입니다.

직장 동료들에게 선물을 할 때는 남들이 한 것을 잘 참작해서 그들 못지않게 해야 할 것입니다. 어떤 사람은 여럿이 보는 데서 직위나 계급에 따라 선물에 차등을 두는 수가 있는데 이런 일은 하지 않은 것이 좋을 것입니다. 사람들은 무조건 선물에 차별을 두는 데 반감을 갖게 될 것이기 때문입니다.

앞으로 도움을 받아야 할 선배나 상사라면 개인적으로 찾아가서 인사를 해야 할 것입니다. 우리가 사는 사회는 원칙과 실력만이 통한다고 생각하면 큰 착각입니다. 나 역시 직장인으로서 중년이 될 때까지 윗사람에게 선물하고 명절 때마다 찾아가 인사를 차리는 것을 속물근성이라고 생각하여 소홀히 했었습니다.

그 때문에 감원 바람이 불 때 억울하게 실직을 당하고 나서야 정신을 차린 일이 있기에 하는 말입니다. 일전에 삼공재 방문 시에 구입해 가신 단편집 『산놀이』 중에서 '날벼락'이란 단편을 읽어 보시기 바랍니다. 내가 당한 실체험을 바탕으로 씌어진 것이니 참고가 될 것입니다.

삼공선도는 삭발하고 가사 입고 출가하여 승려가 되거나 교회나 수도원의 규칙하에서 생활하는 사제나 수사가 하는 수행이 아니고 보통 사람들과 똑같은 일상생활을 하면서 하는 수련 방법입니다. 따라서 삼공선도 수행자는 자기 마음만 뜻대로 다스릴 수 있다면 구태여 배수의 진을 펼 필요 없이 시끄러운 시장 바닥 한가운데서도 얼마든지 적응할 수 있고 수행도 할 수 있다는 각오로 임해야 할 것입니다.

자아성찰 활용

삼공 선생님 전 상서

늘 가르쳐 주심에 깊은 감사를 드립니다. 선생님과 사모님께서는 그동안 안녕히 계셨는지요? 보내 주신 메일은 고맙게 받아 보았습니다. 그리고 늦게나마 답장을 드릴 만큼 제 마음의 안정을 찾는 중에 있습니다.

그간 한 열흘간은 마음의 고통이 컸던 것 같습니다. 2년간 자리를 비운 대가를 톡톡히 받고 있다고나 할까요? 아니면 갑자기 변한 환경에 아직 적응이 되지 않는다고 하는 편이 나을 듯싶습니다. 결국에는 마음먹기에 따라 전화위복의 기회로 삼느냐, 아니면 허탈함과 우울함에 못 이겨 현실도피를 찾느냐이니까요.

아마도 2년간 주위에서는 변한 것이 없는데 제 자신만이 변했다는 답을 올리는 편이 나을 듯싶습니다. 즉 제 자신이 그동안 변한 제 모습을 그대로 수용하지 못하는 데서 오는 허탈감일지도 모른다는 생각이 듭니다.

그리고 오늘 아침에는 눈을 뜨니 그동안 보이지 않던 보호령이 염려스럽다는 듯이 내려다보고 있더군요. 그러면서 그동안 어두워졌던 마음 한구석에서 생기를 느낄 수 있었으며 평시의 상태로 돌아온 듯합니다.

그리고 아침 생식을 준비하는데 돌아가신 아버지께서 하얀 베적삼을 입으시고 홀쩍 떠나시는 것이었습니다. 그동안 가끔씩 영안으로 보이기는 했지만 빙의라고는 생각지 않았으나 결국은 가실 때가 되어 천도가 된 듯합니다. 그러나 아버지께서는 그전에도 여러 번 천도를 시켜 드린 일이 있었기에 별 의심을 하지 않았으나, 아마도 천도를 시켜 드렸더라도 각 상황에 따라 빙의와 천도를 반복할 수도 있는 것이 아닌가 하는 생각입니다.

왜냐하면 업연이라고 하는 것은 적어도 하나 이상이 겹칠 수도 있을 것이라는 생각이 들기 때문입니다. 그리고 요즘의 상황을 겪으면서 자주 폭음에 가까울 정도의 음주가 자주 있었습니다만, 아마도 생전에 술을 좋아하시던 아버지에 의한 빙의가 원인이 아니었나 하는 생각입니다.

그리고 직장에서의 선물에 대하여는 모든 분들에게 하기로 하고 하버드에 있는 지인에게 부탁을 하였습니다. 직원수가 많아 볼펜 한 자루라 하더라도 적은 돈은 아니지만 선생님의 충고처럼 우선 제 할 도리는 다 해야 한다는 생각입니다. 그리고 전근을 가는 문제는 일단은 올 일 년은 이곳에서 있기로 결정이 되어, 집이며 연구실의 짐들의 정리도 마무리 단계에 있습니다. 그러니 이제부터는 본업을 시작해야 할 것 같습니다.

끝으로 어제는 성재모 선생님께 메일을 보내 드렸습니다. 즉시 답장을 보내 주셨는데 지난번 모국에서 뵈었을 때 저로부터 자부심을 느끼셨다고 하시더군요. 물론 그러실 수도 있으셨을 것이라는 생각이 들었습니다.

그 이유에 대하여는 그동안 수련을 하면서 느끼고 있는 일입니다만 수련이 순조로워지면 모든 면에서 자신감이 생기고 어느 자리에서도 주눅들지 않고 당당하게 누구든지 대할 수 있는 마음이 생기나, 반대로 수련이 엉망이 되면 회의와 함께 자신감을 상실한 채 현실도피를 시도하는 것입니다.

그러나 자신감을 가지는 것은 좋으나 그것을 행동으로 옮길 때 상대를 배려하느냐 못 하느냐에 따라 자신감이 자만심으로도 변할 수 있는 것이 아닌가 하는 생각입니다. 즉 바른말일지라도 함부로 하지 말아야 하는 것이 아닌지요? 아무튼 이러한 것들도 수련의 한 과정이라는 생각에는 변함이 없으나 늘 살얼음판을 걷는 것처럼 일일이 점검해야 하는 것이 아닌지요?

그리고 오늘부터는 다시 『선도체험기』를 1권부터 다시 읽기로 하였습니다. 우선 급한 것은 평상심을 찾는 것이라는 생각이 듭니다. 본업에도 충실해야 됨은 물론이지만, 그동안의 경험에 의하면 수련과 본업의 충실도는 서로 비례한다는 것을 느꼈습니다.

끝으로 저의 오늘은 마치 폐차 직전의 중고차처럼 예고 없이 고장이 잦아 이런 상태로 목적지까지 도달할지가 의문이지만 가는 데까지는 가 보기로 하였습니다. 앞으로도 끊임없는 지도와 편달을 부탁드리며, 오늘은 이만 줄이겠습니다. 그럼 선생님과 사모님 두 분 모두 안녕히 계십시오.

삿포로에서
제자 차주영 올림

【필자의 회답】

독서도 물론 좋지만, 그보다도 마음이 몹시 우울하고 신산(辛酸)할 때는 등산을 하든가 아니면 조깅이나 속보를 하시기 바랍니다. 그러한 운동 자체가 심신의 신진대사를 활발하게 하고 명상과 자기성찰의 촉진제가 될 것입니다.

이렇게 자아 관찰에 몰입하다가 보면 반드시 뜻밖의 기발한 해결책이 떠오르게 될 것입니다. 그리고 그때 떠오르는 상념들을 꼼꼼하게 기록으로 정리하다가 보면 한결 마음이 정돈될 것입니다. 심하게 빙의가 되어 폭음을 하고 싶더라도 그러한 자기 자신을 도마 위에 올려놓고 객관적으로 냉정하게 관찰하는 데 익숙해지면 음주의 유혹에서 벗어날 수 있게 될 것입니다. 그렇게 해야 빙의령의 의도에 말려들지 않고 끝까지 제정신을 차리고 자기 갈 길을 차질 없이 갈 수 있게 될 것입니다. 구도자에게 폭음은 맹독(猛毒)입니다.

법등명(法燈明) 자등명(自燈明)하여 이미 큰 진전을 이룩한 구도의 길에 유종의 미를 거둘 수 있기 바랍니다.

무너짐의 반복이

삼공 선생님 전 상서

늘 가르쳐 주심에 깊은 감사를 드립니다. 보내 주신 메일은 고맙게 받아 보았습니다. 그러나 선생님께 마음 편한 메일을 올려 드리지 못하는 점에 대하여 늘 송구스럽게 생각하고 있습니다.

다시 새 출발을 시작한 지 3일이 흐르고 있습니다. 요즘은 한 일주일 전부터 시작되어 밤잠을 설치게 했던 악몽들이 어느 정도 가라앉기는 하였으나, 아직도 숙면을 취하지를 못하고 있습니다. 오늘 아침에도 자는 둥 마는 둥 하다가 일어나 조깅을 하면서 요즘의 일들에 대하여 정리하여 보았습니다.

　늘 반복되는 그때그때마다의 새로운 각오들 그리고 당분간은 지속이 되지만 언젠가는 여지없이 무너져 버리는 현상 때문에 허탈감을 느끼며 또 이 길을 가야 하나 하고 반문하면서 걸어왔던 길 그리고 오늘까지도 이어지고 있다는 생각이 듭니다.

　결론부터 말씀을 드리자면, 각오를 하여 긴장이 계속되면 언젠가는 무너지는 것이 아닌가? 그러니 이러한 일련의 과정들이 자연스럽게 일상생활의 한 부분이 되지 않는 한 결국에는 다시 무너짐이라는 반복의 연속인 생활이 되는 것이 아닐까? 그러면 아예 처음부터 긴장감이 없는 생활은 할 수 없는 것일까? 하는 것으로 반문이 이어집니다.

　이러한 생각을 하면서 그럼 제 생활에는 어떤 문제점이 있는 것일까? 하고 추슬러 보니 주어진 환경에 대한 적응력과 준비 부족으로 인해 발생되는 자책감에 밀려 마음이 흐트러지고 결국에는 큰 틀마저도 흔들리고 있다는 생각이 들었습니다.

　그렇다면 제 자신 내부에 문제가 있었던 것인데 해답을 밖에서 찾으려고 하였던 제 모습이 감지가 되었습니다. 즉 자기보다는 남의 탓으로 돌리려고 하였다는 점이 감지가 됩니다. 그러니 늘 부단히 노력하여 잠재력의 역량과 실력을 기르는 길이 현재의 저에게는 최우선이라는 것을 깨달았습니다.

　어제와 오늘은 연속으로 교수회의가 있어 2년 만에 동료들과 마주앉을 기회가 있었습니다. 오랜만에 인사를 나누면서 개개인으로부터의 반응 등을 살펴보았더니 반갑게 맞이하는 부류와 받는 둥 마는 둥 하는 부류로 구분이 되는데 이들의 구성원들은 2년 전과 변함이 없었다는 점입니다.

특히 이러한 것들을 살피면서 제 마음에서는 전혀 동요가 일지 않았다는 것입니다. 즉 반갑게 맞아 주건 떨떠름하게 대해 주건 그것은 단지 한 현상일 뿐 저에게는 어떠한 의미도 부여되지 않는다는 점입니다. 그러니 저에 대한 삶의 방향은 어떤 환경이 오더라도 무심할 수 있는 마음과 더불어 묵묵히 오늘 할 일에만 최선을 다하는 것이라는 결론을 얻었습니다.

그리고 오늘 회의가 끝나고 회식이 있었으나, 오랜만의 자리이니 서둘러 참석할 수도 있었으나 우선 급한 일이 있기에 연구실에 있습니다. 물론 미국에서 선물이 오면 다시 인사를 다녀야 하니 오늘이 아니라도 자리가 있고 또한 향응을 즐기면서 가까이하기보다는 내실을 기하는 쪽으로 마음을 정했습니다. 무엇보다도 지금 일을 하고 있는 마음이 편안하니 잘 정한 것 같습니다. 또한 우선 급한 것은 그간 밀려 있는 논문 쓰기에 모든 역량을 쏟아붓는 일이며 그 밖의 일들에는 무심히 바라볼 수 있는 마음의 여유를 찾는 것이 아닌지요?

마지막으로 기감에 대하여 말씀을 드리면, 단전은 뜨끈뜨끈 달아오르나 아직 수승화강까지 회복한 상태가 아니며, 탁기로 오염되어 산뜻한 감을 맛볼 수가 없습니다. 그러나 서서히 회복이 되리라 생각되며, 요번 주말부터는 산행을 시작할까 합니다.

늘 자상하게 지도하여 주심에 다시 한 번 더 깊은 감사를 드리며, 오늘은 이만 줄이겠습니다. 그럼 선생님과 사모님 두 분 모두 안녕히 계십시오.

삿포로에서
제자 차주영 올림

【필자의 회답】

차츰 마음의 안정을 되찾아가고 있다니 다행입니다. 모든 우울증의 원인은 현실에 적응하지 못하는 좌절감과 그로 인한 소외감에서 일어납니다. 그때마다 선도 수행자는 운기조식을 배가하여 단전에 쌓이는 확실한 기운을 느껴야 합니다.

이 기감이야말로 나 자신이 우주와 하나로 통하고 있다는 가장 확실한 증표입니다. 운기조식이 활발해지면 활발해질수록 우주의 핵심과 나와의 유대는 더욱 돈독해지고 있다는 것을 알아야 할 것입니다. 여기서 말하는 우주의 핵심이 바로 하늘, 하나님, 무(無), 공(空) 또는 니르바나(열반)입니다.

이것이 바로 우주의 실체요 모든 구도자들의 자성이요 참나의 바탕입니다. 나는 바로 우주의 한 부분으로 존재하면서도 그 부분 속에는 우주 전체가 들어 있다는 것을 체감해야 할 것입니다. 그 경지에 도달하는 다리가 바로 자기성찰입니다.

마음을 넓게 열어 우주를 포용할 수 있다면 그 순간부터 나는 소외된 존재에서 우주의 핵심적 존재로 탈바꿈하게 됩니다. 이때 나보다 남을 먼저 배려하는 마음이 저절로 일어나게 됩니다. 좌절과 소외를 극복할 수 있는 가장 확실한 지름길입니다.

이러한 사람의 주변에는 항상 직장 동료들이 모여들게 됩니다. 그래서 어느 곳에 가든지 핵심적 존재가 될 수 있을 것입니다. 인심을 사는 일에도 학문에도 중심적 존재가 될 수 있을 것입니다. 새로 시작하는 산행에서 부디 이 수행의 진미를 맛보는 기틀을 잡기 바랍니다.

기 수련의 지지부진

안녕하세요, 선생님.

부산의 양지현입니다. 오래간만에 메일 드리지요? 선생님께 드리려 많은 메일을 썼지만 글솜씨가 형편없어서 지우기도 하고, 쓰다가 매번 다른 이유로 어이없이 지워져서 이렇게 늦어졌습니다.

최근 저는 기 수련이 지지부진입니다. 그렇다 보니 마음의 압박이 왔습니다. 얼마 전에야 그 압박이 제 생활에도 수련에도 도움이 안 된다는 것을 알게 되었습니다. 그래서 우선 마음을 편하게 먹고 아들부터 더욱 신경 쓰기로 하였습니다.

사랑하는 아들이기에 물론 잘 돌보았지만 수련에 방해가 된다는 마음이 무의식 속에 깔려 있으니 그 자체가 너무 힘들게 느껴지는 것이었습니다. 수련을 마음에서 내려놓고 나니 홀가분하고 알고 있으면서도 의식하지 못했던 부분을 신경 쓸 수 있었습니다. 지금은 늘어난 몸무게에 관심을 기울이고 있습니다.

작년, 생식을 먹고 살이 빠졌을 때의 조건을 떠올려 보며 여러 가지로 시도하고 있는데 좋은 성과가 있기를 빌어야겠지요. 그럼 송구스럽지만 여기서 이만 줄이겠습니다. 안녕히 계세요, 선생님.

양지현 올림

【필자의 회답】

　기 수련이 부진한 것을 아들 탓으로 돌리면 안 됩니다. 무엇이 잘 안 되는 것은 언제나 자기 자신 탓이지 절대로 남의 탓이 아닙니다. 자기 자신의 탓이라고 생각하고 관찰을 해야 해결책이 나옵니다. 남의 탓으로 돌리면 반드시 그 남에 대한 원망이 싹트게 되고 그 원망이 커지면 자기 성찰의 지혜를 가리게 된다는 것을 알아야 합니다.
　수련에는 반드시 기복이 있습니다. 상승기가 있는가 하면 소강상태나 침체기가 있는데 지금이 그 침체기인 것 같습니다. 그럴 때는 그 타개책을 다각도로 생각해 보아야 합니다.
　양지현 씨가 삼공재에 나오기 시작한 것이 작년(2004년) 5월부터인데 지금까지 겨우 다섯 번 다녀갔습니다. 평균 2, 3개월에 한 번씩 다녀갔습니다. 수련이 지속적으로 발전하려면 최소한 한 달에 한 번은 다녀가는 것이 좋습니다. 자가발전(自家發電) 단계에 들어가려면 아직도 멀었다는 얘기입니다.
　삼공재에 와서 한 시간쯤 앉았다가 가는 것으로 상당한 충전이 되는데, 한 번 충전하면 며칠이나 가는가 한 번 면밀히 관찰해 보아야 합니다. 방전이 다 되기 전에 삼공재에 와서 다시 충전을 해야 할 것입니다. 물론 사람에 따라 각기 다르긴 하지만 적어도 몇 년 동안 이러한 충전기간이 계속되면 자가발전(自家發電) 상태에 들어가게 됩니다.
　그러나 여러 가지 여건으로 삼공재에 자주 찾아올 수 없을 때는 어떻게 하는가? 미국에 있는 차주영 씨의 경우처럼 나와 자주 메일을 주고받음으로써 충전 효과를 거둘 수도 있습니다. 물론 남의 도움을 전연 받지 않는 방법도 있습니다.

  등산, 달리기, 도인체조, 오행생식, 음양식을 열심히 하면서 지극정성으로 한기운, 한마음, 한누리를 외우거나 『천부경』, 『삼일신고』를 암송하면서 행주좌와어묵동정(行住坐臥語黙動靜) 염념불망의수단전(念念不忘意守丹田) 하는 방법입니다. 이것이 다행히 잘 먹히면 문제가 없지만 그렇지 않으면 천상 남의 도움을 받을 수밖에 없을 것입니다.

기운이 쏟아져 들어옵니다

  선생님, 답장 감사합니다.
  메일을 읽으니 기운이 쏟아져 들어왔습니다. 그때의 심정은 이루 말할 수가 없습니다. 그러나 이번 답장을 읽고 제가 선생님께 너무 짧은 메일을 드려서 이제껏 제 상황을 완전히 알려 드리지 못했다는 생각이 들었습니다.
  일단은 선생님이 써 주신 타개책은 한 번씩 다 생각해 본 상태입니다. 그러나 아직 어려서 엄마와 일거수일투족을 함께 하고픈 아이는 제 개인생활을 맘에 들어 하지 않습니다. 육아 책을 보고 타인의 경험담을 들어 본 결과, 내년에 세 돌이 될 때까지는 나 죽었다 생각하고 사는 수밖에 없을 듯합니다. 그냥 달리기와 요가만 어떻게든 계속할 생각입니다.
  그리고 아래의 글은 전에 선생님께 메일로 드리려 종이에 적어 놨던 글인데 뭔가 좀 아쉬움이 남아서 방치해 뒀던 것입니다. 그러나 제가 겪었던 상황과 마음을 조금이라도 알려 드리고 싶어서 키보드로 쳐서 드립니다.

〈안녕하세요, 선생님.
　부산의 양지현입니다. 사정이 여의치 않아 오래간만에 메일을 드립니다. 이렇게 메일이 늦은 이유는 선생님도 아시다시피 어린 아들 때문이기도 하고 질문으로 해결될 일보다는 스스로 생각하고 노력해야 할 것들이 더 많기 때문이었습니다.
　최근 78권을 보았습니다. 어찌되었건 제 기수련이 정체되어 있는 상태에서 『선도체험기』의 양지현이란 인물을 보자니 다른 사람 이야기 같고 심지어 따라잡아야 할 경쟁 대상만 같았습니다. 실제의 나 자신은 매일매일 평범하게 살며 마음의 수평을 잡으려고 안간힘을 쓰고 있으니까요.
　얼마 전에는 겨우 컴퓨터를 붙잡고 선생님께 메일을 썼습니다. 그런데 어머니가 애는 안 돌보고 컴퓨터만 친다고 하시기에 그만 밥 먹다 화가 나서 숟가락을 팽개치고 방에 들어가 문을 쾅 닫고 드러누워 버렸습니다. 숟가락을 팽개칠 때부터 관하는 내 자신과 화나는 내 자신이 나눠지면서 이러면 안 되는데 싶었습니다.
　그래서 우선 읽다가 놔둔 『선도체험기』를 손에 들었지만 글자만 보일 뿐 화난 마음이 진정되지 않았습니다. 그냥 그대로 누워 있으니 갑자기 모든 것이 비참해지고 마음이 서글퍼지면서 눈물이 났습니다. '일 년 넘게 그럭저럭 평안하던 마음이 뒤집어지니까 정말 지옥이 따로 없구나' 하면서 그것을 관하고 있는 내 자신이 상추쌈에 딸기잼을 발라먹듯 걸맞지 않아서 마음속으로 웃고 있는 이상한 상황이 되었습니다.
　결국 얼마 후에는 직관이라고나 할까요... 꼭 마음을 정리하고 싶었다기보다는 평정을 찾고 싶었던 내 마음에서 답이 저절로 나오는 것이었습니다. 내가 화가 났던 것은 어머니가 잔소리를 하고 아이를 키우기 때문에 자유가 없어서가 아니라 수련을 제대로 할 수가 없어서였습니다.
 할 수가 없다면 없는 대로 인정하고 아들을 잘 돌보면서 틈나는 대로 시도하면 될 텐데 수련을 해야 한다는 욕심과 압박감 때문에 눈이 어두워져 이것도 저것도 아닌 흐리멍덩해지는 상황을 만들었던 것입니다. 순간 마음이 환해지면서...〉

 제가 썼던 것은 여기까지입니다. 글이 잘려서 좀 이상하지만 그냥 있는 그대로만 적어 보았습니다. 어제의 그 메일을 보내는 대신 이 글을 고쳐서 보내는 것도 나쁘지 않겠다 싶습니다만 어차피 이렇게 된 것을 어쩌겠습니까...
 어쨌든 시간이 걸려도 아들 옆에서 종이에 편지를 쓴 다음 (이것도 방해가 없는 것은 아니지만 훨씬 덜하기 때문에) 키보드로 빨리 옮겨서 메일을 드릴 생각입니다. 제가 글 솜씨가 없어서 키보드로만 글을 쓰면 사실 생각보다 시간이 정말 많이 걸립니다.
 언제나 선생님께 염려 끼쳐 드려 죄송합니다. 하지만 열심히 생각하고 노력하겠습니다. 그럼 선생님 오늘은 이만 줄이겠습니다. 안녕히 계세요.

양지현 올림

【필자의 회답】

어린 아기를 키우면서 수련을 하자니 어려움이 한둘이 아니겠지요. 그러나 자기 앞을 가로막은 난관들을 하나하나 뚫고 나가면서 수련을 쌓아 나가는 것도 전연 불가능한 일은 아닙니다. 마음에 간절한 소원을 품고 있으면 반드시 길은 열리게 되어 있으니까요.

연구에 연구를 거듭하다가 보면 반드시 돌파구가 열릴 것입니다. 도인체조를 한다든가 가부좌를 틀고 앉아서 명상에 드는 것은 아이가 잠들었을 때 그 옆에 앉아서 할 수 있을 것입니다. 어쩌면 이것도 말처럼 쉬운 일이 아닐지도 모릅니다.

어쨌든 그러한 어려움들을 하나하나 극복하면서 이룩하는 수련의 성과야말로 양지현 씨에게는 무엇보다도 소중한 자산이 될 것입니다. 다음에는 부디 잔 다르크처럼 씩씩한 모습을 보여 주기 바랍니다.

제 마음에 달려 있습니다

안녕하세요, 선생님.

오늘 오후에 메일을 드렸었는데 선생님 쪽에 문제가 있어 반송이 되었습니다. 어쩐지 쓰다 말았다던가 컴퓨터 이상이나 실수로 날아간 글은 이유가 있다 싶어, 나쁜 버릇인 줄 압니다만 일부러 처음부터 다시 쓰게 됩니다.

선생님이 보내 주신 염려의 메일 감사드립니다. 언제나 감사한단 말이 거짓은 아니지만, 이번에는 특별한 감동이 있었습니다. 답장을 쓰기 위해 선생님의 메일을 프린트해 두었는데 읽고 또 읽다 보니 그런 생각이 들었습니다.

아이를 키우는 것이 정신적으로 체력적으로 지치는 일이지만 저는 상황이 좋은 건지도 모릅니다. 일단은 육아 이외에는 신경 쓰이는 일이 없고 아들도 다른 애들보다 상당히 건강한 편입니다. 식성도 좋아서 밥에 표준생식을 섞어줘도 잘 먹고 가리는 음식도 없습니다.

따지고 들자면 제 생활환경 중 나쁜 점도 있겠지만 대부분 참아 줄 만한 것들입니다. 그것을 힘들다고 보느냐 괜찮다고 보느냐는 저의 마음에 달려 있다고 생각합니다. 그때는 제가 관하기에 게을러서 마음이 흔들렸을 뿐 현재는 아들을 귀여워해 주는 가족에게 감사하고 틈틈이 제가 수련할 수 있는 시간도 만들 수 있음을 발견하였습니다.

지금 저는 천국에 와 있습니다. 뭐 또 자칫하면 지옥으로 직행하는 일도 있겠지만요. 낮에 썼던 메일은 다른 내용이었는데 밤에 쓰니 좀 감성적이 되었습니다.

아, 그리고 오늘 생신이시죠? 생신축하 드립니다. (이 메일을 보시는 날은 이미 생신이 지난 뒤겠지만요) 스승의 날도 날짜를 못 챙기고 생신도 그렇고 이렇게 무례를 저질러서 죄송합니다. 마음만은 그렇지 않다는 것을 알아주셨으면 합니다. 그럼 선생님 오늘은 이만 적겠습니다. 안녕히 계세요.

양지현 올림

【필자의 회답】

  일전에 우리집 앞 도로에서 지하철 공사를 하느라고 인부들이 전선을 잘못 건드려서 한창 컴퓨터로 글을 쓰다가 갑자기 전기가 나갔습니다. 한 시간 동안 써놓은 것이 몽땅 날아가 버렸는데 아마 그때에 양지현 씨의 메일이 도착하지 않았나 생각됩니다. 미안하게 생각합니다. 그래도 단념해 버리지 않고 다시 메일을 써 보낸 것은 다행한 일입니다.

  이번 메일을 읽고 나니 문득 생각나는 일이 있습니다. 며칠 전에 미국에 가서 살다가 10년 만에 고국을 찾은 한 친구가 나를 보고 왜 그렇게 몸이 바싹 말랐느냐고 물었습니다. 수련을 하다가 보니 군살이 다 빠져서 그렇다고 대답했습니다.

  그랬더니 몸이 그 지경이 되도록 수련은 무엇 때문에 하느냐고 반 핀잔 조로 말했습니다. 그래서 생사(生死)를 초월하기 위해서 한다고 말했습니다. 그러자 생자필멸(生者必滅)은 우주의 법칙인데 어떻게 생사를 초월한다는 거냐고 반문했습니다. 아무래도 토론이 길어질 것 같아서, 내 마음이 생사를 초월하면 생사를 초월하는 거라고 말했더니 그 친구는 더이상 아무 말도 못했습니다. 속으로는 내가 약간 돌았다고 생각하는 것 같았습니다.

  남이 나를 보고 돌았다고 생각하건 말건 내 마음이 그렇다면 그런 것입니다. 천국에 있는 양지현 씨가 다시 지옥으로 굴러떨어지는 일이 결코 있어서는 안 될 것입니다. 마음을 잘 단속하면 그런 일은 없을 것입니다.

  누가 내 생일을 축하해 주면 기분이 좋은 것은 사실입니다. 그러나 이것도 생각해 보면 내 속물근성이 그렇게 만드는 것이 틀림없습니다. 원래 생사(生死)라는 것은 없는 것인데 생(生)을 축하한다는 것 자체가 다 부질없는 일이기 때문입니다.

〈80권〉

> 다음은 단기 4338(2005)년 7월 1일부터 단기 4338(2005)년 9월 30일 사이에 있었던 필자의 수련 과정과, 필자와 수련생들 간에 오고간 수련과 인생에 대한 대화, 그리고 필자와 독자 사이의 이메일 문답을 수록한 것이다.

『소학』 번역을 마치면서

우리 인생에는 변하는 것과 변하지 않은 것이 공존하고 있다. 변하는 것은 차륜(車輪)과 같은 것이고 변하지 않는 것은 차축(車軸)과 같은 것이다. 물질과 시간과 공간, 생활 조건, 지구 환경, 사상, 가치관, 기술, 과학 같은 것은 한시도 쉬지 않고 변화하고 있지만 이 양변(兩邊)을 지탱하고 하고 있는 중심축과 같은 충효(忠孝)나 인의예지(仁義禮智)나 성실, 인내, 조화, 관용, 상부상조, 자비, 근면, 겸손, 돈독, 정직, 선행, 지혜와 같은 이타적 윤리적 가치는 시대를 초월하여 변하지 않는다. 왜냐하면 이러한 것들은 진리에 속하기 때문이다.

『소학』은 이러한 변하지 않는 가치를 일상생활에서 실례를 들어 가면서 우리에게 상세하고도 차분하게 가르쳐 주고 있다. 충무공 이순신이 왜 평생토록 이 책을 손에서 떼어놓지 않았는지 그 이유를 이제야 알 수 있을 것 같다. 그리고 『소학』은 우리의 무의식과 심층심리 속에서 아직도 이 사회의 인간관계의 기본 패턴을 규제하고 있음을 부인할 수 없게 된다.

나의 문학관

　흔히들 문학이란 인생의 실상을 문자로 표현한 것이라고 한다. 그러나 실제로는 문학은 우리 인간이 추구하는 예술, 사상, 철학, 종교 그리고 각종 이념을 구현하는 수단으로 이용되고 있다. 물론 문학 그 자체를 위한 문학, 즉 순수 문학도 있지만 그것 역시 순수라는 이념을 위한 문학의 한 장르에 지나지 않는다.
　소설 한 권이 세계적 혁명의 도화선이 되기도 하고, 실패한 사회주의 국가 건설을 위한 도구가 되기도 한다. 그런가 하면 읽는 사람에게 깊은 감명을 주어 그의 인생의 행로를 바꾸어 놓는 경우도 있다. 순전히 읽는 재미에 빠져서 침식을 잃게 하는 경우도 왕왕 있다. 사회의 비리를 폭로하여 개혁 작업을 돕는 경우도 있다.
　나 역시 등단 초기에는 문학을 통해 사회의 부조리를 고발하고 사람들이 보다 더 살기 좋은 쪽으로 사회를 개선하는 데 깊은 관심을 기울였었다. 그래서 그런 방향의 소설을 15년가량 써 왔다. 그러나 그런 종류의 문학은 우리 사회에 차고 넘쳐날 지경이었다. 또한 그러한 종류의 문학은 인간 문제를 근본적으로 해결해 주는 것도 아니었다. 그러니까 글을 쓰면서도 신명이 나지 않았다.
　그러다가 건강을 개선해 보려고 단전호흡을 시작한 것이 계기가 되어 선도(仙道)를 알게 되었다. 내가 선도수련을 시작한 것이 1986년 정초니까 어느덧 19년이 되었다. 54세라는 뒤늦은 나이에 시작한 선도수련이 내 인생에 근본적인 변화를 가져왔다. 수련을 하다가 보니 어느새 나는 구도자(求道者)가 되어 있었다.

구도(求道)란 무엇인가? 구도란 우리 인간 각자가 자기 존재의 진정한 실상을 추구해 들어가는 것을 말한다. 그럼 이렇게 추구하여 마침내 최후에 발견하는 것은 무엇일까? 그것이 바로 생사를 초월한 시간과 공간의 장벽을 이겨낸 모든 존재의 실체다. 흔히들 말하는 피안(彼岸), 열반(涅槃), 하늘나라, 천당, 천국을 말하고, 우주의식(宇宙意識), 하나님, 하느님과 하나가 된 우아일체(宇我一體)의 경지를 말한다. 가아(假我)를 버리고 진아(眞我)를 찾는 것을 말한다.

이 경지에 도달하려면 죽음의 경지를 벗어나야 한다. 죽음의 문제를 해결하지 못하는 한 인간은 제아무리 억만장자요 대스타요 대통령이요, 대석학이요 대예술가요 탁월한 우주비행사라고 해도 별수없다. 죽음 앞에서 의연하지 못하면 그들 역시 생로병사의 윤회의 고리에 묶인 한갓 초라한 중생에 지나지 않는다.

석가, 예수, 소크라테스, 공자, 노자, 장자, 톨스토이 같은 성자들이 자기 나름의 방법으로 이 경지에 도달했다고들 말한다. 그러나 나는 운기조식(運氣調息)을 방편으로 진아(眞我)의 경지에 도달할 수 있다는 확신을 수행 도중에 터득하게 되었다. 이러한 확신이 들면서부터 예전 방식의 소설을 쓰는 데는 흥미가 없어졌고 선도 수행 체험을 담은 글만을 쓰게 되었다.

내 글을 읽는 사람들이 내가 터득한 경지에 도달할 수 있다면 얼마나 좋을까? 내 글을 읽는 독자들이 내가 성취한 건강과 마음의 평화를 나와 함께 나눌 수만 있다면 그것이야말로 문학으로서의 존재 가치가 충분히 있는 것이라는 믿음을 갖게 되었다.

【이메일 문답】

전생의 나의 모습

안녕하세요, 선생님.

요즘 날씨가 무척 덥습니다. 별일 없으시죠? 마음은 그렇지 않은데 한 달 만에 메일을 드립니다. 아시다시피 아들을 돌보고 하다 보니 시간이 없어서 메일은 못 드렸지만 남는 시간에 스트레칭만은 열심히 해서 반가부좌 자세가 이젠 제법 좋아졌습니다. 이제껏 반가부좌 자세로 혼자 명상하면서 깊게 집중이 된 적이 없었는데 얼마 전에는 궁금했던 것에 대한 영상이 보이기도 하였습니다.

저는 제사상이나 절에서 피우는 선향을 좋아하는데 3주 전에 밀양 표충사에 갔다가 그곳의 기념품 가게에서 향을 사고 싶었습니다. 충동구매 같아서 그냥 돌아왔지만, 자꾸 향을 피우고 싶은 생각이 들길래 결국 이리저리 알아본 뒤에 좀 좋은 것으로 사고 말았습니다.

그날 향에다 불을 붙이고 나서 내가 왜 이렇게 향을 좋아하나에 대해 의문을 품었는데 이날따라 명상도 잘되었습니다. 그리고 어떤 여승이 눈을 감고 있는 모습을 보았습니다. 직감적으로 전생의 저였던 것 같은 느낌이 들고 그녀가 장삼자락을 걷고 향을 사르는 모습을 어렴풋이 본 것 같은데, 현재의 저와는 달리 차분해 보이고 살짝 마른 모습에 동질감을 느낄 수가 없었습니다.

그래서 이 여승의 모습이 빙의령은 아닌지 하는 생각도 듭니다만 전에 보았다던 빙의령과는 달리 또렷하게 보인 편이어서 판단이 잘되지가 않습니다. 제가 능력이 없다 보니 보아도 어떻게 판단해야 하나 잘 모르겠습니다. 언제나 저희 집은 컴퓨터 쓸 사람이 많고 아들도 더 참아 주지 않을 듯합니다. 이만 줄이겠습니다. 안녕히 계세요, 선생님.

양지현 올림

【필자의 회답】

빙의되었을 때는 몸의 일부 또는 전체에 무엇이 덮어씌워진 것처럼 갑갑한 느낌을 받게 됩니다. 그리고 잘 들어오던 기운도 막히게 되거나 일부만 들어오게 됩니다. 전생의 빚을 받으러 온 빙의령이 들어오는 기운을 가로채기 때문입니다.

그러나 전생의 자기 모습은 대체로 명상 때 나타납니다. 무엇이 덮어씌워진 듯 갑갑한 느낌도 들지 않고 화면도 비교적 선명한 것이 특징입니다. 전생의 자기 모습이 화면에 뜰 때는 수련이 고비를 맞아 새로운 전기를 맞았을 때입니다. 전생에도 수행자였던 것이 틀림이 없습니다. 전생에 거두지 못했던 수행의 성과를 금생에서는 반드시 거두어야 할 것입니다.

약편 선도체험기 17권

⟨81권⟩

다음은 단기 4338(2005)년 7월 22일부터 단기 4338(2005)년 12월 31일 사이에 있었던 필자의 수련 과정과, 필자와 수련생들 간에 오고간 수련과 인생에 대한 대화, 그리고 필자와 독자 사이의 이메일 문답을 수록한 것이다.

줄탁지기(啐啄之機)

모 중소기업에서 기술 이사로 일한다는 오십 대 초반인 황현동 씨가 반가부좌를 틀고 앉아 수련을 하다가 물었다.

"선생님, 저는 밤에 잠을 자다가 갑자기 가위에 눌려 죽을 것만 같을 때가 가끔 있습니다. 도대체 왜 그런지 모르겠습니다."

"그래도 지금은 아무 일 없는 것을 보니 별일이 아니었던 모양이지요?"

"그렇기는 합니다만 지내 놓고 보면 별일도 아닌데 그때는 꼭 죽을 것만 같은데 왜 그런지 모르겠습니다."

"공포심 때문입니다."

"공포심이라뇨?"

"죽을 것 같은 느낌이 일어나는 것은 죽음에 대한 공포심에 사로잡히기 때문입니다."

"그럴 때는 어떻게 해야 합니까?"

"죽음에 대한 공포심 때문에 일어나는 현상이니까 그 공포심을 추방해 버리면 됩니다."

"어떻게 하면 그 공포심을 추방해 버릴 수 있을까요?"

"황현동 씨의 마음속에서 죽음에 대한 공포심이 일어나지 않게 단도리를 잘하면 됩니다."

"어떻게 하면 죽음에 대한 공포심이 일어나지 않게 할 수 있을까요?"

"그건 아주 간단합니다."

"어떻게 하면 되는데요."

"죽게 되면 죽는 거지 뭐 하고 심상하게 생각하면 됩니다. 그렇게 마음을 먹으면 죽음에 대한 공포심 따위에 흔들릴 필요가 어디에 있겠습니까?"

"에이, 그래도 선생님, 사람이란 어떻게 하든지 살기 위해서 누구나 본능적으로 아둥바둥 애를 쓰는 것이 인지상정이 아닙니까?"

"그건 민초들의 생각이고 도를 닦는 구도자쯤 되면 중생들과는 생각하는 것이 좀 달라야 하지 않겠습니까? 생불생(生不生)이요 사불사(死不死)를 깨닫기 위해서 구도자가 되지 않았습니까? 삶은 삶이 아니고 죽음은 죽음이 아닙니다. 생사를 초월해야 할 구도자가 죽음의 공포 따위에서 벗어나지 못했으니까 밤잠을 자다가도 가위에 눌려 그런 봉변을 당하는 겁니다. 죽음을 무서워하지 않는 사람에게 어떻게 죽음의 공포심 따위가 얼쩡댈 수 있겠습니까?"

"그러나 죽음의 공포를 없애려 한다고 해서 마음대로 그렇게 되는 것은 아니지 않습니까?"

"그야 그렇지요. 그래서 수련을 하는 거 아닙니까?"
"그럼 죽음의 공포를 영원히 추방할 수 있는 비결이라도 있습니까?"
"있습니다."
"그게 뭡니까?"
"생사를 초월한 자성을 보면 삶에 대한 집착에서 벗어날 수 있습니다."
"어떻게 하면 자성을 볼 수 있죠?"
"건강한 몸으로 기운을 타고 자기성찰을 열심히 그리고 진지하게 해 나가다가 보면 조만간 반드시 그런 때가 오게 되어 있습니다. 뱀이 허물을 벗어 버리듯이 가아(假我)의 껍질을 벗어 던지고 생사를 초월한 진아(眞我)를 되찾아야 합니다.

 진아를 찾은 사람에겐 죽음은 새 삶의 시작이므로 죽음 같은 것을 겁내지 않습니다. 그러니까 죽으면 죽는 거지 하고 심상하게 생각할 수 있습니다. 그런 사람에겐 죽음은 안방에서 건넌방으로 옮겨가는 것 정도밖에는 되지 않는 일상사가 되어 버리고 맙니다. 이런 사람에겐 죽음의 공포 따위는 영원히 접근할 수 없습니다. 그러니까 언제나 마음의 평온(平穩)을 유지할 수 있는 겁니다. 황현동 씨도 하루빨리 그러한 경지에 도달하도록 수련에 박차를 가하세요."
"그럼 도대체 죽음은 무엇입니까?"
"죽음은 태어남의 시작입니다."
"그럼 태어남은 무엇입니까?"
"태어남은 죽음의 시작이죠."
"그게 그렇게 되는가요?"
"그렇고말고요. 생각해 보세요. 죽음이 있으니까 삶이 있고 삶이 있으니까 죽음이 있는 것이 아닙니까?"

"그럴까요?"

"그렇지 않고요. 죽음이 없으면 어떻게 삶이 있을 수 있고 삶이 없으면 어떻게 죽음이 있을 수 있겠습니까?"

"그렇게 말씀하시니까 뭐가 뭔지 잘 모르겠습니다. 그냥 얼떨떨합니다."

"낮이 있으니까 밤이 있고 밤이 있으니까 낮이 있는 것과 같습니다. 낮이 없으면 밤이 있을 리가 없지 않겠습니까?"

"그렇긴 합니다만."

"그래서 긴 눈으로 보면 밤은 낮이고 낮은 밤이 되는 겁니다. 다시 말해서 삶은 죽음이고 죽음은 곧 삶이 된다 그겁니다. 색(色)은 공(空)이고 공(空)은 색(色)입니다. 생불생(生不生)이고 사불사(死不死)로서 생사일여(生死一如)입니다.

다시 말해서 삶은 삶이 아니고 죽음은 죽음이 아닌 것입니다. 왜냐하면 삶 속에 죽음이 있고 죽음 속에 삶이 있기 때문입니다. 그러니까 이러한 생사의 이치를 깨달은 사람은 죽음 때문에 더이상 공포심 따위를 갖지 않게 된다 그겁니다. 왜냐하면 그 사람은 이미 생사를 초월해 있으니까요."

"이치와 사리와 경우로 따지면 과연 그렇겠는데요."

"이치와 사리와 경우뿐만이 아니라 실상이 그렇습니다. 그렇다는 것이 직감으로 와야 합니다. 요즘 신세대들의 언어로 말하면 그것이 맞바로 필(feel)로 꽂혀 들어와야 합니다."

"그런데 저는 필이 꽂혀 들어오지는 않고 이치로 이해만 되니 어떡하죠?"

"그렇게 되자면 공부와 수련에 한층 더 박차를 가하는 수밖에 다른 수가 있겠습니까?"

"하긴 그렇겠군요. 선생님, 고맙습니다."

그로부터 한 달쯤 뒤에 황현동 씨가 찾아와서 말했다.

"선생님, 지난번에 이곳에 왔을 때 선생님에게서 사불사생불생(死不死生不生) 얘기를 듣고 나서는 신통하게도 밤잠을 자다가 죽음의 공포심에 시달리는 일은 없어졌습니다. 그전에는 일주일에 한두 번씩은 꼭 그런 일이 있었거든요."

"그거 잘됐군요. 수련이 분명 한 단계 뛰어 올랐습니다. 축하합니다."

"고맙습니다. 선생님 덕분입니다."

"그게 아니고 황현동 씨가 그럴 만한 때가 되어서 그렇게 된 것이죠."

"그런 것을 보고 줄탁지기(啐啄之機)라고 하는 모양이죠?"

"그렇습니다. 절묘하게도 장단이 맞아 돌아간 겁니다."

현묘지도 12단계 수련

한수영이라는 40대 중반의 남자 수련생이 물었다.

"선생님, 저는 수련은 잘되는 편이고 기운도 잘 들어오는데 빙의 때문에 고생이 말이 아닙니다. 무슨 대책이 없을까요?"

"수련은 농사짓는 것과 같습니다. 농사를 지으려면 병충해를 각오해야 하고, 장을 담그려면 구더기를 무릅써야 하고, 한여름에 창문을 열면 파리와 모기가 날아 들어오는 것을 막을 수 없듯이 선도수련을 하려면 빙의를 감당해야 합니다."

"어떤 근본적인 대책이 없을까요?"

"결국 빙의에 대처하기 위한 가장 효과적인 대책은 수련을 가속화하여 빙의령이 들어오는 대로 천도시킬 수 있는 능력을 키우는 수밖에 없습니다."

"빙의령 때문에 고통이나 부담을 느끼지 않을 수 있으려면 수련이 어느 정도까지 진행되어야 할까요?"

"현묘지도(玄妙之道) 12단계 중 5단계는 통과해야 합니다."

"선생님께서는 제 수련은 대주천 경지에 곧 들어갈 것이라고 하셨습니다. 그럼 대주천은 몇 단계 수련이 해당됩니까?"

"4단계입니다."

"그럼 제1단계에서 12단계까지 말씀해 주시겠습니까?"

"그러죠. 제1단계는 기를 느끼고 호흡문이 열리고, 제2단계는 축기와 운기를 하고, 제3단계는 임독이 트이는 소주천이고, 제4단계는 대주천이고, 제5단계는 천지인삼재(天地人三才) 뚫는 것이며, 제6단계는 유위삼매(有爲三昧), 제7단계는 무위삼매(無爲三昧), 제8단계는 11가지 호흡, 제9단계는 공처(空處), 제10단계는 식처(識處), 제11단계는 무소유처(無所有處), 제12단계는 비비상처(非非相處) 또는 비유상비무상처정(非有相非無相處定)이라고도 합니다.

"제6단계에서 12단계까지는 선종(禪宗)의 수련법 같은 느낌이 듭니다. 어떻게 된 것입니까?"

"그런 느낌이 드는 것은 사실입니다. 그러나 비슷한 점은 있어도 같은 것은 아닙니다. 실제로 5단계에서 8단계까지를 사유색계(四有色界)라고 하고 9단계에서 12단계까지를 사무색계(四無色界)라고도 하지만 불교의 그것과는 내용이 많이 다릅니다. 선종에서는 그 수련 내용이 공개되어 있지만 현묘지도(玄妙之道)에서는 5단계부터는 수련 내용이 공개되어 있지 않습니다."

"무엇 때문입니까?"

"제4단계인 대주천 수련이 확실히 되어 있지 않은 사람이 이 수련에 들어가면 전신마비가 되어 식물인간이 될 우려가 있기 때문입니다. 그러니까 까딱 잘못하면 수련자가 위기에 처할 수도 있습니다. 그러니까 천기(天機)에 속한다고 할 수 있습니다."

"선생님, 저도 대주천만 되면 5단계 이상의 수련을 받을 수 있을까요?"

"물론입니다."

"언제 그 수련에 들어갈 수 있겠습니까?"

"때가 되어 대주천 수련이 확실히 정착 단계에 들어가면 한수영 씨가 말하지 않아도 그 도법을 전수할 것입니다. 이 수련의 핵심은 5단계에서

8단계까지입니다. 수련 내용도 선종과는 판이합니다. 말하자면 한국 선도인 현묘지도 고유의 수련법입니다. 배달국 제5대 태우의 한웅천황 때 태호복희와 여와에 의해 제1차로 팔괘(八卦)와 한역(桓易) 등의 한문화가 서토(西土)에 넘어가고 제14대 치우천황 때 자부선인(紫府仙人)에 의해 황제헌원(黃帝軒轅)에게 『삼황내문경(三皇內文經)』 등이 제2차로 서토로 넘어갈 때도 이 수련법만은 빠져 있었습니다."

"그 도법의 대체적인 내용을 알 수는 없을까요?"

"중국 오류종에서 말하는 양신(養神)과 출신(出神)에 해당된다고 할 수 있습니다."

"출신이란 무엇입니까?"

"시해(尸解)를 말합니다."

"시해는 무엇이죠?"

"심령과학에서 말하는 유체이탈(幽體離脫)을 말합니다. 시해는 시해선(尸解仙)이라고도 말합니다. 여기서 한 단계 더 진행되면 우화등선(羽化登仙)을 할 수 있습니다."

"저에게는 꿈같은 얘기군요."

"착실히 수련하면 누구나 도달할 수 있는 경지입니다. 기공부의 최고 영역입니다. 한수영 씨는 지금 빙의 때문에 고전을 하고 있는 모양인데, 현묘지도 5단계에서 8단계까지만 수련이 되면 빙의령 문제로 고통을 당하는 일은 없어지게 될 것입니다. 그때가 되면 제아무리 영력(靈力)이 강한 빙의령이 들어와도 대체로 3시간 안으로 천도할 수 있게 될 것입니다."

"결국 빙의령 문제에서 벗어나려면 수련의 단계를 높이는 수밖에 다른 방법은 없군요."

"그렇습니다."

열반을 체험하는 공부
"그러면 9단계에서 12단계까지는 무슨 수련을 합니까?"
"열반의 경지를 체험하는 단계입니다."
"열반이란 무엇입니까?"
"열반(涅槃)이란 힌두어의 니르바나에서 온 한자식 역어(譯語)인데, 시간과 공간을 초월한 생사와 오고감이 없는 피안(彼岸)의 세계를 말합니다. 이것을 자성(自性), 진리(眞理), 본성(本性), 진아(眞我), 하나, 참나, 부모미생전본래면목(父母未生前本來面目)이라고도 합니다."
"견성(見性)하고 결국은 같은 말이 아닙니까?"
"그렇습니다."
"견성을 체험하는 공부라고 해도 되겠습니까?"
"맞습니다. 네 단계에 걸쳐서 열반을 체험하는 공부를 하는 겁니다."
"그럼 견성을 어떻게 체험할 수 있습니까?"
"현묘지도 5단계부터 12단계까지는 주어진 화두를 염송(念誦)함으로써 화면(畵面)과 천리전음(千里傳音)으로 수련의 성과를 통보받게 됩니다. 이 체험과 함께 심신이 엄청난 변화를 겪게 되면서 호흡도 크게 바뀌게 됩니다. 다시 말해서 범골(凡骨)이 성골(聖骨)로 변하는 환골탈태(換骨奪胎)를 경험하게 됩니다. 수련자는 이 공부를 하는 동안에 자기 자신의 몸, 기, 마음이 획기적인 변화를 실감하게 됩니다."
"천리전음(千里傳音)이란 무엇입니까?"
"하늘의 소리라고 할까, 열반의 세계에서 들려오는 소리라고 할까 그런 소리를 말합니다".

"견성 공부가 틀림없군요."

"그렇습니다."

"견성과 깨달음은 어떻게 다릅니까?"

"내 경험에 따르면 견성은 수련 중에 내 몸이 완전히 소립자 또는 미립자로 분해되어 없어지는데도 아무런 이유도 없이 무한한 환희와 충족감을 느꼈습니다. 이것을 법열(法悅)이라고도 합니다. 구도자는 어떤 계기가 있을 때마다 이런 경우를 여러 번 체험하게 됩니다.

이것을 보고 흔히 초견성(初見性)이라고 하고 이것을 여러 번 겪으면서 마음이 넓어지고 오욕칠정(五慾七情)에 시달리지 않게 되면 견성을 했다고 말합니다. 경망스런 구도자들은 이것을 체험하고는 '나는 마침내 깨달았다'고 대외에 공포합니다. 그러나 내가 보기에는 이것은 깨달음과는 다릅니다. 견성은 진리를 얼핏 엿본 것 즉 일별(一瞥)에 지나지 않습니다."

"그럼 진짜 깨달음은 언제 오는 겁니까?"

"견성을 한 후 억겁의 전생을 살아오는 동안 쌓이고 쌓인 습기(習氣)에서 완전히 벗어나야 합니다. 다시 말해서 견성을 한 뒤에 끊임없는 보림을 통하여 전생에서부터 축적된 온갖 악습과 폐습에서도 완전히 벗어나야 합니다. 이것을 대각(大覺), 최상등정각(最上等正覺), 구경각(究竟覺) 또는 구해탈(俱解脫), 정해탈(定解脫)이라고 합니다. 이것을 성취해야 비로소 깨달았다고 마음놓고 말할 수 있습니다.

이러한 기준으로 볼 때 지금까지 자기 입으로 깨달았다고 말하는 자칭(自稱) 각자(覺者)들을 살펴보면 99.99프로까지 전부 다 가짜입니다. 어떤 구도자가 진정으로 깨달았는지는 그의 스승이나 동료 구도자를 비롯하여 그를 아는 사람들이 알아주는 것이지 자기 자신이 제 입으로 깨달았다고 공언함으로써 알려지게 되는 것이 아닙니다.

그것은 마치 문학 지망생이 공인된 기관에 의해 당선도 추천도 못 받은 주제에 제 입으로 자기는 문필가라고 공언하면서 시나 소설을 써서 신문사나 잡지사나 출판사에 내미는 만용을 부리는 것과 같습니다. 문학을 모르는 민초라면 몰라도 문학을 아는 사람은 누구도 그를 작가로 인정해 주지 않습니다.

구도계(求道界)에는 공인된 인증기관이 없다고 해서 제멋대로 제 입으로 자기는 깨달았다고 말했다고 해서 도인이 되는 것은 결코 아닙니다. 오직 그 자신의 행적(行績)에 의해 주위에서 자연스럽게 평가가 내려집니다. 진정한 구도자라면 남이 자기를 알아주건 말건 상관없이 묵묵히 자기 삶을 살아갈 것입니다.

그리고 때가 되면 그의 주변에는 배움을 구하는 제자들이 향기롭고 단물이 흐르는 꽃을 찾는 나비와 벌처럼 모여들게 될 것입니다. 구도자들 중에는 그를 시기하고 험담하는 사람이 간혹 있을 수 있습니다. 자기 입으로 깨달았다고 떳떳하게 선언도 하지 않고 마치 깨달은 도인인 양 행세한다면서 시비를 걸기도 합니다.

혀는 칼보다 날카롭다는 설망어검(舌芒於劍)이라는 말 그대로 세 치 혀를 놀려 그를 작살을 내려고 작정하고 달려드는 수도 있습니다. 털어서 먼지 안 나는 사람 없다고, 어떻게 하든지 상대의 허물을 찾아내려고 혈안이 됩니다. 취모멱자(吹毛覓疵)라는 말이 있습니다. 즉 털을 불어제치고 상대의 흠집을 찾아내려고 합니다. 그러나 그가 막상 찾아낸 것은 열반의 편린(片鱗)일 경우도 있습니다."

"그렇게 되면 그 험담가는 남의 결점을 찾아내려다가 뜻밖에도 자기 자신이 견성(見性)을 했다는 말이 아닙니까?"

"그렇습니다. 자기 입으로 깨달음을 공언하는 것보다는 이렇게 상대가 뜻밖의 경로를 통하여 실상을 파악하게 되는 것은 훨씬 더 설득력이 강합니다. 지구상에 태어난 모든 구도자는 시험장에 들어간 수험생과도 같습니다. 채점은 시험관들이 하는 것이지 수험자 자신이 하는 것은 결코 아닙니다."

"그러니까 구도자는 어디까지나 객관적인 평가를 받는 것이 떳떳하다는 말씀이군요."

"그렇습니다. 얘기가 좀 빗나갔지만 현묘지도 12단계 중 8단계 수련의 결과는 자기 자신의 입으로 주위에 알리기 전에 그에게서 일어난 변화를 보고 남들이 먼저 알아주게 될 것입니다."

"선생님께서 조금 전에 열반의 편린이라는 전에 들어 보지 못한 용어를 쓰셨는데 어떤 구도자가 다른 구도자와의 대화나 법문이나 상대의 저서를 읽는 도중에도 열반의 편린을 느낄 수가 있습니까?"

"물론입니다. 그러나 조심해야 할 것이 있습니다. 아무리 실제 행동은 개차반인 사이비 교주라고 해도 언변만은 진짜 도인을 능가하는 수가 왕왕 있습니다. 그가 토설하는 진리 그 자체에는 하등의 하자(瑕疵)가 있을 수 없기 때문입니다. 순진한 구도자는 이러한 사이비 도인의 저서만 읽고도 흔히 열반의 편린 즉 감전(感電)과 같은 깊은 감화를 받을 수 있습니다. 이 때문에 그 순진무구한 구도자는 깜빡 속아 넘어가게 되어 있습니다. 사이비 교주가 무서운 것은 바로 이런 점입니다."

"그런 함정을 면하려면 어떻게 해야 합니까?"

"그의 저서나 말만을 믿지 말고 그의 행동거지를 면밀히 살펴보아야 합니다. 말만은 진짜 도인을 뺨치게 잘하지만 뒷구멍으로는 찾아오는 여제자들 중에서 엽색(獵色)을 하고 재산을 모으고 사치한 생활을 하는가 하면 자기 자신을 우상화하고 신격화하면 그 자는 갈데없는 사이비입니다."

범속자(凡俗者)와 구도자(求道者)

요즘은 컴퓨터가 보편화되어 있어서 나에게 편지를 쓰는 독자는 없다. 그런데 얼마 전에 희한하게도 나에게 편지를 보내온 독자가 있었다. 그 내용은 다음과 같은 것이었다.

삼공 선생님에게

저는 『선도체험기』 56권을 읽는 중입니다. 선생님 댁 우편 주소가 나와 있기에 펜을 들었습니다. 저는 69세, 1937년생, 선생님보다 다섯 살 연하입니다. 2005년 10월 23일 현재 『선도체험기』가 몇 권째 나왔는지 궁금합니다. 7남매에 딸 6, 아들 막내 31세인데, 1976년 음력 9월 12일 아침 8시 40분 생입니다. 군에서 하사로 제대하고 대학 2학년 1학기에 복학시켜 주었더니 한 달 만에 학교 안 나가고 자살 소동, 낮에는 자고 밤에는 컴퓨터 오락 게임만 하고, 10년을 애를 녹였습니다.

91년에 무단횡단 교통사고로 상처하고 아들 하나가 애깜이 되어, 재혼도 못 하고 화병으로 죽을 지경, 『선도체험기』 읽으면서 죽기가 싫어서 도봉산 등산을 16번째 갔다가 왔습니다. 69년 서울 올라올 때 시골 농토 2천여 평을 팔지 않고 올라온 덕에 매달 1일부터 15일까지는 시골 과일나무 관리하러 가고, 16일에서 30일까지는 『선도체험기』 읽고 등산이나 다니는 실정인데, 아들 때문에 스트레스 받아 화병으로 죽을 지경입니다.

2003년에는 저승 문턱까지 갔다 와서 119 신세 지고 병원 진찰 결과

뇌경색 1기, 치매 1기라고 하여, 지금까지 약을 먹고 있습니다. 저의 편지 『선도체험기』에 실어 주십시오.

김용완

나는 이 편지를 읽고 김용완 씨에게 혹시 내가 도움이 필요하다면 찾아오셔도 좋다고 전화로 회답을 해 주었다. 그랬더니 자기 과수원에서 땄다는 사과 한 상자를 보내온 후 나를 찾아왔다. 마음고생이 과연 심해서였는지 그는 다섯 살 연상인 나보다 폭삭 더 늙어 있었다. 그가 말했다.

"안 사람이 14년 전에 그렇게 교통사고로 먼저 떠나고 딸 여섯은 그래도 잘 커서 시집들 가서 말썽 없이 살고 있는데, 아들놈 하나가 그렇게도 애를 먹입니다. 선생님 무슨 좋은 수가 없겠능교?"

"왜 좋은 수가 없겠습니까?"

"그러면 무슨 좋은 수가 있능교?"

"네, 있습니다."

"그게 도대체 무엇인교?"

"아드님이 그렇게 애를 먹인다고 해도 김용완 씨는 아버지로서 아들에게 할 도리는 다 했으니까, 진인사대천명(盡人事待天命)이라고 이제는 하늘의 명을 기다리기만 하면 됩니다."

"그게 무슨 뜻인교?"

"아들이 아무리 속을 태운다고 해도 김용완 씨는 더이상 속을 태우지 않으면 된다는 말입니다."

"그래도 애비 된 죄라꼬 어찌 애를 태우지 않을 수 있겠능교?"

"그럼 김용완 씨가 애를 태운다고 해서 조금이라도 상황이 좋아지기라도 했습니까?"

"그렇지는 않았지예."

"그럼 무엇 때문에 그렇게 애를 태우십니까?『선도체험기』를 56권이나 읽으셨다면 김용완 씨는 이미 구도자가 된 겁니다. 구도자와 범속한 사람들이 다른 점이 무엇이라고 보십니까? 범속자(凡俗者)들이 난관에 처해서 애를 태울 때 구도자는 묵묵히 용의주도하게 타개책을 강구할 뿐 애를 태우거나 화병을 앓지는 않는다는 겁니다. 아무리 애를 태워 보았자 이미 벌어진 사태를 개선하는 데는 조금도 도움이 되지 않을 뿐더러 마음과 몸만 상한다는 것을 잘 알기 때문입니다."

아무 말없이 내 말에 귀를 기울이고만 있던 그는 무릎을 탁 치면서 큰 깨달음이라도 얻은 듯이 갑자기 일어나 인사도 하는 둥 마는 둥 자리를 뜨고 말았다. 그런 있은 지 한 달쯤 뒤에 그에게서는 다음과 같은 편지가 왔다.

삼공 선생님에게

그날 선생님 찾아뵌 후 크게 깨달은 바 있어 앞으로는 아들놈 때문에 다시는 애를 태우거나 화병 앓지 않기로 했습니다. 그렇다고 해서 아들을 포기한 것은 아닙니다. 애비로서 마땅히 할 일은 다하되 속 태우고 화병 내는 짓만은 그만하기로 했습니다. 구도자는 애를 태우지 않는다는 선생님의 천금 무게의 말씀 한마디가 저를 살려 주었습니다. 마음먹기에 따라 세상이 이렇게 달라지다니 오직 선생님 은혜에 감사할 따름입니다. 안녕히 계십시오.

김용완 배

【이메일 문답 : 라즈니쉬 논쟁】

『선도체험기』... 어이가 없군요

『선도체험기』를 현재 45권 정도 읽은 독자입니다. 그런데 말이 안 되는 부분들이 눈에 띄는군요. 우리나라가 세계 모든 종교의 뿌리라고? 도대체 이런 국수적이고 아집적인 헛소리를 어떻게 할 수 있는지 모르겠군요. 기독교, 불교, 유교, 힌두교가 모두 삼대경전에서 나왔다? 근거도 없이 어떻게 이런 말을 할 수 있습니까?

예수가 한국으로 유학을 왔답니까? 부처가 삼대경전을 봤답니까? 다 자기들의 깨달음으로 이룬 거지. 도대체 한국이 모든 종교의 뿌리라는 헛소리를 어떻게 할 수 있는 건지... 근거가 있어야 할 거 아닙니까? 근거도 없이 그런 말해도 됩니까?

그리고 웃기는 것은 혈통줄 운운하면서 우리가 꼭 단군과 한웅, 한인의 기운줄을 받아야 한다는 것처럼 말하는 것... 진리는 가족주의가 아닙니다. 진리는 보편적인 거예요. 혈통줄이라고 해서 기운줄이 더 굵으란 법 없고, 자기 민족 이외의 수련법 한다고 해서 기운줄이 더 약하란 법도 없어요. 보편적인 진리에 따라 수행하면 다 깨달음에 이르는 거지... 무슨 족벌체제도 아니고 꼭 조상에게서 내려오는 수련을 받아야 한답니까?

더 웃기는 건 제사를 안 하면 조상들이 후손에게 복수를 한다는 내용... 이런 말도 안 되는 망발을 어떻게 할 수 있는지... 그럼 제사 안 하고 기독교식으로 사는 전국 수백만의 사람들은 모조리 패가망신하게 요? 조상들이 어디 악령, 저급령입니까? 후손에게 어떻게든 복을 주려고 했으면 했지 제사를 안 한다고 복수를 하는 그런 미친놈의 영이 어떻게 조상령입니까? 그런 영이 있다면 조상령을 가장한 빙의령이나 악령이 죠... 안 그래요?

또 이산가족 상봉을 하게 되면 북측 정권이 무너지게 될 것이라고 하면서 이산가족 상봉은 절대 이뤄지지 않을 것이라고 했는데 이것도 전혀 틀리지 않았습니까? 지난 2000년 이후 남북 정상회담과 후속 조치로 인해 이산가족이 수차례 상봉했습니다. 저자의 예언이 전혀 맞지 않음이 드러났군요.

솔직히 한국 고대사가 그렇게 엄청났다는 것도 별로 믿어지지 않습니다. 민족주의적인 태도는 마땅히 지양되어야 한다고 봅니다. 증산도에서는 공자, 석가도 모두 한민족이라고 하고 있는데,『선도체험기』보면 어떻게 보면 증산도보다 더 심한 민족주의를 내세웁니다. 그러나 그건 어리석은 태도예요. 민족주의는 해악만 되지 결코 보편적 진리를 갖지 못합니다.

또 왔다갔다하면서 종잡을 수 없는 태도도 큰 문제예요. 처음에 ㅇㅇ 선원을 홍보했다가 나중에 다시 사이비라고 하면서 뒤집고... 라즈니쉬 책을 소개했다가 다시 사이비라고 하면서 뒤집고... 또『ㅇㅇ에 가고 싶다』를 홍보했다가 나중에 의문을 제기하고... 이거 뭡니까? 자기 행동에 책임을 져야 할 거 아닙니까? 자기 멋대로 이랬다저랬다 해도 되는 겁니까?

제가 아는 사람이 그러는데... 깨닫지 못한 상태에서 세상에 나와 활동하는 도인은 거의 다 가짜라고 그러더군요. 김태영 님은 분명히 깨닫지 못했고... 그런 상태에서 자꾸 이런 식으로 책을 내고 스승인 것처럼 행세하는 것이 과연 옳은지 의문이군요. 솔직히 『선도체험기』는 그럴듯한 이야기는 좀 있지만 정신적인 깊이가 전혀 없습니다. 문자만 늘어놓았지...

　일각에서는 김태영 님이 『선도체험기』하고 오행생식 팔아먹는 장사꾼이라고 그러더군요. 타인과의 이메일 교신을 『선도체험기』에 실으면서 그걸 반대하면 이메일 교신을 안 하겠다고 폭언하는 것이나... 자기한테 의무적으로 오행생식 구입해야 한다는 것이나... 생각을 좀 해 보십시오.

푸트볼

【필자의 회답】

　나는 민족주의자도 아니고 국수주의자도 아니고 가부장제도 옹호자도 아닙니다. 어떤 이념에 집착하면 수련이 안 됩니다. 그래서 난 단지 하나의 구도자일 뿐입니다. 『선도체험기』는 지금 80권까지 나갔습니다. 45권이면 중간 정도밖에 안 됩니다. 책 제목이 말해 주는 그대로 이 책은 선도수련 체험과 시행착오 과정을 생방송처럼, 있었던 그대로 진솔하게 적은 것입니다. 바로 이 때문에 많은 독자들이 읽고 있습니다.

　우리 인생에는 처음에 옳은 것으로 알았는데 나중에 알고 보니 가짜로 드러난 일이 얼마든지 있을 수 있습니다. 진짜로 알았던 것이 가짜로 밝혀지는 과정을 체험으로 파헤친 것이『선도체험기』입니다. 푸트볼 씨가 만약에『선도체험기』가 그렇게 형편없는 거짓말과 헛소리 투성이라면 우선 지루해서라도 45권까지 읽지도 못했을 것입니다.

세계 종교의 발원지가 한문화였다는 것은 필자 개인만의 주장이 아니라 우리나라 재야 한국 상고사와 한철학 전공자들의 일치된 견해이고 이미 단단한 학맥(學脈)을 이루고 있습니다. 근거도 없이 그런 말을 했다고 비난했는데 정말 근거 없이 나온 말인지 제대로 알려면 그분들의 연구 성과를 섭렵해 보아야 할 것입니다. 우리나라 상고사 공부를 해야 한다는 얘기입니다. 그분들의 전문적인 학술 연구 성과를 전부 읽으려면 많은 시간과 노력이 들어야 합니다.

그분들의 연구 성과를 알기 쉽게 요약하여 소설 형태로 써 놓은 것이 필자가 쓴『다물』이라는 미래소설과『소설 한단고기』상하권과『소설 단군』5권입니다. 이 책들을 읽어 보면 푸트볼 씨가 말하는 근거에 얼마든지 접할 수 있을 것입니다.

학교에서 식민사학자들에게서 배운 식민사학에 바탕을 둔 2천 년 한국사의 짧은 지식을 가지고 5천 년 한국사를 논한다는 것은 우물 안 개구리가 우주를 논하겠다고 억지를 쓰는 것과 같습니다. 한국 상고사 공부부터 제대로 하는 것이 우선되어야 할 것입니다.

진리는 보편적인 것이라고 해도 사람은 부모라는 특이하고 구체적인 존재 없이 하늘에서 "보편적으로" 뚝뚝 떨어져 내려오는 것이 아닙니다. 사람은 누구나 부모를 통해서만 세상에 나오게 되어 있습니다. 또 부모에게도 부모가 있고 그 부모를 계속 추적해 나가면 한민족의 일원인 우리의 조상으로 단군도 나오고 한웅도 나오고 한인도 나오게 되어 있습니다.

물론 그 이상도 있습니다. 그러나 끝장에는 하나가 됩니다. 이것이 진리인 보편적인 하나입니다. 특정한 혈통들이 모여서 보편적인 큰 하나가 된다 이겁니다. 부분이 모여서 전체가 된다 이 말입니다. 이러한 이치를 알면 혈통줄에 대해서 그런 식으로 막말을 할 수 없습니다. 푸트볼 씨는 부모 없이 혼자서 하늘에서 보편적으로 뚝 떨어져 내려왔는지 묻고 싶군요. 그렇다면 과연 진기하고 괴상야릇한 생물일 것입니다. 부모의 도움은 바로 조상과 국조의 도움으로 연결이 됩니다.

선도수련이 일정한 경지에 오르면 운기조식(運氣調息)이 되고 주천화후(周天火候)가 되고 현빈일규(玄牝一竅)의 경지에 들게 됩니다. 그 경지에 오른 수행자가 단군, 석가, 예수의 기운을 불러 보면 그 기운의 강도와 색감과 굵기가 다릅니다. 어떻게 다른가 하는 것은 경험해 보지 못하면 알 수가 없습니다.

기문(氣門)도 열리지 않은 푸트볼 씨에게 기운줄 얘기를 하는 것은 시각장애인에게 꽃의 다양한 색깔을 얘기하는 것과 같이 무의미한 일이니 더이상 말하지 않겠습니다. 우선 단전호흡을 열심히 하여 기문부터 열도록 성의를 다하시기 바랍니다.

기문이 열리고 운기조식이 되면 『선도체험기』에 대하여 그런 식의 막말을 할 수 없을 것입니다. 기문이 열린 수행자는 『선도체험기』에서 강하게 흐르는 기운을 느끼게 되어 있으니까요. 이 기운을 느끼지 못한다면 기문이 열리지 않은 것입니다. 기문이 열리지 않은 사람은 『선도체험기』를 읽어도 기문이 열린 사람의 반 정도밖에 이해하지 못합니다.

공자가 한민족이라고 한 것은 증산도에서 처음 말한 것이 아니고 한국 상고사와 한철학 연구자들이 중국 측 사적(史籍)에서 먼저 발견한 것입니다. 제발 한국 상고사(上古史)에 대하여 공부 좀 하시기 바랍니다. 『선도체험기』를 바로 알려면 기공부와 함께 한국 상고사 공부와 한철학 공부가 필수적으로 선행되어야 합니다.

알아야 면장을 해 먹는다는 격으로 무식하니까 그런 헛소리와 잠꼬대 같은 불평불만이 무작정 튀어나오는 것입니다. 아는 것이 힘입니다. 모르면 남에게 항상 짓밟히게 되어 있습니다. 학교에서 배운 짧은 역사 지식의 잣대를 함부로 들이대면 멸시의 대상이 될 뿐입니다.

『선도체험기』 45권에는 마지막 결론이 나와 있지 않습니다. 『선도체험기』를 비판하려면 적어도 지금까지 나온 것은 전부 다 읽어 보는 것이 기본적인 예의가 될 것입니다. 그리고 필자와 정정당당하게 토론을 하고 싶으면 자기 정체를 확실히 밝혀야 합니다.

푸트볼이라는 가명을 가지고는 필자에게 처음부터 헛소리니 뭐니 하고 가당치도 않는 인신공격을 할 유혹을 느끼게 될 것입니다. 인신공격은 어떠한 경우에도 지식인답지도 못하고 신사답지도 않다는 것을 명심하시기 바랍니다. 제사와 조상령, 이산가족 상봉에 대한 언급은 아무래도 부분적인 사례를 침소봉대(針小棒大)한 악의적인 과장과 비난과 중상모략으로밖에는 보이지 않습니다. 다시 한번 잘 읽어 보시기 바랍니다.

그리고 필자가 한때 민족주의자였다고 해도 지금은 그 한계에서 벗어나 있습니다. 『선도체험기』를 끝까지 읽어 보지도 않고 성급하게 비판의 칼부터 휘두르려고 하니까 어처구니없는 실수를 범하게 된다는 것을 명심해야 할 것입니다. 그것이 어찌 공부하려는 사람의 올바른 자세일 수 있겠습니까?

그리고 필자에 대한 악의적인 인신공격을 자행한 메일의 마지막 부분에 대해서는 더이상 언급을 회피하겠습니다. 『선도체험기』를 45권이나 읽었다면 그 저자에게 최소한의 예의는 못 지킬망정 이렇게 무뢰한처럼 칼부터 무작정 휘둘러 대지는 말았어야 하는 거 아닙니까? 밤중에 길을 가다가 깡패에게 뒤통수를 얻어맞은 기분입니다.

45권이란 적지 않은 분량의 책을 읽었고 그 책을 쓴 저자에게 처음부터 이렇게 무례하게 나와야 하는지 푸트볼 씨는 구도자는 고사하고 우선 인간이라면 좀 냉정하게 생각해 보시기 바랍니다. 푸트볼 씨는 구도자가 되기 전에 먼저 예절의 기초를 아는 평범한 상식인 되는 것이 먼저라는 것을 알아야 합니다.

그리고 『선도체험기』 45권은 지금부터 7년 전에 쓰여진 것이고 내용상의 공과(功過)는 이미 정리가 된 과거의 일입니다. 7년 전의 과거 잘못을 들추려면 현재 나오는 『선도체험기』를 읽어 보고 똑같은 실수가 되풀이되었을 때 비로소 거론할 가치가 있는 겁니다. 그런데 지금 푸트볼 씨의 하는 짓을 보면 전연 그렇지 않습니다. 『선도체험기』 45권을 읽다가 충동적으로 발끈하고 불평을 자기 나름으로 터트리고 있습니다.

푸트볼 씨는 지금 『선도체험기』 45권을 읽고 있으니까 그 내용이 바로 지금 진행되고 있는 것처럼 착각을 일으키고 있지만 이미 7년 전에 있었던 일입니다. 지금은 누구를 그 전처럼 『선도체험기』에 긍정적으로 소개했다가 얼마 후에 뒤집는 시행착오를 나는 결코 저지르고 있지 않습니다.

현재의 나를 보고 비평을 해야지 7년 전 과거의 나를 보고 비판의 칼날을 휘두르는 것은 중년이 된 사람을 보고 청년 시절의 잘못을 느닷없이 들고 나와 행패를 부리는 것과 무엇이 다르겠습니까? 언제나 중요한 것은 현재지 과거가 아니지 않습니까?

좌우간 푸트볼 씨는 내가 보기에 경솔하고 무례하고 저돌적이고 충동적입니다. 『선도체험기』 저자에게 관심을 갖는 것은 고마운 일이지만 이런 식으로 나오면 상대가 어떻게 받아들일지 진지하게 생각해 보았어야 할 것입니다. 『선도체험기』가 지금 80권이 나왔는데 그것을 다 읽을 만한 인내력과 지구력도 없다는 말입니까? 그래 가지고 어떻게 도를 닦을 수 있겠습니까?

아무리 생각해 보아도 사나운 멧돼지 한 마리가 한여름 내내 애써 가꾸어 놓은 옥수수밭에 느닷없이 뛰어들어 제멋대로 좌충우돌 파헤치고 짓밟아 쑥밭으로 만들어 놓은 것을 지켜보는 농부의 심정입니다.

이런 것을 일컬어 무례하고 당돌하고, 되바라지고 주제넘고, 오만방자(傲慢放恣)한 인신공격이라고 합니다. 그래도 나는 계란 세례를 받은 바위처럼 조금도 흔들리지 않습니다. 그 옥수수밭은 곧 원상회복되었으니까요. 단지 내가 과연 이러한 공격을 받을 만큼 허점들이 많은지 겸허하게 자신을 성찰하는 데 도움은 될 수 있을 것입니다.

신랄하게 비판해 보려고

인신공격처럼 들렸다면 사과드립니다. 단지 저는 좀 『선도체험기』에 대해 신랄하게 비판을 해 보자는 것이었습니다. 그리고 저는 무엇보다 김태영 님을 상당히 우려하는 마음이 있습니다. 『선도체험기』는 허접 쓰레기가 아니며 분명 가치 있는 책입니다. 그래서 제가 45권까지 읽은 것이죠. 저에게도 많은 도움이 됐습니다.

그러나 저로서는 김태영 님이 상당히 우려스럽습니다. 근래 김태영 님에 대한 평판을 들어 본 결과 저는 김태영 님이 수련을 하기 전보다 오히려 더 마음이 닫힌 것 같다는 생각이 들었습니다. 수련을 왜 합니까? 깨달음을 얻기 위해서인데 깨달음을 얻으려면 결국 마음을 수행해야 합니다. 다시 말해 마음이 더욱더 깊어지고 순수해져야 합니다. 그런데 김태영 님이 가는 길은 마음이 오히려 타락하는 쪽으로 가는 것 같아서 드리는 말씀입니다.

마음의 순수함이 무엇보다 중요합니다. 그러려면 모든 면에서 진리에 부합되는 삶을 살아야 합니다. 깨달음은 그렇게 아무에게나 더럭 오는 것이 아닙니다. 마음이 준비가 되고 깊어지고 지혜도 열렸을 때 오는 것이지 준비가 안 된 상태에서 오지 않습니다.

김태영 님은 『선도체험기』를 통해서 나름대로 훌륭하고 괜찮은 상을 제시하셨으나 정작 본인은 『선도체험기』라는 사회적 명예, 권력(문화권력)에 취하셔서 본말이 전도된 것 같다는 느낌이 듭니다. 『선도체험기』

자체에 집착하시는 게 아닌지 깊이 생각해 보셔야 합니다.

그리고 수행에 방해가 된다 싶으면『선도체험기』발간은 끊어 버리고 깊이 자신 속으로 한번 들어가 봐야 합니다. 독자들을 의식하고 인세를 의식해서『선도체험기』의 발간에 집착하고 그것에 질질 이끌려 다닌다면 결국 또 다른 타락입니다. 수행자는 모름지기 모든 것을 버릴 줄 알아야 하는데 김태영 님은 자신이 가지고 있는 여러 사회적 명예, 지위, 권력, 이런 것들에 취하고 집착하는 형상을 보이고 있는 것이 아닌지 심히 우려됩니다.

『선도체험기』도 버리시고『다물』,『소설 한단고기』,『소설 단군』등 베스트셀러의 작가라는 명예도 버리시고 모두 버리십시오. 그런 후에 순수한 구도심으로 임했을 때 길이 보이는 것이지, 지금처럼 이것저것에 얽매이고 집착하는 상태로는 안 될 것 같습니다.

【필자의 회답】

어떤 사람이 연극을 반밖에 안 보고 그 연극을 신랄하게 비판한다면 어느 극작가가 그 비판을 겸허하게 받아들이려 하겠습니까? 무엇보다도 그 연극을 평하고 싶으면 좀 지루하더라도 끝까지 지켜보는 성의부터 보여야 할 것입니다.

사려가 있는 분이라면 지난번 내가 보낸 답신에 대한 회신부터 해야 할 것입니다.『선도체험기』저자를 제대로 신랄하게 비판하려면 우선 지금까지 나온『선도체험기』시리즈 80권을 전부 다 읽는 일부터 시작해야 할 것입니다. 겨우 45권까지 읽고 비판과 비난의 칼부터 휘둘러대는 것은 어불성설(語不成說)입니다.

만약에 『선도체험기』 시리즈를 전부 다 읽고 한철학과 한국 상고사에 대한 해박한 지식을 가진 분이 『선도체험기』 저자에 대하여 조목조목 인용해 가면서 진지하게 비판을 가한다면 그것이 아무리 신랄한 것이라고 해도 나는 겸허하게 받아들일 것입니다. 그리고 나의 저서를 전부 다 정독한 후에 구체적인 실례를 일일이 들어가면서 비판을 가하고 충고를 한다면 나는 그분을 나의 진정한 스승으로 알고 존경할 것입니다.

그러나 지금 푸트볼 씨의 나에 대한 태도는 누가 보아도 그게 아니지 않습니까? 자기가 생각하는 어떤 틀에 나를 억지로 끼워 맞추어 놓고 성급하게도 비판부터 가하려 하고 있습니다. 부디 자기 환상에서 깨어나십시오. 실사구시(實事求是) 정신으로 냉정하게 생각해 보시기 바랍니다. 부디 매사에 심사숙고하시고 신중을 기하시기 바랍니다. 그리하여 이왕이면 남에게 멸시 당하기보다는 존경받은 사람이 되어야 하지 않겠습니까?

내 저서도 다 읽어 보지 않고, 한국 상고사에 대하여 아무것도 모르면서 단지 학교에서 식민사학자들에게서 배운 2천 년 한국사의 잘못된 지식의 잣대로 『선도체험기』를 재단하려고 해서는 안 됩니다.

더구나 나를 한 번도 만나 본 일조차 없이, 내가 지금 어떠한 생활을 하고 있고 무슨 일을 하고 있는지 전연 알지도 못하면서, 부질없이 남 헐뜯기 좋아하는 지각없는 일부 극소수 무책임한 사람들이 퍼뜨리는 악의적인 유언비어를 듣고, 전연 현실에 맞지도 않는 씨도 먹히지 않는 엉뚱한 소리를 익명 뒤에 숨어서 횡설수설 함부로 내뱉는 것이 얼마나 비겁하고 졸렬한 짓인지 한 번 깊이 반성해 보아야 할 것입니다.

나는 『선도체험기』를 1990년 1월부터 2005년 11월까지 15년 동안 80권을 써 왔습니다. 한 권을 쓰는 데 2백자 원고지 1천 5백 매 정도가 들어갑니다. 2백자 원고지 한 장에 1만 원으로 계산하면 권당 1천 5백만 원의 원고료를 받아야 합니다.

그러나 나는 아직도 유림출판사에서 원고료는 말할 것도 없고 인세 한 번 제대로 받아 본 일이 없습니다. 출판 사정이 그럴 수밖에 없다는 것을 잘 알기 때문에 나는 아무 불평도 하지 않습니다.

단지 받는 것이 있다면 매 권 출판될 때마다 『선도체험기』 1백 권을 기증 받을 뿐입니다. 현 정가로 권당 1만 원씩 쳐서 백 권이면 백만 원입니다. 그런데 이 책을 삼공재를 방문하는 독자들에게 다 팔려면 적어도 5년은 걸립니다. 이것은 수입이라고 할 것도 없습니다.

그리고 나는 베스트셀러 작가가 아닙니다. 지금부터 20년 전인 1985년에 『다물』이라는 소설이 한때 반짝한 일이 있었지만 그것 역시 진정한 의미의 베스트셀러는 아니었습니다. 『소설 한단고기』와 『소설 단군』도 겨우겨우 절판(絶版)만을 면하고 명맥을 유지하고 있을 뿐입니다.

내 말에 신임이 가지 않으면 배호영 유림출판사 사장과 『다물』을 출판한 정신세계사 사장에게 물어보시기 바랍니다. 우리나라 독자의 선도에 관한 서적의 수요가 아직은 그만큼 미미하다는 것을 말해 줍니다. 그럼 원고료도 인세도 못 받으면서 무엇 때문에 원고를 넘겨주느냐고 반문할 수도 있을 것입니다.

구도자들을 위해 봉사한다는 심정으로 그리고 그렇게 하는 것을 사명으로 알고 나는 글을 쓸 뿐입니다. 독자들 중에서 후원금을 정기적으로 보내주시는 독지가들도 『선도체험기』 출판에 도움을 주고 있습니다.

나에게 이메일을 보낼 때는 자신의 글이 활자화될 수도 있다는 것을 알아야 합니다. 실정도 모르면서 남의 말하기 좋아하는 험담가들이 무책임하게 내뱉는 유언비어나 뜬소문에다가 제멋대로의 자기 상상을 가미해서 글을 쓴다는 것이 얼마나 위험천만한 일인가 하는 것을 알아야 합니다.

『선도체험기』는 아직은 수요와 공급의 원칙에 따라 그리고 시장경제 원리에 의해 간신히 발간되고 있습니다. 만약에 구독자의 수요가 계속 줄어들어 더이상 적자를 감당할 수 없을 정도가 되면 누가 억지로 출판을 해 달라고 통사정을 해도 스스로 출판을 중단하지 않을 수 없을 것입니다.

『선도체험기』를 출판하거나 중단하는 것은 오직 출판사 사장과 그 책의 저자인 내가 상의해서 결정할 일이지 아무 물정도 모르는 푸트볼 씨 같은 가명을 쓰는 사람이 주제넘게 관여할 일이 아니라는 것을 명심하시기 바랍니다.

그리고 필자가 관할 세무서에 사업자 등록을 하고 오행생식 대리점을 운영하는 것을 가지고 시비를 거는데, 이것은 필자에게 찾아와 직접 수련을 받겠다는 사람이 너무도 많아서 혼자서는 도저히 감당할 수 없어서 궁여지책으로 고안해 낸 것입니다.

필자가 지난 15년 동안 오행생식을 해 온 결과 그것이 수련에 큰 도움이 되기도 하거니와 대리점을 운영하는 것이 필자의 생계에도 약간의 보탬이 되기 때문에 그렇게 한 것입니다. 다른 도장에서처럼 수련비를 받지 않는 대신 여느 오행생식 대리점에서와 똑같은 가격으로 오행생식을 구입할 수 있는 사람에게만 삼공재에서 수련을 할 수 있게 한 것입니다.

미안한 일이지만 그렇게 하지 못할 사람은 삼공재를 찾지 않으면 그 만입니다. 하다못해 삼류 극장엘 들어가려고 해도 만원 가까운 입장료를 내야 하는 것을 감안하면 시비거리가 될 수도 없는 일입니다. 이 세상에 공짜는 없습니다. 절에 들어가 승려가 되려고 해도 나무하고 밥 짓고 빨래하는 불목하니 생활을 5년 내지 10년 동안은 해야 합니다. 사람 사는 세상이 어떻게 돌아가는지 아는 사람이라면 그런 소리를 함부로 할 수 없을 것입니다.

마지막으로 한 가지 하고 싶은 말이 있습니다. 운기조식(運氣調息)이 안 되는 독자들 중에는 『선도체험기』 속의 사소한 약점을 침소봉대하여 헐뜯는 경향이 있다는 것입니다. 그러나 실제로 수련이 진전되어 기운을 느낄 수 있는 사람에게는 『선도체험기』를 읽는 것만으로도 기공부와 마음공부의 유력한 수단이 되고 있습니다.

기문(氣門)이 열리지 않고 운기(運氣)도 되지 않는 푸트볼 씨 같은 초보자들은 지금 내가 무슨 귀신 씨나락 까먹는 소리를 하는가 할 것입니다. 그것도 그럴 것이 그분들은 기문(氣門)이 열리지 않았으므로 아직은 선도(仙道)의 문턱을 넘지 못했기 때문입니다.

이런 사람들에게는 지금 내가 하는 말이 이해가 되지 않을 것입니다. 그러니까 『선도체험기』 출판을 그만두라는 엉뚱한 주장을 하는 겁니다. 이런 사람들은 제발 좀 겸손하시기 바랍니다. 무엇보다도 자신의 기문(氣門)부터 열도록 전력투구해야 할 것입니다. 그래야만이 『선도체험기』 저자와도 정상적인 대화가 가능해질 것입니다.

나는 푸트볼 씨가 아직 기문도 열리지 않는 선도수련 초보자가 아닌가 하는 생각이 듭니다. 만약에 그렇다면 무엇보다도 기공부에 전력을 기울여 우선 기문(氣門)부터 열어야 할 것입니다. 나는 기공부하려는 구도자를 도와주는 데 관심이 있는 사람입니다.

번데기는 제아무리 주름을 잡아도 나방을 따라갈 수 없습니다. 나방을 따라갈 수 있으려면 번데기의 보잘것없는 자존심부터 버리고 나방으로 탈바꿈하는 길밖에 없습니다. 수련을 하는 우리는 누구나 처음에는 번데기입니다. 번데기가 나방이 되어 가는 과정이 바로 수련입니다.

몸공부, 기공부, 마음공부를 인내력과 지구력을 발휘하여 꾸준히 하는 사람은 누구든지 번데기에서 나방으로 탈바꿈할 수 있습니다. 번데기가 나방이 되고 중생이 성인이 되는 것은 순전히 수행과 노력의 산물입니다.

실정도 물정도 모르면서 남을 헐뜯는 데만 쾌감을 느끼는 사람은 그런 행위 자체가 그 자신에게는 물론이고 상대에게도 언제나 백해무익한 일임을 깨달아야 할 것입니다. 그것이 우주의식과의 기운의 소통을 가로막아 그 자신의 수련에 큰 장애가 되는 것은 더 말할 것도 없습니다.

수행을 아예 포기한 사람들만이 그런 경솔하기 짝이 없는 짓을 합니다. 상대를 감화시킬 수 있는 충고를 하려면 우선 상대의 모든 것을 낱낱이 꿰뚫고 난 뒤에 예의를 갖추어 대화를 트도록 해야 합니다. 그렇지 못할 경우 상대를 감화시키기는커녕, 번데기 앞에서 주름잡고 공자 앞에서 문자 쓰기처럼 쓴웃음만 자아내게 할 것입니다.

푸트볼 씨가 말하는 것이 필자가 처한 현실과 맞는 것이 거의 없기 때문에 하는 말입니다. 백문이불여일견(百聞而不如一見)이라고 했습니다. 나를 신랄하게 비판하는 글을 쓸 작정을 했다면 나에게 적대감을 가진 사이비 종교 단체가 퍼뜨리는 뜬소문에만 의존하지 말고 적어도 나를 한 번쯤은 찾아보았어야 합니다. 그럴 성의가 없으면 내 저서라도 모조리 다 섭렵했어야 합니다. 이것도 저것도 하지 않았으니 헛다리를 짚거나 헛발질을 할 수밖에 더 있겠습니까?

 공부해서 남 주는 것 아니니 공부 좀더 하시기 바랍니다. 특히 한국 상고사와 한철학 공부는 『선도체험기』를 이해하는 데 필수적입니다. 그리고 선도수련을 하려면 기문(氣門)부터 열릴 수 있도록 열심히 단전호흡에 전념해야 할 것입니다. 그렇게 하려면 실정도 모르면서 남을 신랄하게 비판하겠다는 건방진 생각부터 버려야 합니다. 삐딱한 마음을 가지고는 수련이 제대로 되지 않기 때문에 하는 말입니다.

 부디 좋은 인연이 맺어지기를 기원하면서.

라즈니쉬가 과연 사이비인가?

　과연 김태영 님이 얼마나 구도자들을 올바로 이끌고 있는지 회의가 드는군요. 제가 보기엔 아닙니다. 제대로 못 이끌고 있어요. 겉보기 좋은 말만 번지르르하게 늘어놓지만 실제로는 완전히 헛짚고 있습니다.
　대표적인 게 라즈니쉬에 대한 태도죠. 김태영 님은 라즈니쉬의 글을 몇 번 소개했다가 나중에 뒤엎어 버리고 라즈니쉬는 사이비라고 공격하고 나섰는데, 이후 기회 있을 때마다 계속해서 라즈니쉬를 공격하고 매도하시더군요. 그거 보는 사람 입장에서 참 혀가 쯔쯔 차이더군요. 이분도 결국 수준이 이것밖에 안 되는가 하고 말이죠.
　도대체 김태영 님이 제대로 짚은 영적 스승이 몇이나 될까요? 오히려 잘못 짚은 경우가 대다수인 것 같습니다. 제가 보기엔 라즈니쉬는 깨달은 스승이예요. 깨달은 자를 갖다가 사이비라고 욕하고 정작 욕먹어야 할 대상은 긍정적으로 소개를 해 놓으니 이게 도대체 뭡니까? 실제로는 김태영 님은 아무것도 못 보는 깜깜한 장님이라 이 이야기예요.
　김태영 님은 완전히 헛짚고 있습니다. 구경각이니 해탈이니 겉보기 좋은 말은 번지르르하게 늘어놓지만 실제적인 수준은 아니라 이거죠. ○○선원에 대해서도 잘못 알고 있어요. 거기가 사이비라고 생각하시지만 실은 아니거든요.
　라즈니쉬나 ○○선원 같은 정법은 사이비라고 매도를 하고 또 XX재 같은 괴상망측한 곳은 극찬하며 소개를 했더라고요. 이건 완전히 거꾸로 보고 있는 겁니다. 도대체 이게 뭡니까? 라즈니쉬에 대해서 이야기 좀 해 볼까요?

　섹스 문제 가지고 주로 공격하는 듯한데 라즈니쉬의 생전 출간된 책 400여 권 중에서 섹스에 대한 책은 단 1권이죠. 그런데 나머지 400여 권에 대해서는 언급을 안 하고 그 1권만 가지고 물고 늘어진다 이겁니다. 이게 제대로 된 태도입니까?

　또한 라즈니쉬는 결코 섹스 그 자체를 권하지 않았으며 의식의 각성과 초월의 방편으로 섹스를 사용하라고 가르쳤을 뿐이에요. 섹스를 위한 섹스는 라즈니쉬도 반대했습니다. 깨달음에 이르기 위한 도구로써 섹스를 받아들여라 이 말이에요. 어디까지나 깨달음 중심적으로 이야기한 거죠.

　라즈니쉬 책을 읽어 보면 중심이 어디에 가 있는지 알 수 있어요. 과연 성 문란을 조장한 사이비 교주인가 아니면 성의 초월을 말한 대각자인가... 라즈니쉬의 저서가 시공을 초월해서 오늘날까지도 널리 읽히고 있는 것은 라즈니쉬의 강의가 보편적 진리를 담고 있기 때문입니다. 사이비는 그렇게 널리 퍼질 수가 없어요. 요즘에도 라즈니쉬의 저서는 여전히 애독되고 있으며 커다란 영향을 끼치고 있습니다. 이것만 봐도 라즈니쉬가 깨달은 자라는 건 증명되는 거예요.

　김태영 님은 라즈니쉬 강의가 매혹적이고 뛰어난 것을 두고 '혜해탈'에 불과한 것이라고 말했는데 그것 또한 헛소리입니다. 머리로만 깨닫는 걸 혜해탈이라고 하는 듯한데 혜해탈을 가지고서는 라즈니쉬의 그러한 뛰어난 강의를 도저히 할 수가 없어요.

　라즈니쉬의 그 주옥같은 강의와 명문들이 단지 잔머리 굴려서 머릿속에서 나오는 거라고 보십니까? 절대 아니죠. 자신의 존재 전체가 울려서 말하지 않는 한 그런 명강의가 나오는 건 불가능해요. 즉 라즈니쉬는 완전히 해탈한 존재라 이거죠.

오히려 내가 보기엔 김태영 님 당신이 혜해탈에 머물고 있는 사람입니다. 구경각이니 깨달음이니 온갖 변설을 늘어놓으면서 실제적인 맛은 전혀 없는 게 바로 김태영 님의 책입니다. 김태영 님이야 말로 머릿속으로만 구경각이니 뭐니 늘어놓으면서 실제적인 깨달음은 전혀 없는 사람 아닙니까?

휴 밀른의『타락한 신(神)』이라는 책도 읽어 봤어요. 한마디로 엉터리더군요. 거기에 쓰여진 말이 다 진실일 것 같습니까? 아주 가까운 시일 내에 벌어진 일조차 왜곡과 침소봉대가 심하게 일어나는 게 현실입니다. 더구나 라즈니쉬 같은 세계적 유명인사를 두고는 더욱 그렇습니다. 거기 온갖 인간 군상들이 다 있었는데 얼마나 왜곡과 거짓말, 음모가 횡행했겠습니까?

『타락한 신』을 아무리 뜯어봐도 라즈니쉬가 사이비 교주라는 결정적인 단서를 찾아낼 수가 없더군요. 기껏해야 섹스 문제 같은 걸로 침소봉대해서 과장 왜곡할 뿐이죠. 책을 백 번을 읽어 봐도 결정적인 하자가 없다 이 말입니다. 다 그렇고 그런 이야기에 불과하다 이거죠.

더구나 휴 밀른이라는 인간도 웃기는 인간입니다. 자기 자신은 라즈니쉬 공동체에서 즐길 것 다 즐기고 누릴 것 다 누리지 않았습니까? 공동체에서 여인들과 수없이 섹스를 나누고 할 짓은 다했으면서 나중에 가서 거꾸로 비판한다는 건 완전히 언어도단이에요. 게다가 휴 밀른이 라즈니쉬 공동체에서 이탈한 동기도 석연치 않더군요. 왜 이탈해서 그런 책을 썼는지 동기가 전혀 안 나와 있단 말입니다. 게다가 만일 라즈니쉬의 비리에 실망해서 이탈한 거라면 왜 비리가 발견된 초기에 이탈하지 않았는지 그것도 말이 안 되고요.

한마디로 허점과 의혹투성이라 이겁니다. 그런 쓰레기 책을 가지고 살아 있을 때 전 세계적으로 수백만의 추종자를 거느리고 지금까지 널리 읽히고 있는 주옥같은 책을 저술한 라즈니쉬를 공격한다는 건 어이없는 일입니다. 무엇보다도 김태영 님은 정신적 깊이가 없고 실제적으로 보지를 못하는 소경이기 때문에 라즈니쉬를 이해 못하는 겁니다.

그럼 어떻게 해야 하느냐, 겸손하고 낮은 마음으로 마음공부를 해야 한다 이겁니다. 자꾸 헛다리 짚고 사람들에게 피해나 주고 잘못 사람들을 인도하고 이러고 있는데 저도 안타깝습니다. 물론 공과가 있겠죠. 김태영 님이 세운 공도 분명히 있습니다. 하지만 과도 너무 커 보이는군요. 진정으로 겸손과 사랑에 가득찬 참된 삶을 사십시오. 그 겉보기만 좋고 번지르르한 문자는 그만 늘어놓으시고요. 진정으로 인생을 아름답게 할 수 있는 그런 삶을 사시기 바랍니다.

【필자의 회답】

지난번 내 회답에 대해서는 이번에도 일언반구도 없군요. 더구나 엉뚱하게도 라즈니쉬를 들고나와 또 인신공격을 일삼으니 참으로 딱합니다. 이건 문답식 대화가 아닙니다. 정신분열증의 일종인 편집증(偏執症) 환자만이 그런 식으로 자기 말만 합니다. 부디 예의를 지켜 주시기 바랍니다.

내가 보기에는 푸트볼 씨는 라즈니쉬에 단단히 속아서 그의 맹종자(盲從者)가 된 것 같습니다. 라즈니쉬 애독자가 아무리 많다고 해도 그가 성 문란 행위를 아무리 책으로는 선동하지 않았다고 해도 그의 언행이 일치하지 않으면 그건 사이비일 수밖에 없습니다.

동서고금을 막론하고 사이비 종교 교주 쳐놓고 입으로는 진리를 외치면서 실제로는 엽색한(獵色漢)이요 색마(色魔)가 아니었던 사람이 없습니다. 우리나라의 대표적 사교집단인 백백교 교주 전용해도 그랬고 용화교 교주 서해월도 그랬습니다. 엽색한(獵色漢)이야말로 사이비 교주를 알아보는 세계 공통의 잣대입니다. 라즈니쉬 역시 예외가 아닙니다.

그가 조국 인도에서 쫓겨난 것도 그리고 미국으로 도피했다가 미국에서도 쫓겨난 것도 그의 아쉬람 공동체 내에서의 성 문란 행위의 외부 파급을 우려한 인근 주민들이 들고 일어났기 때문입니다.

아무리 그가 말을 잘하고 글을 잘 썼다고 해도 행동이 개차반이면 개차반 그 자체일 뿐입니다. 어떤 사람이 깨달았느냐 아니냐를 판가름하는 가장 보편적인 기준이 무엇인지 아십니까? 언행일치 외에도 식색(食色)에 그가 얼마나 집착하느냐 아니면 벗어나 있느냐 입니다.

이것은 동서고금을 막론하고 변함없는 구도 사회의 평가 기준입니다. 라즈니쉬는 내가 볼 때 죽을 때까지도 식색(食色)에서 벗어나지 못했습니다. 그리고 깨달음의 수단으로 이용한다는 구실로 여제자들을 숱하게 농락한 엽색한(獵色漢)이요 색마(色魔)에 지나지 않습니다. 섹스는 생식(生殖)의 방편이지 결코 수련의 방편이 될 수 없습니다. 색에 집착하는 한 그는 이미 구도에 실패한 사람입니다.

선도수련을 해 본 사람은 누구나 아는 일이지만 선도수련이 일정한 경지에 도달하게 되면 정(精)을 수행 에너지인 기(氣)로 바꾸는 연정화기(煉精化氣)의 경지에 오르게 됩니다. 이때부터 자연히 식색(食色)에서 멀어지게 되어 있습니다. 그런 의미에서 나는 끝까지 주육(酒肉)에서 벗어나지 못했던 경허 스님도, 그가 아무리 법문을 잘했다고 해도 진정한 구해탈(俱解脫)을 했다고는 보지 않습니다.

푸트볼 씨는 다른 것은 몰라도 토론 상대에 대하여 인신공격을 주무기로 삼는 버릇은 꼭 고쳐야 할 것입니다. 지난번 사과는 헛말이었던가요? 자기 정체를 밝히지 않고 가명을 쓰니까 자꾸만 인신공격성 발언을 하고 싶은 유혹에 사로잡히는 것 같은데 다음에는 정정당당하게 자기 정체를 밝히고 어디까지나 신사적으로 대화를 나누는 것이 어떨까 합니다.

가령, 이번 메일 첫 머리에 나오는 "과연 김태영 님이 얼마나 구도자들을 올바로 이끌고 있는지 회의가 드는군요. 제가 보기엔 아닙니다. 제대로 못 이끌고 있어요. 겉보기 좋은 말만 번지르르하게 늘어놓지만 실제로는 완전히 헛짚고 있습니다"라든가 "무엇보다도 김태영 님은 정신적 깊이가 없고 실제적으로 보지를 못하는 소경이기 때문에 라즈니쉬를 이해 못하는 겁니다"와 같은 표현은 가명을 쓰지 않으면 함부로 할 수 없는 인신공격성 발언이 아닐 수 없습니다. 나는 푸트볼 씨에 대하여 신사적으로 나오는데 푸트볼 씨만이 나를 보고 깨닫지 못했다느니 깊이가 없다느니 소경이라느니 하는 막말을 자꾸만 쓰면 이 글이 활자화되었을 때 독자들이 누구 편을 들까 하는 것도 고려해 보아야 할 것입니다.

이번 메일에도 『선도체험기』를 45권을 읽었다고 하지만 제대로 소화하지도 못하고 성급하게도 "신랄한" 공격에 나섰기 때문에 범한 오류가 눈에 띕니다. 제발 『선도체험기』를 80권까지 다 읽고 나서 그 알량한 신랄한 공격에 나서기 바랍니다. 그 정도의 자제력도 없으면 어떻게 구도자가 될 수 있겠습니까?

라즈니쉬는 분명 사이비요 성도착증 환자이고, ○○도 라즈니쉬를 본뜬 성중독자요 사이비입니다. 푸트볼 씨가 그것을 모르다니 수련의 수준과 그 안목이 얼마나 유치한 수준에 머물러 있는지를 알 수 있습니다.

『선도체험기』를 45권까지 읽었다면서 4권에서 14권까지 읽을 때는 뭘 했습니까? 정신은 딴 데 휴가 가 있었습니까? 아니면 읽지 않은 겁니까? 내가 보기에는 읽지 않은 것 같습니다. 왜 그럼 읽지도 않고 45권까지 읽었다고 거짓말을 했는지 대답해야 할 것입니다.

비판받을 건 받아야죠

먼저, 저는 지지난번의 편지에 대해서 어떤 회답도 받지 못했습니다. 어떤 회답도 돌아오지 않길래 김태영 님이 그냥 침묵으로 일관하면서 저를 무시하려는 전략을 쓰려는 게 아닌가 하는 생각이 들었습니다. 그래서 저도 아무 편지도 없었던 것입니다.

그리고 '엉뚱하게도' 라즈니쉬를 들고 나와서 '인신공격을 일삼는다'고 하셨는데 이건 맞지 않는 말입니다. 라즈니쉬를 들고 나오는 게 왜 엉뚱합니까? 지금 50권 정도까지 읽었는데 이미 라즈니쉬에 대한 공격이 수도 없이 많이 나왔고, 또 78권쯤에 보니까 거기에도 라즈니쉬에 대해서 비방과 공격이 있던데요. 그러니까 라즈니쉬에 대한 비방은 『선도체험기』 저자의 확고한 방침(적어도 지금까지는)으로 보인다 이거죠.

근데 남에 대해서 그렇게 비판을 하시는 분이라면 그렇게 비판한 만큼 자기에게도 비판이 돌아올 것이라는 걸 명심, 각오하셔야 합니다. 남은 비판하면서 자기는 비판받지 않을 거라고 생각하는 것 자체가 독단이죠. 적어도 수백 수천의 독자를 거느리신 '문화권력'을 가지고 있는 작가님이 비판받을 걸 왜 두려워합니까?

타인의 날카로운 비평과 비판의 필봉은 글 쓰는 사람이 감당하고 겪어내야 할 운명입니다. 라즈니쉬를 사이비라고 생각하시고 그걸 수백 수천 수만이 보는 책으로 써서 출판하셨다면 당연히 거기에 반대하는 사람도 있는 거고 비판하는 사람도 나오는 겁니다.

근데 그런 정당한 비판을 왜 인신공격이라고 하십니까? 저는 편지에서 욕설이나 은어를 전혀 사용하지 않았고 최대한 정중하게 존댓말을 써가면서 표현을 했습니다. 그리고 라즈니쉬에 대한 옹호도 나름대로 논리를 갖춰서 표현을 했다고 생각합니다. 그런데 그걸 전부 인신공격으로 돌리는 건 완전한 매도입니다.

라즈니쉬가 식색을 초월하지 못했다는 건 순전히 김태영 님의 좁은 견해에 불과합니다. 겉의 현상만을 보고 그렇게 함부로 판단하면 안 됩니다. 김태영 님은 무애행이라는 것을 들어 보셨을 겁니다. 어떤 거리낌도 없이 어떤 경지에도 쉽게 넘나드는 것을 무애행이라고 합니다. 그러니까 중요한 것은 마음입니다. 마음이 전혀 흔들리지 않는다면 산속에 있건 세속에 있건 여여한 것입니다.

그렇게 세속에도 탈세속에도 어디에도 가서 머물 수 있을 때 그게 바로 무애행이 되는 것이고 그가 진짜 차원 높은 도인인 것입니다. 우리나라에서 무애행을 한 가장 대표적인 도인이 바로 원효 대사죠.

원효 대사는 스스로 파계를 했을 뿐더러 세속으로 내려와 술과 고기를 먹고 요석 공주와 섹스까지 했습니다. 그러나 후세인들은 아무도 그를 보고 타락한 사이비 승려라고 하지 않습니다. 오히려 그의 행동 모든 것을 가르침의 방편이라고 보고 차원 높은 무애행이라고 하며 한국 최대의 도인이자 사상가로 평가하죠.

라즈니쉬도 마찬가지입니다. 라즈니쉬 같은 경지에 있는 사람은 산속에 있건 세속에 있건 똑같습니다. 걸리는 게 없기 때문에 그는 어디에나 갈 수 있는 무애행을 할 수 있는 경지에 들어 있는 것입니다. 마음에 전혀 걸림이 없고 흔들림이 없기 때문에 롤스로이스를 타고 드라이브를 하건 산속에서 명상을 하건 똑같이 여여한 거예요.
　섹스도 마찬가지입니다. 마음속에 집착심이 없다면 섹스 자체가 초월을 위한 도구가 될 수 있습니다. 탄트라라는 것을 김태영 님은 전혀 들어 보지 못했나 보군요. 탄트라에 대해서 공부 좀 해 보시기 바랍니다.
　무조건 식색을 멀리한다고 해서 다 좋은 게 아닙니다. 마음속으로는 굉장히 갈등하면서 억지로 식색을 멀리한다면 사실 그건 식색을 탐하는 것과 별로 다를 것이 없습니다. 반면에 흔들리지 않는 부동심을 가지고 있다면 식색을 가까이하건 멀리하건 여여한 경지죠. 그리고 섹스나 미식(美食)을 초월의 도구로도 사용할 수 있는 것입니다.
　라즈니쉬는 억압을 하지 말고 자기에게 주어지는 모든 것을 초월의 도구로 사용하라고 말을 했습니다. 그러니까 붓다가 여인을 가까이 하지 말라고 계율을 내린 것이나 라즈니쉬가 여인과 하고 싶은 대로 섹스를 하라고 한 것은 겉은 다르지만, 진의는 같습니다. 즉, 섹스를 초월하라는 것이죠. 그리고 일단 초월하면 하든 안 하든 그것은 문제가 안 됩니다.
　그러니까 라즈니쉬를 비판하시려면 같은 취지로 원효 대사도 비판하십시요. 술과 고기 그리고 섹스까지 한 파계승 아닙니까? 그리고 나서 주위 사람들의 반응이 어떤지 들어 보세요. 이처럼 깨달은 자는 범인들이 감히 함부로 재단할 수 없는 경지에 있는 것입니다. 겉만 보고, 표피적인 뜻만 보고 이러네저러네 함부로 재단할 수 없다는 것을 알아야 합니다. 더구나 휴 밀른 같은 사기꾼 같은 인간이 쓴 책에 판단을 의존한다는 것은 더욱 어불성설이죠.
　『선도체험기』 발간을 중지하는 게 어떠냐고 말했던 것에 대해서입니다. 물론 제가 김태영 님의 사정에 대해 전부 꿰뚫고 있지는 못합니다.

그러나 다 정황이 있고 짐작이 있었기 때문에 그런 말을 한 것이죠. 정황이 무엇이었느냐? 김태영 님은 이메일 교신을 하면서 이메일을 『선도체험기』에 싣겠다고 하셨고 이를 거부하면 이메일 교신을 끊겠다고 하지 않았습니까?

『선도체험기』 곳곳에 그런 말이 눈에 띕니다. 자기가 쓴 이메일이나 말의 녹취 같은 것이 『선도체험기』로 출판되는 것을 거부하면 이메일 교신을 끊겠다고 말이죠. 솔직히 이런 말을 듣고 무슨 생각이 드는지 아십니까? 김태영 님이 순수하지 못한 의도로 이메일 교신을 하고 있다는 거죠. 즉 이메일 교신을 『선도체험기』에 이용하려는 겁니다.

이건 본말이 전도된 거예요. 『선도체험기』가 마음의 풍요를 위해 쓰여야 하는데 거꾸로 『선도체험기』를 위해서 도를 추구하는 것처럼. 이건 『선도체험기』에 집착하고 욕심을 가지고 있다는 증거 아닙니까? 김태영 님은 돈이 전혀 안 들어온다고 하시는데 돈은 못 벌지 몰라도 자신의 명예욕이나 과시욕을 충족시키는 데 이용될 수도 있는 것이죠.

그러니까 그런 식으로 할 바에는 차라리 『선도체험기』 발간을 중단하라 이겁니다. 본말이 전도되어서 인간 간의 순수하고 진실한 관계가 아니라 『선도체험기』를 위한 『선도체험기』가 되었으니까 그렇게 해서 뭐 하겠느냐 이 말입니다.

저는 절대로 사정을 알지도 못하면서 헛소리하는 게 아닙니다. 말하는 거하고 행동하는 거 보면 그 속내가 보이는데 어찌 저를 무지한 자 취급하십니까? 여기에 대해서 혹시 억울한 거 있으시면 반론을 하십시오. 제가 뭔가 오해할 수도 있으니까요. 그러나 지금 정황으로 봐서는 제 판단이 맞는 것 같습니다.

저도 김태영 님과 좋은 인연이 되었으면 합니다. 그러나 비판할 건 하고 짚고 넘어갈 건 넘어 가야죠. 그런 걸 그냥 묻고 넘어간다는 건 옳지 못합니다. 앞으로도 예리한 필봉으로 비평을 할 터이니 기다리시기 바랍니다.

지금 계획상으로는 『선도체험기』를 끝까지 다 읽고 『다물』, 『소설 단군』, 『소설 한단고기』도 읽으려고 합니다. 『다물』, 『소설 단군』, 『소설 한단고기』를 읽으려는 이유는 전에 세계 모든 종교의 기원이 한민족이라는 근거가 거기 있다고 해서입니다.

물론 김태영 님께서 제 비평, 비판에 대해 반감을 갖는다거나 감정적으로 나온다거나 등 부적절한 반응을 보이시면 저는 메일을 보내지 않을 것입니다. 비판을 하는 것도 관심의 표현이니 수용적으로 받아들이시기 바랍니다. 진짜 님에게 아무 애정도 없다면 아예 비판도 안 하고 무관심했을 것입니다. 그럼 이만 쓰겠습니다.

【필자의 회답】

이번 메일은 그런대로 마음에 듭니다. 우선 인신공격성 발언이 다 빠지고 논리 정연해서 기분이 아주 좋았습니다. 이런 식으로 예의를 갖춘다면 얼마든지 환영입니다. 어떠한 비판이든지 달게 받아들일 것입니다.

무애행에 대해서 말하겠습니다. 라즈니쉬와 원효 대사가 다 같이 무애행을 한 것으로 말했는데 나는 그렇게 보지 않습니다. 라즈니쉬의 아쉬람 공동체 내에서의 문란한 섹스 장려는 무애행이 아니라 그의 소위 탄트라식 수행법을 계획적으로 제자들에게 강요한 것입니다. 그가 열심히 장려한 그룹 섹스와 스와핑(아내 바꿔치기), 혼음(混淫), 난간(亂姦) 등은 그의 공동체 이웃에 사는 주민들도 무척 싫어하여 자기들에게도 오염될까 봐 반기를 들게 했습니다.

아무리 무애행이라고 해도 중생들도 준수하는 성 윤리에 벗어나는 짓을 구도자가 해서야 되겠습니까? 만약에 구도자가 보통 사람들도 기피하는 부도덕한 성 타락 행위를 무애행이라는 구실로 굳이 하려고 든다면 그것은 무애행이 아니라 저질의 섹스 집착입니다.

우리나라에서도 한때 경허 스님의 무애행을 본딴 승려들의 주색잡기(酒色雜技)가 크게 유행하여 사회 문제가 된 일이 있었습니다. 이 때문에 종단에서 무애행 금지령이 내려진 일이 있습니다.

섹스 문란 행위 때문에 라즈니쉬는 조국 인도에서도 떠나야 했고, 도피 이민을 간 미국에서도 주민들에게 같은 항의를 받아 그곳에서도 쫓겨나야 했습니다. 그리고 라즈니쉬 자신은 죽을 때까지 재욕과 사치욕, 식탐과 색탐에서 벗어나지 못했습니다.

이것은 무애행이 아니라 한갓 속물적 집착에 지나지 않습니다. 라즈니쉬에 대해서는 휴 밀른뿐만 아니라 한국이 낳은 세계적인 전위 무용가 홍신자 씨의 저서들도 참고해야 할 것입니다. 안 읽었으면 한번 읽어 보시기 바랍니다.

라즈니쉬가 제아무리 4백 권의 저서로 세계의 어리숙한 구도자들을 매료시키고 있다고 해도 가짜요 사이비임에는 여전히 틀림이 없습니다. 라즈니쉬는 우리나라 사이비 종교 단체들에도 영향을 주어 지금도 수많은 사람들이 성 타락의 제물이 되어 폐인이 되어 가고 있는가 하면 가정

파탄의 주범이 되고 있습니다. 『선도체험기』를 50권까지 읽어 보셨다면 이미 알고 있을 것이라 생각됩니다.

원래 가짜는 진짜보다도 진짜 행세를 더 잘합니다. 서울에 가 보지도 못한 사람이 서울에 살던 사람보다 서울을 더 잘 묘사합니다. 깨닫지도 못한 자가 깨달음에 대하여 더 잘 압니다. 참으로 신기한 일입니다. 푸트볼 씨는 라즈니쉬의 바로 이 수법에 넘어가 그를 숭배하게 된 것입니다.

그래서 사람들은 사기꾼의 행동을 믿지 말은 믿지 않습니다. 말보다 행동이 중요한 것은 바로 이 때문입니다. 경솔한 사람은 행동은 못 보고 말만을 믿습니다. 그래서 사기꾼은 진짜처럼 그리고 진짜 이상으로 말 잘하는 데만 전력을 기울이게 됩니다.

그렇게 하지 않으면 어수룩한 사람들이 속아 넘어가지 않으니까요. 돈 없는 사기꾼은 돈 많은 부자보다도 더 부티나는 부자 행세를 하게 마련입니다. 라즈니쉬의 저서만 읽고 라즈니쉬를 평가하는 것은 사기꾼의 말만을 믿고 그의 실제 행동거지에 대해서는 눈을 감아 주는 것과 같습니다.

제아무리 깨달았다고 큰소리치는 도인이라고 해도 그의 행동이 속물과 별반 다른 게 없고 오히려 속인보다도 더 재물과 미식(美食)과 여색(女色)을 탐한다면 그것이야말로 갈데없는 가짜입니다. 나는 라즈니쉬를 숭배하는 이러한 가짜 도인들을 주변에서 하도 많이 보아 왔기 때문에 자신 있게 말합니다. 푸트볼 씨도 그런 사람들 중의 하나입니다. 제발 라즈니쉬의 환상에서 벗어나시기 바랍니다.

그리고 원효 대사가 요석 공주와 동침한 것은 무애행이 아닙니다. 자기 자신도 모르게 일시적으로 요석 공주에 대한 색욕이 발동하여 동침을 했고 설총을 낳은 것입니다. 이 일이 있은 뒤에 원효는 다시는 요석 공주를 만나지 않았습니다. 원효는 파계한 자기 잘못에 대한 뼈아픈 참회의 뜻으로 승려의 직함과 특권을 모두 다 내던져 버리고 밑바닥 인생살이부터 다시 시작한 것입니다. 자기 잘못을 깊이 반성하고 다시는 그런 실수를 저지르지 않겠다는 각오로 그는 거지들과 같이 뒹구는 생활을 한 것입니다. 그의 위대한 점은 바로 이것입니다.

사람은 누구나 잘못을 저지를 수 있습니다. 잘못을 저지르는 것이 나쁜 것이 아니라 저지른 잘못을 고칠 줄 모르는 것이 나쁜 것입니다. 원효는 자기 잘못을 고치는 일을 과감하게 성취하여 만인의 존경을 받았건만 라즈니쉬는 죽을 때까지 여색을 탐했으면서도 추호도 반성을 한 일이 없습니다.

어떻게 원효와 라즈니쉬를 감히 비교할 수 있겠습니까? 라즈니쉬가 우리나라에서 문제가 되는 것은 그의 문란한 섹스 행위를 본받은 한국의 사이비 종교의 성 윤리 파괴 행위와 그로 인해 수많은 폐인들이 생겨나고 가정 파탄이 빈발하기 때문입니다.

지금도 수많은 사람들이 사이비 종교 때문에 고통을 당하고 있습니다. 동서고금을 막론하고 사이비 종교의 필수 요건 중의 하나가 성 문란 행위입니다. 그룹 섹스와 스와핑은 사이비 종교 단체 요원들의 단결과 이탈방지를 위한 방편이 되고 있습니다. 그런데 라즈니쉬는 성 문란 행위를 깨달음을 얻은 방편이라고 하여 한술 더 뜨고 있습니다. 이 때문에 물정 모르는 숙맥들이 놀아나고 있는 것입니다.

성 문란 행위야말로 인류가 신석기 시대 이래 지금까지 꾸준히 개선하여 구축해 온 생활 문화의 근간을 파괴하는 범죄행위입니다. 그 때문에 유태교와 기독교의 십계명에는 살인 다음으로 간음을 범죄시하고 있고, 불교의 오계에도 살생 다음으로 사음(邪淫)을 범죄시하고 있습니다.

이것을 무애행이라는 명목으로 자행하는 것은 구도자가 속세 인간의 윤리 향상에 도움은 주지 못할망정 그것을 파괴하는 짓입니다. 성 문란 행위는 소돔과 고모라, 폼페이 최후의 날과 같은 비극을 초래할 뿐, 인간에게 백해무익한 것입니다. 무애행을 구실로 성 문란 행위를 조장하는 것은 라즈니쉬로 끝내는 것이 좋을 것입니다.

『선도체험기』는 아직은 수요가 있으니까 계속 발간될 것입니다. 나름대로 나와 유림출판사 사장님이 최근에 독자들의 여론 조사를 해 보았는데 아직은 절대다수가 발간을 원하고 있습니다. 만약에 『선도체험기』를 대신할 만한 경쟁자가 나타난다면 『선도체험기』는 자연 도태당할 수밖에 없을 것입니다. 『선도체험기』가 발간되는 한 나는 하루 24시간 온통 그 일에 매달릴 수밖에 없습니다.

따라서 나는 『선도체험기』에 자기 메일이 가명으로라도 발표되는 것을 반대하는 독자와 이메일 채팅이나 할 수 있을 만큼 한가한 사람이 아닙니다. 순수하지 못하다는 비판을 받아도 할 수 없는 일입니다. 수천의 독자를 가진 작가로서 어쩔 수 없는 한계입니다. 『선도체험기』에 집착하는 욕심을 가지고 있다고 비난을 해도 어쩔 수 없는 일입니다. 누가 뭐라고 해도 나는 내 나름대로 내가 다해야 할 사명을 묵묵히 완수할 것입니다.

수십만 내지 수백만의 팬들을 거느린 연예계와 스포츠계 그리고 학계의 수퍼스타들은 어떨지 상상해 보시기 바랍니다. 그들에 대면 나는 새 발의 피에 지나지 않습니다. 이들 수퍼스타들 중 그 누구도 팬들과 순수하게 이메일 채팅이나 할 수 있을 만큼 한가하지 못한 것은 누구나 다 아는 일입니다. 그들은 자기네 나름으로 할 일이 있는 공인들이기 때문입니다.

그런 의미에서 나 역시 일종의 작은 공인(公人)입니다. 공인의 사명을 완수하기 위해서는 순수하지 못하다는 비판을 들어도 어쩔 수 없는 일이니 양해하시기 바랍니다. 나는 푸트볼 씨가 혹시 나에게 반감을 품은 사이비 종교 단체의 하수인이 아닌가 했는데 오늘 메일을 받고는 그런 혐의를 풀게 된 것을 기쁘게 생각합니다.

자기의 이메일이『선도체험기』에 실리는 것을 반대하는 분들을 제외하고는 지금까지 나는 누구의 이메일에도 회답을 보내지 않는 일이 없습니다. 푸트볼 씨가 나에게 보낸 메일에 대한 회답도 마찬가지입니다. 첫 번째와 두 번째의 이메일에 대한 회답도 분명히 보냈습니다. 서버에 문제가 있는 것 같습니다. 세 번째 메일에 대한 나의 회답은 받으신 것 같으니 첫 번째와 두 번째 메일에 대한 회답을 다시 보냅니다. (원문 생략)

라즈니쉬에 대하여

거두절미하고 김태영 님에겐 김태영 님 나름의 입장이 있다는 것을 느꼈습니다. 솔직담백한 해명 감사합니다. 덕분에 김태영 님을 좀더 잘 이해하게 되었습니다. 그러나 여전히 안타까운 것이, 라즈니쉬에 대해서 그렇게 이해를 못 하고 계시다는 것이 그렇습니다.

뭐 제 생각을 강요할 의도도 없습니다만 끝내 그렇게 생각하시겠다면 어쩔 수 없는 일입니다. 김태영 님과 그리고 김태영 님의 말을 믿는 사람들이 라즈니쉬의 주옥같은 책들을 접하지 못하고 그냥 외면해 버리게 되는 것이 안타깝군요.

저는 라즈니쉬의 책은 시중에 나온 것은 모조리 다 구입해서 보유하고 있습니다. 그는 붓다가 분명하다고 생각하며 라즈니쉬의 등장으로 인해 정신계는 더욱더 풍성하고 풍요로와졌다고 봅니다.

라즈니쉬를 사이비로 매도한 것은 넘어가더라도 XX재에 대해서 긍정적으로 극찬을 하며 소개한 것은 더욱더 이해할 수 없습니다. XX재는 사이비 단체가 분명한 곳입니다. 그런데 그것을 분간을 못하고 구도자들에게 널리 소개를 하시니 참 어이가 없기도 하고 안타깝기도 합니다. 제가 김태영 님을 보고 소경이라고 말했던 것은 이런 이유 때문입니다.

겉으로는 온갖 문자를 늘어놓으며 해탈이니 구경각이니 해도 실제적으로 진짜와 가짜를 알아보는 안목이 없기 때문입니다. 그리고 행동도 너무 신중치 못합니다. 한번 행동하기 전에 전후좌우를 살피고 면밀하게 계산을 한 후에 움직여야 합니다. 너무 즉흥적으로 행동하면 분명히 문제가 생깁니다.

김태영 님이 쓰신 ××재에 대한 긍정적인 소개글 때문에 수많은 사람들이 ××재로 갔습니다. 책임을 통감하셔야 합니다. 사이비의 소굴로 많은 사람들을 인도한 것입니다. 인과의 법칙을 아시지요? 그 행동은 김태영 님에게는 분명히 악업으로 작용하여 이번 생 혹은 다음 생에 대가를 받게 될 것입니다. 그러니 지금이라도 ××재에 구도자들을 인도한 데 대해서 참회하는 마음을 가져야 합니다. 그리고 다시는 그런 일이 없도록 한 글자 쓰는 데에도 신중을 기해야 합니다.

【필자의 회답】

ㅁ씨와 ○○재에 대해서 처음 『선도체험기』에 소개했을 때는 그곳의 비리가 세상에 알려지기 전이었습니다. 1990년 이전 그가 나와 도반(道伴)이었을 때와 변함이 없는 줄 알고 긍정적으로 소개했었는데 나중에 그게 아니라는 것을 알게 되었습니다.

도반(道伴)이었을 때 내가 운사합법신에게 접신이 되어 어쩔 줄 모르고 망설이자 "진아를 찾은 성인이 되어야지 겨우 초능력자로 만족하려느냐"고 나를 질타했고 내가 그 접신에서 벗어나는 데 도움을 주었던 ○○○ 씨가 그렇게 변했으리라고는 그때는 미처 상상도 못했습니다.

○○재가 생겨난 후 시간이 지나면서 ○○재의 피해자들이 보낸 이메일을 통해서 나는 그 내막을 소상히 알게 되었습니다. 그 뒤부터는 ○○

재에 대한 처음의 나의 태도가 완전히 변하여 비판을 서슴지 않았습니다. 그 때문에 ㅁ씨로부터 터무니없는 중상모략을 여러 번 받기도 했습니다. 물론 나는 잘못 알고 소개한 일에 대하여 반성도 했고 내가 할 수 있는 대응조치도 취했습니다. 50권 이후의 『선도체험기』를 더 읽어 보시면 알게 될 것입니다.

라즈니쉬의 주옥같은 책들은 나도 잘 알고 있습니다. 처음에는 나 역시 그에게 매혹당했습니다. 그러나 여러 경로로 그의 사생활을 알고 나면서부터는 태도가 바뀌었습니다. 다른 것은 다 제쳐놓고 그의 공동체 내에서의 문란한 성행위는 도저히 용서받을 수 없는 불륜이요, 더구나 구도자라면 절대로 범해서는 안 되는 범죄입니다.

그의 성 문란 행위는 바로 그의 주옥같은 책들 때문에 어리석은 수행자들에게는 저항감 없이 그대로 전파되어 지금 우리나라에서도 일부 사이비 종교 단체들에서 얼마나 많은 사람들이 피해를 당하고 있고 또 가정 파탄을 일으키고 있는지 모릅니다. 나는 그 생생한 현장을 몸으로 겪은 사람입니다.

푸트볼 씨는 그것을 무애행이라고 하지만 내가 보기에는 일종의 성도착증이요 섹스 중독이고, 자신의 성욕을 충족시키기 위한 엽색(獵色) 행위에 지나지 않습니다. 그가 만약 진정한 도인이라면 성욕의 경지를 수행의 힘으로 뛰어넘었어야 합니다. 수행의 힘으로 안 되면 다른 구도자들처럼 의지의 힘으로라도 성욕을 참고 넘어가야 합니다. 그것이 바로 수행입니다.

이 세상 구도자들이 섹스하고 싶은 대로 다 해야 한다면 수련은 언제 합니까? 자기 욕망이 시키는 대로 하고 싶은 짓을 다 해야 한다면 수행을 시작도 하기 전에 이미 기진맥진(氣盡脈盡)해 버리고 말 것입니다. 그래서 자제력과 인내력 없는 사람은 구도자가 될 자격이 없는 것입니다.

어떤 여자에게 성욕이 일어난다고 하여 그 즉시 그녀와 섹스를 하여 성욕을 풀어 버린다면 그게 무슨 수련입니까? 제정신을 가진 중생들도 매춘(賣春) 현장이 아닌 이상 그런 짓은 감히 상상도 할 수 없는 일입니다. 라즈니쉬의 말대로 성욕이 일어나면 누구에게든지 섹스를 하여 풀어 버려야 한다면 이 세상은 그야말로 소돔과 고모라나 폼페이처럼 성 타락의 난장판이 되어 버리고 말 것입니다.

그것은 도둑질하고 싶으면 맘대로 도둑질하라는 말과 무엇이 다릅니까? 그렇게 되면 그 사회는 도둑의 천국이 될 것입니다. 성행위 역시 마찬가지입니다. 친족간의 상피(相避)까지 무시한다면 아들과 어미, 애비와 딸이 섹스를 하는 것까지도 무애행이라는 명목으로 용납되어야 할 것입니다.

어디 그뿐이겠습니까? 살인을 하고 강도질을 하는 것까지도 무애행이라고 하여 용납되어야 할 것입니다. 이러한 짓들이야말로 인류가 지금까지 온갖 지혜를 짜내어 구축해 온 문명과 미풍양속과 질서를 하루아침에 무너뜨리는 만행이고, 결국은 하늘의 가공할 재앙을 초래하지 않을 수 없게 될 것입니다. 라즈니쉬의 현란한 주옥같은 저서들은 결국은 인간을 성적 타락으로 유인하는 미끼요 독버섯에 지나지 않는 다는 것을 알아야 할 것입니다.

"저는 라즈니쉬의 책은 시중에 나온 것은 모조리 다 구입해서 보유하고 있습니다. 그는 붓다가 분명하다고 생각하며 라즈니쉬의 등장으로 인해 정신계는 더욱더 풍성하고 풍요로와졌다고 봅니다"라고 말한 푸트볼 씨는 내가 보기에 지금 큰 착각과 환상에 빠져 있습니다. 더이상 이 문제로 왈가왈부하는 것은 시간 낭비가 될 것입니다. 입이 써서 더 말하고 싶지도 않습니다.

끝으로 푸트볼 씨에게 알고 싶은 것은 지난번 회답에서 내가 말한 운기조식(運氣調息)에 대하여 어떻게 생각하는가 하는 것입니다. 연정화기(煉精化氣)로 식색(食色)의 욕망을 뛰어넘는 수련에 대하여 어떻게 생각하는지 알고 싶습니다.

단학의 맥

××재의 실체에 대해서 뒤늦게 아시고 잘못을 깨닫고 조치를 취하셨다고 하셨습니다. 여기서도 안타까운 것은 왜 김태영 님이 같은 실수를 반복하시냐는 겁니다. ××선원을 긍정적으로 소개했다가 뒤늦게 철회하고 비판하고, 라즈니쉬를 소개했다가 뒤늦게 철회하고 비판하셨습니다.

두 번이나 실수를 하셨다면(김태영 님 입장에서는 실수죠. 제 입장에서는 둘 다 나쁘게 보지 않습니다) 그만 깨닫고 실수를 반복하지 않아야 합니다. 과거의 경험에서 배워야 하지 않겠습니까? 그런데 ××재를 또다시 긍정적으로 소개했다가 철회하는 일을 저질렀습니다.

똑같은 실수를 세 번이나 저질렀다는 것은 그 사람의 자정 능력과 학습 능력을 의심케 하는 일입니다. 사람은 과오를 저질렀으면 그것으로부터 배워야 합니다. 그런데 대체 뭘 하신 것인지 기본적 상식을 의심하게 하는 어리석음의 극치입니다.

제가 주제넘게 충고드리고 싶은 것은 부디 행동 하나하나를 깊게 생각하셔서 하시라는 것입니다. 발 한 발짝도 함부로 움직여서는 안 됩니다. 자기가 어떤 말이나 행동을 할 때 그것이 어떤 결과를 가져올 것인지 치밀하고 상세하게 분석하고 연구하고 예상을 해야 합니다.

그리고 가망 없는 짓이거나 위험하거나 영양가 없는 행동이라면 아예 하지를 말아야 합니다. 침묵은 금이라고 했습니다. 또한 가만히 있으면 중간은 간다고 했습니다. 괜히 쓸데없고 무모하고 필요하지도 않고 위험한 행동과 말이 혼란을 초래하는 것입니다. 타 단체나 인물을 함부로 소개하는 것은 그만큼 위험한 일입니다.

앞으로는 좀더 입을 무겁게 하셔서 부디 그런 일이 없도록 해 주시길 당부드립니다. 인간만큼 복잡미묘한 동물이 없습니다. 그러니 인간은 함부로 믿을 수 없는 존재입니다. 이순신 장군처럼 매사에 신중하고 치밀하게 대비하여 생각하고 또 생각한 후에 행동해야 할 것입니다.

성욕을 뛰어넘어야 한다고 하셨는데 그것이 바로 라즈니쉬의 일관된 메시지입니다. 라즈니쉬도 욕망을 초월하지 않고는 깨달음을 얻지 못한다고 했습니다. 다시 말씀드리지만 자유로운 섹스를 이야기한 것은 억압된 것을 풀고 섹스를 초월하기 위한 방편입니다.

그리고 라즈니쉬 공동체의 섹스에 관하여 침소봉대, 과장, 왜곡된 것이 너무나 많습니다. 들려오는 풍문 같은 이야기를 다 믿지 마시기 바랍니다. 그리고 성 문란 때문에 인도와 미국에서 쫓겨난 것이 아닙니다. 인도에서 그가 반감을 산 이유는 기존 종교의 허위와 위선을 신랄하게 비판했기 때문입니다. 또한 인도에서는 쫓겨난 것이 아니라 스스로 미국으로 개척하러 떠난 것입니다.

미국에서 쫓겨난 이유는 미국 정부의 가공할 음모와 위선, 그리고 기독교의 허구성과 위선을 있는 그대로 비판했기 때문입니다. 결코 성 문란 때문이 아닙니다. 라즈니쉬가 여러 가지 죄목으로 유죄 판결을 받은 것도 터무니없는 조작 왜곡이며 항소도 전연 허용되지 않았습니다. 레이건 정부의 음모였던 것입니다. 라즈니쉬가 법적인 대응을 할 여유조차 갖지 못하게 한 채로 레이건 정부는 비열하게 라즈니쉬를 강제 추방시켰습니다.

라즈니쉬의 죄목 중 유일하게 실제적인 것은 두 가지 경미한 이민법 위반 혐의였습니다. 더구나 그 두 가지도 실제로는 죄가 아니었습니다. 더구나 레이건 정부는 라즈니쉬를 감금시킨 동안에 라즈니쉬에게 독극물(탈륨)을 주입하고 방사능에 노출시켰습니다.

『선도체험기』어디엔가 라즈니쉬의 수염이 나이에 비할 바 없이 희다고 했는데 바로 탈륨의 증세 중에 하나가 수염이 희어지는 것이라고 합니다. 라즈니쉬의 주치의들이 의학적으로 확인한 결과입니다.

미국 정부는 증거가 드러나지 않는 방법으로 이처럼 가공할 만한 범죄를 라즈니쉬에게 저지른 것입니다. 라즈니쉬는 그러한 독극물 중독 때문에 고통을 느끼며 서서히 죽어갔습니다. 단지 성 문란을 조장한 사람을 미국 정부가 공권력을 동원해서 감금시키고 독극물을 주입하고 강제 추방시키겠습니까?

당연히 미국 정부 자신들의 기득권을 위협할 수 있는 정치, 사회, 영적인 비판을 했기 때문입니다. 미국에서 추방된 후 세계 각국에서 추방된 이유도 미국 정부에서 압력을 가했기 때문입니다. 휴 밀른의 책만 읽지 마시고 라즈니쉬의 실제적인 기록이 있는 책들을 좀 읽으시기 바랍니다. 홍신자 씨의 책도 그가 나중에 라즈니쉬를 배신했기 때문에 그리 믿을 수는 없다고 봅니다.

운기조식에 대해서입니다. 깨달음의 본질은 '보는 것'이며 이것은 곧 주시(注視)입니다. 이것 이외의 모든 것은 테크닉이요 방편에 불과하다고 봅니다. 기수련도 마찬가지입니다. 단학과 요가가 대표적인 테크닉 수행입니다.

저는 이들 수련의 상세한 체계에 대해서 잘 알지는 못합니다. 책에서

봤다고 하더라도 저 자신이 체험해 보지를 못했으니 자신 있게 말씀드릴 수는 없습니다. 다만 말씀드릴 수 있는 것은 참선이나 비파사나 같은 것은 바로 깨달음으로 들어가는 직통 코스인 데 반해 단학이나 요가는 상당히 복잡하고 긴 점진적인 과정을 거치는, '돌아서 가는 코스'라는 것입니다.

어느 쪽을 택할 것인가는 본인에게 달려 있습니다. 그러나 단학도 그 테크닉이 올바르게 전수가 되어야 깨달음으로 인도될 수가 있을 것입니다. 그런데 지금 시중의 단학은 물론 단체들이 난립되어 있지만 깨달음으로 인도될 수 있는 테크닉들을 보유하고 있는지 상당히 의심스럽습니다. 그 맥이 올바르게 전수가 될 수 있는지 알 수 없죠. 더구나 단학은 그 계보와 맥이 불분명합니다.

물론 김태영 님 같은 경우엔 삼대경전과 국조 할아버지들을 내세우십니다만 사실 그것이 확실하다고 믿기엔 부족함이 많습니다. 국조 할아버지들이 과연 깨달으신 분인지도 의심스럽고…『천부경』,『삼일신고』는 그렇다고 쳐도『참전계경』은 상당히 통찰력이 부족한 것으로 보이더군요.

또 김태영 님이 말씀하시는 단학 체계에는 중국 쪽에서(오류종 등) 흘러들어 온 요소들도 섞여 있습니다. 연정화기, 연기화신, 연신환허는 중국 오류종의 경전에 있는 것으로 알고 있습니다. 그러니 그 올바른 맥이 전수되고 있느냐 그것이 의문인 것입니다.

진짜 깨달은 자로부터 맥이 흘러 들어오고 있느냐가 문제죠. 불교는 그것이 확실한 데 비해 단학은 상당히 그것이 불확실하다는 것입니다. 박석 교수라는 분이 말씀하셨듯이 단학에는 스승, 성자가 없다는 것이 큰 맹점입니다.

그러니 여러 단체들의 난립을 가져오고 정말로 깨달음으로 인도해 줄 수 있는 확실한 방편들이 제시가 되고 있지 못하다는 것입니다. ○○도의 ○○거사, ○○원의 ○○○ 옹은 분명 훌륭한 분들이지만 깨닫지는 못하신 것으로 생각합니다.

또한 ○○○의 대선사의 맥을 통해서는 건강 이상으로 갈 수는 없다고 봅니다. 이미 말씀드렸듯이 ××재의 ○○○는 사이비 교주고요. 물론 연정화기로 식욕과 성욕을 극복할 수는 있겠죠. 그러나 결국 필요한 것은 깨달음에 가는 것입니다.

전 『선도체험기』를 읽으며 깨달음에 도달할 수 있는 확실한 방편이 부족한 것이 아닌가 하는 생각이 들었습니다. 몸공부나 관찰, 역지사지, 방하착은 결국은 자기 주변을 정리하기 위한 것이고 정작 중요한 것은 수행 방편입니다. 깨달은 자가 전수해 준 확실한 방편이 있어야 하는데... 좀 답답하다는 생각이 듭니다. 김태영 님도 너무 자신을 과신하지 마시고 그 방편과 맥에 대해서 좀더 연구를 해 보시는 게 좋지 않나 하는 생각이 듭니다.

【필자의 회답】

○○선원과 ○○재를 처음엔 긍정적으로 소개했다가 뒤에 비판적인 태도를 취한 일에 대해서는 누구의 질책을 들어도 변명할 여지가 없습니다. 누구의 비판도 겸허하게 받아들일 것입니다. 푸트볼 씨는 지금 『선도체험기』를 50권 정도 읽고 있으니까 모르는 것 같은데 그와 비슷한

경우가 또 한 번 나옵니다. ㅇㅇㅇ하이가 그것입니다.

이순신이 작전하듯이 꼼꼼하고 치밀하게 미리 조사하여 대처하지 못하고 즉흥적으로 처음에 좋게 소개한 것은 나 자신도 두고두고 반성하고 있습니다. 그러나 수련은 작전과는 다릅니다. 나중에 자세히 밝히겠습니다. 그래서 ㅇㅇㅇ하이 이후로는 일체 누구를 소개하는 일을 중단했습니다. 다시는 그런 일이 없을 것입니다.

어쨌든 내게는 벌써 정리가 끝난 7년 전 과거지사입니다. 문제는 현재입니다. 현재에도 내가 똑같은 실수를 반복한다면 충분히 거론될 가치가 있겠지만 그게 아니지 않습니까? 푸트볼 씨가 지금 읽고 있는 『선도체험기』는 내가 7년 전에 쓴 것이고 이미 정리가 다 끝난 것임을 알아야 합니다. 그런데도 그때 일을 계속 물고 늘어지면 내 과거의 약점을 잡아 자신의 어떤 의도를 관철하려는 것이 아닌가 하는 의심을 사게 될 수도 있을 것입니다.

그건 그렇고 푸트볼 씨는 라즈니쉬는 그렇다 치고 ㅇㅇ선원을 정법이라고 말하는데 무엇을 근거로 그렇게 말하는지 모르겠습니다. 혹시 ㅇㅇ선원에서 수련이라도 한 일이 있는지요? 아니면 라즈니쉬의 아쉬람에 입문한 일이라도 있는지요?

『선도체험기』 4권서부터 14권까지는 ㅇㅇ선원으로 인해 내가 직접 겪은 사연을 소설 기법으로 쓴 것입니다. 그것을 읽고도 푸트볼 씨는 그것을 정법이라고 하다니 실망이 이만저만이 아닙니다. 나는 그곳에서 4년간이나 수련을 했고 ㅇㅇ선사라는 사람과는 숨소리를 들으면서 함께 지낸 경험이 있습니다.

그런데도 불구하고 푸트볼 씨는 내가 그들과 사투를 벌인 체험담을 정면으로 부인하고 ○○를 정법이라고 말하는데 그 근거가 도대체 무엇인지 알고 싶습니다. 푸트볼 씨야말로 눈뜬장님이 아닙니까?

그리고 푸트볼 씨는 휴 밀른과 홍신자 씨가 라즈니쉬 공동체에 입문했다가 그에게 실망하고 나왔다고 해서 그들을 배신자로 매도하고 그들이 하는 말을 믿을 수 없다고 한다면 석가모니가 입산수도하기 전에 세 스승에게 배웠지만 그들 모두에게 실망하고 독자 수련을 결심한 것 역시 배신이라고 보아야 합니까?

라즈니쉬에 대해서는 좀더 객관적이고 다각적인 관찰과 접근이 푸트볼 씨에게는 필요하지 않은가 생각합니다. 라즈니쉬를 절대 신임하고 있는 푸트볼 씨를 내가 양해하듯이 푸트볼 씨 역시 내가 그에 대하여 반대 입장을 취하는 것을 양해하고 이 이상 이 일로 왈가왈부 시간 낭비하는 것은 중단하는 것이 좋겠습니다.

운기조식에 대하여 말하겠습니다. 수영을 배우려면 물속에 뛰어 들어가 보는 것이 첩경입니다. 기를 모르는 사람은 『선도체험기』를 읽어도 반밖에는 이해할 수 없게 되어 있습니다. 기공부는 깨달음을 위한 직코스는 아니지만 가장 유효한 보조수단이기는 합니다. 연기화신이 중국 오류종에서 쓰는 용어라고 했는데 옳은 말입니다.

수련을 하다가 내가 체험한 신체적인 변화를 적절히 호칭할 용어를 구하던 중 중국 오류종 계통 책을 읽다가 적절하다고 생각되어 채용한 것일 뿐입니다. 그걸 가지고 내가 중국 단학을 배웠거나 전수받은 것으로 생각한다면 오해입니다.

중국 선도 역시 처음에는 한문화권에서 배달국 태우의 한웅천황 때 태호복희에 의해 그리고 치우천황 때 자부선인에 의해 황제헌원에게 전수된 것입니다. 용어나 맥은 그렇게 중요한 것이 아닙니다. 요는 기공부를 통하여 주시나 관찰을 더 유효하게 할 수 있고 그로 인해 깨달음에 도달할 수 있다면 그것으로 족하다고 봅니다. 꿩 잡는 것이 매니까요. 그리고 역지사지, 방하착 관법은 신변 정리용이 아니고 깨달음으로 가는 필수 코스임을 알아야 합니다.

푸트볼 씨는 깨달음이 전수(傳授)로 이루어지는 줄 알고 계신 것 같은데 결코 그렇지 않습니다. 깨달음은 푸트볼 씨가 말하는 주시나 비파사나 또는 관(觀)을 통하여 수행인 각자가 스스로 성취하는 것입니다. 깨달음이 학문이나 기술 전수하듯이 스승과 제자 사이에 주고받는 것이라면 그것처럼 쉬운 일이 어디 있겠습니까?

내가 푸트볼 씨에게 운기조식을 제안한 것은 다 내 나름의 생각이 있어서입니다. 푸트볼 씨가 만약에 운기조식으로 연정화기를 성취하고 나면 내가 왜 라즈니쉬를 사이비라고 말하는지 이해할 수 있으리라 생각한 것입니다. 기공부에 별로 관심이 없다면 더이상 권하지 않겠습니다.

『참전계경』에 대하여 한마디하겠습니다. 우리나라에는 『참전계경』을 연구하는 단체나 개인은 부지기수입니다. 『참전계경』에 대한 책도 수백 가지나 됩니다. 그중에서도 유독 나의 주목을 끄는 단체가 하나 있습니다. 대전의 대덕 연구 단지 내의 KAIST에 근무하는 박사급 남녀 15명으로 구성된 『참전계경』 연구 모임이 그것입니다.

그들은 전 세계의 모든 경전 예컨대 불경, 성경, 코란, 힌두교 경전 등등 온갖 경전을 빠짐없이 비교 연구합니다. 자기네들의 연구 성과를 해마다 책으로 발간하고 있습니다. 그 책을 읽고 인상에 남은 구절이 지금도 잊혀지지 않습니다.

"『참전계경』은 지금 지구상에 존재하는 어떠한 경전보다도 완전무결하다. 『환단고기』에 따르면 이 경전은 이미 지금으로부터 6천 년 전 배달국 초기부터 지금의 형태로 존재했던 것을 알 수 있다. 현존하는 세계의 그 어떤 경전보다도 2 내지 3천 년 전에 이미 우리 조상들에 의해 녹도문(鹿圖文)으로 쓰여진 것이다. 그 내용이 너무나도 완벽하여 지금부터 약 1만 년 전에 발생한 지금의 문명 이전의 전대(前代) 문명의 산물임이 틀림없다."

전대 문명이란 지구상에서 아틀란티스 대륙과 무 대륙 또는 레무리아 대륙이 침몰하기 전에 문명이 꽃피웠던 시대를 말합니다. 그런데 푸트볼 씨는 "『참전계경』은 상당히 통찰력이 부족한 것으로 보이더군요"하는 모호한 말로 경솔하게 『참전계경』을 폄하하고 있습니다. 이들 연구자들의 낯을 보기에 좀 미안하지 않습니까? 내가 보기에 푸트볼 씨는 『참전계경』에 대하여 공부 좀 제대로 하여 무엇을 좀 알고 나서 말을 해야 합니다.

라즈니쉬는 1990년 59세로 사망했습니다. 내가 『선도체험기』에 말한 것은 라즈니쉬가 1978년 47세 때 촬영된 머리가 하얗게 센 백세 노인처럼 보이는 사진을 보고 말한 것입니다. 그러니까 그가 인도에서 미국으로 가기 훨씬 전에 찍힌 사진(『푸나의 추억』 241쪽)입니다. 남의 실수를 말하기 전에 자신의 실수도 챙겨야 할 것입니다.

『선도체험기』에 실어도 좋습니다

먼저, 저는 현재 진행되고 있는 김태영 님과의 이메일 교신을 『선도체험기』에 싣는 것을 반대하지 않는다는 입장을 확실히 밝히겠습니다. 솔직히 님과 저 둘이서만 이 글들을 보기에도 좀 아깝다는 생각도 들고 저로서는 제 프라이버시가 드러날 일은 전연 없기 때문입니다. 중요한 것은 서로 주고받는 대화의 내용의 질이지 누구냐는 아닙니다.

김태영 님께서 올바르게 파악하셨듯이 저는 사이비 종교의 하수인도 아니고 단지 한 명의 구도자일 뿐입니다. 그것만 알면 충분하다는 생각입니다. 과거에는 잘못을 했더라도 깨닫고 참회하고 다시는 그런 일을 안 하겠다면 그것으로 충분합니다.

중요한 것은 좀더 나아지겠다는 의지지요. 교훈을 얻고 새롭게 태어나면 되는 것입니다. 다만 ××재, ㅇㅇㅇ하이 등에 대한 소개가 아직도 『선도체험기』에 그대로 있으므로 그것들을 삭제하는 게 어떨까 하는 생각입니다. 모든 독자들이 『선도체험기』를 80권까지 끝까지 읽으리라고는 장담 못 하니까요. 즉 과거의 책들에 대한 정화 작업을 하는 게 어떠냐는 말씀입니다.

그런데 한 가지 부탁드리고 싶은 것이 있는데 김태영 님이 ××재의 실상을 알고 조치를 취한 후 ××재의 ㅇㅇㅇ씨가 김태영 님에게 중상모략을 여러 번 했다고 했는데 어떤 일인지 구체적으로 말씀해 주실 수 있겠습니까? 개인적으로 ㅇㅇㅇ씨를 알기 때문에 궁금해서 드리는 말씀입니다. 물론 정보 제공자에 대한 비밀은 철저하게 유지될 것이며 함부로 떠들지도 않을 것이고 어차피 메일로 말씀하셔도 실명이 아니라 ○○○라는 가명을 지칭하여 말씀하시는 것이므로 문제될 것은 없을 것입니다. 싫으시다면 어떤 일인지 대략적으로만 알려 주시면 감사하겠습니다.

××선원을 정법이라고 말한 것은 괘념치 마시기 바랍니다. 사실 잘 이해를 못 하실 것이고 여기에 대해 논의하는 게 적절치 않다고 봅니다. 그냥 넘어가는 게 옳을 듯합니다. 앞으로도 ××선원이 정법이라는 말은 하지 않을 것입니다.

라즈니쉬는 제가 초월적 체험을 통해 붓다임을 알아보았습니다. 마음에서 마음으로 전달된다고 하지요. 초월적인 체험을 통해서 해탈자, 붓다, 우주 전체의 의식에 도달한 이임을 알아보았고 아쉬람의 모든 섹스 등으로부터 벗어나 초연히 있는 자라는 것을 깨달았습니다.

휴 밀른과 홍신자 씨에 대해서입니다. 고타마 붓다가 스승을 바꾼 것과 그들이 라즈니쉬를 떠난 것은 성격이 다르지 않을까요? 휴 밀른은 전에도 말씀드렸듯이 사기꾼 냄새가 납니다. 라즈니쉬에게 실망해서 떠났다면 애초에 비리를 발견했을 때 떠날 것이지 왜 10년 이상 아쉬람에 머물며 온갖 섹스질은 다하고 기득권을 누렸습니까? 아쉬람을 떠나게 된 동기가 석연치 않습니다.

고타마 붓다는 그 스승 아래에서 할 수 있는 것을 다 해 봤지만 깨달음을 얻지 못해서 떠난 것이지만 휴 밀른은 그것과는 다른 것 같습니다. 아쉬람을 떠난 후에 오쇼를 공격하는 책을 쓴 것도 이상하고요. 그렇잖아도 라즈니쉬를 제거하려는 세력들이 많았는데 그들 세력의 사주를 받아 책을 쓴 것은 아닌지 의심됩니다.

홍신자 씨도 솔직히 라즈니쉬에 대한 서술에 있어서 감정이 개입되지 않았겠습니까? 읽어 보지 않아서 잘은 모르겠지만 휴 밀른 같은 경우엔 좋은 점은 모조리 제거하고 나쁜 점만 부각시키려는 의도적인 고의가 느껴졌는데, 홍신자 씨는 어떻게 서술이 되었을 지는 궁금합니다. 아무래도 왜곡시키지 않았을까요?

그런 점에서 믿을 수 없다는 것입니다. 100% 믿을 수 없다는 건 아닙니다. 몇십 프로 정도는 진실이 섞여 있을 수도 있겠죠. 그러나 그 서술 방식이나 주관적 견해나 뉘앙스 같은 것에서 왜곡과 조작이 있을 수 있지 않을까 하는 생각입니다.

그리고 라즈니쉬에 대해서 더이상 왈가왈부하지 말자고 했는데, 억지로 관둘 필요는 없습니다. 그냥 필요할 때 필요한 이야기를 하면 되고 할 이야기가 없으면 자연스럽게 관두면 되지 않겠습니까? 단, 소모적인 논쟁은 불필요하겠죠.

김태영 님은 운기조식, 즉 기공부를 깨달음을 위한 보조수단 정도로만 생각을 하시는 것 같군요. 저도 비슷한 생각입니다. 예전에 저는 김태영 님이 기공부로 깨달음까지 가겠다는 그런 뉘앙스로 들었습니다. 근데 그렇다면 기공부가 필요 없는 사람은 구태여 기공부를 하지 않아도 되지 않을까요? 주시, 비파사나를 할 수 있는 사람이 있다면 그냥 곧바로 그것에 들어가면 되지 구태여 기공부라는 보조수단을 할 필요는 없지 않겠습니까?

그리고 그런 식으로 말씀하신다면 선도, 즉 단학을 주시, 비파사나의 아래에다가 두시는 것처럼 되어 버리는데, 단학은 그저 보조수단에 불과한 것이 되지 않겠습니까? 단학을 가지고 깨달음에는 이를 수 없다는 식이 되는 건데요.

그걸 인정하시는 건가요? 그럼 김태영 님의 선도는 기공부, 몸공부는 보조수단에 불과한 것이고 깨달음의 직접적인 길은 주시, 관법, 비파사나라는 걸 인정하시는 거군요. 단학에는 주시, 관법이 없는 것으로 알고 있습니다. 관법, 비파사나는 불교에서 나온 것이죠. 이래서 맥이라는 게 중요하다고 말씀드린 겁니다.

주시나 비파사나, 참선이 깨달음으로 가는 코스 중 가장 중요하고 강력한 것으로 주목받는 이유는 그것이 깨달은 자가 전수해 준 수행법이기 때문입니다. 단학도 깨달은 자가 전수를 해서 확실한 맥이 있었다면 좋았을 텐데요. 깨달음은 물론 개인이 깨치는 경우가 많을 것으로 생각되지만 전수되기도 합니다. 이심전심이라고 하지 않습니까? 특히 선불교에서 이런 경우가 많죠.

【필자의 회답】

푸트볼 씨와 나와의 이메일 교신 내용을 『선도체험기』에 싣는 문제는 생각을 좀 해 보아야 하겠습니다. 나는 신문기자 출신입니다. 신문기자는 어떠한 위험에 처해도 취재원의 안전을 보장해 줄 의무가 있습니다. 일전에 미국의 어떤 여기자는 취재원을 밝히라는 검찰의 추궁에 끝까지 응하지 않아 구속이 되었습니다. 기자라면 누구나 그런 각오를 하고 있습니다.

이메일 교신 내용의 질이 아무리 좋다고 해도 나에게 끝까지 자신의 정체를 밝히지 않는 푸트볼 씨를 어떻게 믿고 그 내용을 활자화할 수 있겠습니까? 가명으로 쓴 글은 결국은 책임을 지지 않겠다는 말과 같습니다. 그런 글을 활자화할 만큼 나는 단순한 인간이 못 됩니다.

『선도체험기』는 제목이 말하는 바와 같이 처음부터 완벽한 체계와 자료를 갖춘 저술이 아닙니다. 필자의 선도 수행 체험담을 그때그때 있었던 그대로 쓴 것입니다. 생방송과 같은 것이어서 자연히 그 안에는 시행착오가 있을 수밖에 없습니다. 이것이 도리어 독자의 흥미를 끌고 있는 것도 사실입니다.

멋모르고 주인공이 저지른 잘못을 어떻게 극복해 나가는가 역시 이 책의 중요한 관심사입니다. 그래서 『선도체험기』 1권 서문에도 이 취지를 밝혔으므로 『선도체험기』 시리즈 중간의 어떤 책을 단 한 권만 난짝 읽고 사이비 종교 단체에 가입하는 일은 없을 것입니다. 그래서 『선도체험기』 시리즈를 읽으려면 다 읽고 안 읽으려면 처음부터 안 읽는 것이 차라리 낫습니다.

ㅁ씨가 나를 중상모략한 내용은 지금 푸트볼 씨가 50권을 읽고 계시다니까 조금만 더 읽으시면 상세히 나올 것입니다. 푸트볼 씨가 라즈니쉬를 초월명상을 통해서 붓다임을 알아보았다는 말 역시 지금 상태로는 믿음이 가지 않습니다. 그것은 푸트볼 씨가 나를 지금도 의심과 회의의 눈초리로 보는 것과 비슷합니다. 푸트볼 씨와 나 사이에 좀더 두터운 마음이 교류가 이루어져 그 의심의 벽이 허물어지기 전에는 어쩔 수 없는 일입니다.

휴 밀른이 10년간이나 라즈니쉬를 따라다니다가 그를 떠나 『타락한 신(神)』이란 책을 쓰기까지는 그 나름의 고민도 많았을 것이라고 봅니다. 내가 ○○선원에 4년이나 다니다가 그들의 비리를 알고 나서도 취재를 위해 1년간이나 더 머물다가 그들을 이탈하여 『선도체험기』 4권을 쓰기까지 무려 2년간 심사숙고를 했습니다.

○○ 씨가 사이비라는 것을 안 이상 내가 그를 좋게 소개한 『선도체험기』 1, 2, 3권을 읽고 선원에 들어간 내 독자를 구해 내야겠다는 사명감과 함께, 앞으로 닥쳐올 어떠한 난관도 무릅쓸 각오를 하고 심사숙고 끝에 『선도체험기』 4권을 쓰게 된 것입니다.

자신의 실명을 밝히고 어떤 조직의 비리를 폭로하는 책을 써서 발표한다는 것은 보통의 용기와 사명감 없이는 불가능한 일입니다. 휴 밀른 역시 당연히 그런 고민을 한 뒤에 모든 것을 각오하고 그 책을 썼을 것입니다.

예상했던 대로 나는 죽음까지도 무릅쓴 갖가지 고난을 다 겪었습니다. 『선도체험기』를 50권까지 읽으셨다니까 다 아실 줄 압니다. 휴 밀른이 누구의 사주를 받아 그런 책을 썼다고 했는데 그 사주한 사람이 저자의 생명까지 보호해 준다고 장담할 수 있을까요? 어림도 없는 일입니다.

○○와 그의 지시를 받는 조직과 나와의 사이에 일대일의 싸움이 붙었을 때 『선도체험기』를 읽은 전국의 협객들이 내 신변을 보호해 주겠다고 자청하고 나섰지만 현실적으로 그들이 나를 24시간 경호한다는 것이 가능한 일이 아니었습니다. 결국은 돈과 조직력을 가진 집단과 개인과의 일대일의 힘겨운 격투가 있었을 뿐입니다.

이러한 위험을 무릅쓰고 그 책을 쓴 휴 밀른을 나는 평범한 사람으로 보지 않습니다. 라즈니쉬의 책을 읽고 그 부도덕하고 문란한 성생활로 황폐해 가고 폐인이 되어 가는 라즈니쉬 맹종자나 광신자를 구제해야 하겠다는 사명감 없이는 도저히 그런 책을 쓸 수 없었을 것입니다.

한국인으로서는 최초요 마지막으로 라즈니쉬의 제자가 되었던 홍신자 씨가 숱한 고민 끝에 그를 떠난 심정도 나는 충분히 이해를 할 수 있습니다. 이들 두 사람은 떳떳이 자기 정체를 밝히고 생명의 위험을 무릅쓰고 책을 써서 출판했습니다.

푸트볼 씨가 만약 내 입장이라면 이들 두 사람의 말을 믿겠습니까? 구차하고 비겁하게 가명으로, 지금은 많이 누그러졌지만 좀 전까지도 주제넘고 신랄하고 오만방자하고 무례한 독설을 거침없이 나에게 내뱉은 정체 모를 이메일 발신자를 믿겠습니까?

그리고 내가 말하는 선도는 중국식 단학도 아니고 그렇다고 우리나라에 4백5십 년 전에 살았던 북창 정렴의 『용호비결』에 나오는 단학과도 다릅니다. 『삼일신고(三一神誥)』에 나오는 지감(止感), 조식(調息), 금촉(禁觸) 수련에 바탕을 두고 있습니다. 마음공부, 기공부, 몸공부가 하나로 조화를 이룬 공부를 말합니다. 사람은 원래 몸, 기, 마음으로 이루어진 존재이므로 그 셋 중에 어느 하나나 둘만으로는 승부를 볼 수 없습니다.

『선도체험기』에도 수없이 밝혀 놓았고 『소설 단군』에도 요약해 놓았습니다. 마음공부가 말하자면 푸트볼 씨가 말하는 주시(注視), 비파사나, 참선, 관(觀)에 해당합니다. 이것이 주(主)고 기공부와 몸공부는 마음공부의 보조수단임을 누누이 밝혀 놓았습니다. 그러나 그 셋은 삼위일체(三位一體)로 조화를 이루어야 성통공완 즉 구해탈(俱解脫)에 이를 수 있다는 것이 삼공선도의 견해입니다.

그러나 깨달음의 직코스라는 관법 수련은 모든 수련 단체의 공통된 수행 방편입니다. 삼공선도의 특징은 몸공부와 기공부를 가장 유력한 보조수단으로 이용한다는 것이 특징입니다. 그래서 건강한 몸으로 기운을 타고 관법 수련을 하는 것을 모토로 내걸었습니다.

석가의 염화미소, 임제(臨濟) 할, 덕산(德山) 방을 가지고 깨달음이 이심전심으로 전수된다고 한다면 그것도 일리가 있다고 할 수 있겠지만, 내가 보기에는 그것은 진짜 깨달음을 위한 예비 단계 정도가 아닐까 생각합니다. 진짜 깨달음은 어디까지나 구도자 자신이 때가 무르익었을 때 내부의 생명력이 개화하듯 홀연히 찾아오는 것입니다.

정체불명의 무뢰한

　김태영 님이 저를 불신하는 건 충분히 이해가 가는 일입니다. 김태영 님 입장에서 볼 때는 저는 익명의 정체불명의 무뢰한으로 비쳐질 소지도 충분히 있습니다. 라즈니쉬 초월체험 이야기는 애초에 김태영 님이 믿어 줄 것이라고 기대 자체를 하지 않았습니다.

　김태영 님은 이제까지 수없이 헛다리를 짚었습니다. ○○ 대선사, ××재, ○○○하이 등등... 김태영 님의 행동을 보면 정말 소경이 앞을 보지 못해서 뒤뚱뒤뚱 걸어가다가 여기에 쿵 부딪치고 다시 저기에 쿵 부딪치는 모습을 연상시킵니다.

　그만하면 자신의 능력(구루, 도인을 알아보는 능력)에 대해서 불신감을 가지고 아예 입다물고 있는 게 좋을 것입니다. 다시 말해 라즈니쉬가 사이비라는 소리도 하지 말라 이겁니다. 제가 라즈니쉬의 하수인으로서 협박하는 게 아니라 김태영 님을 위해서 충고드리는 것입니다.

　함부로 다른 이들을 좋게 소개하는 것도 위험하지만 함부로 다른 이들을 사이비라고 하는 것도 위험합니다. 더구나 라즈니쉬는 김태영 님처럼 반대파도 있지만 추종하는 세력이 훨씬 더 많습니다. 게다가 그의 저서는 우리나라에서는 성경 다음으로 많이 팔릴 정도로 히트를 쳤고 지금도 구도자들에게 널리 애독되고 있습니다.

　라즈니쉬의 저서가 갈수록 더욱 널리 읽히고 이처럼 생명력을 발하고 있는 것이 무엇 때문이겠습니까? 사이비는 아무리 잘 포장을 해도 보편성을 획득 못 합니다. 시간이 좀더 지나면 역사가 증명해 줄 것입니다. 이런 판국에 김태영 님 혼자서 사이비라고 떠들어 봐야 얼마나 효력이 있겠으며 누가 동조하겠습니까? '라즈니쉬에 넘어가서 고통받는 사람들을 구해야 한다'는 사명감 같은 것은 그냥 갖다 버리십시오.

자기 일은 자기가 알아서 하는 것이지 주제넘게 남을 위해서 나서는 것도 좋지 않을 뿐더러 시간 낭비입니다. 사이비인지 아닌지는 역사와 민심이 판단을 해 줄 것이고 김태영 님은 그냥 자기 일이나 열심히 하면 그만입니다.

만일 라즈니쉬가 사이비가 아니라 정법이었다면 김태영 님은 또다시 구도자들을 잘못 인도한 악업을 저지른 셈이 됩니다. 그러니 라즈니쉬가 정법이라는 이야기도 사이비라는 이야기도 하지 마시고 그냥 침묵하십시오. 입이 싸면 화만 부릅니다. 이순신 장군의 극도의 신중함과 치밀함에서 다시금 배워야 할 것입니다.

김태영 님의 삼공선도 - 몸공부, 기공부, 마음공부 체계는 솔직히 마음에 듭니다. 몸공부는 극도로 악화되어 가는 현대인들의 건강을 위해서 반드시 필요하다고 보며 기공부도 건강이라든지 아니면 영성을 일깨우기 위해 나름대로 필요한 면이 있다고 봅니다.

그리고 깨달음을 위해서 궁극적으로 주시, 관을 내세우신 것도 안목이 있습니다. 오행생식도 구도자에게는 거의 필수적인 것으로 생각됩니다. 김태영 님은 도인, 스승을 알아보는 능력은 없지만 이런 수행적인 면에 있어서는 상당히 높은 평가를 받을 만합니다.

아부를 하는 것이 아니라 객관적으로 평가해서 그렇습니다. 제가 이전에 신랄하게 김태영 님을 비판했던 것을 기억하면 결코 빈말이 아님을 알 수 있을 것입니다. 덧붙여서 아직은 제 정체를 밝힐 때가 아닌 것 같으며 때가 되면 밝히겠습니다.

【필자의 회답】

ㅇㅇ, ㅁ씨, ㅇㅇㅇ하이를 처음에 긍정적으로 소개했다가 뒤집은 일을 맹견처럼 계속 물고 늘어지는데 한두 번도 아니고 너무 빈도가 잦으니 아무래도 푸트볼 씨의 저의가 의심스럽습니다. 이미 7년 전에 정리가 끝난 남의 과거사를 그렇게 계속 들추어야 할 만큼 푸트볼 씨는 악취미의 소유자인지 아니면 똑같은 짓을 되풀이할 줄밖에 모르는 저능아인지 아리송합니다.

더구나 라즈니쉬를 빙자한 다음과 같은 발언은 문제가 있습니다.
"그만하면 자신의 능력(구루, 도인을 알아보는 능력)에 대해서 불신감을 가지고 아예 입다물고 있는 게 좋을 것입니다. 다시 말해 라즈니쉬가 사이비라는 소리도 하지 말라 이겁니다. 제가 라즈니쉬의 하수인으로서 협박하는 게 아니라 김태영 님을 위해서 충고드리는 것입니다."

이러한 협박성 발언은 라즈니쉬 숭배자나 광신도가 아니면 할 수 없습니다. 그렇기 때문에 어떻게 해서든지 상대의 약점을 파고들어 라즈니쉬에 대한 자기주장을 관철하려고 몸부림을 치고 있는 것처럼 보입니다. 이런 짓을 하면 우리들의 대화도 오래가지 못할 것입니다. 부디 정신을 좀 차리시기 바랍니다.

그건 그렇고, 거듭 말하지만 시행착오를 극복해 나가는 과정이야말로

『선도체험기』의 장점이요 특징이라는 것은 알아야 할 것입니다.『선도체험기』의 진정한 독자는 바로 그 생생한 현장감 때문에 이 책을 읽습니다. 따끈따끈한 수도(修道)의 현장을 생방송처럼 가감 없이 있는 그대로 보여 주니까요.

수행은 국운과 장병들의 생명이 왔다 갔다 하는 이순신의 작전과는 성질이 다릅니다. 수련은 체험과 시행착오를 통하여 진리를 깨달아 가는 과정입니다. 수행자의 목숨이 왔다갔다하는 위험한 작전은 아니라는 얘기입니다.

수영을 배우기 위해서는 물속에 뛰어드는 것이 첩경입니다. 물속에 뛰어들기 전에 이리 재고 저리 재고 수영의 이론을 따지고 남의 경험을 일일이 점검하다가 어느 세월에 수영을 배울 수 있겠습니까? 우선 물속에 뛰어들어 빠져도 보고 물도 먹어 보고 허우적대기도 하는 동안에 자연히 수영 기법을 터득해 나가는 것입니다. 요컨대 체험이 제일 소중하다는 얘기입니다. 그래서 책 제목도『선도체험기』입니다.

그러나 시행착오에는 장단점이 다 있습니다. 그것을 이해한다면 시행착오를 가지고 그렇게 계속 물고 늘어지는 일은 좀 이상하지 않을까요?『선도체험기』를 읽고 ○○나 ㅁ씨에게로 간 사람들이 있다고 하는데 나도 잘 알고 있습니다.

일단 갔던 사람들도 그 후에 나온『선도체험기』를 읽거나 그들 스스로 그들의 비리를 알아내고 대부분 빠져나왔습니다. 극소수가 아직 남아 있는데 그 점은 나도 반성하고 있습니다. 그러나 인연 있는 사람들끼리는 다른 경로를 통해서도 얼마든지 갈 수 있다는 것을 알아야 할 것입니다.

그동안에 우리 둘 사이에는 숱한 문제들이 제기되었었는데 푸트볼 씨에 의해 라즈니쉬 문제만은 거의 빠지지 않고 거론된 것으로 보아 푸트볼 씨는 아무래도 라즈니쉬의 정신적 제자거나 좀 심하게 말해서 그의 맹종자나 광신도가 아닌가 하는 생각이 듭니다.

그렇다면 푸트볼 씨의 구도(求道)에 중대한 문제가 있습니다. 푸트볼 씨가 정상적인 구도자라면 그렇게도 악착같이 라즈니쉬를 옹호하고 변명할 리가 없기 때문입니다. 아무래도 푸트볼 씨는 초월명상을 하다가 라즈니쉬의 영에게 접신이 된 것 같습니다. 그렇다면 큰 문제입니다. 정신 차려야 합니다.

구도자는 석가의 말대로 무소뿔처럼 혼자서 묵묵히 가는 것이지 누구에게 의지하여 초월명상을 하든가 접신이 되어 깨달음을 성취하려 해서는 안 되기 때문입니다. 당연히 육조 혜능의 살불살조(殺佛殺祖) 정신을 발휘해야죠.

원래 세상에 이름이 좀 난 사람에게는 유명세라는 것이 반드시 붙어 다니게 마련입니다. 찬양자도 있고 비판자도 있는 것이 상례입니다. 그러다가 그 사람이 일단 숨을 거두고 관 뚜껑을 덮고 나면 대체적으로 그에 대한 객관적인 평가가 나오게 되어 있습니다.

휴 밀른은 내가 법적인 위해(危害)를 피해 ○○의 비리를 소설 형식을 빌어 폭로한 것과는 달리, 자신의 생명의 위협을 무릅쓰고 직접 라즈니쉬의 실명을 들어 책으로 당당하게 그의 비리를 고발했습니다. ○○가 라즈니쉬의 행위를 본따 그의 도장을 찾는 반반한 여자들을 성적으로 농락하고 그의 맹종자들로 하여금 그룹 섹스와 같은 성 문란 행위를 하게 한 현장 분위기를 감지한 나는 라즈니쉬야말로 그의 현란한 저서를 미끼로 큰 죄를 범하고 있다는 것을 실감했습니다.

푸트볼 씨는 지금도 라즈니쉬의 저서가 계속 팔려 나가고 있다고 했는데 그 저서로 인해 수많은 추종자들이 성적으로 타락하여 심신이 황폐해지고 폐인이 되어 가는 현실을 좌시해서는 안 될 것입니다. 더구나 스와핑 같은 성 문란 행위는 우리나라에서도 일반 시민 사이에도 번져 나가 가정을 파괴하고 있는 실정입니다.

불경과 성경을 비롯한 동서양의 각종 예언서들은 한결같이 말세가 되면 가짜 도인이 진짜 도인보다 더 진짜 행세를 하여 수많은 무고한 사람들을 타락시킬 것이라고 했는데 라즈니쉬야말로 그런 종류의 전형적인 인간이라고 봅니다. 사기꾼의 유창한 말(저서)에만 현혹되어 그의 진면목을 보지 못하는 푸트볼 씨가 딱하고 안쓰럽습니다. 부디 환상에서 깨어나시기 바랍니다. 이제 시간이 흐르면 라즈니쉬의 진상이 더욱더 확실하게 드러날 것입니다.

나는 누가 뭐라고 해도 사기꾼이 내뱉는 청산유수처럼 막힘없는 천 마디 만 마디의 말보다는 그의 실제 행동 하나에 더 큰 무게 중심을 두고 인간을 평가하는 사람입니다. 그것이 또한 사람을 평가하는 동서고금의 보편적이고 변함없는 기준이기도 합니다. 휴 밀른이 출판물에 의한 명예훼손 혐의로 법정에 섰다는 소식을 나는 아직 접하지 못했습니다. 이것은 라즈니쉬의 성 문란 행위가 사실임을 입증하는 것입니다.

내가 세 번이나 사람을 잘못 본 전과가 있으니 라즈니쉬도 역시 헛다리를 짚었다고 단정하면 안 됩니다. 이제 세월이 흐르면서 라즈니쉬의 공과도 점점 더 명백하게 드러날 것입니다. 느긋하게 시간을 두고 지켜보는 여유를 가지시기 바랍니다. 지금 당장 그의 책이 잘 팔려 나간다고 너무 부산을 떨지 말라는 얘기입니다. 죽어 버린 라즈니쉬의 명예가 손상되면 세상이 당장 뒤집어지기라도 하는 것처럼 제발 호들갑 좀 떨지 말기 바랍니다.

푸트볼 씨가 뭐라고 해도 나는 목숨을 걸고 책을 써 낸 휴 밀른이야말로 진정한 의인이요 구도자라고 봅니다. 내가 보기에는 푸트볼 씨는 아무래도 라즈니쉬를 직접 만나 본 일도 없고 순전히 그의 저서에만 매료된 사람 같습니다. 그리고 라즈니쉬의 영에게 접신된 사람 같습니다.

초월명상을 할 때도 라즈니쉬의 그림자를 의식에서 깨끗이 세탁한 다음에 해야 그의 진면목이 드러날 것입니다. 라즈니쉬를 숭배하는 마음으로 초월명상을 하면 그의 영에게 접신되기 알맞습니다. 석가모니를 숭배하는 사람이 명상을 하면 틀림없이 황홀한 석가모니 상이 나타나 그를 위무해 주게 되어 있습니다.

푸트볼 씨가 만약에 나라면 라즈니쉬를 직접 겪어 본 사람의 말을 믿겠습니까 아니면 자기 정체도 밝히지 않고 엉뚱한 독설이나 퍼붓는 무뢰한 같은 사람의 말을 믿겠습니까? 그러니 더이상 나를 설득시키려고 헛수고하시지 말아 주기 바랍니다.

삼공선도의 일부 수행법을 알아준 것은 다행입니다. 그러나 여전히 기 수련, 운기조식(運氣調息)에 대해서는 관심이 없는 것 같습니다. 만약에 푸트볼 씨가 기공부로 연정화기(煉精化氣)의 경지에 오른다면 내가 왜 라즈니쉬를 우습게 보는지 그 진정한 이유를 알게 될 것입니다.

그런데 그 방면에 관심이 없다니 어쩔 수 없는 일이군요. 라즈니쉬 외에도 우리 둘 사이에는 할 얘기가 더 많을 것 같은 데 어떻게 생각하십니까? 라즈니쉬만 계속 물고 늘어질 것입니까? 그렇다면 더이상 이메일 교신을 할 필요가 없지 않을까요?

문제가 많군요

　우선 김태영 님은 지난번 제 편지의 요지를 이해 못 했습니다. 제 편지의 요지는 라즈니쉬를 옹호하는 것이 아니라 김태영 님이 어떻게 행동해야 할지 충고를 드린 것입니다. 그런데 제가 라즈니쉬를 옹호하고 맹종하는 것처럼 말하며 또다시 방어 일변도로 나온 것은 논지를 이해 못 한 착오입니다.
　저는 라즈니쉬 맹종자도 광신도도 아니며 다만 있는 그대로 바라볼 뿐입니다. 그리고 업을 짓지 않고 현명하게 행동하기 위해선 어떠해야 하는지 말씀을 드린 것에 불과합니다. 그런데 알아듣지를 못하시니 딱합니다.
　더구나 어이가 없는 것은 김태영 님이 저를 제자로 만들려 하는 것 같은 느낌이 든다는 것입니다. 왜 제가 기공부에 그렇게 관심을 가져야 한다고 생각하십니까? 저를 기공부의 제자로 만들고 싶으신 건가요? 그 의도가 별로 좋아 보이지 않습니다. 더구나 삼공선도를 알아준 것이 '다행'이라고 한 것은 또 무슨 이상야릇한 표현인지 모르겠군요.
　명예욕이나 과시욕 같은 것은 극복해야 한다는 걸 잘 아시지 않습니까? 기공부에 대해서 좀 대화를 나누고 싶었는데 이 부분을 먼저 확실히 해야 한다고 봅니다. 상대방이 관심을 가지건 말건... 글쎄요.
　김태영 님 문하에 제자들이 있는 것으로 압니다. 몇 명이나 되는지는 잘 모르겠지만요. 하지만 그걸 갖다가 명예욕을 개입시키고 은근히 선생이라 칭함을 받는 것을 좋아하면 그거야말로 위선자에 사이비 교주의 기초가 된다는 것을 아셔야 할 것입니다.

잘 아시듯이 명예욕, 권력욕을 극복하는 것은 깨닫기 위해 반드시 필요합니다. 김태영 님은 이 점이 굉장히 위험한데... 깨닫기 전에 세상에 나와서 활동하는 사람의 90% 이상이 다 가짜라는 말이 있습니다.

깨닫기 전에 세상에 부각되어 활동하면 은근히 자만심이 생기고 명예를 누리는 것을 좋아하고 그런다는 것이죠. 그래서 출가를 하고 은둔을 하는 것입니다. 세상적으로 가지고 있는 것을 전부 버린다는 것이지요. 물론 마음으로 버리는 것이 진짜 출가이지만 말이죠. 김태영 님은 지금 뭔가를 움켜쥐고 있는 것이 아닌지 진지하게 생각해 보셔야 할 것입니다.

『선도체험기』에서 온갖 현란한 말들은 다 늘어놓으며 도인인 척 생색은 다 냈던 김태영 님이 이 정도 수준밖에 안 된다면 정말 실망이라고 할 것입니다. 겉으로는 아니라고 하면서 속으로 은근하게 욕망을 만족시키고 있다면 자기를 속이는 것입니다.

좀더 냉정하게 자기를 바라보시기 바랍니다. 제가 예전에 『선도체험기』 발간을 중지하라고 한 게 다 이런 폐단을 예상해서 했던 말입니다. 김태영 님은 아직도 탐진치가 상당히 남아 있으며 이를 닦아 내기 위해 부단한 노력을 해야 할 것으로 생각됩니다.

나를 제자로 만들기를 은근히 바라는 그런 못된 마음이 남아 있는 한 수행자라고 할 수 없으며 더이상의 도담은 불가능합니다. 편지를 주고받으면서 이렇듯이 속내가 다 보이게 되어 있습니다.

수행의 기본은 출가입니다. 그런데 김태영 님은 세속에서 수도를 시작했습니다. 그것도 『선도체험기』를 통해 세상 전면에 이름을 알리고 드러냈습니다. 이것이 정말로 가장 위험한 것입니다. 깨닫기 전에 세상에 나온다는 것은 명예욕, 과시욕, 재물욕 등 온갖 탐심에 노출될 위험이 대단히 큽니다.

제가 보기에 김태영 님은 이미 상당히 오염되어 있군요. 제가 오해를 하고 있다면 반론을 제기하시기 바랍니다. 그러나 상당히 실망이며 이 부분을 제대로 짚고 넘어가지 않는 한 도담은 불가능할 것 같습니다.

【필자의 회답】

나는 푸트볼 씨 같은 사람을 제자로 삼을 생각은 추호도 없으니 그 점은 염려 놓으셔도 되겠습니다. 기공부를 권해 보았다고 해서 내가 푸트볼 씨를 제자로 삼으려 했다고 오버센스했다면 그것이야말로 큰 착각입니다. 기공부야 혼자서도 할 수 있고 나 외에 다른 사람에게서도 얼마든지 배울 수 있으니까요. 나는 제자가 되겠다고 찾아오는 사람도 미처 다 수용하지 못하는 사람입니다.

내가 기공부를 권해 본 것은 라즈니쉬에게 지나치게 경도된 푸트볼 씨가 제대로 사물을 관찰하는 균형된 안목을 갖게 할 수 없을까 하는 충정에서였습니다. 또 『선도체험기』를 읽고 있다니까 하는 말인데 이 책의 내용은 반 이상이 기공부에 대한 얘기입니다. 『선도체험기』의 내용을 제대로 파악하려면 기공부가 필수적이기 때문에 권해 보았을 뿐입니다.

푸트볼 씨가 지금 내 제자가 되기를 원한다 해도 나는 거절했을 것입니다. 왜 그럴까요? 푸트볼 씨는 구도자의 가장 중요한 덕목 중의 하나

인 성실성이 없는 사람이라는 것을 처음부터 알아보았기 때문입니다. 『선도체험기』를 45권까지 읽었다고 했지만 그간 교환된 이메일 문맥으로 보아 고작 45권 전후의 몇 권을 훑어보았을 뿐입니다.

노력 없는 재능은 길가에 버려진 쓰레기와 같다는 말이 있지만, 성의 없는 구도(求道) 행각은 땡중만 양산할 뿐입니다. 거짓말은 오계(五戒)도 못 지켰음을 말해 줍니다. 오계를 어기고도 마음이 편할 수는 없을 것입니다. 만약 거짓말을 하고 마음이 편한 사람이 있다면 그 사람이야말로 정신병자일 것입니다. 그러니 푸트볼 씨가 나에게 거짓말한 것도 혹시 무애행이라고 변명하진 말아야 할 것입니다.

나는 무애행(無碍行)이라는 것에 대하여 처음부터 깊은 회의를 품은 사람입니다. 실례를 하나 들겠습니다. 지난 세기 초, 경허(鏡虛) 스님이 제자인 만공(滿空)을 데리고 어느 산골 마을을 지나고 있었습니다. 두 사람은 탁발한 곡식을 한 짐씩 지고 있었고 만공은 무겁고 힘들어 못 가겠다고 불평을 해댔습니다.

마을에서 좀 떨어진 오솔길에 아이를 업고 물동이를 인 젊은 아낙이 동이 밑으로 넘쳐흐르는 물을 연신 한 손으로 걷어 내면서 힘겹게 걷고 있었습니다. 이때 경허 스님이 느닷없이 그 아낙에게 달려들어 그녀의 양 귀를 꽉 잡고 야무지게도 입을 맞추었습니다. 갑자기 당한 일로 젊은 아낙은 아이고 소리와 함께 기절초풍을 하고 쓰러졌고 그 서슬에 물동이는 떨어져 깨어져 나갔고 업혀 있던 아이는 꼬챙이에 찔린 듯 자지러지게 울어댔습니다.

인근 밭에서 일하던 마을 농부들이 일제히 "저 중놈 잡아라!" 하고 외치면서 낫과 보습을 들고 쏜살같이 달려왔습니다. 경허와 만공은 꽁지가 빠지게 젖 먹던 힘까지 동원하여 산비탈로 삼십육계 줄행랑을 쳤습니다. 잡히는 날이면 매맞아 죽을 판이니 결사적으로 도망을 칠 수밖에 없었습니다.

이윽고 사지를 벗어나자 너럭바위에 걸터앉은 경허가 아직도 구슬땀을 뻘뻘 흘리고 있는 만공에게 말했습니다.

"지금도 배낭이 무거우냐?"

조계종에서는 이것을 보고 제자인 만공을 가르치기 위한 경허의 무애행이라고 했습니다. 그러나 내 생각은 좀 다릅니다. 경허는 제자를 가르치기 위해서는 그런 식의 무애행을 해도 된다고 생각했는지 모르지만 그 일로 인해 그 아낙이 당했을 낭패를 상상이나 해 보았는지 의문입니다.

지난 세기 초라면 아직도 남녀칠세부동석이라는 엄격한 유교 윤리가 이 땅을 지배하던 시절인데 그 아낙은 그 후 어떤 일을 당했을까요? 만약에 남편과 시집이 속 좁은 사람들이었다면 쫓겨났을지도 모릅니다. 누가 뭐라고 해도 이것은 파렴치한 성폭력 범죄입니다.

비록 시집에서 쫓겨나지 않았다고 해도 그녀는 평생을 그 치욕을 곱씹으며 살았어야 했을 것입니다. 더구나 그 일로 인하여 이 땅의 불교 승려들에 대한 일반 사람들의 인식이 얼마나 악화되었을지를 상상이나 했을까요?

무애행이야말로 범죄와 파계를 합리화하려는 편리한 구실로밖에는 보이지 않습니다. 경허가 제자를 가르치는 데는 이런 짓 말고도 얼마든지 방법이 있었을 것입니다. 그런데 굳이 그런 추태를 보인 것은 경허에게 다른 의도가 있었을 것이라는 상상을 아니할 수 없습니다. 그러니 푸트볼 씨가 나에게 거짓말한 것을 행여 무애행이라고 변명하면 안 됩니다.

그건 그렇고 푸트볼 씨가 나에 대하여 진정으로 비판을 하고 충고를 하려고 했다면 적어도 내 저서는 모조리 다 독파하는 성의는 보였어야 합니다. 지금까지 나온 도에 대한 내 저서는 백 권 가까이 되는데 그중에서 고작 몇 권 정도 읽고 나서, 나를 만나 보지도 않고, 시중에 떠도는 악성 유언비어 따위를 근거로 나를 평가하고 비판하려 했으니 엉뚱하게도 한국 상고사에 대한 자신의 무식을 폭로하고 지금도 터무니없는 헛소리만 계속 남발하는 것입니다.

나는 이미 세상을 살 만큼 살았고 지금 당장 죽어도 아쉬울 것 하나 없는 사람입니다. 생사일여(生死一如)를 이미 간파한 지 오래되었기 때문입니다. 내가 지금 명예욕, 재물욕, 과시욕에 사로잡혀 있다고요? 나와는 전연 번지수가 다른 얘기입니다. 나는 이미 오래 전부터 하루하루를 내 생의 마지막 날처럼 사는 데 익숙해져 있습니다. 군맹무상(群盲撫象)이 바로 푸트볼 씨를 두고 한 말입니다.

물론 인간인 한 나도 결점이 많은 사람입니다. 그것은 나도 잘 알고 있고 지금도 고치려고 애쓰고 있습니다. 그러나 미안한 얘기지만 푸트볼 씨는 나의 인간적인 약점을 맹견처럼 물고 늘어진 그 문제의 세 가지 외에, 단 하나도 제대로 짚어내지 못하고 엉뚱한 헛다리만 짚고 있으니 딱할 뿐입니다.

푸트볼 씨처럼 가명을 방패 삼아 패륜아나 무뢰배처럼 온갖 무례와 오만방자하기 짝이 없는 독설이나 퍼붓는 데는 가히 달인의 경지에 오른 불성실한 사람과는 제자는 고사하고 더이상 대화를 나눌 가치가 없다는 것은 벌써부터 알고 있었습니다. 그런데도 푸트볼 씨와 그동안 이메일 교신을 지속해 온 것은 나에 대한 어떠한 반대 의견도 가능한 한 수용하겠다는 나의 기존 방침 때문이었습니다.

그러나 푸트볼 씨에게도 노상 장점이 없는 것은 아닙니다. 만만찮은 문장력과 유연한 논리 전개 능력은 사 줄 만합니다. 만약에 구도자로서의 성실성이 회복되고 살불살조(殺佛殺祖) 정신을 살려서 누구에게도 기울어지지 말고 균형감각을 살려서 무소뿔처럼 혼자 자기 갈 길을 묵묵히 갈 수 있고 그와 함께 그 오만방자한 독설만 삭일 수 있다면 그런대로 앞으로 뻗어나갈 희망이 노상 없는 것은 아닙니다.

나는 이 점을 지켜볼 것입니다. 부디 내가 이 세상을 뜨기 전에 푸트볼 씨가 훌륭한 구도자가 되었다는 소식을 들을 수 있다면 다행으로 알 것입니다.

서울에 사는 30대 남성

　오버센스하는 건 김태영 님이 아닐까요? 아무래도 김태영 님의 글에서는 마음이 흔들리는 것이 감지되는데 그것은 탐진치(貪瞋癡) 중 진에 해당되는 것입니다. 다시 말해 감정에 끄달리는 것이지요.
　상대방이 아무리 욕설이나 비난 공격을 퍼부어도 마음속에는 동요 한 점 없어야 진정한 도인이라 할 수 있는데, 이번 김태영 님의 편지에는 저도 차마 쓰지 않았던 격하고 심한 표현들이 보이는군요. 그런 표현들을 쓰는 것은 저한테는 아무런 영향도 끼치지 못하지만 김태영 님에게는 스스로 괴로운 것입니다. 저는 그런 공격받아도 전혀 개의치 않습니다.
　그러니까 그런 자해행위는 하지 마시기 바랍니다. 흥분하거나 감정에 끄달리는 것은 건강에도 좋지 않습니다. 저는 거짓말한 적이 없으며 1권부터 시작해서 지금 현재 『선도체험기』 51권을 읽고 있습니다. 덮어놓고 넘겨짚지 마시기 바랍니다. 김태영 님을 비판함에 있어 『선도체험기』 전부를 읽지 않았던 것은 아쉬운 일이지만 제 지적은 틀림이 없었다고 생각합니다. 『선도체험기』 74권에서 79권까지도 읽었습니다.
　그렇기에 결말에도 그렇게 큰 차이가 없다는 것은 알고 있습니다. 막연하게 『선도체험기』만 읽으라고 하지 말고 제 비판의 어떤 부분이 어떻게 말이 안 되는지 그리고 제가 읽지 않은 『선도체험기』 몇 권에 그 근거가 있는지 제시했다면 더 좋았을 텐데요?
　말씀하신 경허 스님 무애행에 대한 이야기도 이미 『선도체험기』에서 보아서 알고 있습니다. 그런데 무애라는 게 워낙에 차원이 높은 이야기라 일반인들에게는 잘 감이 안 잡히는 것이 사실입니다. 그러니까 수준이 안 되는 사람은 이해를 못 하는 것이죠. 말씀하신 경허 스님 무애행 이야기가 옳다는 것이 아닙니다. 경허 스님이 어떤 분인지는 잘 모르겠지만 원효 대사나 라즈니쉬는 분명히 무애행을 한 사람이라고 생각합니다.

제가 비판 좀 했다고 흥분하거나 분노하지 마시기 바랍니다. 너무 김태영 님이 오버센스해서 감정이 격해질 것 같으면 저도 비판을 접겠습니다. 김태영 님을 위해 쓴소리한 것인데 그걸 공격이라고 받아들이고 분노해 길길이 날뛰면 안 됩니다. 다만 제가 정체를 밝히지 않은 익명이라는 점에 있어서는 김태영 님의 입장을 십분 이해합니다.

지금이라도 제 정체 중 일부를 밝히지요. 저는 서울에 사는 30대의 남성이고 이름은 기선태(추후에 일어날 수도 있는 복잡 미묘한 문제들을 고려하여 기존 방침대로 가명을 썼음. 필자)라고 합니다. 앞으로 대화를 얼마나 더 할 수 있을지 모르겠지만 앞으로 기선태라고 불러 주시면 됩니다.

수행에 있어서는 김태영 님은 나름대로 높은 식견을 가지고 있다는 것을 인정합니다. 삼공선도라든가 수행에 대한 지도라든가 여러 가지를 보면 꽤 괜찮은 이야기들이 많이 나옵니다. 또한 『선도체험기』도 제가 비판한 과오도 많지만 분명히 공적도 있습니다. 40권부터 시작된 고전 번역은 참 재미있게 읽었습니다.

그리고 여러 사회 이슈들을 소재로 다룬 것도 저에게는 재미있었습니다. 그러나 기왕 하는 김에 완전무결을 지향해야 합니다. 공과가 뒤섞여서 평가가 복잡해서는 안 됩니다. 명실상부한 우수한 책, 고전이 되도록 해야 합니다. 그런데 그렇지 못해서 안타깝군요. 님과 저와의 인연이 어떻게 될지는 모르겠습니다.

실제로 만날 수도 있고 아닐 수도 있겠지요. 먼저 님께서 세상을 뜨실 수도 있고요. 그러나 오행생식을 하고 계신데 최소한 백 살은 넘기셔야 하지 않겠습니까? 그렇잖아도 현성 김춘식 선생이 겨우 59세로 타계한 것에 대해 말이 많은데 김태영 님까지 일찍 세상을 뜨시면 오행생식에 대한 신뢰가 더욱 떨어지지 않을까요? 김춘식 선생이 59세로 타계한 것이 과연 님 말씀대로 이빨을 뽑은 것 때문에 그럴까요?

『선도체험기』를 보니까 이렇다 할 확실한 정황을 말해 주지 못하더군요. 자석침 실험을 위해 이빨 뽑은 것 때문에 타계하셨다는 건 추측 같더군요. 그렇지만 생식에 대한 제 믿음이 흔들리는 것은 아닙니다. 생식은 구도자의 필수식품이라고 생각하며 생식의 위대함은 이미 과학적으로도 증명되었지요. 생식의 유일한 단점은 맛이 없는 거라고 하지 않습니까?

어쨌든 김태영 님도 세상을 뜨기 전까지 후회 없는 구도행을 하시기를 바랍니다. 그리고 언젠가는 확실하게 도를 깨닫기를 바라 마지않습니다.

기선태

【필자의 회답】

내가 마음이 흔들린다느니 탐진치가 있다느니 이번에도 기선태 씨는 혼자서 제멋대로 장구 치고 북 치고 소설 쓰고 못 하는 일이 없군요. 기선태 씨는 헛다리짚는 데는 가히 달인의 경지에 올랐다는 칭찬을 들을 수밖에 없겠습니다.

솔직히 말해서 기선태 씨가 나한테 처음으로 보낸 "『선도체험기』… 어이가 없군요"라는 메일을 받았을 땐 나 자신도 어이가 없었습니다. 그러나 그전에 이보다 더 악의적으로 나를 비난한 편지를 나를 음해하려는 사람들로부터 숱하게 받은 일이 있어서 어느 정도 내성이 이미 생겨 있었으므로 심기가 좀 불편하긴 했지만 흥분하거나 감정에 끄달릴 정도는 아닙니다.

흥분하거나 분노가 치밀어 보았자 달라지는 것은 아무것도 없다는 것쯤은 나도 벌써부터 알고 있으니까요. 화가 나지도 않았는데 내가 화를 냈다고 제멋대로 상상하고 소설을 쓰지 말아야 합니다.

지난번 내 회답의 표현이 좀 신랄했던 것은 기선태 씨의 표현에 대응하다가 보니 그렇게 되었습니다. 상대가 무례하고 당돌할수록 나는 더욱더 신사적이고 부드럽고 친절하고 관대했어야 하는데 그렇지 못한 점을 반성하고 있을 정도지 치미는 분노로 날뛰다가 건강까지 해칠 우려는 조금도 없으니 안심하시기 바랍니다.

기선태라는 이름이 주민등록상의 이름인지는 몰라도 그 이름을 밝힌 이번 메일은 아직도 독설이 여전하긴 하지만 그전보다도 한층 더 누그러진 것 같아서 호감이 갑니다.

기선태 씨는 『선도체험기』를 1권부터 읽기 시작하여 지금 51권을 읽고 있다고 했습니다. 또 74권에서 79권까지 읽었다면 모두 57권을 읽었다는 얘기가 됩니다. 그런데 그동안 오고 간 10회의 메일 문답에서 기선태 씨는『선도체험기』를 57권이나 읽은 사람으로서는 도저히 할 수 없는 말을 했습니다.

한국 상고사에 대하여 전연 백지 상태인 독자도『선도체험기』를 읽기 시작하면 으레 상고사에 대하여 새로운 눈을 뜨게 되었다고 이구동성으로 말합니다. 그런데 유독 기선태 씨만은 한국 상고사 부분은 전연 알지도 못한 사람처럼 나에게 보낸 첫 번째 메일에서부터 말했습니다.

공자(孔子)가 동이계(고대 한국인) 출신이라는 말에 국수주의자라면서 반감까지 표시했습니다. 그뿐만 아니라 국조(國祖)에 대해서까지 마치 일제 치하에서 식민사학을 전공한 친일 사학자들처럼 혐오감을 나타냈습니다.

내가『선도체험기』를 애초에 쓴 동기가 기공부를 하면서 실제로 겪은 경험담을 동료나 후배 수련자들에게 알려 주기 위해서였습니다.『선도체험기』가 처음 나올 때만 해도 선도에 대한 외국의 번역물은 넘쳐났지만 현존하는 우리나라 사람으로서 선도를 실제로 체험한 얘기를 쓴 책은 전무했기 때문이었습니다. 어쨌든 한국 상고사는 이러한『선도체험기』에서 빼놓을 수 없는 부분입니다.

그럴 수밖에 없는 것이 내가 선도를 접하게 된 계기가 바로 한국 상고사 공부였기 때문입니다. 나의 10년간의 한국 상고사 공부가 작품으로 결실을 맺은 것이 미래소설『다물』과『소설 한단고기』와『소설 단군』입니다.

내가 선도에 관심을 갖게 된 것은 상고사 공부를 하다가 자연히『환단고기』를 알게 되었고 그 속에 나오는 삼대경전 중『삼일신고(三一神誥)』마지막 단락에서 "중(衆)은 선악청탁후박(善惡淸濁厚薄)을 상잡(相

雜)하야 종경도임주(從境途任走)하야 타(墮) 생장소병몰(生長消病沒)의 고(苦)하고 철(哲)은 지감(止感) 조식(調息) 금촉(禁觸)하야 일의화행(一意化行)하야 반망즉진(返妄卽眞)하야 발대신기(發大神機)하나니 성통공완(性通功完) 시(是)니라"를 읽고 눈이 번쩍 뜨이고 나서부터였습니다.

여기에 나오는 지감, 조식, 금촉을 현대 한국인이 알기 쉽게 국내외의 수행법들을 두루 참조하여 현대화한 것이 바로 마음공부, 기공부, 몸공부로 요약되는 삼공선도 체계입니다.

그리고 『선도체험기』 4권부터 14권까지에는 내가 4년간이나 몸담고 있던 ○○선원이 사이비 종교단체임을 깨닫고 그들과 결별한 후 나에게 가해진 그들의 법적, 물리적 공세에 죽음을 무릅쓰고 싸워온 기록이 실려 있습니다. 그런데도 기선태 씨는 이 부분을 전연 읽어 보지도 못한 사람처럼 ○○가 정법이라고 했습니다.

초기 『선도체험기』의 중요 내용은 이처럼 한국 상고사, 기공부, ○○와의 사투가 중요 내용입니다. 그런데 기선태 씨는 이 세 가지를 일체 모르는 것처럼 지금도 말하고 있습니다. 『선도체험기』를 57권이나 읽으면서 위 세 가지 부분만은 우정 쏙 빼놓고 읽으셨는가요? 그렇다면 제대로 읽었다고 말할 수 없지 않겠습니까? 그래서 나는 읽지 않았다고 말한 것입니다. 그리고 성실하게 읽지 않았다고 말한 것입니다.

기선태 씨가 나를 보고 "김태영 님을 위해 쓴소리한 것인데 그걸 공격이라고 받아들이고 분노해 길길이 날뛰면 안 됩니다"하고 말했습니다. 역시 오버센스입니다. 19년 전 수련을 하기 전이라면 혹 모르는 일입니다. 그러나 이런 터무니없는 소리를 들었다 해도 설마 삶의 무게가 있는데 내가 분노로 길길이 날뛰었겠습니까?

기선태 씨는 이번에도 역시 잘못 짚었습니다. 그러니 분노로 내가 길길이 날뛰다가 병이나 날 것이라는 걱정일랑 조금도 하지 말고 나를 비판하고 싶으면 마음대로 해도 됩니다. 단지 선입견에 사로잡혀 헛다리짚지 말고, 앞뒤가 맞고 조리가 정연해야 합니다. 그래야 내가 듣고 과연 그렇구나 하고 감동을 할 거 아닙니까?

그런데 지금까지 나를 향한 기선태 씨의 비판들 중에서 과녁을 제대로 맞춘 것이나 의표를 찌른 것은 신통하게도 단 하나도 눈에 뜨이지 않습니다. 그러나 기선태 씨는 그전보다는 한결 누그러지긴 했지만 역시 지금도 그 특유의 독설은 여전하군요. 나는 그동안 나를 음해하는 사람들로부터 하도 심한 독설과 욕설과 중상모략을 들어왔으므로 기선태 씨의 독설쯤은 새 발의 피에 지나지 않습니다.

내가 그 정도의 독설에 분노하여 길길이 날뛰다니 아무리 생각해 보아도 헛다리짚기는 역시 기선태 씨의 특기인 것 같습니다. 남에게 독설을 퍼붓는 사람은 그것으로 상대를 해치기 전에 그가 품은 독설 때문에 자기 자신이 먼저 상하게 되어 있습니다. 그래서 현명한 사람들은 남이 나에게 욕설과 독설을 퍼부어도 부드러운 덕담으로 응합니다. 나도 앞으로는 그렇게 하려고 의식적으로 노력할 것이니 기선태 씨도 그 일에 동참하는 것이 어떻겠습니까?

원효 대사가 요석 공주와 짝짓기 한 것과 라즈니쉬의 성 문란 행위가 무애행이냐 아니냐에 대해서는 이미 내 입장을 소상하게 밝혔으니 되풀이하지 않겠습니다. 견해 차이가 있는 것을 확인했으면 그것으로 됐습니다. 자기 견해를 상대에게 강요하려고 협박성 발언까지 할 필요는 없다는 얘기입니다.

다양한 견해와 주장들이 공존할 수 있는 것이 민주사회의 특성이 아니겠습니까? 남이 자기 의견에 동조하지 않는다고 해서 그것을 강요하려 한다면 호락호락 응할 사람도 없겠지만 그러한 강요 행위 자체는 범죄행위라는 것도 알아야 할 것입니다.

『선도체험기』를 시행착오 없이 완벽하게 써 달라는 충고는 고맙습니다. 그러나 이 책의 제목 그대로 다소의 잘잘못이 있어도 수련 현장을 생방송처럼 생생하게 보여 준다는 취지는 살려 나갈 작정입니다.

내가 죽은 뒤에 『선도체험기』 시리즈가 그때에도 혹 수련자들에게 이용될 가치가 있는 것으로 판명이 난다면 내 취지를 따라 공부하던 유능한 후계자가 혹시라도 나타나 정리 작업에 손을 댈지도 모르는 일이지만 그 일을 내가 지금 서둘러 할 형편도 아니고 그럴 것까지는 없다고 봅니다.

날보고 오래 살라고 한 것은 덕담으로 받아들이겠습니다. 지금의 건강 상태로는 백 살도 더 살 것 같고, 조금 더 욕심을 부린다면 『밥따로 물따로』를 쓴 이상문 선생의 주장대로 음양식을 철저히 하고 있고 오행 생식까지 하니까 천 살까지는 몰라도, 백 살 이상도 살 수 있는 것이 아닐까 하는 상상을 하게 됩니다. 그렇다고 해서 식물인간이나 치매 상태라면 구태여 오래 살아서 무엇 하겠습니까? 그러려면 빨리 가는 것이 차라리 낫죠. 어쨌든 역시 인명(人命)은 재천(在天)이라 아무도 모르는 일입니다.

현존하는 고승 중에서 내가 제일 존경하던 분이 바로 청화 스님이었습니다. 고승들 중 유일하게 단전호흡을 일상생활화하고 일일일식(一日一食)을 하고 있었습니다. 기공부 수준은 내가 보기에 소주천 정도였습니다. 장수할 줄 알았는데 겨우 80을 한 해 못 채우고 돌아가셨습니다. 그러니 사람은 갈 때가 되면 군소리 없이 표연히 떠나는 겁니다. 오늘을 마지막 날로 알고 하루하루를 충실하게 살다 보면 후회 없는 삶을 살 수 있을 것입니다.

오행생식을 주도한 김춘식 선생이 59세로 타계한 것은 아쉬운 일입니다. 그분이 돌아가실 때까지 제일 가까이에서 모신 분이 바로 오행생식의 한상윤 사장입니다. 내가 아는 것은 전부 그에게서 얻은 정보입니다. 기선태 씨가 원한다면 한상윤 사장을 소개하겠습니다.

그리고 나를 보고 깨달은 것처럼 행세한다고 말하지 말기 바랍니다. 나는 한 번도 내가 깨달았다고 말한 일이 없습니다. 다만 그 목표를 향하여 오늘도 한 걸음 한 걸음 쉬지 않고 뚜벅뚜벅 걸어갈 뿐입니다. 비록 가다가 돌뿌리 따위를 걷어차고 넘어져 절룩거리긴 해도 말입니다.

인생을 70년쯤 산 사람이면 누구나 인간은 조만간 다 죽게 되어 있고 빈손으로 왔다가 빈손으로 떠나고 이 세상에 변하지 않는 것은 없다는 것 정도는 자연이 알게 됩니다. 내가 혹시 이런 말을 책에 썼다고 해서 깨달은 체한다고 비꼬고 비난한다면 더 할 말이 없습니다. 입을 닫고 살아야 할까요?

자기 저서에다가 "나는 어디서 어느 해 어느 달 어느 날 몇 시에 마침내 크게 깨달았다"고 큰소리치는 자칭 도인 쳐놓고 진짜로 깨달은 사람을 나는 지금까지 단 한 사람도 만나 보지 못했습니다. 그렇게 말하는 것은 전부가 사기꾼이라고 해도 과언이 아닙니다.

그러나 그런 소리 일체 않고 그저 법등명(法燈明), 자등명(自燈明)으로 무소뿔처럼 혼자서 묵묵히 걸어가는 숨은 수행자들 속에서 나는 진짜 깨달은 사람을 숱하게 보아 왔습니다. 깨달은 사람은 원래 자기는 깨달았다고 호들갑을 떨지 않습니다.

나는 글 쓰는 것을 천직으로 알고 있습니다. 내 저서를 읽는 사람들은 내가 말이 많은 것 같지만 실제로는 말이 별로 없습니다. 책에는 내가 경험했거나 익히 알고 있는 일 외에는 결코 함부로 쓰지 않습니다. 내가 실수한 것은 솔직히 인정하지만 숨기는 일은 하지 않습니다.

진짜 부자는 절대로 돈 있는 체하지 않습니다. 그래도 알 만한 사람은 그가 부자라는 것쯤은 다 알아주게 되어 있습니다. 그를 보고 누가 거지라고 욕한다고 해도 그는 화내지 않습니다. 거지라고 욕한다고 해서 부자가 갑자기 거지가 되는 것은 아니니까요.

돈 없는 사기꾼들만이 부유한 티를 내게 마련입니다. 왜냐? 욕심이 많거나 순진하고 어리숙한 사람들을 등쳐먹기 위해서죠. 그러니까 덕담으로라도 나를 보고 "언젠가는 확실하게 도를 깨닫기 바란다"는 사족(蛇足) 같은 말은 할 필요가 없습니다.

나는 지금도 기선태 씨가 나를 음해하려는 단체의 하수인이 아닌 것을 천만다행으로 생각합니다. 그러나 혹시 라즈니쉬 숭배자나 그러한 단체의 요원으로서 나에게 어떤 영향력을 행사하려는 것은 아닌가 하는 의문은 여전히 풀리지 않았습니다.

기선태 씨는 지금까지 나에게 그런 의문을 품지 않을 수 없게 했습니다. 그리고 기선태 씨가 나에게 마치 깨달은 도인처럼 행세하려 한 것이 좀 낯간지럽지 않습니까? 기선태 씨가 진짜 깨달은 도인이라면 나에게 이런 느낌이 들게 하지 않아야 하는 거 아닙니까?

진짜 도인을 못 알아본다고 또 답답하고 한심하다고 할지 모르지만 이것 역시 최소한 일부는 기선태 씨가 책임져야 할 일이 아닌가 생각됩니다. 내가 생각하는 도인은 어떤 경우에도 그렇게 무례하고 충동적이고, 되바라지거나 주제넘거나 당돌하고 오만방자하지 않고 매사에 성실하고 겸손해야 한다고 보기 때문입니다.

기선태 씨는 도인이 되기 전에 먼저 인간이 되어야 합니다. 지금이라도 기선태 씨가 나에게 보낸 이메일들을 처음부터 냉정하게 다시 한 번 읽어 보시기 바랍니다. 내 말이 과연 헛소리인가, 부디 객관적으로 자기를 주시해 보기 바랍니다. 주관적으로 선입견에 사로잡힌 채로는 제아무리 지켜보기를 잘해도 진상이 드러나지 않을 것입니다.

남이 애써 가꾸어 놓은 옥수수밭에 갑자기 뛰어들어 제멋대로 분탕질을 하여 순간간에 쑥대밭을 만들어 놓는 미친 멧돼지 한 마리가 자기 자신이라는 것이 눈에 들어와야 그게 "바라보기"가 진짜로 제대로 된 것입니다.

아무리 좋은 충고를 하려고 했다고 해도 상대에게 처음부터 이처럼 무례하고 미쳐버린 멧돼지라는 인상을 심어 주었다면 원만한 대화가 이루어질 수 있겠습니까? 기선태 씨는 남의 깨달음을 걱정하기 전에 자신의 무지와 경솔과 성급함으로 가짜를 진짜로 잘못 알고 있는 자신의 어리석음부터 극복해야 합니다.

솔직히 말해서 내 눈에는 기선태 씨는 아직 입에서 젖비린내가 풀풀 나고 머리에 피도 안 마른 어린애로밖에는 보이지 않습니다. 그 어린애가 감히 어른들 하는 일에 감 놓아라 배 놓아라 하고 주제넘은 간섭을 하려고 기를 쓰고 있는 것입니다. 해야 할 공부가 태산 같고 세상 물정도 체험을 해야 할 텐데 그것을 다 생략하고 그 짧은 식견과 안목을 가지고 세상일에 성급하게 뛰어들어 간섭부터 하려는 만용을 부리고 있습니다. 이래서는 안 되죠.

 기선태 씨는 아직 공부해야 할 것이 많고 갈 길이 멀었다는 것을 이번 기회에 꼭 깨달아야 할 것입니다. 구도자가 되기 전에 먼저 예절 바른 사람이 되어야 한다는 것도 뼈저리게 명심해야 합니다. 그리고 누구를 비판하고 충고하려면 그 사람에 대해서 다각적으로 철저히 연구한 뒤에 해야 이번과 같은 실수를 되풀이하지 않는다는 교훈도 깊이 되새겨야 합니다.

『선도체험기』에 대한 비평

안녕하세요? 기선태입니다. 이야기를 좀 하고 싶습니다. 라즈니쉬 이야기 말고요. 『선도체험기』를 78권까지 읽었는데 『선도체험기』의 단점에 대해서 비평을 좀 해야겠습니다. 『선도체험기』 역시 공과가 있는 책으로 봐야 합니다. 여러 오류를 범하고 구도자를 잘못 이끈 죄도 있고 또 괜찮은 사상을 전달해서 긍정적인 영향을 끼친 점도 있지요. 『선도체험기』의 좋은 점에 대해선 생략하고, 단점에 대해서 이야기해 볼까요?

1. 김태영 님은 깨달았는지 깨닫지 못했는지 자기 입으로 공언하는 것이 말이 안 된다고 했는데 이거야말로 심한 착각입니다. 도리어 깨달았는지 깨닫지 못했는지 확실하게 선을 그어서 말하는 것이 필요한 것입니다.

석가모니도 자신의 깨달음을 선포했고 예수도 자신이 하나님의 아들이라는 것을 알렸습니다. 라마나 마하리쉬도 자신이 진아를 깨달은 자라는 것을 알렸습니다. 그러니 라즈니쉬가 자신의 깨달음을 선언하는 것도 당연한 것입니다.

깨달았으면 자신의 깨달음을 확실하게 선포하는 것이 중요합니다. 그것이 자신의 정체성을 확실히 알리는 것입니다. 이면 이고 아니면 아니다, 똑바로 확실하게 이야기해야 합니다. 그런데 김태영 님은 '눈뜬 사람이 자기가 눈떴다고 자기 입으로 말하는 거 봤소?'라는 식으로 자신의 깨달음을 선포하는 사람들을 매도하고 있는데 완전 헛소리라는 걸 알아야 합니다.

김태영 님 같은 부류의 인간들이 위선자이자 교묘한 사이비 냄새가 나는 인간입니다. 자기가 깨달았는지 깨닫지 못했는지 애매모호하게 가려 버리면서 언급을 회피하면서 실제로는 스승 행세를 하며 명예욕과 과시욕을 충족시킵니다. 이런 인간들이 깨달았다, 못 깨달았다라고 언급을 회피하는 이유가 뭔지 아십니까?

자신이 실제로 깨닫지 못했기 때문에 깨달았다고 말할 수도 없고, 또 남의 눈치도 보이기 때문에 도인으로 행세하는 것이 부담돼서 몸을 숨기려고 깨달았다고 말하지 못하는 것입니다. 그렇다고 자신이 깨닫지 못했다고 말하기에는 자신이 이제까지 수행한 것이 아깝고 자신의 여러 말빨로 사람들을 현혹시키고 싶고 스승 대우는 받고 싶기 때문에 깨닫지 못했다고 말을 하지도 못하는 것입니다.

그래서 깨달았는지 못 깨달았는지 애매모호하게 숨겨서 흘려가면서 실제로는 스승 행세, 정신적 지도자 행세를 하면서 교묘하게 에고를 충족시키는 것이죠. 이런 교활한 심리를 내가 모를 줄 압니까?

사이비 교주라고 하더라도 자기가 깨달았다고 선포를 한다면 그가 차라리 솔직한 것입니다. 그러나 좀 배웠다는 식자층 사람들이 교묘하게 사회와 타협을 하면서 스승 행세를 하려고 합니다. 이거야말로 정말로 웃기는 일이 아닐 수 없습니다.

김태영 님 말고도 이런 식으로 행동하는 사람이 많습니다. 자기가 깨닫지 못했으면 못했다고 솔직하게 말하고 나는 그저 중간에서 돕는 역할만 할 뿐이라고 선을 명확히 그어서 이야기해야 하는데, 다시 말해서 자신의 정체성을 확실히 해야 한다는 것입니다. 그런데 김태영 님은『선도체험기』에서도 '김태영 님은 깨달았습니까?'라는 질문에 애매모호한 말장난으로 흐려 버리고 말았습니다.

그리고 실제 말하는 것을 보면 마치 자신이 깨달은 것처럼 이야기합니다. 부동심, 우주 전체, 자성 등등… 그러면서도 한편으로는 자신은 구도자에 불과하다고 말합니다. 이거야말로 애매모호하게 자신의 정체를 숨겨 버리려는 책략에 지나지 않습니다. 김태영 님 입장에서 반론할 것이 있으시면 반론하시기 바랍니다.

2. 여러 판단 착오에 대해서입니다. 듣기론 김태영 님이 지난 대선 때 허경영이 당선된다고 말하셨다고 하는데 실소를 금치 못할 일입니다.『원효결서』같은 책에 대한 판단 착오도 마찬가지입니다.

3.『선도체험기』에 불교가 심령과학과 유사하다고 썼는데 정말 기가 찰 노릇입니다. 깨달음을 얻어서 해탈 열반을 추구하는 불교와 외부적인 술수, 초능력, 영적 현상의 추구에 골몰하는 서구의 심령과학이 어떻게 같다고 할 수 있겠습니까?

정말 어이없는 말입니다. 안동민 씨의 영향을 받아서 그런 식으로 말씀하신 것이 아닌가 싶네요. 안동민 씨도 초능력을 추구하고 기타 잡귀들과 접촉하면서 말년에는 상당히 망상에 빠져서 살았던 걸로 알고 있습니다. 심령과학 한다는 인간치고 제대로 된 인간을 못 봤습니다. 석가모니의 위대한 가르침이 어떻게 잡스런 술수 따위나 구사하는 심령과학과 같습니까?

4. 명현반응에 대해서입니다. 수련 초기에 다른 사람들이 명현반응을 일으키는 것은 그렇다 치고 수련한 지 10년도 넘게 지난 김태영 님이 아

직도 명현반응을 일으킨다는 것은 커다란 문제가 있는 것이 아닌가 생각됩니다.

그것은 명현반응이 아니라 실제로 몸이 정말로 안 좋아지는 것이 아닌가 생각됩니다. 명현반응 같은 것은 두말할 것도 없이 일어나지 않는 것이 가장 좋은 것입니다. 수련한 지 10년도 넘게 지났는데 아직도 그런다는 것은 납득하기 어려우며 선도수련을 하는 이로 하여금 회의를 갖게 할 것입니다.

5. 김태영 님은 관점이 아직도 너무 부족하다는 생각입니다. 애인여기, 여인방편자기방편, 역지사지 등은 한두 번 이야기했으면 됐지『선도체험기』수십 권에 거의 안 나오는 적이 없을 정도로 너무 많이 나옵니다. 지면 낭비이고 독자들에게 따분함을 줍니다. 전체성이 없고 한쪽에 너무 치우쳐 있습니다. 관점 자체가 부족합니다. 미안한 말이지만 라즈니쉬와 비교하면 정말 비할 수 없을 정도로 뒤떨어져 있군요.

6.『선도체험기』는 솔직히 그 말이 그 말입니다. 뭔가 새로운 내용이 나오지 않고 따지고 보면 같은 말을 계속 반복합니다. 읽는 사람이 읽는 맛이 떨어질 정도입니다. 결국 그 내용이 그 내용입니다. 김태영 님의 사상이 그만큼 풍부하지가 못하다는 것입니다.

79권씩이나 책을 쓴다면, 뛰어난 사람이라면 단 한 번도 같은 내용이 반복되지 않고 모두 다른 내용으로 무궁무진하고 흥미진진하게 우주와 삶의 신비에 대해서 이야기를 할 수 있습니다. 그만큼 진리라는 것은 무한하고 무궁한 것입니다. 그런데 김태영 님은 철학이 너무나도 빈곤합니다. 자기 생각이 그 정도밖에는 안 됩니다. 그게 김태영 님의 한계입니다.

7. 표준체중에 대해서입니다. 키에서 110을 뺀 수치가 정상, 표준체중

이라고 『선도체험기』에서 무수히 말하는데 그 계산법도 쓰이고 있긴 하지만 제가 전문가에게 물어보니 표준체중보다는 실제로 체성분(근육량, 지방 등)의 구성 비율이 얼마나 되느냐가 진짜로 중요하다고 합니다. 다이어트에서 체중 감량이 문제가 아니라 체지방 제거가 문제라는 것과 같죠. 이 점에서도 뭔가 잘못된 메시지를 전한 게 아닌가 합니다.

8. 차주영이라는 사람의 수련기가 나오는데 솔직히 말해서 뭔가 착각에 빠져 있는 것이 아닌가 생각합니다. 예수, 부처, 공자, 삼황천제, 아인슈타인 등 인류역사상 온갖 위인들이 차주영 씨에게 와서 수련을 도와주는 것으로 나오는데 그러다가 과대망상증에 빠지는 것이 아닌가 우려됩니다.

9. 오행생식을 상식하는 것으로도 모자라서 밥따로 물따로, 일일이식, 찬 것 먹지 않기 등 온갖 이상한 짓(?)을 다 하시는군요. 그것은 오래 살려고 과욕을 부리는 것이 아닌가 생각합니다. 그런 괴상한 짓거리들을 백날 해 봐야 수명이 얼마나 연장될는지 회의가 들며 또 그런 식으로 살아서 몇 년 수명 연장해 봤자 무슨 의미가 있는가 하는 생각이 듭니다. 밥따로 물따로 창안자 이상문 선생도 골병에 시달리고 있고, 오행생식 창시자 김춘식 씨도 겨우 60도 안 된 나이에 죽었습니다. 이래 가지고서 도대체 그것들이 무슨 신뢰성이 있다는 것인지 모르겠군요.

이상의 내용들에 대해 하나하나 성실한 답변을 기대합니다.

【필자의 회답】

회답 1.

구도자의 목표는 성통공완, 즉 견성해탈입니다. 바꾸어 말해서 인격 완성이라고도 말 할 수 있습니다. 나는 이것을 제대로 된 깨달음이라고 봅니다. 그런 의미에서 구도자는 그 완성을 향해서 묵묵히 걸어갈 뿐입니다. 죽는 순간까지 성장과 진화는 계속됩니다.

출발선을 떠난 육상 선수들은 마지막 커트라인까지 열심히 뛸 뿐입니다. 그가 몇 등을 했고 기록은 얼마나 나왔는지는 심판관들이 알아서 평가할 일입니다. 다시 말해서 구도자가 숨을 거두고 난 뒤에야 그의 공과에 대한 평가가 나올 수 있다는 얘기입니다.

그러기도 전에 구도자가 자기 입으로 "나는 깨달았다"고 떠드는 것은 방정맞고 경망스러운 짓입니다. 석가와 예수가 정말 자기 입으로 "나는 깨달았다"고 말했을까요? 나는 아직도 불경이나 성경에서 그런 구절을 읽은 기억이 없습니다. 예수가 하나님의 아들이라고 말한 것은 "나는 깨달았다"는 말과는 다릅니다. 그 말이 그 말이라고 할지 모르지만 결코 그렇지 않습니다.

국내외를 막론하고 깨달음을 판정하는 공정하고 권위 있는 심의기구가 있다는 말을 들어 본 일도 없습니다. 깨달음을 과학적으로 계량화할 수도 없고 수치화할 수도 없기 때문입니다. 깨달음은 각 존재 사이의 직감으로만 알 수 있는 것입니다. 바로 이 때문에 이 세상에는 제멋대로 자기는 깨달았다고 세상에 공포하는 자들이 있습니다.

결과적으로 이런 자들은 99.99프로까지가 돌팔이요 가짜라는 것은 세상이 다 아는 일입니다. 나는 내가 생각하는 기준에 맞을 정도로 아직도 완전한 깨달음을 얻지 못했기 때문에 나는 깨달았다고 말하지 않습니다. 그런데도 불구하고 내 입으로 깨달았다고 하면 나는 영락없는 돌팔이요 사이비가 되고 말 것입니다. 그런 위험을 무릅쓰고 깨달았다고 선포할 만큼 나는 뻔뻔스럽지도 어리석지도 못합니다.

그렇다고 해도 나는 도와 진리가 무엇인지는 공부하는 동안 체험을 통하여 어지간히 터득했습니다. 이것을 작가이고 구도자인 내가 활자화했다고 해서 깨닫지도 못하고 깨달은 척한다고 욕을 먹어야 한다면 어쩔 수 없는 일입니다. 욕을 먹어야지요.

그런 욕을 먹는다고 해서 달라지는 것은 아무것도 없으니까. 나는 아무렇지도 않습니다. 내가 누구에게 그런 욕을 먹는 것을 보고 내 제자들이 떨어져 나간다고 해도 나는 개의치 않을 것입니다. 그런 제자는 어차피 떨어져 나가기로 되어 있으니까요.

만약에 내가 언제 어디서 마침내 부모미생전본래면목(父母未生前本來面目)을 깨달았다고 공포했다고 칩시다. 그 소리만을 듣고 나를 깨달은 사람으로 인정하는 사람이 있다면 나는 그를 신임하지 않을 것입니다. 내 말이 아니라 내 실체를 보고 내 저서를 읽고 자기도 모르게 가슴에 와닿는 것이 있어서 나를 알아주는 사람이 있다면 나는 그를 신임할 것입니다. 그는 내 말을 믿은 것이 아니고 나라는 존재를 자기 눈으로 보고 무엇인가를 직접 알아냈기 때문입니다.

나를 찾는 대부분의 문하생들은 거의 다 이런 사람들입니다. 백문이 불여일견(百聞而不如一見)이라고 그들은 나에게서 무엇인가를 직접 낌새채고 나를 찾은 것입니다. 나는 이런 사람들을 믿습니다. 내 입으로 선전을 하지 않아도 자기 눈으로 보고 느낌으로 나를 알아본 사람이 진정으로 나를 알아주는 사람입니다. 내 말만을 믿고 나를 따르는 사람은 사기꾼의 말을 믿을 수도 있으므로 신뢰가 가지 않습니다.

해는 해고 산은 산이고 물은 물입니다. 해와 산과 물은 구태여 자기를 스스로 과시하지 않아도 남이 다 알아줍니다. 또 알아주지 않는다고 해서 달라지는 것은 아무것도 없습니다. 무엇이 안타까워서 자기 입으로 나는 해요 산이요 물이요 하고 말할 필요가 있겠습니까? 그렇게 말하지 않아도 어차피 알게 될 사람은 조만간 알게 될 터인데 말입니다. 이쯤 말하면 제아무리 지진아라고 해도 내 말귀를 알아들었을 것으로 생각합니다.

깨달음에 대한 개념이 기선태 씨와 나는 다릅니다. 그렇다고 해서 나에게 갖은 험담과 중상모략을 하는 것이 과연 옳은 일일까요? 내 입으로 말하지 않아도, 이르면 죽기 전에, 늦으면 죽은 다음에라도 내가 진짜 깨달았는지 못 깨달았는지는 어떤 경로를 통해서든 밝혀지게 되어 있습니다. 밝혀지든지 안 밝혀지든지 나는 조금도 상관이 없습니다. 그것이 밝혀지지 않는다고 해서 나 자신에게 무슨 흠집이 생기는 것은 아니니까요.

민심이 천심입니다. 깨달음 여부는 구도자 자신보다는 하늘과 남이 먼저 알고 알아주게 되어 있습니다. 그러니 미리 호들갑을 떨 필요는 없다 그겁니다. 자칭 도인이 대부분 가짜라면 남들이 알아주는 도인은 진짜가 아니겠습니까? 그렇다면 남이 알아줄 때까지 느긋하게 기다려야지요. 안 그렇습니까?

기선태 씨는 깨달음에 너무 집착하고 있군요. 그 집착이 깨달음을 방해한다는 것을 알아야 합니다. 기선태 씨는 아무래도 신방광(腎膀胱)에 이상이 있는 것 같습니다. 그렇지 않다면 그렇게 꽈배기처럼 성격이 배

배 꼬이고 비틀어질 리가 없습니다. 남을 약 올리고 심술 잘 부리고, 같은 말이라도 비비 꽈서 이죽거리고 험담, 욕설, 억지, 중상모략에 능한 것은 토극수(土克水)하여 신방광이 상해 있기 때문입니다. 남을 비판하기 전에 지병부터 고쳐야 합니다. 그렇지 않으면 그 무례막심하고 고약한 험담 요설 때문에 어느 땐가는 큰 앙화를 자초하게 될 것입니다.

회답 2.

대선 때 내가 허경영이라는 사람이 당선된다고 예언했다고 누가 말했다고 했는데 그가 누군지 알려 주시기 바랍니다. 나는 그런 경솔한 말을 한 기억이 없습니다. 『선도체험기』를 비평한다면서 그런 말을 하는 것은 적절치 않습니다.

『원효결서』에 대하여 판단 착오를 일으킨 것은 사실입니다. 『선도체험기』에 충분히 사과문을 냈으니 더이상 거론치 말았으면 합니다. 『선도체험기』는 원래 시행착오를 각오하고 생생한 현장 경험을 쓴 것이니 그 정도는 양해하시기 바랍니다. 『선도체험기』는 수집된 자료를 바탕으로 쓴 계획된 저서가 아닙니다.

회답 3.

심령과학이 불교와 유사한 점이 있다고 한 것은 과학적인 탐구 정신에서 비슷한 점이 있다는 것이지 다른 뜻이 아닙니다. 순수한 심령과학을 사이비 종교 선전 수단으로 악용한 사기꾼들을 빗대어 너무 확대 과장 왜곡하지 말아야 합니다.

회답 4.

명현반응은 기공부하는 사람이 살아가면서 바뀌는 환경에 심신을 적응시켜가면서 겪는 일종의 몸살입니다. 따라서 명현반응은 숨을 거두는 순간까지 계속되는 것으로써, 그가 살아서 진화하고 있다는 증거이기도 합니다. 이것을 질병과 혼동하지 말아야 합니다. 특히 선도 수행자는 수련이 향상될 때마다 평생 명현반응을 겪게 되어 있습니다.

따라서 기를 모르는 사람은 기공부로 인한 명현반응에 대하여 말할 자격이 없습니다. 『선도체험기』를 78권까지 읽었으면서도 기를 느끼지 못한 기선태 씨는 아무래도 기맹자(氣盲者) 또는 기치(氣癡)인 것 같습니다. 평균적인 한국인이 아니라 힌두교적 사대주의자와 라즈니쉬 숭배자의 눈으로 『선도체험기』를 읽었기 때문에 그런 엉뚱한 망발이 나온다고 봅니다.

회답 5, 6.

관점이 부족하다는 말에는 동의합니다. 좋은 아이디어가 떠오르지 않을 때는 고전을 번역하든가 시국 문제를 다루기도 했습니다. 그래서 내 일상의 화두는 그 한계를 극복하는 겁니다. 역지사지, 방하착, 여인방편 자기방편 같은 말을 자주 반복해서 쓴 것은 인정합니다.

『선도체험기』는 수련자의 학습 효과를 거두기 위해서 진리에 도달하기 위한 핵심적인 방편은 우정 되풀이해서 강조하고 있습니다. 『금강경』 같은 경전을 읽어 보면 그 짧막한 경전 속에 아상(我相), 인상(人相), 중생상(衆生相), 수자상(壽者相) 같은 어휘가 수십 번씩 지루하게 반복되고 있습니다. 이것 역시 학습 효과를 거두기 위해서입니다. 너와 내가 하나이고, 사람이 바로 하나님 자신이고 우주 전체임을 깨닫게 하는 일이라면 수백 번 수천 번인들 반복하지 못하겠습니까?

『푸나의 추억』 건도 있지만 『선도체험기』가 과연 그렇게 형편없는 무용지물인지 알아보기 위해서 나는 『선도체험기』를 1권서부터 다시 읽고 있습니다. 그동안 나는 정신없이 쓰는 데만 골몰하여 왔으므로 15년 전부터 써 온 이 시리즈물을 냉정하고 객관적인 눈으로 읽어 볼 기회가 없었습니다. 15년 동안의 간격은 비록 내가 쓴 글이지만 비교적 공평무사한 관찰을 가능케 할 것입니다.

다 읽어 본 뒤에 여러 독자들과 출판사 사장의 의견을 참작하여 과연 출판할 가치가 없는 책이라는 결론이 나오면 주저 없이 발간을 중단할 것입니다. 그러나 시장 원리에 의해 계속 수요가 있다면 발간을 계속할 것입니다.

회답 7.
표준체중에 대한 전문가들의 견해가 어떻든 간에 구도자로서 내가 보는 체중을 말했을 뿐입니다. 내 의견이 그렇다는 말입니다.

회답 8.
수련자 차주영 씨에 대한 의견이군요. 과대망상도 수련의 한 과정이라고 봅니다. 그가 극복해야 할 과제입니다.

회답 9.
나는 오행생식은 15년 동안이나 이미 해 왔지만 밥따로 물따로도 한

3년 해 보니까 그런대로 적응이 되어 지금은 완전히 습관이 되었습니다. 돈 안 드는 일이니 수련자로서 해 볼 만하다고 생각됩니다. 구도자는 죽는 날까지 건강하게 수행하다가 육체가 노쇠하거나 병들어 더이상 이 세상에 살 만한 가치가 없다고 생각될 때 훌쩍 떠나 버리는 겁니다.

그 이상 구차하게 생명 연장을 위해 연연할 필요는 없다고 봅니다. 그때를 위하여 구도자는 최소한 시해(尸解)는 할 수 있어야 합니다. 그런 의미에서 나는 경허 스님과 만공 스님이 시해로 최후를 장식한 것을 존경합니다. 시해가 바로 출신(出神)이고 심령과학에서 말하는 유체이탈입니다. 시해란 조종사가 자기가 몰고 가던 전투기가 고장나 불이 붙었을 때 비행기와 함께 자폭하는 것이 아니고 낙하산을 타고 비상 탈출하는 것과 같은 것입니다.

어느 도인처럼 치매로 3년 동안이나 연명하는 것은 수치라고 봅니다. 오행생식을 창안한 김춘식 선생이 일찍 타계한 것은 이미 지난 일입니다. 물따로 밥따로를 고안한 이상문 선생이 건강 문제로 고전한다는 말은 금시초문입니다. 이름난 목수치고 변변하고 번듯한 집 쓰고 사는 일이 없는 법입니다.

사이비틱한 헛소리

1. 깨달음에 대한 이야기는 내 말을 알아듣지를 못하니 그만두겠습니다. ××교수라는 사람이 있는데 그 인간도 교묘하게 사이비 교주질을 하는 인간이지요. M이라는 사이비 교주처럼 자기가 깨달았다고 거짓말하고 사이비 교주질을 하는 인간이 있는가 하면, ××교수처럼 자기가 깨달았는지 못 깨달았는지 애매모호하게 흐려 가면서 사이비 교주질을 하는 인간도 있지요.

전자가 좀 순진한 편이고 후자가 지능적이라고 할 수 있습니다. 후자는 한마디로 책임을 피해 가려는 겁니다. 자기가 깨달았다고 말했을 때의 그 책임을 회피하고 교묘하게 스승 행세를 하면서 명예욕을 충족시키려는 거죠. 깨달음을 선포하면 거기에 따른 책임이 따르게 마련이기 때문이지요. 여하간 김태영 님도 딱합니다. 그런 식으로 행동하니 말이죠.

2. 밥따로 물따로, 일일이식, 찬 것 먹지 않기 등은 괴상한 술수들입니다. 어디서 밥따로 물따로의 이론(물이 음식과 같이 들어가면 위액이 희석돼서 소화가 잘 안된다)이 틀리다는 과학적 자료를 들은 적이 있어요. 이상문 씨가 골병들어서 고생한다는 이야기는 다름 아닌『선도체험기』에 실려 있는데 자기가 자기 책의 내용도 모른다는 말입니까?

항상 전체적인 관점에서 봐야 해요. 나도 생식을 좀 해 봤는데 생식으로 체중 감량을 하는 효과는 상당히 봤지만 요요현상으로 극심하게 시달리고 영양부족을 느꼈습니다. 생식 또는 오행생식은 부분적인 방편에 불과한 것이지 그게 절대적인 게 아니예요.

생식이나 오행생식은 식사에 있어서 그냥 부분적인 먹거리로 활용해야지 그걸 주식으로 상식하다가는 다른 병이 생길 우려가 큽니다. 또 사람마다 다 상황이 틀리기 때문에 일률적으로 식이요법을 적용할 수도 없어요.

성장기 청소년, 어린이들은 잘 먹어야 합니다. 운동을 하는 사람들도 마찬가지입니다. 젊은이들도 그렇고요. 제가 보기엔 소식은 나이가 좀 들었을 때부터 실천하는 것이 좋습니다. 젊었을 때부터 조석이식 등 소식을 하면 기운이 빠집니다. 나이가 들었을 때 하는 게 좋아요.

여하간 오래 살려는 과욕으로 별 괴상한 짓거리를 다하십니다. 음양감식법인지 밥따로 물따론지 뭔지도 그렇고 일일이식도 그렇고... 음양감식법에 그 방법을 사용하면 천년을 산다는 말이 있다는데 그 말에 혹해서 오래 살려는 욕심으로 이상한 짓거리를 하는 거지요.

바바지 등 성자들이 몇백 년을 살았다는 말에 자기도 그만큼 살아 보려고 하는 거지요. 그러나 과욕밖에는 되지 않습니다. 물론 건강관리를 꾸준히 하는 건 필요하지만 과욕은 금물입니다. 전체적이고 골고루 조화롭게 식사를 하는 것이 중요합니다. 사람에 따라서 다르기는 하지만 말이죠.

【필자의 회답】

『선도체험기』를 78권까지 읽었다는 사람이 깨달음에 대하여 그렇게 엉뚱한 소리를 하고 있다니 참으로 한심합니다. 하긴 『선도체험기』를 읽어 보라고 했더니 억지로 마지못해서 처삼촌 묘 벌초하듯 대충대충 수박 겉핥기식으로 읽었으니 그럴 수밖에 더 있겠습니까?

도광양회(韜光養晦)도 모릅니까? 구도자는 원래 자기 정체를 까발리지 않는 법입니다. 그래도 때가 되면 같은 구도자들끼리는 다 알아주게 되어 있습니다. 알아주면 알아주는 것이고 알아주지 않으면 그만입니다. 명예 따위에 구애받지 않기 때문입니다. 자칭 도인보다는 남이 알아주는 도인이 진짜입니다. 자기 스스로 자기를 선전하는 것은 장사꾼이 아니면 사기꾼들이나 하는 수법이라는 것쯤은 알아야죠.

더구나 기선태 씨는 운기조식에는 문외한이니 기공부가 전제가 되어 씌어진 『선도체험기』를 제대로 파악하는 것 자체가 무리였습니다. 대부분의 독자들은 『선도체험기』를 80권 근처까지 읽은 동안에 기문(氣門)이 열리고 한소식씩 하게 되어 있는데 기선태 씨는 그렇지 않은 것을 보니 선도와는 인연이 없는 기맹(氣盲), 기치(氣癡) 또는 선맹(仙盲)이 아닌가 생각됩니다.

게다가 남의 글을 헐뜯기만 좋아하고 험담과 요설을 늘어놓지 않으면 입에 가시가 돋는 성격이니 더욱더 그럴 수밖에 없을 것입니다. 개 눈에는 똥만 보인다고 그런 사람의 눈에는 남의 흠만 보일 뿐 사물의 진상이 제대로 눈에 들어올 리가 만무합니다.

남 약 올리기 좋아하고 심술부리고 같은 말도 비비꼬아서 빈정대고 사물을 부정적으로만 보는 것은 마음이 바르지 못하고 병들었기 때문입니다. 그래서 남의 결점만을 찾는 데 혈안이 되어 조그마한 흠이 나오면 침소봉대하여 시끄럽게 떠들어 대기를 좋아합니다.

이러한 사람은 오행상으로 보면 금극목(金克木)하여 간담에 이상이 있거나 토극수(土克水)하여 신방광에 병이 들었기 때문입니다. 구도자가 되기 전에 건강부터 찾는 것이 순서입니다.

오행생식은 원래 구도자가 하는 식사입니다. 그러니까 미성년자나 운동선수가 굳이 할 필요는 없습니다. 또 오행생식은 또 남이 권한다고 해서 되는 것이 아닙니다. 어디까지 오행생식의 취지를 깨닫고 그럴 필요가 있어서 자발적으로 해야 합니다. 억지로 들면 가뜩이나 맛이 없는데 제대로 소화가 될 리가 없습니다.

언제는 오행생식을 과학적으로 입증되었다고 극구 찬양하더니 지금은 입에 담지 못할 험담을 하니 왜 그렇게 일관성이 없고 한 입으로 두말을 합니까? 사내대장부가 좀 부끄럽지 않습니까?

물따로 밥따로나 찬 음식 들지 않기도 내가 다년간 직접 실천해 보고 건강에도 수련에도 좋으니까 권해 보았을 뿐입니다. 원래 인간은 백인백색이요 천태만상이니 누구에게나 다 일률적으로 맞을 리는 없습니다. 자기에게 맞지 않으면 안 하면 그만입니다. 험담을 입에 달고 다니면 자기 입만 더러워질 뿐이라는 것을 알아야 할 것입니다.

이상문 씨가 골병이 들었다는 문제

『선도체험기』에 양기진 씨가 보내온 메일을 실은 기억은 납니다. 내용은 이상문 씨가 보통 때는 삼일일식(三日一食)을 하는데 가끔 강연 초청을 받는 일이 있다고 합니다. 장기간의 삼일일식으로 볼품없이 비쩍 마른 얼굴로 대중 앞에 서는 것을 주변 사람들이 극구 말리므로 강연 일자에 맞추어 부랴부랴 일일일식으로 바꾸어 보기 싫게 마른 얼굴을 면해 보려니까 생활 리듬이 깨어져 고전한다는 이야기입니다.

꿈보다 해몽이라고 이것을 기선태 씨는 자기 잣대에 맞추어 해석하다 보니까 골병이 든 것으로 착각을 한 것입니다. 남의 결점만 찾으려는 평소의 경향이 이런 오해를 낳은 것입니다. 그리고 내가 오래 살려고 과욕을 부린다고 했는데『선도체험기』를 78권까지 읽었다면서 그런 헛소리를 하는 것을 보면 책을 잘못 읽은 것이 틀림없습니다. 나는 사는 날까지 자식들이나 이웃에게 폐 끼치지 않고 건강하게 사는 것이 소망입니다.

나는 이러한 내 희망을 수도 없이 책에다 썼건만 정신을 어디다 두고 읽었기에 내가 오래 살려고 과욕을 부린다는 엉뚱한 소리를 하는지 모르겠습니다. 나는 사는 동안 내 육체가 노쇠하거나 병들어 더이상 살아 보았자 이 사회에 폐만 끼친다는 판단이 서면 미련 없이 이 세상을 훌쩍 떠나고 말 것입니다. 그렇게 하려면 입망(立亡), 도화(倒化)는 몰라도 좌탈(坐脫) 정도는 할 수 있어야 합니다.

그러자면 천상 시해(尸解)는 할 줄 알아야 합니다. 시해를 할 수 있으려면 대주천 정도의 수련만 가지고는 어림도 없습니다. 지난 여름에 기선태 씨와의 라즈니쉬 논쟁을 벌이다가 홍신자의『푸나의 추억』문제로 옥신각신하던 중 지금 내 수중에 없는 그 책에 대한 내 서평을 알아보기 위해서『선도체험기』를 1권서부터 모조리 훑어보고 있습니다.

14권 말과 15권 초에 현묘지도(玄妙之道) 얘기가 나옵니다. 내가 써놓고도 지금까지 13년 동안 새까맣게 잊고 있다가 다시 읽고는 중대한 것을 알게 되었습니다. 그때 바람처럼 나타났다가 나와는 인간적으로 별로 좋은 결말을 못 보고 사라진 진허 도인으로부터 내가 현묘지도의 도법을 전수받은 것을 새삼스레 알게 되었습니다.

그에 따르면 1단계는 기를 느끼고 기문이 열리는 것이고, 2단계는 축기와 운기고, 3단계는 소주천, 4단계는 대주천입니다. 대주천 속에는 연정화기, 삼기법 또는 삼합진공이 포함됩니다. 그가 나한테 전수한 것은 5단계부터 12단계까지입니다.

그런데 5단계에서 7단계까지가 바로 시해(尸解)를 할 수 있는 능력을 배양하는 과정입니다. 중국 오류종이 말하는 양신(養神)과 출신(出神)에 해당됩니다. 이때 내가 느낀 것은 내가 남에게서 전수(傳授)한 도법은 내 나름으로 소화하여 적절한 시기에 후배나 제자들에게 전수를 해 주어야 한다는 것입니다. 그렇지 않으면 그 도법은 이 세상에서 사라져 버립니다.

이에 착안하여 나는 11월 초순부터 문하생들에게 그 도법을 전수하기 시작했습니다. 지금까지 12명에게 전수했는데 벌써 5명은 뚜렷한 성공의 징후를 보이기 시작했습니다. 앞으로 나는 『선도체험기』를 읽고 대주천 수련이 제대로 되는 수련자들에게는 이 도법을 지속적으로 전수할 것입니다.

시해법(尸解法)을 전수하는 사람을 보고 오래 살려고 과욕을 부린다는 얼토당토않는 비난을 퍼붓는 것은 말이 안 됩니다. 나는 이 세상에서의 내 소임을 완수하면 더 오래 살라고 누가 바지가랭이를 붙잡고 늘어져도 뿌리치고 그냥 곧바로 떠나 버릴 것입니다.

덮어놓고 남을 헐뜯는 데만 이골이 난 사람은 바로 그 오만불손함 때문에 주변 사람들에게서 늘 기피를 당하게 됩니다. 내가 역지사지 관법(觀法)을 강조하는 이유가 바로 여기에 있습니다. 남을 배려할 줄 모르는 사람은 우선 구도자의 자격이 없다고 단언합니다. 겸손은 천국의 문을 열지만 오만은 지옥의 문을 연다는 옛 선배들의 금언을 항상 명심해야 할 것입니다.

수준 높은 초월적 도법

1. 현묘지도에 대해 : 『선도체험기』를 통해서 진허 도인에게 김태영 님이 현묘지도를 전수받는 장면이 기억은 납니다. 그러나 현묘지도가 정확히 어떤 것이며 어떤 도법인지는 잘 모릅니다. 그러나 대주천 이상의 어떤 수준 높은 초월적 도법인 것 같습니다. 만일 현묘지도가 뛰어난 도법이라면, 김태영 님께서 『선도체험기』를 통해 현묘지도를 재발견하시고 제자들에게 전수하는 것은 그야말로 쾌거가 아닐 수 없습니다.

김태영 님은 저의 공로라고 하셨는데, 이것은 김태영 님과 저의 위대한 합작품으로 실로 개가가 아닐 수 없습니다. 처음부터 위선과 가식을 다 버리고 있는 그대로 까놓고 신랄하게 김태영 님을 비판한 저의 정신과, 저의 비판을 묵살하거나 무시하지 않고 인정할 것은 인정하고 배울 것은 배우면서 자신을 돌아보려는 훌륭하고 비범한 김태영 님의 정신이 만나서 이루어낸 합작품입니다.

이것은 또한 김태영 님과 저 사이의 관계를 급속하게 변화시키는 계기가 아닐 수 없습니다. 둘이 합작으로 이런 개가를 올렸다는 것은 둘 사이의 관계가 단순한 대립의 관계가 아니라 창조적인 성과를 빚어낸 그 이상의 무엇임을 보여 준다 하겠습니다.

저는 솔직히 이 경지에서 김태영 님에게 어떤 정신적 공감대를 느꼈습니다. 시공을 초월하고 세대와 나이 차이를 초월한 마음의 교류를 느꼈습니다. 김태영 님은 어떻게 생각하실지 모르겠지만 적어도 저는 그렇게 생각합니다. 사실 김태영 님과 초기부터 메일을 교환할 때 어떤 느낌이 있었습니다. 그것을 처음에 우리 둘은 느끼지 못했지만 그것이 점점 진해지며 이제 확실하게 알기에 이른 것입니다.

사실 여기에 대한 이야기는 좀더 이야기할 것이 많습니다. 그런데 워낙에 대단한 이야기라 여기에서 밝히기에는 조금 그렇습니다. 제가 어떤 경험을 했는지 알고 싶으시면 김태영 님께서 요청을 하십시오. 진지하게 요청을 하셨을 때 제가 경험한 것을 알려 드리겠습니다. 대단한 경험이라서 묵살시키기엔 아깝지만 그렇다고 입이 싸게 떠들고 다닐 성질의 것도 아닙니다.

여기에서 김태영 님의 경지를 인정하지 않을 수 없습니다. 사실 이제까지 김태영 님과 대화를 하면서 김태영 님의 비범함과 뛰어남, 정신적인 높은 경지, 아주 선함을 보기도 했지만 정말 수준 이하, 꼴통, 상종도 못할 정도로 저질의 수준을 보기도 했습니다. 진실은 무엇이냐면 그 모두가 김태영 님의 모습이라는 것입니다. 그 모든 것이 김태영 님 자신입니다. 복합적인 것이죠. 장단점이 뒤섞여 있다고 봐야 합니다.

그런데 오늘의 경험을 느끼면서 김태영 님에게는 그 이상의 무엇이 있다고 느꼈습니다. 김태영 님의 마음속 깊은 곳에는 정말 대단한 것이 있습니다. 제가 오늘 경험했는데, 김태영 님은 정말 깨달을 수 있는 구도자의 그 순수한 마음이 있습니다.

김태영 님의 마음 근원자리는 훤히 밝혀져 있습니다. 그래서 여러 가지 단점이 많이 있지만 근본적으로 김태영 님은 정말 무한한 가능성이 있는 분이라는 것을 인정하지 않을 수 없게 되었습니다. 저는 그것을 본 것 같습니다.

김태영 님과 이렇게 대화하게 된 것을 정말 행운, 아니 행운 이상의 어떤 신의 섭리라고 생각합니다. 실로 김태영 님과 또 자성에게 모든 것에 감사하지 않을 수 없습니다. 김태영 님은 어떻게 생각하실지 모르지만 저에게는 그렇게 생각됩니다.

다른 주제들은 일단 미뤄놓는 것이 좋겠습니다. 다시 말씀드리지만 제가 김태영 님과 관련해서 어떤 대단한 경험을 했는지 알고 싶으시면 요청을 하십시오. 요청을 하지 않으신다면 말씀드리기가 어렵습니다. 그럼 이만 쓰겠습니다.

기선태

【필자의 회답】

기선태 씨와의 이메일 교환으로 15년 전부터 지금까지 정신없이 써오기만 했지 한 번도 되돌아본 일 없던 『선도체험기』를 다시 읽어 보면서 얻은 성과는 현묘지도뿐이 아닙니다. 지금 27권을 읽고 있는데 다 읽고 나면 더 많은 것들을 발견하게 될 것입니다. 묘하게도 내가 썼으면서도 그동안 새카맣게 잊고 있던 것이지만 지금 아주 긴요한 것들입니다.

그 속에는 기경팔맥(奇經八脈)의 4·5성과 6·7성 침자리 이용법도 있고 내가 고안하여 근 10년간 사용하다가 어떤 사건을 계기로 폐지하고 기억에서 깡그리 지워 버렸지만 지금 당장 필요한 대주천 수행시키는 법 등이 포함되어 있습니다.

나의 망각을 일깨우기 위해서 섭리가 기선태 씨를 보낸 것으로 압니다. 그동안 기선태 씨에게 심한 말을 한 것을 고깝게 생각지 않고 나에 대한 솔직한 본심을 털어놓은 것을 고맙고 기쁘게 생각합니다. 나 역시 메일을 교환하면서 범상치 않은 느낌을 받은 일이 있었는데 나와 관련해서 무슨 경험을 하셨는지 있는 그대로 알려 주시기 바랍니다.

순간적 열반의 체험

사실 이 이야기는 그냥 그렇구나 하고 참고만 하시면 됩니다. 일종의 신비 체험이라고도 할 수 있는데, 이 이야기에 너무 집착해서도 안 되고 또 너무 믿어서도 안 됩니다. 그저 지나가는 현상의 하나로 받아들이는 것이 좋을 듯합니다.

제가 신비 체험 같은 것을 많이 겪어봐서 아는데, 체험은 그 자체로 놔둬야지 그것을 토대로 무슨 해석을 하려 한다거나 해서는 안 된다는 것을 알았습니다. 체험은 체험일 뿐입니다. 그리고 일상생활은 우리가 계속 꾸준히 해 가야 하는 것입니다.

각설하고, 어떤 경험을 했는지 알려 드리겠습니다. 토요일(2005년 12월 3일) 저녁에 저는 현묘지도 전수에 대한 이야기를 듣고 기쁘게 생각했고, 김태영 님에 대해서 우정감이 고양되는 것을 느꼈습니다. 김태영 님의 순수하고 의로운 본심이 다시 느껴지는 듯했고, 마음이 비로소 김태영 님에 대해서 열리는 것이 느껴졌습니다.

그렇게 느끼며 흐뭇해하고 있었는데, 그 고양감이 점점 강해지면서 그러다가 다음 순간 저의 정신에는 '그것'이 나타났습니다. '그것'이 무엇이냐면 그것은 도저히 말로 표현할 수 없는 엄청난 것이었습니다.

어떤 형상이나 공간적인 것으로도 표현할 수 없는 것이었는데, 저는 그것을 체험하면서 어떤 미동이나 흔들림도 없이 침묵을 유지했지만 그 때의 그 충족감과 지복은 놀라울 정도였습니다. 거의 열반이라는 말로만 표현할 수 있을 정도로 엄청난 충족감을 주는 것이었습니다. 그런데 그것은 언어로도 도저히 표현할 수 없는 것이었습니다. 스스로 내면의 빛을 내는 것이었는데 어떤 영원 초월의 불생불멸의 그것이 아닌가 생각합니다.

이틀 전에 겪었던 것이라 지금 기억이 다소 떨어져 있습니다. 그러나 아직도 그 느낌은 생생합니다. 저는 이것이 명상계에서 말하는 일종의 일별(순간적인 영원성과 무한성의 체험)이 아닌가 생각됩니다. 완전한 깨달음은 당연히 아닙니다.

그러나 김태영 님의 마음에 대한 신뢰감과 교류감이 강해지면서 점점 서로의 마음이 접근을 했고 그러다가 어떤 마음의 근본 본성자리가 컨택트하면서 모든 것을 초월한 마음의 근본자리를 일시적으로 체험한 것이 아닌가 생각합니다.

저는 그것을 순간적인 열반의 체험이라고 스스로 잠정 정의하고 있습니다. 그것은 도저히 말로 표현할 수 없는 것이었기 때문입니다. 우리가 아는 모든 인식과 상상의 범위를 넘어선 것이었습니다. 제가 이제까지 겪었던 어떤 행복이나 지복, 충족감보다 훨씬 더 엄청난 고양감을 주는 것이었는데 그렇다고 저를 전혀 들뜨거나 흥분케 하는 것도 아니었고 고요한 침묵만이 있었을 뿐입니다.

이 정도로 말씀드리겠는데, 좀 얼떨떨하실지도 모르겠습니다. 그러나 저는 저의 경험을 솔직하게 말씀드렸습니다. 사실 제 이야기를 못 믿으실 수도 있습니다. 그렇다면 어쩔 수 없는 일입니다. 다만 김태영 님의 마음에 대해서 느끼다가 어떤 초월적인 체험을 한 것이라고만 생각해 주셨으면 합니다. 일종의 마음과 마음의 통전 현상이 아닌가 합니다. 제가 이 체험을 했지만, 김태영 님의 마음에도 분명히 구비되어 있는 것이라는 생각을 합니다.

이미 말씀드렸듯 저는 신비 체험을 많이 해 왔기 때문에 진정한 체험과 망상과 구별하는 법을 어느 정도 터득하였습니다. 그리고 어떤 신비 체험도 그것에 안주하거나 집착하거나 과도하게 믿지는 않습니다. 그냥 있는 그대로 놔두고 저는 저대로 행동할 따름입니다.

그렇지만 이번 경험은 상당히 특별했습니다. 이번 경험은 그저 순간적인 체험이었을 따름입니다. 진정하고 완전하게 도를 깨달은 것은 분명히 아닙니다. 그러나 분명 가치 있는 체험이었습니다. 영적 구도의 길을 가는 구도자에게는 이런 일이 종종 나타납니다. 저는 이번 것 이외에도 어떤 무한성과 영원성을 나타내는 체험을 여러 번 많이 하곤 했습니다.

너무 믿지도 마시고 안주하지도 마시고 그냥 참고자료로만 받아들이셨으면 합니다. 아무래도 이 이야기는 안 하는 것보다는 하는 것이 나을 것 같아서 말씀드리는 것입니다. 이런 체험은 구도자로 하여금 영원불멸의 道, 깨달음에 대한 믿음을 더욱 강하게 가지게 합니다.

【필자의 회답】

지낸 몇 개월 동안 기선태 씨와 이메일 교환을 하면서 사실 마음이 유쾌하지 않았을 때가 한두 번이 아니었습니다. 그것은 기선태 씨도 마찬가지였을 것입니다. 그러나 나를 칭찬하는 사람보다 나에게 쓴소리하는 사람이 진정한 은인이라는 『명심보감』의 구절을 생각하면서 부디 유종의 미를 거두기를 소원했습니다.

그런데 뜻밖에도 해피엔딩으로 내 소원이 이루어지다니 정말 꿈만 같습니다. 구도자에게 법열(法悅)이나 견성이나 깨달음은 다만 한순간, 한 찰라에 지나지 않는다고 선배 구도자들은 말하고 나 역시 체험으로 그렇게 알고 있습니다. 그러나 그 한순간과 한 찰라 속에 영원과 무한이 실려 있다고 했습니다.

나처럼 부족한 사람과의 교신(交信)으로 그러한 체험을 하셨다니 몸 둘 바를 모르겠고 오직 축하할 따름입니다. 그리고 모든 겉포장을 전부 다 벗어던지고 그렇게 솔직한 심정을 나에게 터놓을 수 있을 정도로 기선태 씨가 나에게 마음을 열 수 있게 된 것을 무엇보다도 고맙게 생각합니다.

신뢰감의 고양

마음을 여는 것과 우정과 신뢰가 생기는 것 모두 인위적으로 되는 것이 아닐 것입니다. 자연스럽게 이치에 맞게 되어야 합니다. 제가 김태영 님에 대해서 마음을 열고 또 김태영 님 또한 마음을 열게 된 것은 현묘지도 등 여러 사건과 이메일 교신을 통해서였습니다.

과거에 한창 이메일로 논쟁을 벌일 때는 아무리 마음을 열려고 해도 열리지 않았을 것입니다. 이제 때가 되어 마음의 교류가 시작된 것이라고 생각합니다. 그러나 아직 멀었다고 생각합니다. 저는 이미 저의 구도의 길을 어느 정도 짜 놓았습니다. 스케줄이 보이더군요. 구도란 것은 억지로 되는 것이 아니고 순리대로 해야 하는 것이라고 생각합니다.

정말 순리대로 해서 때가 되었을 때 수행이나 명상을 하지 않아도 찾아오는 것이 깨달음이라고 봅니다. 이번 사건들을 계기로 김태영 님과 급속하게 가까워진 것은 사실입니다. 마음을 훨씬 열고 신뢰감도 고양이 되었습니다. 그러나 아직 해결해야 할 문제들이 많습니다.

근본적인 면에 있어서는 저는 김태영 님이 매우 선하고 또 순수한 마음을 가지고 계심을 확인했지만 현상적인 문제들은 여전히 해결을 기다리고 있을 것입니다. 제가 지적 드린 김태영 님의 문제들은 그대로 남아 있습니다. 그리고 라즈니쉬에 대한 견해 차이도 당연히 여전히 남아 있고요. 이 문제들이 그냥 사라지는 것은 아닙니다. 해결을 하나하나 해야겠죠. 해결이 불가하면 그냥 놔두는 수밖에요.

현묘지도도 그것이 진정 올바르고 뛰어난 도법이 되기 위해서는 많은 노력을 할 필요가 있을 것입니다. 혹시 부작용이라든지, 심성이 잘못된 제자에게 전수하여 예비 범죄자에게 무술을 전수하는 격이 아닌지도 생각해 봐야 할 것입니다.

해피엔딩이라고 하기에는 아직 갈 길이 너무 멉니다. 글쎄 앞으로 어떤 내용으로 또다시 김태영 님과 메일 교신을 하게 될지는 모르겠지만 말이죠. 그렇지만 말투는 좀 바뀔 것 같습니다. 예전의 신랄하고 공격적인 어조에서 좀더 부드러운 어조로 바뀔 것 같습니다. 하지만 잘못된 점이 보이면 분명히 비판을 하는 것은 멈추지 않을 것입니다. 그것을 멈추면 저의 존재 의의를 부정하는 것이나 마찬가지니까요.

그럼 이만 쓰겠습니다. 가내 평안하시길 빕니다.

기선태

【필자의 회답】

　둘 사이에 서로 대립과 갈등만 빚어오다가 어느 한 분야에서나마 공감되는 점이 서로 접촉하여 공명(共鳴) 현상이 일어난 것은 사실인데 이것으로 둘 사이의 마음의 벽이 일시에 무너진 것은 아니라는 데는 나도 동의합니다. 그러기에는 현실적인 장벽들이 너무 높고 험합니다.
　피투성이의 싸움을 벌이는 적장(敵將)에게서도 본받을 만한 장점이 있으면 주저 없이 칭찬을 아끼지 않는 공평무사한 평가를 내리는 그런 심성을 나는 소중히 여깁니다. 그리하여 나 자신에게는 무한히 엄격한 잣대를 들이대면서도 상대에게는 가능한 관대한 평가를 내릴 수만 있다면 이 세상은 얼마나 평화롭고 화기애애할 수 있을까 상상해 봅니다. 나는 이번 일을 계기로 앞으로 이러한 방향으로 더욱더 자신을 이끌고 나갈 작정입니다.
　둘 사이를 가로막는 것들 중에는 라즈니쉬 문제도 있지만 내가 보기에는 무엇보다도 운기조식에 대한 견해 차이가 있습니다. 현묘지도는 기공부가 대주천 수련의 경지에 들어간 수행자들에게만 전수할 수 있는 것인데 기선태 씨는 내가 알기에는 아직 기문(氣門)도 열리지 않아 현묘지도의 1단계도 통과하지 않았습니다.
　내가 13년 전에 진허 도인에게 전수받은 현묘지도는 5단계부터 12단계까지입니다. 현묘지도 문제로 나와의 공명 현상이 일어났으니 그것과도 보통 인연은 아닌 것도 같고, 기선태 씨로서는 당연히 호기심이 일겠지만 현실적으로 대화의 길이 막혀 있어 안타깝기 짝이 없습니다.
　이렇게 말한다고 해서 내가 지금 기선태 씨에게 기공부를 하라는 애기는 절대로 아니니 그 점 오해 없기 바랍니다. 이처럼 현실적으로 둘 사이에는 엄연히 높고 험한 장벽이 가로놓여 있다는 것을 말할 뿐입니다. 이번 일을 계기로 나 역시 기선태 씨에 대하여 전과는 다르게 호의적이고 부드러운 태도로 임하려고 노력할 것입니다. 그러고 보니 해피엔딩은 사실 우리 둘이 추구해야 할 먼 목표일 뿐입니다.

기 수련, 운기조식

　어느 한 분야에서 공명 현상을 일으켰다기보다는 가장 근본적인 면에서 공명 현상을 일으켰다는 표현이 나을 듯합니다. 현묘지도는 구체적인 성과지만 하나의 계기라고도 할 수 있습니다. 제가 공명을 일으키고 체험한 것은 김태영 님의 근본적인 도심이었습니다. 그것에 있어서는 둘의 목표가 같다는 것을 체험하게 되었습니다.
　김태영 님이 많은 문제가 있더라도 근본적으로는 구도를 하시는 분이라는 것을 알게 된거죠. 물론 근본적으로 옳다고 모든 게 다 해결되는 것은 아닙니다. 구체적인 실천에서 방향을 올바르게 잡고 가지 않으면 방황하게 되고 근본적인 마음의 취지조차 흐려질 수도 있을 겁니다.
　운기조식, 선도수련 이야기를 하셨는데 여기에 대해서 논의를 해 보고자 합니다. 제가 말씀드리지는 않았지만 사실 저도 단전호흡을 좀 해 본 경력이 있습니다. 기감도 느꼈고 단전에 기운도 느꼈었습니다. 그런데 어떤 이유로 중단하게 되었습니다.
　저의 견해로는 기 수련은 초능력 개발 이외에는 아무것도 아닙니다. 그것도 정신적인 초능력 개발 수련이지요. 적어도 현재 나와 있는 기 수련들은 다 그렇다고 봅니다. 기 수련으로 도(道) 어쩌고 하는 것은 어불성설이라고 봅니다.
　왜냐하면 기 수련은 분명한 목적과 결과를 염두에 두는 욕망적인 행위이기 때문입니다. 저의 견해로는 진정한 명상은 결과나 목적을 염두에 두지 않는, 철저히 현재적인 있는 그대로의 행위입니다. 그러나 기 수련은 결과를 염두에 두고 욕망을 바탕으로 한 행위입니다.

투시, 양신, 출신뿐만 아니라 엄밀한 의미에서 보면 단전 축기, 소주천, 대주천도 일종의 초능력이라고 할 수 있습니다. 자신의 능력의 확장을 추구하기 때문입니다. 여기서 김태영 님은 삼공선도의 목표가 견성 해탈, 그리고 삼대경전의 성통공완이라고 말하실지도 모르겠습니다. 그러나 견성 해탈은 불교적 관법이나 화두선의 목표입니다.

그리고 삼대경전에는 성통공완과 하느님을 깨닫는 것에 대해서 말하지만, 삼대경전 어디에도 그것을 구체적으로 실현케 해 주는 방편에 대해서 나와 있지 않습니다. 물론 지감 조식 금촉에 대해 언급하고 있지만 도대체 어떻게 호흡을 해야 하는지 구체적 지침은 전혀 없습니다.

그래서 『선도체험기』에서는 중국 단학의 수련법을 차용합니다. 『혜명경』이니 하는 것에서 말이죠. 구체적 방편은 중국 단학 것을 베껴 오면서 수련 목표는 삼대경전의 목표로 둔다는 것은 말이 안 되는 것입니다. 그 방편으로 도달할 수 있는 목표는 삼대경전과는 관계가 없습니다.

삼대경전의 목표 - 성통공완 - 하느님에 도달할 수 있는 방편은 아마 따로 있었을 것으로 생각됩니다. 제 생각에는 결국엔 비파사나 즉 관법과 유사한 것일 것이라고 생각합니다. 결국에는 하나로 통하기 때문입니다. 기 수련은 중간 단계에 불과하고요.

그래서 인격이 엉망진창인 사람들 중에서도 기 수련 고수가 있는 것입니다. 사이비 교주도 기 수련 고수가 있습니다. 'ㅇㅇ재'의 'ㅇㅇㅇ' 씨는 사이비 교주지만 기 수련에 관한 한 대단한 고수입니다. 우주와 선계를 들락날락하는 것을 보면 알 수 있습니다. ㅇㅇ재의 ㅇㅇ씨 또한 도계를 들락날락하며 어떤 양신의 경지를 보여 주지만 석가, 예수, 공자, 강증산 등을 불러서 호통쳤다는 식으로 말한 인격 저질입니다. 이런 것만 봐도 기 수련의 경지와 인격과는 무관하다는 것을 알 수 있습니다.

마치 악당이 고도의 무술능력을 소유한 것과 같습니다. 기 수련으로 얻어지는 도법은 이렇듯 능력적인 도법입니다. 진정한 영적인 성장과는 별 관계가 없습니다. 제 견해는 이와 같습니다. 여기에 대해 반론 제기할 것이 있으면 제기해 주시고 제가 미처 부족한 부분이 있으면 지적해 주시기 바랍니다. 어떠한 논의도 환영합니다.

【필자의 회답】

기공부는 도심이 확실한 사람에게는 훌륭한 구도의 방편이 되지만 사욕을 충족시키려는 세속적인 목적을 가진 사람에게는 겨우 초능력을 얻는 수단이 될 수 있습니다. 도심(道心)의 유무가 기공부의 성패를 좌우합니다. 도심이 확실하면 기 수련을 중도에 포기할 필요가 없습니다.

자동차는 구도자가 이용하면 구도에 유익하게 이용할 수 있지만 도둑이 이용하면 도둑질하는 도구가 될 수 있는 것과 같습니다. 기는 흐르는 물과도 같습니다. 젖소가 마시면 우유가 되지만 독사가 마시면 독이 됩니다. 자동차나 물은 그것을 이용하는 사람의 마음먹기에 달려 있습니다. 따라서 "기수련으로 도(道)가 어쩌고 하는 것은 어불성설이라고 봅니다"는 말은 성립되지 않습니다.

건강한 몸으로 기운을 타고 관하는 것이 건강하지 못한 몸으로 기운도 모른 채 관하는 것보다는 훨씬 더 능률적이라는 것입니다. 먼 길을 여행을 할 때는 두 발로 걷는 원시적인 방법을 고집하기보다는 자동차나 비행기를 이용하는 것이 더 효과적이라는 얘기입니다. 이렇게 말해도 못 알아듣겠다면 할 수 없는 일입니다.

성통은 견성에 해당되고 공완은 해탈에 해당한다고 봅니다. 성통공완(性通功完)은 견성 해탈(見性解脫)과 같은 것입니다. 『환단고기』에 따르면 배달국 제5대 태우의 천황의 막내아들인 태호복희와 그의 여동생 여와에 의해 팔괘와 한역 등의 한문화가 제1차로 대규모로 서토로 넘어갔고, 제14대 치우천황 때 자부선인에 의해 황제헌원에게 『삼황내문경』을 비롯한 대량의 한문화가 2차로 서토로 넘어갔습니다.

그래서 중국 단학에서는 지금도 태호복희와 황제헌원을 자기네 단학의 시조로 받들고 있습니다. 이렇게 볼 때 내가 혜명경 호흡법을 이용한 것은 원래 우리에게서 넘어간 것을 되찾아온 것으로 보아야 합니다.

관법에 대해서 말하죠. 우리 속담에 "범에게 물려 가도 정신만 잃지 않으면 살아날 구멍이 있다"는 말이 있습니다. 관이라는 것은 정신 차리고 살펴보는 것을 말합니다. 비파사나니 관법이니 하는 것은 이러한 원시적인 관찰법을 수련 차원으로 체계화했을 뿐입니다. 따라서 관이라는 것은 원래 인류가 생존하기 하여 정보를 얻는 방법에서 유래된 것입니다. 이것을 불교에서 차용했다고 해도 조금도 잘못이 될 수는 없습니다. 관법은 인류 공동의 문화적 유산이니까요.

호흡법 역시 당황하거나 마음이 뒤숭숭할 때 크게 심호흡하여 마음의 안정을 찾는 인간의 본능적인 행위에서 유래된 것입니다. 붓다가 이용했던 수식법(數息法)과 수식법(隨息法) 그리고 혜명경 호흡법도 심호흡을 수련 차원으로 격상한 것에 지나지 않습니다. 따라서 관법과 호흡법은 인류 공동의 유산입니다.

선도의 방편과 전거(典據)를 말하겠습니다. 『삼일신고(三一神誥)』에 다음과 같이 나와 있습니다.

"무리는 선악(善惡) 청탁(淸濁) 후박(厚薄)을 두루 뒤섞어 제멋대로 내달리다가 결국은 생장소병몰(生長消病沒)의 고통에 떨어지지만 깨달은 사람은 지감 조식 금촉하여 '하나'의 큰 뜻을 행동에 옮기어 미망(迷妄)을 돌이켜 진리에 귀의함으로써 신기(神機)가 크게 발동하게 된다. 이것이 성통공완이다."

『삼일신고』에는 또 이런 말도 있습니다.
"하나님은 위없는 으뜸 자리에서 큰 덕과 큰 지혜와 큰 능력으로 하늘을 만드시고 수없이 많은 세계를 주관하시고 만물만생을 만드시고 티끌 하나 소홀함이 없으시며, 무한히 밝고 신령하시어 감히 이름 지어 말할 수 없느니라. 목소리와 기운으로 소원하면 친히 나타나시지만, 자성(自性)으로 그 핵심을 구하면 이미 너희 머리에 내려와 계시느니라."

이것이 삼대경전 속에 나오는 선도의 뿌리입니다. 이것을 기초로 하여 지감(止感) 즉, 마음공부, 조식(調息) 즉, 기공부, 금촉(禁觸) 즉, 몸공부하는 법을 내 나름으로 체계화한 것이 삼공선도(三功仙道)입니다. 삼공선도는 나말려초(羅末麗初)에 기존 선도를 정리하여 새로 탄생된 현묘지도(玄妙之道)의 맥을 잇고 있습니다.

세 가지 공부법에 대해서는 『선도체험기』에 입이 닳도록 말해 왔으니까 되풀이하지 않겠습니다. 사람은 마음, 기, 몸으로 구성되어 있습니다. 그래서 이 세 가지 공부가 유기적인 조화를 이루어야 합니다. 이것이 바로 『삼일신고』 선도의 특징이고 정신입니다. 내가 세 가지 공부를 강조하는 이유가 여기에 있습니다.

그리고 오늘날의 종교와 구도 체계들은 그 방편들이 이미 널리 알려져 세계화되어 있어서 좋은 점이 있으면 얼마든지 서로 가져다가 쓸 수 있는 인류 공동의 유산이 되었습니다. 그래서 불교에서는 기독교의 찬송가를 채용하여 찬불가를 만들어 쓰는가 하면 기독교는 불교의 관법을 도입하여 묵상에 이용하고 있습니다.

남의 것을 베낀다고 해서 체면이 깎일 것도 없습니다. 오히려 남의 좋은 방편들을 말도 안 되는 편견에 사로잡혀 제대로 이용하지 못하는 것이 어리석을 뿐입니다. 마음이 바르고 착하고 슬기로우면 이 세상에 존재하는 그 어떤 방편을 이용하든 조금도 잘못이 될 수 없을 뿐만 아니라 도리어 장려되어야 할 것입니다.

그 어떠한 방편이든지 내 것으로 소화하여 오래 사용하면 그것이 바로 내 것이 되는 것입니다. 새삼스레 이제 와서 네 것 내 것 따지는 것이 다 부질없는 짓입니다. 항차 특허 시효까지도 오래 전에 끝났다면 더 말해 무엇 하겠습니까?

약편 선도체험기 17권

뒷이야기

　아닌 밤중에 홍두깨 격이라고 할까 아니면 매복 기습을 당했다고 할까, 하여튼 다소 충격적이었던 기선태 씨의 "『선도체험기』... 어이없군요"로 개막된 일련의 이메일 교환이 지난 해 7월 22일부터 시작되었다. 처음부터 달아올랐던 격렬한 설전이 마침내 12월 23일 이상과 같이 막판 역전극처럼 일단락되었다.
　약 5개월 동안 각자 28회, 총 56번째의 이메일이 교환되었다. 나는 누구하고도 이렇게 많은 서신을 한꺼번에 지속적으로 주고받은 일이 일찍이 없었다. 결론부터 말하면 그동안에 교환된 격심한 설전과는 달리 비교적 유익한 결말을 보게 된 것은 무엇보다도 다행한 일이다.
　기선태 씨와 나 사이에 절정에 달했던 격론의 대상이었던『푸나의 추억』이라는 홍신자 씨의 저서에 대하여 내가 언급했던 기사를 찾아보기 위해서 나는 지난 15년 동안 정신없이 쓰기만 했지 되돌아본 일 없었던『선도체험기』를 1권서부터 낱낱이 훑어내기 시작했다. 드디어 1994년 7월 15일, 그러니까 지금으로부터 11년 전에 발간된 23권에서 그 기사를 찾아내는 데 성공했다.『선도체험기』23권 38쪽에 실린 문제의 기사를 그대로 옮겨 본다.

　정신세계사에서 펴냈고 홍신자 씨가 쓴『자유를 위한 변명』과『푸나의 추억』이라는 두 책을 읽었다. 두 권 다 전위 무용가 홍신자 씨가 자신의 치열한 구도생활을 그린 책이다. 그러나 이 두 책을 읽고 난 나는 홍신자 씨의 구도생활보다는 라즈니쉬와의 만남을 그린 『푸나의 추억』에 유달리 관심이 쏠렸다.

　이 책을 통하여 나는 지금까지 전연 모르고 있던 라즈니쉬의 생활의 진면목을 보는 것 같았다. 나는 라즈니쉬의 저서는 여러 권 읽어 보았지만 그의 사생활이나 수행(修行)에 대해서는 아는 바가 전연 없었다. 그런데 『푸나의 추억』을 통해서 비로소 그의 일상생활이 생생하게 드러난 것이다.

　인도와 동서양의 여러 고전에 대한 라즈니쉬의 탁월한 해설에 감탄하지 않는 사람은 드물 것이다. 나 역시 그의 강의록을 읽으면서 내심 얼마나 속으로 동감을 하고 감격을 했는지 모른다. 라즈니쉬야 말로 현대가 낳은 진정한 성자라고 내 나름으로 단정하고 있었던 것이다. 그러나 『푸나의 추억』을 읽어 보고 나서 나는 라즈니쉬에 대하여 완전히 실망하고 말았다. 그 이유는 다음과 같다.

　첫째로 납득이 가지 않는 것은 산야신(제자)이 된 사람에게는 라즈니쉬의 머리칼이 들어 있는 조그마한 상자를 하나씩 나누어 주고 황색의 긴 옷을 입게 하는 것이다. 이 얼마나 어린애 장난 같은 짓이란 말인가. 겨우 이 정도로 형상에 얽매인다면 그의 수준을 알아볼 수 있을 것 같다.

　둘째로 이해가 되지 않는 것은 소위 에너지 다르산이라는 것이다. 다르산이란 스승과의 회견 또는 만남을 뜻하는 힌두어라고 한다. 라즈니쉬의 제자되는 사람은 누구나 이 과정을 꼭 거쳐야만 하게 되어 있다고 한다.

　라즈니쉬는 의자에 앉아 있고 제자 될 사람은 그 앞에 꿇어 엎디어 그의 발가락에 입을 맞춘다. 라즈니쉬는 제자의 머리를 왼손으로 어루만지고 오른손 검지는 인당에 해당되는 부위에 대고 에너지를 공급해 준다고 한다. 우리 식으로 말하면 경혈을 열어 주는 수련에 해당되는 것 같다. 이것도 내가 보기에는 지극히 유치한 단계를 벗어나지 못하고 있는 것이 틀림없다.

 그가 만약에 진정한 도인이고 성자라면 반드시 제자의 몸에 촉지(觸指)를 해야 할 필요가 있을까? 몇 미터 떨어진 곳에 앉혀 놓고도 얼마든지 기운을 보낼 수 있고 원하는 경혈을 틔워 줄 수도 있는데 구태여 손을 대는 이유를 모르겠다. (물론 이때 제자는 기운을 받을 수 있는 준비가 되어 있어야 한다는 것은 전제조건에 속하는 것이다.)

 세 번째로 알 수 없는 것은 그가 기침을 심하게 하는 해소병 환자였다는 사실이다. 그래서 그의 강의가 있을 때는 그의 제자들에 의해 수강자들은 엄격한 신체검사를 받아야 했다. 화장품 냄새를 풍기는 사람은 말할 것도 없고 몸에서 약간의 비누 냄새만 나도 입장이 거부당했다. 이러한 검사를 더욱 효과적으로 수행하기 위해서 특수 훈련을 받은 개까지 동원되었다.

 라즈니쉬가 만약에 몸공부와 기공부가 제대로 된 사람이라면 어떻게 천식을 앓을 수 있겠는가? 이것은 그의 수련 방식에 결정적인 결함이 있다는 것을 웅변적으로 말해 주는 것이다. 그는 보통 사람은 맡을 수 없는 미세한 화장품 냄새나 비누 냄새만 맡아도 심한 기침을 했다고 한다. 이것은 틀림없이 그가 건강관리에 실패했음을 입증해 주는 자료가 아닐 수 없다.

 네 번째로 도저히 이해할 수 없는 것은 그가 세상을 떠날 때는 겨우 나이가 59세였을 때였다. 1978년 47세 때 찍은 『푸나의 추억』 241쪽에 실린 그의 모습은 100세에 가까운 노인처럼 머리가 파뿌리처럼 세었고 톡 건드리기만 해도 픽 쓰러질 것처럼 연약해 보인다. 이 노인이 어떻게 겨우 47세의 장년이라고 상상이나 할 수 있겠는가? 기가 완전히 다 빠져 버린 형국이다.

다섯 번째로 이해가 되지 않는 것은 쿤달리니 명상이니 다이나믹 명상이니 하는 수련 방편들이다. 홍신자 씨의 묘사가 사실이라면 이건 우리나라에 흔히 있는 신흥 종교나 사이비 종교의 예배 방식과 다른 점이 무엇인지 모르겠다. 마치 신들린 사람처럼 몸을 떠는 행위는 그것을 여실히 말해 준다.

또 놀라운 것은 남녀노소가 벌거벗은 채 한 방에서 며칠씩 지내는 과정이다. 성에 대한 잘못된 기존 관념을 떨어버리기 위해 이러한 명상이 필요하다고 하지만 꼭 이렇게 해야만 수련이 되는지 모르겠다.

마지막으로 이해가 안 되는 것은 그의 강력한 라이벌인 묵타난다에 대한 가혹한 비난이다. 묵타난다는 라즈니쉬에게는 가장 힘겨운 적수였다. 단지 그의 라이벌이었을 뿐 그가 금품을 갈취하고 사기를 치고 협잡을 하고 폭력을 쓰거나 우상화 놀음을 하거나 엽색 행위를 했다는 말은 없었다. 그러니까 묵타난다는 분명 사이비 종교의 교주는 아니다. 그런데도 라즈니쉬는 묵타난다를 가리켜 "개를 가르쳐도 묵타난다보다는 훌륭한 구루(스승)가 되었을 것"이라고 혹평을 서슴지 않았다.

위에 든 여섯 가지는 『푸나의 추억』에 나와 있는 얘기들이다. 홍신자 씨는 무엇을 느꼈는지 남들이 그렇게도 선망하는 라즈니쉬 제자이기를 거부하고 인도를 떠난 것으로 되어 있다. 잘한 일이라고 본다. 생명의 본질은 배움이다. 더이상 배울 것이 없으면 그가 아무리 전 세계의 추앙을 받는 성자라고 해도 과감히 떨쳐 버리고 떠나야 한다. 홍신자 씨는 그것을 마침내 해냈다.

우리나라의 어떤 사람들은 라즈니쉬의 제자가 되지 못해서 안달을 하는데도 그녀는 단연코 그것을 거부하고 그의 품을 떠나고 말았던 것이다. 구도자로서 홍신자 씨의 훌륭한 점은 바로 여기에 있다. 그렇다면 읽는 사람들을 홀딱 반하게 하는 라즈니쉬의 강의록은 어떻게 된다는 말인가?

그것은 분명 그의 장점이다. 깨달은 사람이 아니면 할 수 없는 말을 그는 분명히 하고 있다. 우리는 그것까지 부인할 수 없다. 그러나 우리에게 거부반응을 일으키는 것까지 억지로 받아들일 필요는 없다고 본다. 복어 요리를 먹을 때처럼 독이 있는 알과 내장은 빼어 버리고 맛있고 영양가 있는 살만을 섭취하면 되는 것이다.

취사선택을 할 줄 알아야 한다. 서양문명을 받아들일 때 우리는 마땅히 그들의 기술은 택하되 개인주의, 이기주의, 이분법적 흑백논리 같은 정신적인 독소까지 흡수할 필요는 없는 것이다. 중심이 살아 있는 사람은 능히 이런 일을 할 수 있다. 그러나 중심이 무너진 사람은 취사선택을 할 수 있는 안목이 없다.

이런 의미에서 개인이든 민족이든 국가든 중심이 서 있어야 한다. 자기중심을 찾자는 사람을 보고 시대착오적인 국수주의자라고 비난하는 사람이 있다. 어느 쪽이 잘못인지는 중심이 잡혀 있는 사람이라면 금방 판별할 수 있을 것이다. 홍신자 씨가 구도자의 모범이 될 수 있는 것은 바로 자기중심을 잡고 있었다는 것이다. 『자유를 위한 변명』과 『푸나의 추억』은 이래서 구도자라면 꼭 한번 읽어 볼 만한 책이라고 할 수 있다.

위 기사에서 기선태 씨와 나 사이에 문제가 되었던 점, 즉 홍신자 씨가 아쉬람 내에서의 성적 문란 행위 때문에 실망하고 라즈니쉬를 떠났다는 내 주장은 어떻게 되었는가? 입이 삐뚤어져도 말은 바른대로 하라고 했다. 얼마 전에 구입한 『푸나의 추억』을 다시 꼼꼼히 읽어 보니 11년 전에 내가 읽은 것과 같은 책이었고 기선태 씨가 읽은 것과도 같은 것이었다. 결국은 내 주장이 순전히 착각에 의한 것임이 드러났다.

나는 이 자리에서 변명의 여지없이 내 잘못을 솔직히 시인한다. 결국은 이 문제에 관한 한 나는 터무니없는 옹고집을 부린 것이 되었다. 하긴 바로 이 때문에 나는 내가 15년 전부터 써오기만 했지 되돌아본 일이 없는 『선도체험기』 시리즈를 1권서부터 샅샅이 훑어보다가 까딱하면 사장(死藏)될 뻔한 현묘지도 8단계 수련법을 세상에 전수할 수 있게 되었고 또 이것 때문에 기선태 씨와의 논쟁에 극전 전환이 이루어진 것이다.

이것을 생각하면 인연이란 참으로 묘한 것이다. 어쨌든 나는 이 때문에 본의 아닌 시행착오를 또 한 번 저지르게 되었다. 어떤 독자는 내가 이렇게 자꾸만 과오를 저지르는 것을 하나도 숨김없이 책에 그대로 노출시키기 때문에 생생한 인간미를 느끼게 되고 그 때문에 『선도체험기』를 더욱 손에서 놓을 수 없다고 한다.

불경의 석가모니, 신약의 예수처럼 완전무결하다면 어떻게 답답해서 계속 읽을 수 있겠느냐고 한다. 나에겐 듣기 좋은 소리일 수도 있지만 역시 결점투성이인 나 자신이 불만이다. 그러니까 내가 수련 중에 비록 여러 번 자성을 보았다고 해도 어떻게 완벽한 깨달음을 얻었다고 내 입으로 말할 수 있단 말인가? 그건 내 양심상 허락지 않는 일이다.

그래서 나는 죽을 때까지 한갓 구도자로 만족할 뿐이다. 그러나 이번에는 어떻게 돼서 그런 착각에 빠지게 되었는지 곰곰이 생각해 보지 않을 수 없었다. 그래야 같은 실수를 또 다시 저지르지 않을 수 있을 테니까. 왜 이런 착각에 빠졌는가 하는 것은 11년 전 그 당시『푸나의 추억』을 읽은 직후에 읽은 휴 밀른의『타락한 신』과 오버랩되어 그러한 착각을 일으킨 것 같다.

라즈니쉬는 사이비였습니다

『선도체험기』 81권 원고가 출판사로 넘어간 지도 열흘쯤 지나서 뜻밖에도 기선태 씨로부터 다음과 같은 메일이 날아왔다.

안녕하세요? 삼공 김태영 님.

기선태입니다. 오랜만입니다. 드릴 말씀이 있습니다. 오쇼 라즈니쉬에 대해서입니다. 그동안 길고도 지루하게 오쇼 라즈니쉬에 대해서 김태영 님과 논쟁을 해 왔습니다. 그러나 논쟁의 끝이 이제 났습니다.

제가 잘못되었습니다. 오쇼는 사이비 교주였습니다. 그는 붓다가 아니었습니다. 그는 대단한 천재요 독심술과 최면, 언변의 천재였지만 결국에는 사이비 교주였습니다. 어떻게 알았느냐고요? 저는 뭐든지 하면 그것에 모든 것을 바쳐서 완전히 몰입하는 성격입니다. 그렇게 하면서 저는 그것의 실체를 파악할 수가 있었습니다.

오쇼를 믿고 따르는 것도 대충 설렁설렁하는 것이 아니라, 그의 책을 거의 모두 구입하고 완전히 믿고 모든 것을 바쳐서 완전히 독파했기에 오쇼의 실체를 안 것입니다. 지난 몇 달 동안 오쇼를 완전히 믿고 그에 따라서 행동했습니다. 저는 완전히 인간이 파괴되어 고통 속에서 신음해야 했습니다.

괴상한 망상과 환각, 환청에 시달리고 인간관계가 파괴되고 동물적 섹스니 집단 섹스니 하는 환상을 추구하며 살았고, 이상한 행동을 하면서 완전히 인간성이 이상해지는 등 그 피해가 이루 말할 수 없었습니다. 결국 저는 정신과 치료를 받을 수밖에 없었습니다. 그리하여, 저는 어제에 마침내 깨어났습니다.

어제 드디어 제가 계속 고통스러워하고 이상한 행동을 반복했던 이유를 알아낸 것이었습니다. 저는 괴상하고 이상한 행동을 하고 망상에 사로잡혀 이상한 행동을 하면서 고통스러워하며 삶이 파괴되고 있었는데, 어제 드디어 그 실체를 알아낸 것입니다. 스스로 대단히 어리석은 행동을 하고 있다는 것을 알아냈습니다. 그리고 그 원인은 오쇼를 믿고 따른 데에 있다는 것을 알아낸 것입니다.

그리고『타락한 신』에서 오쇼에 대해 칼날같이 비판한 글이 떠오르는 것이었습니다. 오쇼가 재물, 섹스, 명예, 돈을 탐욕스럽게 추구한 인간이었음이 생각나고 오쇼 공동체의 인간들이 거의 인간 파괴의 지경에 이르렀다는 것이 생각나면서 오쇼가 사이비 교주임을 완전히 깨달은 것이었습니다.

오쇼는 지식이라든가 말발, 논리력, 창조 능력의 여러 면에서 정말 천재적이고 대단한 사람이 아닐 수 없습니다. 15만 권의 책을 읽었다든가 그 화려하고 청산유수의 언변이라든가 그 방대한 강의량이든가 정말로 엄청난 천재가 아닐 수 없습니다. 특히 정말 사람을 매혹케 하고 사람을 완전히 빠져들게 하는 그 화려하고 매혹적인 언변은 압권이 아닐 수 없습니다.

그런 면에서 오쇼는 정말 대단한 사람입니다.『타락한 신』을 보면 오쇼가 초능력을 가지고 사람을 마음대로 좌지우지하는 것으로 나와 있습니다. 영적인 초능력 또한 있었음이 분명합니다. 정말 그는 대단한 천재였습니다. 살아생전에 수백만에 가까운 추종자들을 모으고 말이죠. 그러나 결국에는 그는 사이비 교주였습니다. 결정적인 것은 오쇼가 프리섹스를 주장하고 섹스를 구도의 도구로 이용할 것을 주장한 것이었습니다.

그리고 오쇼는 각종 욕망을 난잡하고 추잡하게 충족시킬 것을 주장한 것이었습니다. 이것이 인간을 얼마나 고통스럽게 하고 인간을 파괴하는 것임을 저는 깨달았습니다. 오쇼 공동체에서 사람들이 파괴되고 고통스러워하는 경지에 이르는 것을 본 것은 물론이고 오쇼를 따르는 사람이 프리섹스, 집단 섹스의 마약에 빠져들어 심신이 황폐화되고 결국에는 고통에 신음하게 되는 것이 자명한 것이었습니다.

명상이라는 이름으로 괴상한 행위를 하게 되고 말이죠. 그가 가르친 명상도 결국에는 인간을 파괴하는 것이 아닌가 합니다. 그가 가르친 명상을 하다가 저는 온갖 심신의 황폐화를 겪었습니다. 정말 오쇼는 결국에는 사이비 교주가 아닐 수 없습니다. 완전히 사이비 교주였습니다. 사람들을 고통과 파멸로 이끄는 말이죠. 제가 심신의 황폐화를 겪으면서 이것을 깨달았지만, 다행히 커다란 피해는 없었습니다.

그럭저럭 자제력을 발휘해서... 피해가 물론 많았지만 재산, 금전 등 커다란 피해는 없었습니다. 또 실제로 프리섹스를 한 것도 아니었습니다. 지금이라도 깨닫고 나온 것이 천만다행이었던 것입니다.

김태영 님이 옳았음을 지금에 와서야 인정하지 않을 수 없습니다. 저는 오쇼의 망령에 빠져서 완전히 잘못된 생각을 하고 있었던 것입니다. 김태영 님이 옳았습니다. 저는 틀렸습니다. 섹스의 추구는 인간을 황폐하게 하고 파괴합니다. 욕망의 추구는 자살 행위입니다.

욕망의 추구는 결국 인간을 고통스럽게 할 뿐입니다. 오쇼가 주장한 섹스주의는 결국 인간의 심신을 황폐케 하고 타락하게 합니다. 이제야 깨달았습니다. 이제 오쇼는 따르지 않습니다. 그의 책을 모두 지하실에다가 갖다가 버려 놓고 이제 진정한 영적인 스승을 따를 것입니다.

옳은 말씀을 해 주신 김태영 님께 감사드리며, 앞으로도 또 좋은 관계를 유지했으면 합니다. 앞으로도 서로에게 도움이 되는 상부상조하는 관계를 유지했으면 합니다. 김태영 님과 저 사이의 간극, 즉 오쇼 라즈니쉬라는 벽이 드디어 허물어졌습니다. 김태영 님과 더욱 가까워질 수 있겠습니다. 그런 면에서 기쁩니다. 그럼 이만 쓰겠습니다.

2006년 1월 4일
기선태 드림

【필자의 회답】

기선태 씨는 구도자로서 그야말로 큰일을 해냈습니다. 보통 사람은 사이비 교주에게 한 번 빠져 버리면 맹종자가 아니면 광신도가 되어 웬만해서는 그 함정에서 빠져나오지 못하는 법인데, 기선태 씨는 혼자 힘으로 그 일을 과감하게 해냈기 때문입니다. 나 역시 한때 ○○에게 매혹당했다가 어렵게 빠져나온 경험이 있기 때문에 하는 말입니다. 그 일로 나는 그와 목숨을 건 각축전까지 벌인 일이 있습니다만.

드디어 라즈니쉬라는 크나큰 난관을 하나 넘었군요. 동병상련(同病相憐)이라고 겪어 본 사람이 아니고는 그 고통을 모릅니다. 그래도 큰 피해를 당하지 않고 그만하기가 천만다행입니다. 이제 라즈니쉬의 본을 따라 엽색을 탐하는 ○○가 정법이라는 생각도 버렸으면 합니다. 그리고 기공부에 관한 새로운 각성도 했으면 합니다만 지나친 욕심일까요? 병술년 벽두에 나에게는 참으로 기쁜 소식입니다.

앞으로도 수행을 하다가 혼자서 해결하기 어려운 난제가 생기든가 기쁜 일이 있을 때는 서슴지 말고 메일을 보내시기 바랍니다. 상부상조할 수 있을지 누가 압니까? 새해에도 수행에 부디 큰 성취가 있기 바랍니다.

저자 약력

경기도 개풍 출생
1963년 포병 중위로 예편
1966년 경희대학교 영어영문학과 졸업
코리아 헤럴드 및 코리아 타임즈 기자생활 23년
1974년 단편 『산놀이』로 《한국문학》 제1회 신인상 당선
1982년 장편 『훈풍』으로 삼성문학상 당선
1985년 장편 『중립지대』로 MBC 6.25문학상 수상

저서로는 단편집 『살려놓고 봐야죠』(1978년), 대일출판사, 민족미래소설 『다물』(1985년), 정신세계사, 장편 『소설 한단고기』(1987년), 도서출판 유림, 『인민군』 3부작(1989년), 도서출판 유림, 『소설 단군』 5권(1996년), 도서출판 유림, 소설선집 『산놀이』 ①(2004년), 『가면 벗기기』 ②(2006년), 『하계수련』 ③(2006년), 지상사, 『선도체험기』 시리즈 등이 있다.

약편 선도체험기 17권

2022년 03월 10일 초판 인쇄
2022년 03월 21일 초판 발행

지 은 이　김 태 영
펴 낸 이　한 신 규
본문디자인　안 혜 숙
표지디자인　이 은 영
펴 낸 곳　글터
주소　05827 서울특별시 송파구 동남로 11길 19(가락동)
전화　070 - 7613 - 9110 Fax02 - 443 - 0212
등록　2013년 4월 12일(제25100 - 2013 - 000041호)
E-mail geul2013@naver.com

ⓒ김태영, 2022
ⓒ글터, 2022, Printed in Korea

ISBN 979 - 11 - 88353 - 44 - 6　04810　정가 20,000원
ISBN 979 - 11 - 88353 - 23 - 1(세트)

* 저자와 출판사의 허락 없이 책의 전부 또는 일부 내용을 사용할 수 없습니다.
* 잘못된 책은 교환해 드립니다.